KB108023

인
연

인연

살아온 날의, 함께 살아갈 날의 이야기

2020년 10월 30일 초판 1쇄 발행

지은이 | 고상만
펴낸곳 | 여문책
펴낸이 | 소은주
등록 | 제406-251002014000042호
주소 | (10911) 경기도 파주시 운정역길 116-3, 101동 401호
전화 | (070) 8808-0750
팩스 | (031) 946-0750
전자우편 | yeomoonchaek@gmail.com
페이스북 | www.facebook.com/yeomoonchaek

ISBN 979-11-87700-38-8 (03810)

여문책은 잘 익은 가을벼처럼 속이 알찬 책을 만듭니다.

고상만 지음

인연

살아온 날의,
함께 살아갈 날의 이야기

여문책

차례

인연, 세 가지 기억

전태일 열사 이소선 어머니와의 인연

"상만아, 네 나이가 올해 오십은 됐지?"

"아니오."

"그럼……, 마흔 정도냐?"

"……, 아닌데요."

"그럼……, 너 몇 살이냐?"

1999년 12월 말경이었습니다. 그날 저는 '전국민주화운동 유가족협의회'(약칭, 유가협) 사무실인 한울삶으로 갔습니다. 그리고 거기서 제게 이런 질문을 던진 분은 다름 아닌 1970년에 근로기준법 준수를 외치며 분신·산화하신 '전태일 열사'의 모친, 이소선 어머니였습니다. 서울 동대문구 창신동에 위치한 한울삶은 한옥을 개조해서 방 하나는 사무공간으로 쓰고, 나머지 방 두 개는 하나로 터서 전국 각지에서 오시는 민주열사의 부모님들 숙식을 해결하는 살림집 기능을 겸하고 있었습니다.

그때 한울삶에서 이소선 어머니가 베개를 베고 누워 계시다가 저를 보며 하신 질문이었습니다. 바로 옆에는 당시 유가협 회장이셨던 '박종철 열사'의 부친, 박정기 아버지도 함께 계셨지요. 이소선 어머니가 갑작스럽게 나이를 물으셔서 조금은 당황하고 민망해진 저는 연신 '아니오'만 답하다가 배시시 웃으며 말씀드렸습니다.

"저 올해······, 서른인데요."

제 답에 적이 놀라신 듯 고개를 살짝 드신 어머니가 잠시 제 얼굴을 바라보시더니 이렇게 말씀하셨습니다.

"야, 나는 니를 하도 오래 봐서 나이가 오십은 됐을 줄 알았다."

그러시고는 제 나이를 터무니없이 어림짐작하고 계셨던 사실이 기가 막히신지 웃으셨지요. 그 일이 어느덧 이십 몇 년이 넘어가는 추억이 되었습니다. 이 글을 쓰고 있는 2020년 올해가 그때 어머님이 말씀하신 제 나이 만 오십이 된 해라서 문득 잊고 있었던 그 일화가 떠오른 것입니다. 한편 이날 제가 한울삶으로 가게 된 이유, 그리고 그날 이소선 어머니와 박정기 아버지를 뵌 이유가 있었습니다. 그날 두 분이 저에게 어떤 제안을 하기 위해 오라고 부르신 겁니다. 한울삶에서 실무 책임자로 일을 해주면 좋겠다는 제안이셨습니다. 당시 제가 일하고 있던 인권단체를 사정이 있어 그만둔 상태였는데 과거 간사로 일한 경험도 있으니 괜찮겠다고

여기신 듯했습니다. 그런데 송구하게도 저는 그 제안을 받아들일 수 없
는 처지였습니다. 두 분은 거듭 저에게 "그러지 말고 좀 도와달라"며 청하
셨지만 제가 많이 부족한 사람임을 너무 잘 알고 있어서 겁이 났기 때문
입니다. 그런데 그때 이소선 어머니가 제게 몇 마디를 해주셨습니다. 그
이야기를 저는 오늘까지도 잊을 수가 없습니다.

"상만아, 너 감옥 갔다 왔지?"

"네."

"너 감옥 그때 왜 갔냐?"

"네?"

"너 그때 감옥 간 게, 너 가고 싶어서 간 거냐?"

"……, 아니죠."

"그럼 왜 갔냐?"

"……, 그놈들이 잡아가니까 갔죠."

생각지도 못한 질문을 받고 당황한 제가 그냥 툭 던진 답을 듣고 어머
니가 소위 '빵' 터지셨지요. 그러면서 다시 진지하게 말씀을 이었습니다.

"아냐. 그게 아니라 네가 그 시절에 감옥을 가게 된 것은 너도 모르는 가운
데 시대가 불러서 가게 된 거다. 나는 그렇게 생각한다. 내 아들 태일이가
그때 그렇게 세상을 떠난 것도, 그리고 태일이 데모하는 것을 그리 싫어했
던 내가 아들 태일이 뒤를 이어 노동자들과 함께 살게 된 것도 다 역사가
나를 불러 그리 된 것이라고 나는 생각해. 그러니 너도 역사가 부르는 대로

또 시키는 대로 살아. 그러니 여기 와서 우리 좀 도와줘. 알았지?"

2020년 6월, 민주항쟁 33주년을 맞아 대한민국 정부는 전태일 열사의 모친 고 이소선 어머니를 비롯하여 박종철 열사의 부친 고 박정기 아버지, 이한열 열사의 모친 배은심 어머니 등 모두 열두 분에게 민주화운동 공적으로 '국민훈장' 모란장을 수여했습니다. 그날 저는 많은 감회에 젖었습니다. 민주화운동을 공적으로 한 훈장 수여는 대한민국에서 이날이 최초였기에 더욱 그랬습니다. 그러면서 만 21년 전, 이소선 어머니와 제가 나눴던 이 대화가 새삼스레 소환된 것입니다. 그랬습니다. 전태일 열사는 1970년 11월, 자신의 유서 말미에 이렇게 썼습니다.

……힘에 겨워 힘에 겨워 굴리다 다 못 굴린, 그리고 또 굴려야 할 덩이를 나의 나인 그대들에게 맡긴 채, 잠시 다니러 간다네. 잠시 쉬러 간다네.

아들 전태일이 '다 못 굴린 그 덩이'를 이소선 어머니가 굴리셨습니다. 그런 이유로 수차례 옥고를 치렀고 수없이 연행되었으며 집회 도중 백골단에게 무수히 많은 폭행을 당하기도 했습니다. 그런 민주화운동 공적을 대한민국 정부가 공식적으로 인정하고 훈장을 수여한 날, 다시 어머니의 말씀이 제 가슴에 새겨진 것입니다.

우리 모두가 역사의 부름에 따라 나선 것.

우리 모두가 그 말씀을 잊지 않고 살아야겠지요. 저도 '역사의 부름에 따르는' 사람이 되겠습니다. 지난 2011년 아들 곁으로 떠난 고 이소선 어머니. 다시 한번 어머니의 훈장 수여를 축하드립니다.

연극 〈이등병의 엄마〉, 어머니들의 눈물이 살린 군 인권

2017년 5월 18일, 그날 저는 서울 대학로의 연극 공연장에 있었습니다. 태어나서 본 연극이라고는 다섯 손가락을 채 꼽지 못할 정도로 그쪽 방면으로는 형편없는 사람이 그날 연극을 보러 간 것입니다. 연극 〈이등병의 엄마〉, 제가 제작하고 또 대본까지 직접 쓴 이 연극 한 편을 만들기 위해 제가 보내야 했던 그해 반년의 시간들이 주마등처럼 흘러가는 순간이었습니다.

 2013년 2월 어느 날, 뜻밖의 분이 페이스북 메시지로 연락을 주셨습니다. 대한민국 19대 국회 국방위원회 소속이었던 김광진 의원이었습니다. 그런 국회의원이 있다는 것만 알고 있었지 만난 적도 없는 관계였는데 먼저 연락을 주셔서 깜짝 놀랐던 기억이 새롭습니다. 그런데 그분이 제게 제안한 내용이 더욱 놀라웠습니다. 기억하기에 내용은 이랬습니다.

"안녕하세요. 저는 국회의원 김광진이라고 합니다. 처음 뵈면서 이런 메시지로 먼저 연락을 드리는 것이 결례가 아닐까 고민했습니다. 깊은 이해를 당부드립니다. 저는 지금 국회 국방위원회 소속으로 일하고 있습니다. 그리고 저는 제가 국방위원으로 있는 동안 우리나라의 군 인권을 한 발자국이라도 진전시키고 싶은 작은 욕심을 가지고 있습니다. 이에 선생님이 이 분야의 전문가로 알려져 있어서 도움을 부탁드리고 싶어 실례를 무릅쓰고 연락을 드렸습니다. 괜찮으시다면 제가 가진 국회의원 권한을 나눠드릴 테니 저와 함께 일해주시지 않으시겠습니까?"

자신이 가진 '국회의원 권한을 나눠주겠다'는 파격적인 스카우트 제안을 받고 저는 그야말로 상큼한 레몬을 한 입 베어 문 것 같은 느낌을 받았습니다. 그 멋진 제안을 두고 일주일간 고민 끝에 함께하기로 결심하게 됩니다. 그래서 이후 저는 김광진 의원과 만 2년 2개월간 우리나라 군 인권의 일보 전진을 위해 국회에서 많은 애를 썼습니다. 이 모두가 김광진 의원의 깊은 배려와 이해 덕분에 가능했던 성과였습니다. 그때 일할 수 있는 기회를 주신 김광진 의원에게 진심으로 고맙고 그런 훌륭한 분의 의정활동을 보좌할 수 있어서 또한 행복했습니다.

한편 2015년 2월, 결심한 바가 있어 김광진 의원실을 나오며 저는 아내에게 한 가지 이해를 구했습니다. 미안하지만 2017년 12월 차기 대통령 선거가 있을 때까지 일정한 직업을 가지지 않겠다는 양해의 말이었습니다. 결혼 생활 내내 평범하지 않게 살아온 남편인지라 아내는 그다지 놀라지도 않고 다만 "뭘 하고 싶은 건데?"라고만 물어왔습니다. 저는 "군 사망사고 문제에 대해 후회 없는 내 인생의 승부수를 한번 던져보고 싶다"고 답했습니다. 내가 할 수 있는 모든 지혜와 정성을 기울여 우리나라 군 인권 문제를 환기시키는 획기적인 프로그램을 만들어보고 싶다고 했습니다. 그렇게 해봐서 정말 안 된다면 이젠 이 일에서 손을 떼겠다는 말도 덧붙였습니다. 할 수 있는 만큼만 조금씩 하는 게 아니라 정말 죽을힘을 다해 캠페인을 해보고 끝내 안 된다면 유족들에게도 그만 포기하라고 권하고 싶었습니다. 1998년 이래 지금까지 안 되는 일인데도 유족들에게 막연한 희망만 언급해온 '희망 사기꾼' 노릇이 정말 싫었기 때문입니다. 어느 쪽이든 양단간의 결론을 내리고 싶었습니다.

그런 고민과 노력 끝에 맺은 결실이 2017년 5월 막을 올린 연극 〈이등병의 엄마〉였습니다. 아내의 동의로 얻은 '백수'기간 동안 이런저런 고민을 하던 중 저는 연극을 만들기로 결심했습니다. 사실 처음에 이 아이디어를 준 사람 역시 아내였습니다. 평소 우리 부부는 시간이 날 때마다 산책을 합니다. 그러면서 각자의 고민도 나누고 서로 의견도 주고받는데 그날도 함께 집 주변을 산책하던 중이었습니다. 하루하루 소중한 시간이 속절없이 흘러가는데 마땅한 캠페인 방법을 찾지 못해 답답하다는 제 하소연에 아내가 불쑥 한마디를 던졌습니다.

"그럼 연극을 제작하면 어때? 유족 분들이 자기 사연으로 무대에 올라가시면 심리적 치유도 되실 거고 또 관객도 보며 공감할 수 있고 그걸 정부에다가 정책으로 요구하는 연극을 만들면 좋을 것 같은데?"

순간 저는 전기에 감전된 듯 '바로 이거다' 싶었습니다. 그래서 그날부터 시작한 연극 기획. 사실 저는 연극에 대해 아는 것이 하나도 없었습니다. 어떻게 해야 연극이 만들어지는지 전혀 몰랐습니다. 연극을 만들려면 돈은 얼마나 들며 누구를 만나 어떻게 해야 하는지조차 몰랐지만 그냥 그 일을 시작했습니다. 그래서 가장 먼저 만난 분이 연극배우이자 각종 드라마와 영화 출연으로 많이 알려진 배우 맹봉학 형이었습니다. 그형에게 물었습니다.

"형, 서울 대학로에서 일주일 동안 올릴 연극 한 편을 만들려면 돈이 얼마나 있어야 해요?"

뜬금없는 제 질문에 봉학 형이 황당해하는 표정을 짓더니 "다다익선이라 많으면 좋지만 최소 7,000만 원"이라고 했습니다. 그렇게 해서 무모한 도전이 시작되었지요. 마침 그때 포털사이트 〈다음〉에서 스토리펀딩을 만들어 저는 "연극 이등병의 엄마를 만들어주세요"라는 제목으로 후원자를 모으는 일부터 했습니다. 이 펀딩에 큰 도움을 준 분이 '재심 천사'로 잘 알려진 박준영 변호사였습니다. 또한 진실탐사그룹 '셜록'의 대표인 박상규 기자, 신뢰하는 친구 정철승 변호사와 〈오마이뉴스〉, 〈고발뉴스〉의 이상호 기자, 〈고양신문〉, 그리고 팟캐스트 〈김용민 브리핑〉을 진행하는 김용민 피디의 적극적인 후원과 도움이 아니었다면 결코 도전할 수없는 일이었습니다. 정말이지 모두가 고마운 분들입니다.

그렇게 시작해서 72일간 모두 서른세 편의 글을 〈다음〉 스토리펀딩에썼습니다. 2016년 12월 2일부터 2017년 2월 14일까지 돌아보면 아득한시간이었습니다. 그 깊은 겨울밤, 글을 쓰며 혼자 많이 울었습니다. 유족엄마들의 사연이 가슴 아파 울었고 또 이 연극을 제가 정말 만들 수 있을지 불확실해서 마음이 아팠습니다. 때로는 절망했고 또 때로는 행복했습니다. 그렇게 72일의 시간 끝에 저는 마침내 연극 〈이등병의 엄마〉를서울 대학로 무대에 무사히 올린 것입니다.

이 연극에 무려 2,800여 명의 후원자가 기꺼이 후원을 해주셨습니다. 이분들의 공감과 도움이 아니었다면 이는 불가능한 기적이었습니다. 한편 연극이 시작된 후 대통령 영부인인 김정숙 여사께서 찾아와 공연을 관람해주셨습니다. 김정숙 여사께서는 그때 누구보다도 깊이 연극 〈이등병의 엄마〉에 공감해주셨습니다. 그 눈물이 언론에서도 보도되어 작은 이슈가 되기도 했지요. 그런데 알려진 모습보다 더 따뜻한 후일담은 따로 있었습니다. 2019년 초 무렵에 당시 국가보훈처 수장이었던 피우진 장관님을 직접 만나 듣게 된 이야기입니다. 사실은 김정숙 여사께서 연극을 보러 오신 날 피우진 장관에게도 동행하자고 제안하셨다는 것입니다. 피우진 장관은 부득이한 선약이 있어 결국 영부인 혼자만 공연 관람을 오셨는데 그날 저녁 김정숙 여사로부터 다시 전화가 왔다는 것입니다. 관람을 마치고 청와대로 복귀하던 중이었는데 그때까지도 여사께서는 눈물을 흘리며 장관에게 당부하신 말씀이 있었다는 겁니다.

"군 유족 어머니들의 눈에서 더 이상은 눈물이 나지 않도록 장관님이 각별히 좀 보살펴달라"는 당부였다는 것입니다. 여사님의 그 간절한 말씀을 듣고 있던 피우진 장관도 눈물이 났다는 후일담에 저는 크게 감동했습니다. 그 덕분입니다. 이후 국방부는 의무복무 중 사망한 군인의 경우 국가적 책임을 깊이 인정하여 2020년 현재 대상자 중 97퍼센트에 달하는 순직 결정을 내리고 있으며, 이에 따라 국립묘지에 안장되고 있습니다. 2017년 이전과 비교하면 그야말로 상전벽해와 같은 큰 변화입니다. 이 기적은 다른 누구도 아닌 연극 〈이등병의 엄마〉에 실제 피해자이면서 배우로 출연해주신 열 분의 유족 어머니들 덕분입니다. 모두 세 번에 걸친 연장공연을 포함해 총 20회에 달하는 공연 때마다 진정으로 울어주신 그 눈물의 기적이 아니었다면 이런 변화는 기대하기 어려웠습니다.

이 어머니들의 공이 얼마나 큰지는 연극을 연출해주신 박장렬 현 '경남도립극단' 감독님의 말씀으로도 알 수 있습니다. 제가 쓴 연극 대본을 검토한 박장렬 감독님이 처음엔 난색을 표했습니다. 대본의 내용대로 제작하기에는 사실상 힘들다는 것이었지요. 순간 당황한 제가 그 이유를 여쭈었습니다.

"다른 건 문제가 없는데 이 엄마 역으로 출연할 아홉 명의 배우를 마련할 길이 없어요. 매회 이렇게 절절한 눈물로 자식 잃은 아픔을 표현할 수 있는 배우를 한꺼번에 이렇게 많이 섭외하는 게 현실적으로 어려워요."

그 말에 저는 오히려 기뻤습니다. 문제를 해결할 수 있었기 때문입니다. 그래서 답했습니다.

"감독님, 그 문제라면 걱정하지 마세요. 여기 어머니 역으로 출연할 아홉 분은 연기자가 아니라 우리 유족 어머니들입니다. 이 연극을 올리는 목적도 바로 그거구요. 국방부 앞으로 몰려가 철문 흔들며 싸우는 유족들 모습만 봐온 국민들에게 우리 유족이 직접 무대로 올라가 뭐가 억울한지, 왜 억울하다고 하는 건지 직접 호소하는 자리를 마련하려고 이 연극을 만들려고 한 거예요. 그러니 그 유족 어머니들에게 감독님이 연기지도만 해주시면 됩니다. 나머지는 어머니들이 잘 해낼 겁니다."

이 말에 박장렬 감독은 깜짝 놀라셨지요. 생각지 못한 발상이라며 적극 동의해주셨습니다. 그렇게 두 달여 후, 그 엄마들이 정말 무대에 섰습니다. 총 100분의 공연시간 동안 엄마들은 마치 현실인 것처럼 울며 대사를 소화했습니다. 무엇이 연극이고 어느 장면이 실제인지 관객이 모를 정도로 엄마들은 혼신을 다해 연극으로 보여줬습니다. 태어나 한 번도 연극을 본 적 없다던 엄마들이 어느 배우보다 열심히 대사를 외웠고 투박하지만 진심을 담아 절규했습니다. 공연이 끝나고도 멈추지 않는 오열로 지극한 엄마의 슬픔을 관객에게 전했습니다. 그건 연극이 아니라 실제 엄마들이 살아왔고 살아가는 진심이었습니다.

그 연극 〈이등병의 엄마〉 속 진짜 주인공이었던 어머니들, 김순복(신병준 이병), 김정숙(박도진 중위), 박현애(이가람 일병), 박윤자(윤영준 이병), 서은심(김상엽 일병), 노행임(금성필 일병), 임기순(정진수 하사), 박영순(김정운 대위), 강삼순(윤준호 일병), 박미숙(홍정기 이병), 이 열 분의 유족 어머니들이 무대에서 흘린 눈물 덕분에 군 인권에 정말 많은 변화가 일어났습니다. 그 귀한 인연을 이 책에 꼭 남기고 싶어 기록합니다. 어머니들, 고맙습니다.

열다섯 살에 어머니와 나눈 대화

"엄마, 엄마는 내가 어떤 사람이 되었으면 좋겠어?"

아마도 1984년 2월 초 겨울방학이었던 것 같습니다. 제가 중학교 2학년이 되는 해였습니다. 안방의 따뜻한 아랫목에서 엄마와 나란히 누워 있다가 던진 제 질문에 엄마는 반쯤 몸을 기울이며 저를 바라보셨습니다. 무슨 소린가 싶은지 선뜻 답을 못 하시는 것 같았습니다. 잠시 후 엄마가 입을 떼셨습니다.

"나는 상만이가 회사에 취직해서 정기적으로 월급 받는 사람이 되면 좋겠다. 공부 열심히 해서 좋은 회사에 취직하면 좋지."

순간, 저는 엄마에게 실망했습니다. 그것도 너무 크게 실망한 것 같습니다. 그 감정 그대로 엄마에게 되돌려주었습니다.

"실망이에요, 엄마. 저는 그런 거 하고 싶지 않아요."
"그래? 그럼……, 너는 뭐가 되고 싶은데?"

엄마가 다시 물어오셨습니다. 아직 어린 셋째 아들이 평소와 달리 옹골지게 되받아치는 답변이 의외였나 봅니다.

"엄마, 저는 '글이 돈이 되는' 인생을 살고 싶어요. 그래서 저는 글을 쓰는 사람이 되고 싶어요. 그게 제 꿈이에요."

이 책은 그때 어머니와 나눈 대화처럼 제 이름으로 내는 여덟 번째 책입니다. 매번 책을 낼 때마다 조심스럽고 두렵습니다. 이 책을 읽는 독자에게 이 책이 정말 필요한 책인지 두렵고 혹여 책을 내주시는 출판사에 누가 되지는 않을지 또 두렵습니다. 그래도 자신 있는 것은 진심을 담아 썼다는 점입니다. 먼 훗날 다시 읽어도 부끄럽지 않도록 사실 그대로 쓰고자 했습니다. 이 책에는 그동안 저와 특별한 인연을 맺은 분들이 많이 등장합니다. 혹여 그 인연 소개가 그분들에게 누가 되지 않기를 소원합니다.

누구보다 제 꿈을 밀어준 어머니에게 고맙습니다. 처음에는 이 글을 '오랜 병상에 계신 어머니에게 작은 기쁨이 되었으면' 하는 마음으로 썼습니다. 그런데 지난 10월 1일 추석 명절 새벽에 어머니가 그만 세상을 떠나셨습니다. 이젠 제 어머니의 영전에 이 책을 바칩니다. 어머니, 고맙고 죄송합니다. 다음 생애에는 더욱 아름다운 인연으로 또 뵙고 싶습니다. 또한 이 책에 다 담지 못한 많은 인연에게도 고맙습니다. 다 덕분입니다.

끝으로 저를 깊이 헤아려주는 아내 장경희 님에게 깊은 존경을 전합니다. 당신이 있어 늘 고맙습니다. 잊지 않겠습니다. 아들 충열이와 딸 은결이가 있어 제 삶에 힘이 납니다. 부디 두 아이도 이 아빠가 맺은 인연처럼 이 세상 좋은 분들과 깊이 사교하며 더불어 행복하기를 소원합니다.

이 책을 쓰도록 여러모로 저를 배려해주신 존경하는 이인람 '대통령 소속 군사망사고 진상규명위원회' 위원장님과 어려운 출판 여건 속에서도 이 책을 만들어주신 여문책 소은주 대표님에게도 거듭 감사합니다. 무엇보다 이 책이 독자 분들에게 많이 읽혀지기를 바랍니다. 그래야 여문책이 좋은 책을 지속적으로 펴낼 수 있기에 더욱 그렇습니다. 저도 제 길을 열심히 걷겠습니다. 모두 여러분 덕분입니다.

2020년 초가을에
인권운동하며 글도 쓰는 고상만 씀

'전두환과 평생 동지'였던 아버지, 사랑합니다

아버지가 싫었습니다. 아니, 부끄러웠습니다. 어느 날 문득, 어린 시절에 품은 의문의 진실을 알게 되면서 저는 제 아버지를 부끄러워했습니다. 그런데 수십여 년이 지나 제가 두 아이의 '또 다른' 아버지가 된 지금, '그땐 왜 그렇게밖에 생각하지 못했나' 싶은 부끄러움이 앞섭니다. 그래서 저는 제가 부끄러워했던 아버지에게 제 마음속 우물에서 길어 올린 이야기를 들려드리고자 이 글을 쓰기 시작했습니다. 이것이 제 아버지에게 드리는 저의 첫 편지입니다.

금박의 우편물을 자랑스러워한 아버지

제가 초등학생이었던 1980년대 초, 우리 집에는 낯설지만 아주 높은 사람의 이름이 적힌 우편물이 1년에 몇 번 배달되곤 했습니다. 편지의 발신인은 '민주정의당 총재 대통령 전두환'. 당시 집권당이었던 민주정의당의 총재 이름이 금박으로 박힌 그 글씨 속의 편지는 늘 첫머리가 '존경하는 평생 동지 아무개님'이었습니다. 아버지는 그 금박의 편지를 받으면 자랑스럽게 여겼고 집 안 깊숙한 곳에 고이 보관하셨습니다. 기억나는 몇 가지 장면 역시 그렇습니다. 퇴근 후 저녁 식사를 마친 후면 아버지는 KBS 〈9시 뉴스〉를 틀어놓으셨습니다. 시계가 9시를 가리키는 땡 소리와 동시에 "전두환 대통령 각하께서는 오늘……"로 시작한다고 해서 '땡전' 뉴스라는 별칭으로 불리던 〈9시 뉴스〉. 그 뉴스 속 전두환의 동정을 보며 아버지는 저를 향해 "전두환 대통령의 강력한 지도력 덕분에 우리가 모두 잘 살고 있다"는 칭송과 함께 일장 연설을 하시곤 했습니다.

돌이켜 생각해보면 그때 아버지는 힘 있는 사람이 되고 싶었던 것 같습니다. 1934년 경기도 판교에서 태어나신 제 아버지는 가난하지도, 그렇다고 부유하지도 않은 중산층 가정의 차남이었다고 합니다. 하지만 그런 평범한 인생에 불행이 시작된 때는 아버지가 세 살 되던 해였다고 합니다. 그해 어머니가 병으로 돌아가신 겁니다. 이후 아버지의 삶은 고단했습니다. 제 어릴 적 아버지는 새로 들어온 계모로부터 당한 설움을 자주 토로하시곤 했습니다. 가장 대표적인 설움은 역시 '배고픈 설움'이었다고 합니다. 평상시에는 가만히 있다가도 밥 먹을 때가 가까워지면 그때부터 계모의 구박이 시작되었다는 겁니다. 마구잡이로 이런저런 트집을 잡아 매를 때리니 도망쳐 나올 수밖에 없었고, 그렇게 집에서 쫓겨난 아버지는 산에서 나는 나무 열매로 주린 배를 채웠다고 합니다.

여름은 그나마 다행이었다지요. 그나마 이러저러하게 먹을 것들이 산에 있었으니 말입니다. 반면 겨울은 너무 힘들었다고 합니다. 운 좋은 날이면 친구 집에서 밥 한 끼 얻어먹을 수 있었지만 그런 행운과 호사가 내내 이어질 수는 없는 일이었습니다. 그래서 수시로 굶어야 했다는 아버지. 그런 아버지의 어린 시절 '계모 잔혹사'를 들을 때마다 어린 저는 아버지가 너무 불쌍했습니다. 그 어떤 슬픈 동화보다 아버지의 실제 사연이 더 애잔했기 때문입니다. 그래서였는지 아버지의 체구는 다른 친구들에 비해 조금 왜소했다고 한탄을 했습니다. 잘 먹으며 커야 할 청소년 시절에 제대로 밥을 먹지 못해 그렇게 되었다며 아버지는 불행했던 자신의 유년 시절을 회상하곤 했습니다. 그런 아버지에게 저는 정말이지 '말 잘 듣는 착한 셋째 아들'이 되고 싶었습니다.

하지만 점차 성장해가면서 아버지가 세상을 바라보는 기준이 저와 많이 다르다고 느꼈습니다. 전두환 독재 권력의 막바지였던 1986년, 민주화 열기로 넘쳐나던 그해 일어난 두 가지 큰 사건을 빌미로 폭압적인 공안 정국이 시작되었습니다. 바로 5·3인천민주화시위와 10월에 건국대학교에서 벌어진 '애국학생 민족해방투쟁 총연맹'(애학투련) 사건이었지요. 광주학살 독재자 전두환은 애학투련 발대식에 참여했다는 이유만으로 무려 1,288명의 대학생을 체포, 구속했습니다. 이는 단일 시국사건으로는 지금까지 최대 구속자 숫자입니다. 이렇게 구속한 대학생을 전두환은 용공 좌경 세력으로 매도했습니다. 이를 통해 87년 새로 선출할 예정인 대통령을 직선제로 하자는 국민의 요구를 억압하고 나선 것입니다.

이처럼 전두환의 독재가 마지막 발악을 더해가던 그 시절, 전두환을 향한 아버지의 지지 역시 맹목적이었습니다. KBS 〈9시 뉴스〉에서 아나운서가 '좌익 용공 세력 발본색원'이라는 기사를 읽으면 아버지도 박자를 맞춰 "저 빨갱이 새끼들……" 운운하는 모습을 더 자주 보게 되었습니다. 그런 아버지의 모습을 보며 저는 의문을 가졌습니다. 정말 그들이 빨갱이일까? 저 많은 대학생이 정말 다 발본색원해야 마땅한 빨갱이가 사실일까? 그런 의문에 대해 묻는 저에게 아버지가 정확한 답을 준 적은 없습니다. 무조건 우리는 전두환 대통령을 믿어야 한다는 것 외엔 없었지요. 그러면서 "전두환 대통령이 무너지면 북한이 쳐들어와 또 전쟁이 벌어진다"며 "그런 빨갱이 세상이 되면 우리 같은 사람들은 다 죽게 될 것"이라고 하셨습니다. 그리고 그 말의 끝에는 항상 "행여 나중에 대학을 가더라도 절대 저런 운동권 놈들과 휩쓸리면 안 된다"는 다짐을 저에게 확인받곤 하셨습니다.

사실 제 아버지는 공부를 많이 한 분이 아니었습니다. 먹을 것조차 제대로 챙겨주지 않은 계모가 학교는 제대로 보내줄 리 만무했기에, 그 시절 국민학교(현 초등학교) 3학년을 다닌 것이 아버지 학벌의 전부였습니다. 그렇기에 아버지에게는 말로 표현할 수 없는 학력 콤플렉스가 있었습니다. 그래서 정작 졸업도 하지 못한 학교인데도 매년 연말이면 그 국민학교 동창회를 다녀와 "내가 오늘은 얼마를 쓰고 왔다"며 술에 취한 목소리로 허세를 부리던 모습도 어릴 적 아버지에 대한 또 하나의 기억입니다. 그래서 그랬을까요. 아버지는 사회적 명성과 지위에 더 집착하는 모습을 보이곤 했습니다.

그런 아버지에게 당시 대한민국의 절대 독재자였던 전두환이 보내주는 '평생 동지……' 운운하며 시작하는 금박 편지는 그야말로 긍지이며 자랑이었는지 모릅니다. 물론 아버지가 단순히 그 편지 때문에 그토록 전두환에 대해 존경심을 가지고 있었던 것은 아니었습니다. 그 사실을 알게 된 것은 제가 대학에 입학한 해인 1989년이었습니다. 비로소 그때, 아버지가 전두환에게 이처럼 특별한 편지를 매년 받게 된 이유를 어렴풋이 알게 되었습니다.

'아버지 대신 역사의 죄를 닦겠다', 학생운동에 투신한 아들

어린 시절, 아버지는 힘이 센 사람으로 여겨졌습니다. 명절이 되면 경찰을 비롯하여 지역 유지들이 찾아와 인사하기도 했고, 무슨 일이 있을 때는 제가 살던 동네에서 아버지 이름 석 자를 대면 잘 해결된다는 이야기도 많이 들었습니다. 그때마다 아버지는 늘 '사회정화위원회 위원'이라는 자신의 직책을 언급했습니다. 저는 그 시절 '사회정화위원회'가 뭔지는 모르지만 여하간 우리 아버지가 대단히 높은 사람인가 보다고 막연히 추측만 했습니다. 그런데 아버지가 그렇게 자랑스러워하던 그 직책의 의미가 무엇인지 정확히 알게 된 것입니다.

1988년 국민의 드높은 민주화 열망 속에서 치러진 13대 국회의원 총선거 결과, 대한민국 국회는 역사상 최초로 '여소야대' 시대가 열렸습니다. 이전까지 대한민국 국회는 늘 정부여당이 압도적인 과반수를 차지했습니다. 하지만 그해 총선에서 여당인 민주정의당이 국민에게 외면받았고 국회는 과반수 의석 확보에 실패한 여당 대신 세 야당의 연합으로 주도됩니다. 이에 따라 야당은 전두환 정권 아래서 벌어진 각종 비리에 대한 청문회를 국민의 요구로 적극 추진합니다. 이른바 '5공 비리 청문회'의 시작이었습니다. 그 청문회에서 저는 봤습니다. 아버지가 그토록 자랑스러워했던 '평생 동지' 전두환의 지독한 부패와 악독한 독재의 실체를 말입니다. 그리고 거기에 더해 아버지가 자랑스러워했던 '사회정화위원회'의 속살까지도요. 사회정화라는 미명하에 그 위원회가 자행한 것은 숱한 인권침해와 근거도 없는 권력을 남용하여 자행한 범죄였습니다. 무고한 이들을 영장도 없이 잡아가서 교육이라는 미명하에 운영했던 '삼청교

육대' 역시 사회정화위원회가 대상자를 선발했다는 것은 부끄러운 범죄
였습니다. 물론 아버지가 사회정화위원회에서 어떤 역할을 얼마만큼 했
는지 저로서도 정확히 알 수는 없습니다. 하지만 제 아버지가 군사쿠데
타 세력의 우두머리인 독재자 전두환과 같은 일원이었다는 사실, 그 하
나만으로도 너무 부끄러웠습니다.

1989년 대학에 입학한 후 정확히 알게 된 그 사실 때문에 저는 아버
지를 대신하여 우리 사회에 용서를 빌어야 한다고 생각했습니다. 20대
청년의 양심으로 잘못한 아버지 대신 저라도 제대로 사과해야 옳다고
확신한 것입니다. 이제까지 제가 아는 아버지의 성향으로 볼 때 아버지
가 반성하거나 사과할 것 같지 않아 더욱 그랬습니다. 5공 청문회에서 낱
낱이 드러난 전두환의 많은 잘못에 대해 아버지는 거의 동의하지 않는
분위기였습니다. 빨갱이 김대중이 주도해서 세상이 거꾸로 가고 있다며
오히려 분하게 생각하고 계신 듯했습니다. 그런 아버지에게 저의 주장이
무슨 의미가 있을까 싶었던 것입니다.

그래서 과연 어떤 방법이 좋을까 고민하다가 내린 결론이 '아버지 대
신 죄 닦음을 하자'였습니다. 다시 말해 불행한 시대에 잘못했던 아버지
대신 아들인 제가 민주화운동을 함으로써 우리 사회에 사죄하면 되지
않을까 싶었던 것입니다. 그래서 학내 운동권 조직에 가입했습니다. 그곳
에서 다양한 책을 읽고 토론하고 배운 진실을 통해 저는 그간 막연히 느
꼈던 전두환 독재의 실체를 알아가면서 진정한 민주주의와 인권, 민족의
가치를 고민했습니다. 무엇보다 큰 충격은 바로 정치인 김대중에 대한 진
실이었습니다. 제 아버지는 정치인 김대중을 미워했습니다. 아니, 증오했
습니다. 늘 김대중의 이름 앞에 '빨갱이'라는 단어를 붙여 제 앞에서 불렀

기 때문입니다. 그래서 저 역시 '김대중이라는 정치인은 빨갱이'라고 믿었습니다. 오랫동안 그렇게 세뇌되었기에 그런 줄로만 알았던 것입니다.

또 하나는 '광주의 진실'이었습니다. 1980년 5월, 빛고을 광주에서 일어났던 민주화운동을 학습하면서 처음 알았습니다. 저는 아버지에게 그때 광주에서의 일은 '난동 사태'라고 들었습니다. 아버지는 광주 민주화운동을 깡패와 불순 세력이 일으킨 폭동이라고 하셨습니다. 그런데 아니었습니다. 대학에서 학습을 통해 보게 된 항쟁 당시 사진들과 영화 〈택시운전사〉에도 나오는 독일 기자 힌츠 페터가 촬영한 영상을 본 후 그것은 '죽음으로 울부짖던 광주에서의 처절한 민주화투쟁'이었음을 알게 된 것입니다.

그날 이후, 아버지의 존재는 저에게 더욱 부끄러워졌습니다. 그런 부끄러운 분이 제 아버지라는 것을 사람들이 알까 봐 마음속으로 두려워지기까지 했습니다. 차츰 저는 사람들에게 아버지의 존재에 대해 말하지 않게 되었습니다. 차라리 그런 아버지가 나에게 없었다면 하는 어리석은 마음까지도 들었던 시절이었지요. 그렇게 아버지에 대한 부끄러운 마음은 날이 갈수록 아버지와 저 사이에 높디높은 벽을 쌓아갔습니다.

운동권 아들, 대학 제적 후 아버지와 인연을 끊다

이후 아버지와 저와의 충돌은 필연적이었습니다. 말 잘 듣고 착하기만 했던 셋째 아들이 대학 입학 후 어느 날부터 아버지의 눈에 이상하게 보이기 시작했을 겁니다. 다른 자식들과 달리 늘 살갑게 다가와 이런저런 수

다를 잘 떨던 아들이 어느 날부터 대화를 피했기 때문입니다. 아버지 역시 표현하지는 않았지만 아들이 뭔가 달라진 것 아닌가 하는 의심을 가지셨을 겁니다. 그러다가 마침내 아버지의 기준으로 볼 때 당신의 아들 역시 발본색원해야 할 '빨갱이'가 되었음을 알게 된 것은 제가 대학 2학년이었던 1990년에 일어난 어떤 사건 때문이었지요.

1990년 이른 봄이었습니다. 그해 3월 28일 새벽 2시, 저와 함께 학생운동을 하던 김용갑 동지가 봄비 내리는 새벽녘 거리에서 숨진 채 발견되었습니다. 사망 당시 우리 학교 총학생회장이었던 그의 죽음에 저는 피눈물을 쏟으며 농성에 돌입했습니다. 선택할 여지가 없는 일이었습니다. 교수의 연락을 받은 아버지가 바로 농성장으로 찾아왔습니다. 아버지 입장에서는 그야말로 기가 막힐 노릇이었을 것입니다. 믿었던 아들이 자신이 그토록 증오하던 빨갱이 물이 들었으니 어찌할까요. 결국 그해 여름, 방학이 채 끝나지 않았던 그때 집으로 날아온 '제적 통지서'는 아버지와 저의 관계를 공식적으로 파탄 내는 결정적 계기가 되었습니다.

전두환과 함께했던 아버지의 행적이 부끄러워 시작했던 학생운동이었습니다. 그리고 그 과정에서 빚어진 여러 충돌 속에서 저 역시 극우 보수적 관점을 가진 아버지와 더는 함께 있을 수 없었습니다. 학교에서 제적되었다는 통지를 받은 날, 저는 사실상 집과 인연을 끊었습니다. 그 후 오히려 본격적인 운동의 길로 접어들었지요. 한편 그렇게 집을 나와 인연이 끊긴 아버지를 다시 만난 것은 이듬해인 1991년 3월이었습니다.

이번에는 대학의 같은 학번 동기이자 운동권 동지인 정연석이라는 친구가 몸에 시너를 붓고 분신자살을 기도한 사건이 벌어졌습니다. 1년 전 거리에서 시신으로 발견된 김용갑 동지의 1주기 추모제를 맞아 그의 죽음을 규명하라는 유서를 쓰고 정연석이 분신한 것입니다. 또다시 점거 농성에 돌입했습니다.

당시 제가 다닌 사립대학에서는 심각한 부정부패가 만연해 있었습니다. 그 시절 사학은 아주 좋은 돈벌이 수단에 불과했지요. 학교는 학원과 달리 비영리 법인인데 이는 말뿐이고 사실상 돈을 벌기 위한 학원 운영과 매한가지 수준이었습니다. 학교 하나만 지으면 한 학기 등록금이 현금으로 먼저 들어오니 이런 노다지가 또 어디 있을까요. 그걸 갖가지 명목을 붙여 뒤로 빼돌리니 말해 무엇 하겠습니까. 이런 부정부패를 감시·감독해야 할 책임이 교육부에 있는데 그 시절 교육부는 그런 기관이 아니었습니다. 사학의 재벌과 별로 다른 사람들이 아니었습니다. 정년퇴임한 교육부 관료가 훗날 사학의 관료로 다시 취업을 하는 것이 그 시절 일종의 관행이었으니 훗날을 위해 누가 엄정한 비리 감독을 할까요.

이런 지경에 사학의 부패 척결을 요구하며 대립하는 민주화 요구 학생들에게 사학 재단이 준비한 화답은 대화가 아니었습니다. 상상 그 이상의 끔찍한 폭력이었습니다. 수천만 원을 주고 지역 조직폭력배들을 고용한 뒤 이들을 사주해서 민주화를 요구하는 학생들에게 무자비한 폭력을 행사한 것입니다. 훗날 2001년 출범한 '대통령소속 의문사 진상규명위원회'에 진정된 이 학교 총학생회장 김용갑의 의문사 조사를 통해 의혹은 모두 사실로 확인되었습니다. 대학 학생처 직원들이 학내 폭력배들에게 각종 명목의 장학금과 용돈, 그리고 학점까지 챙겨주며 민주화 세력 학생들에게 폭력과 협박, 납치, 감금을 사주했음이 드러난 것입니다.

이런 탄압에도 굴함 없이 싸웠던 사람이 1990년 의문사한 총학생회장 김용갑이었습니다. 그해 3월 28일 시신으로 발견되기 전까지 그는 이들 폭력배에게 모두 일곱 차례에 걸쳐 감금과 폭력, 협박을 당했고 그 끝에 싸늘한 시신으로 거리에서 발견된 것입니다. 그리고 이 억울한 죽음을 밝히라며 싸웠던 저와 10여 명의 운동권 동료들이 제적 통지를 받고 학교에서 쫓겨난 것입니다.

하지만 그중 저와 정연석만은 학교에 남았습니다. 아직 할 일이 남아 있었기 때문입니다. 김용갑 동지의 1주기 추모제만은 학내에서 성대히 치러주고 싶었던 것입니다. 그렇게라도 해서 김용갑 회장의 억울한 죽음에 위로와 함께 의리를 다하고 싶었습니다. 그렇게 그의 1주기가 다가오던 1991년 3월 19일, 마침내 우려하던 사건이 벌어졌습니다. 그날 저와 정연석은 학내에서 추모제 홍보를 위한 유인물을 나눠주고 있었습니다. 이 모습이 저들의 눈에 포착된 것입니다. 기어이 조직폭력배 10여 명이 우리를 찾아왔습니다. 각목과 낫, 쇠파이프, 심지어 일본도까지 들고 나타난 이들 조직폭력배에게 우린 맞고 또 맞아야 했습니다.

그래서 고백하자면 그날, 저는 분신자살을 기도했습니다. 폭력배들에게 또 맞으면서 깊이 절망했습니다. 저들의 폭력으로 김용갑을 잃었는데 과연 우리가 저들에 맞서 이길 수 있을까 절망한 것입니다. 결국 이러다가 두려움에 도망치게 될까 봐 또 절망스러웠습니다. 그래서 그렇게 도망가기 전에 내가 가진 단 하나의 생명을 던져서라도 이 야만을 양심 있는 누군가에게 고발하며 제발 좀 우리를 도와달라고 호소하고 싶었던 것입니다. 그런데 불행인지 다행인지, 그날 저의 분신자살 기도는 실패하고 말았습니다. 눈앞에 보이는 석유통 한 말을 들어 온몸에 붓는 과정에서 제가 손에 들고 있던 라이터돌이 젖었나 봅니다. 그래서 석유에 젖은 라이터돌이 연이은 행동에도 불꽃을 튕기지 못했고 이때 제 모습을 우연히 보게 된 후배들이 달려들어 다음 행동을 제지했기 때문입니다. 놓으라는 저의 절규와 이러면 안 된다는 후배들의 울부짖음이 뒤섞여 그 방은 통곡의 장이 되어버렸지요.

하지만 그게 끝이 아니었습니다. 다음 날 우리는 전날 있었던 폭력 사태에 항의하고자 '학내 폭력 척결과 부패·비리 재단 퇴진을 위한 결의대회'를 학내에서 개최했습니다. 그러자 어제 폭력을 행사했던 놈들이 다시 또 각목과 쇠파이프를 들고 집회장으로 난입했습니다. 순식간에 집회장은 엉망이 되고 말았지요. 비명을 지르는 여성 학우들, 각목과 쇠파이프에 맞아 여기저기 쓰러진 후배들과 아수라장이 된 단상.

그때였습니다. 같은 제적생 신분이라 집회를 주도할 수 없어 좀 떨어져 이 광경을 보던 정연석이 말릴 겨를도 없이 그 폭력의 아수라장으로 뛰어든 것입니다. 하지만 혼자 힘으로 그들 폭력집단을 어찌 이길 수 있을까요. 오히려 달려든 폭력배들에게 정연석이 또 몹시 맞았습니다. 땅바닥에 주저앉은 채 정연석은 울부짖었습니다. 짐승 같은 괴성을 지르며 비명을 질렀습니다. 그의 비명에 저 역시 같이 울었습니다. 잠시 후 저는 후배들에게 정연석 선배를 다른 곳으로 옮겨 안정을 시키라고 부탁했습니다. 그러고 나서 이제 상황을 어찌 수습할지 고민하던 때, 어디선가 낯익은 절규가 들려왔습니다.

"학원폭력 근절하고 전재욱 이사장을 처벌하라!"
"김용갑 학생회장의 의문사를 규명하고 살인범을 처벌하라!"
"문교부는 동우학원의 부정부패를 감사하고 비리를 처벌하라!"

정연석이었습니다. 곧바로 그가 푸르게 찍힌 멍 자국 위에 절망과 분노의 기름을 부었습니다. 정연석은 순식간에 한 덩어리 불꽃이 되어버렸습니다. 시너를 온 몸에 붓고 불을 댕긴 것입니다. 그 순간 여학생들의 비명과 경악을 금치 못한 후배들의 울부짖음, 검게 그을려 퍼지는 연기 속에서 들려온 절규, 군중의 동요…… 그 아픈 기억을 어떻게 잊을 수 있을까요. 저와 함께 굶고 저와 함께 울며 저와 함께 맞았던 내 친구 정연석. 제 나이 스물두 살이 되던 슬픈 봄날의 기억입니다.

그날 저는 개처럼, 짐승처럼 울부짖었습니다. 더는 잃을 것도, 빼앗길 것도 없는 분함으로 울었습니다. 수십 년의 세월이 흘렀건만 그때의 그 죄책감과 분노는 여전히 잊히지 않습니다. 아니, 그 슬픔과 절망으로 여전히 제 가슴은 먹먹합니다.

그날, 아버지를 만나지 말았어야 했을까

1990년에 집을 나온 후 소식을 끊었던 아버지를 제가 다시 만난 것이 그때였습니다. 정연석의 분신항거 후 휴교령으로 문이 닫힌 학교에서 최루탄과 화염병이 난무하는 가운데 치열한 공방전을 벌이던 그때, 농성장으로 아버지가 찾아온 것입니다. 연일 시위 관련 속보가 언론에서 나오고 '전국대학생대표자협의회'(약칭 전대협) 산하 각 지역 총련 차원에서 사수대가 파견되어 우리의 농성을 지원하는 가운데 당시 야당이었던 민주당 인권위원장도 찾아왔고 '전국민족민주운동연합'(약칭 전민련) 인권위원장이었던 서준식 선생님도 우리에게 큰 힘을 주셨습니다. 이런 와중에 대학 당국이 농성자들의 집으로 연락을 한 것입니다.

그런 상황에서 사수대에게 아버지가 찾아왔다는 소식을 듣고 잠시 망설였습니다. 만나봐야 빤한 이야기가 오갈 것이기 때문이었지요. 아버지는 분명히 "빨갱이 짓 하지 말라"며 화를 내면서 강제로 저를 데리고 가고자 할 테고 그러면 저 역시 그런 아버지에게 화를 내며 실랑이만 벌일 것이 분명했습니다. 함께 있던 선후배들도 아버지를 만나러 가지 말라고 말렸습니다. 하지만 저는 아버지를 만나기로 했습니다. 고백하자면 어쩌면 그날이 제가 아버지와 이 생애에서 마지막일지 모른다고 내심 생각했기 때문입니다. 그때, 저는 죽음을 각오하고 있었습니다. 연이어 비참하고 허망하게 소중한 동지 둘을 잃고 아무렇지도 않게 살아갈 자신이 없었기 때문입니다. 그렇기에 마지막까지 싸우고 싸우다가 끝내 우리가 이길 수 없는 최후가 온다면 그땐 미련 없이 제 생명을 던져 저들에게 더러운 패배를 인정하지 않겠다는 모질고 독한 마음을 다진 때였습니다. 이미 써놓은 유서도 품안에 늘 지니고 다녔습니다. 그런데도 그때까지 최후의 결심을 결행하지 않은 이유는 '단 한 명이라도 끝까지 힘을 보태야 하는' 절박한 상황이었기 때문입니다.

그래서 저는 아버지를 만나기로 결심했습니다. 어쩌면 마지막일지도 모르는 이 순간에 아버지에게 하직인사를 드리는 심정으로, 제가 왜 학생운동을 하게 되었는지 밝히고 '아버지가 생각하는 그 기준은 틀렸다'는 말씀도 꼭 드리고 싶었습니다. 그래서 제가 결심하고 있던 그 불행한 일이 끝내 벌어진다면, 어릴 적 그리 말 잘 듣고 착했던 아들이 왜 죽음이라는 극단적인 선택을 했는지 아버지도 그 이유를 아시게 하는 것이 제 마지막 도리가 아닐까 생각한 것입니다.

하지만 상황은 제 기대와는 전혀 다르게 흘러갔습니다. 어렵게 아버지를 만나러 내려갔지만 제 생각처럼 대화가 이뤄지지 않은 것입니다. 농성장을 벗어나 아버지에게 다가가자 예상처럼 아버지는 저를 붙들고 다짜고짜 대기해놓은 차 안으로 떠밀기 시작했습니다. 그러한 아버지의 완력에 저 역시 죽을힘으로 맞섰습니다. 그렇게 밀고 버티는 상황에서 저는 아버지에게 소리쳤습니다. "이러지 마세요. 이런다고 제가 차에 타지 않습니다."

하지만 아버지는 제 호소를 전혀 듣지 않았습니다. 그저 완력으로 저를 떠밀며 "빨리 차에 타. 안 타면 넌 오늘 죽어"라는 말만 외칠 뿐이었습니다.

"아버지, 제발 이러지 마세요.. 이런다고 제가 아버지에게 힘으로 밀리겠습니까? 그만하세요!"

마지막으로 아버지와 진실한 대화를 하고 싶었는데 그 기대가 무너지자 저는 아버지에게 소리치며 화를 냈습니다. 그 순간 저는 처음 보았습니다, 아버지의 눈물을. 완고했던 아버지, 권위적이고 일방적인 그 아버지가 제 앞에서 처음으로 눈물을 보인 것입니다. 아버지가 흐느끼는 목소리로 저에게 말씀하셨습니다.

"상만아, 제발 아버지 말을 들어다오. 오늘 아침에 경찰에게 전화가 왔어. 오늘 중으로 여길 나가지 않으면 너를 감옥에 보내겠다는 거야. 오늘 중으로만 널 여기서 데리고 나가면 없던 일로 하겠다고 했으니 제발 아버지 말을 들어줘. 이 아버지가 빈다. 제발⋯⋯."

아버지의 뺨을 타고 흐르는 눈물을 보면서, 그리고 처음 듣는 아버지의 호소에 무릎의 힘이 모두 빠져버렸습니다. 그 순간, 저의 몸이 차 안으로 내동댕이쳐졌고 차는 이내 집을 향해 출발했습니다.

아버지가 내민 담배

하지만 아버지의 기대와 달리 저는 그날 집으로 돌아가지 못했습니다. 그렇게 엉겁결에 떠밀려 태워진 차 안에서 저는 아버지에게 "차를 세우지 않으면 밖으로 뛰어내리겠다"며 소리쳤습니다. 그래도 차는 멈추지 않았고 대신 "만약 네가 뛰어내린다면 나도 같이 뛰어내리겠다"는 아버지의 말만 돌아왔습니다. 난감했습니다. 이제 어떻게 해야 하나, 그런 생각을 잠시 하다가 참으로 어처구니없지만 순간 제가 까무룩 잠이 든 모양입니다. 농성을 시작하고 근 일주일간 거의 잠을 못 자고 있었습니다. 언제 진압을 들어올지 모르는 상황에서 한가하게 잠을 잘 수는 없었습니다. 동지는 몸을 불살라 사경을 헤매고 있는데 졸음을 못 이기고 잠을 잔다는 것은 용납할 수 없는 일이라는 생각에서였지요. 그런데 어처구니없게도 그 순간에 저도 모르게 잠이 들었나 봅니다. 제 의지와 상관없이 그만 정신줄을 놓아버린 것입니다.

얼마나 시간이 지난 것일까? 정신이 든 것은 얼굴에 와 닿은 차가운 바람 때문이었습니다. 얼핏 눈을 떠 살펴보니 그곳은 국도에 위치한 합동

검문소였습니다. 그리고 열린 차창 밖으로 보이는 낯선 장면. 차의 양쪽에서 저에게 소총을 겨눈 경찰이 보였습니다. 그러면서 저를 향해 "고상만 씨 맞습니까?"라며 묻는 것 아닌가요. 당황하며 "네"라고 하자 경찰은 저에게 하차를 명령했습니다. 차에서 내리자마자 경찰은 저를 체포하며 수갑을 채웠습니다. 나중에 알고 보니 수배 중인 제가 차에 태워져 출발하자 각 검문소에 체포지령이 내려졌고 이에 따라 경찰이 검문소에서 대기하고 있었다고 합니다.

솔직히 말해 그 체포가 고마웠습니다. 만약 그렇게 아버지 손에 이끌려 집으로 갔다면 저는 평생 괴로웠을 것입니다. 그런데 경찰이 저를 체포해주니 오히려 고마웠던 것이지요. 구속되면 어쩌나 하는 따위의 두려움은 고사하고, 분신으로 사경을 헤매는 동지를 두고 농성장을 벗어났다는 도덕적 자책에서 벗어나 오히려 안도감이 든 것이 사실입니다. 하여튼 그렇게 체포된 저에게 구속영장이 발부되었습니다.

세상 일 알 수 없음을 처음 알았습니다. 묘하게도 아버지는 그날 이후 제 길을 응원해주는 든든한 후원자가 되었습니다. 감옥에 있는 동안 아버지는 매주 그 먼 길을 면회하러 오셨고 못난 아들의 옥바라지를 해주셨습니다. 그렇게 해서 석 달 열흘 만에 1심에서 석방되던 날, 아버지는 두부 한 모와 함께 생각지도 못한 선물을 건네주셨습니다. 지금은 끊은 담배였지요. 아버지는 정작 흡연도 하지 않던 분이신데 누군가에게 들으셨다고 합니다. "감옥에서는 담배를 못 피워 그게 제일 힘들다"는 말에 저를 기쁘게 해주고 싶어 아버지 나름대로 준비한 '석방 이벤트'였던 것입니다. 그때 새 담배 한 갑을 제 손에 감싸주시던 아버지 생각을 하니 새삼 가슴이 아려옵니다.

생각이 달랐던 아들과 아버지의 '특별한 화해'

그런 아버지와의 새로운 관계에는 많은 변화가 있었습니다. 아버지는 제 앞에서 더는 민주화운동을 힐난하지도, 전두환과 같은 독재자에 대해 우호적인 이야기도 꺼내지 않으셨습니다. 그리고 이후 여러 인권단체에서 직업 인권운동가로서 살아오는 동안 아버지는 저의 적극적 지지자가 되어주셨습니다. 무엇보다 기억나는 일은 이후 대통령 선거와 국회의원 선거 때가 되면 꼭 저에게 이번 선거에 누구를 찍어야 할지 묻곤 하신 것입니다.

1992년 대통령 선거 때부터 그러신 것 같습니다. 아버지께 "김대중 후보를 찍어주시면 좋겠다"고 했지만 별 기대는 하지 않았습니다. 아무리 변했기로 설마 제 아버지가 빨갱이라 믿고 있는 김대중 후보를 선택할 리 없다고 여겼기 때문입니다. 그리고 그해 12월, 김대중 후보는 또 대선에서 낙선했습니다. 그런데 아버지가 그 결과를 아쉬워하며 "되지도 않을 건데, 괜히 김대중을 찍었네"라고 말씀하시는 것 아닌가요. 물론 저는 믿지 않았습니다. 그냥 저 듣기 좋으라고 하신 말씀이라고 생각했습니다. 하지만 그다음 번 대통령 선거가 있었던 1997년, 김대중 후보가 대통령으로 당선된 날 진심으로 기뻐하는 아버지를 뵈며 저는 문득 5년 전 말씀과 그때 아쉬워하던 모습이 떠올랐습니다. 그때 정말 아버지가 김대중 후보를 찍었다는 것이 사실인가 싶은 의문이 들었습니다. 그래서 여쭀습니다.

"아버지, 지난번 선거 때 정말 김대중 후보에게 투표했어요?"

"그럼, 진짜지."

"아니, 정말요? 김대중은 빨갱이라며 싫어했잖아요? 그런데 왜요?"

아버지는 잠시 침묵하셨습니다. 그러다가 저는 아버지의 '두 번째 눈물'을 보았습니다.

"상만아, 너한테 참 미안하다."

"네? 아니, 왜 그러세요. 왜요?"

뜻밖의 아버지 말씀과 눈물에 저는 당황하고 민망하여 손을 내저었습니다. 그러자 이어진 아버지의 말씀.

"너 감옥에 끌려가던 날 말이다. 결국은 아버지가 너를 잡아 경찰에 넘긴 것 아니냐. 그러니 아버지가 어찌 너에게 미안한 마음이 없겠니? 이제 네가 원한다면 아버지는 뭐든 다 해주고 싶어. 네가 원하는 일을 아버지가 무슨 일이든 못 해주겠어?"

아버지의 말씀에 저도 울컥했습니다. 알고 보니 아버지는 그날, 총을 겨눈 경찰에게 눈앞에서 아들이 잡혀가는 것을 본 후 울면서 거리를 방황하셨다고 합니다. 경찰에게 속아 결과적으로 아들을 감옥에 보낸 자신의 바보 같은 행동을 자책했던 것입니다. 그 미안한 마음에 아버지는 이후 자신의 신념과 상관없이 그저 이 아들이 바라는 대로, 원하는 대로 다 해주고 싶었다고 합니다. 아버지의 말씀은 이렇게 이어졌습니다.

"미안하다, 상만아. 아버지가 못나서 널 감옥에 보냈어. 앞으로도 네가 원하는 사람은 아버지가 꼭 찍을 테니 미리 말만 해줘. 전두환, 노태우 이것들이 내 아들을 감옥에 보냈는데 내가 미치지 않고서야 왜 그놈들을 또 찍어줘? 절대 안 찍어!"

2002년 돌아가신 아버지, 사랑합니다

이제 그때의 일은 오래전 추억이 되었습니다. 지난 2002년 대통령 선거 때 또다시 아들이 지지하던 민주당 노무현 후보를 따라 지지해주시던 제 아버지는, 그러나 노무현 후보의 당선을 보지 못하고 그해 9월 지병 끝에 떠나셨기 때문입니다. 아버지가 돌아가시기 얼마 전, 아버지와 나눈 마지막 대화를 잊지 못합니다. 그날 아버지께서는 동네 복덕방 사장을 만나고 온 후 평소와 달리 우울한 표정으로 제게 물으셨습니다.

"상만아, 노무현이가 고등학교밖에 못 나왔다던데 그게 사실이니? 동네 복덕방하는 이가 그러는데 그런 사람이 무슨 대통령이 되겠느냐며 말하던데, 정말 노무현이 고등학교밖에 못 나왔어?"
"아버지, 노무현 후보가 집이 가난해서 고등학교밖에 못 나온 건 사실이지만 그 후 고시에 합격하여 판사도 하고 국회의원도 하고 해양수산부 장관도 한 사람이에요. 그런 사람을 고등학교밖에 못 나왔다고 대통령 감이 아니라고 하면 그건 말이 안 되겠죠?"

그러자 아버지는 대번에 "복덕방 그놈이 내게 거짓말을 했네" 하며 환하게 웃으셨지요. 그날 본 아버지의 환한 미소를 저는 잊을 수가 없습니다. 아버지를 부끄러워했던 아들, 그래서 시작한 학생운동과 민주화운동 과정에서 수없이 충돌하며 아버지에게 던진 그 많은 말의 비수가 부끄럽습니다. 그런 아버지에게 저는 분명 불효자입니다. 오늘 아버지가 너무 그립고 또 죄송합니다.

채 세상을 알기도 전에 어머니를 잃었고, 그래서 굶주리고 배우지 못해 젊은 시절 극심한 가난으로 고통받았던 내 아버지. 그런 가난의 고통을 자식에게는 물려주지 않고자 돈을 벌려고 애를 써서 남부럽지 않게 키워주신 내 아버지. 그런 아버지를 제 기준으로 무조건 틀렸다고 했던 부끄러움을 이제라도 빌고 싶습니다. 아버지, 사랑합니다. 사랑합니다. 왜 이 말을 아버지 생전엔 한 번도 하지 못했을까요.

아버지가 거짓말처럼 돌아가신 그날, 입관식에서 마주한 아버지에게 이 마음을 전하고 싶었습니다. 마지막 순간이니 각자 작별을 고하라는 직원의 말에 저는 주저 없이 아버지 이마에 제 입술을 대었습니다. 처음이자 마지막으로 나눈 아버지와의 스킨십. 차가운 아버지의 이마 체온이 날카로운 기억으로 제 뇌리에 남았지만 이제는 따스한 느낌만 기억될 뿐입니다. 다시 그렇게 아버지에게 한 번 더 인사할 수 있다면 얼마나 행복할까요.

아버지를 보내드리고 돌아오는 버스 안이었습니다. 아내가 제게 말했습니다. "당신이 이제 정말 잘해야 한다고." 뜬금없는 아내의 말에 저는 "그래야지"라며 별 의미 없이 답했습니다. 아내는 그게 아니라고 했습니다. 그렇게 해서 제가 모르던 아버지와 아내 사이에서 있었던 일화를 들게 되었지요. 1995년에 분가한 집으로 아버지가 종종 낮에 찾아오셨다고 합니다. 저는 출근을 했으니 모르는 일이었습니다. 지나가는 길에 들렀다면서 한 손에는 마른국수 한 다발과 손주에게 줄 과자 몇 봉지를 가져오시곤 했답니다. 아버지가 국수를 그리 좋아하셨는지 저는 몰랐습니다. 아내도 처음엔 밥상 차리게 하는 게 미안하여 시아버지가 국수를 사오시는 줄 알았다고 합니다. 그래서 밥을 지어 상을 준비한다고 하면 정말로 국수가 좋아 그런 것이니 국수를 말아달라고 하셨다 합니다. 어쩔 수 없이 며느리가 잔치국수를 만들기 위해 주방에서 일하고 있으면 아버지는 식탁에 앉아 늘 그렇듯 아들인 저의 흉을 보곤 했다고 합니다. 아이까지 둔 가장이 여전히 돈은 안 벌고 매일 데모나 하러 다닌다고, 그래서 충열이 엄마가 고생이 많아 시아버지로서 미안하다고, 언제 그놈이 철이 들지 걱정이라고. 이런 이야기를 오실 때마다 늘 하셨다는 겁니다. 그러던 어느 날, 듣고 있던 아내가 끝내 작심을 하고 어려운 시아버지에게 한마디 했다고 합니다.

"아버님, 저는 충열이 아빠를 믿고 있어요. 그러니 아버님도 제 앞에서 그런 말씀 하지 않으셨으면 좋겠어요. 지금은 비록 돈도 못 벌고 재야단체에서 일하고 있지만 훗날에는 아버님에게 자랑스러운 아들이 될 거예요. 충열이 아빠가 돈을 못 벌면 제가 돈을 벌어서라도 뒷수발을 다 할 테니 우리 걱정은 이제 하지 않으셔도 돼요. 그러니 더는 제 앞에서 충열이 아빠 흉보는 말씀은 하지 않으셨으면 좋겠어요. 죄송해요. 이런 말씀을 드려서……."

며느리의 말에 아버지는 잠시 대꾸가 없으셨다고 합니다. 아마도 당돌

한 며느리 말에 말문이 막히셨겠지요. 그리고 잠시 후 듣게 된 시아버지의 한마디.

"우리 며느리, 참 똑똑하구나. 고맙다."

진심으로 이 말씀을 하셨다고 합니다. 정말 아버지는 그날부터 제 흉을 보지 않았다고 합니다. 대신 국수를 사들고 오시는 날이면 저 몰래 적지 않은 생활비를 주신 후 가셨다고 합니다. 돈을 줬다는 말은 저에게 하지 말라는 당부와 함께. 그러면서 그날 네가 나에게 그리 말해줘서 너무 고마웠다고, 사실은 돈도 안 버는 아들 때문에 늘 며느리에게 미안했고 혹여 내 아들에게 실망해서 떠날까 봐 그랬는데 그날 남편 편을 들어주는 며느리에게 고마웠다는 본심을 아내가 후에 들었다고 했습니다.

아내는 그런 아버지에게 당신이 자랑스러운 아들이 되어야 한다고 돌아오는 버스 안에서 말했습니다. "무엇이 되는 게 중요한 것이 아니라 아버지에게 약속했던 삶의 원칙을 당신이 실천해야 한다"고 했습니다. 정의로운 사람 말입니다. 과연 저는 지금 그 약속을 잘 지키며 살아가고 있는 것일까요? 그날 그렇게 아버지와 작별할 수 있어서 고마웠습니다. 아버지, 정말 사랑합니다. 그리고 아버지의 아들이었음을 자랑스럽게, 또 고맙게 생각합니다. 아버지의 이름으로 살겠습니다.

장인어른이 남긴 유산,
50만 원

장인어른이 돌아가신 때는 2018년 2월
의 아주 추운 겨울이었습니다. 그날 밤 새벽 1시경에 집으로 걸려온 위독
하다는 소식. 전날 가벼운 폐렴 증상으로 입원하셨다는 연락을 받고 주
말에나 병문안을 가야겠다는 말을 아내와 나눈 후였습니다. 그런데 느닷
없이 아버님이 위독하다는 소식에 멍한 마음을 가눌 길이 없었지요. 부
랴부랴 옷을 챙겨 입고 평소 손주들 중에서 가장 많이 아껴주시던 딸아
이를 깨워 아버님이 계신 병원으로 향했습니다. 그러면서 누구나 그러하
듯 '이것이 정말 끝은 아니겠지' 하는 마음으로 자동차의 액셀러레이터
를 밟았습니다. 아내 역시 다르지 않았습니다. '이전에도 병원에서 몇 번
이러시다가 괜찮아지셨으니 이번 역시 다르지 않을 것'이라며 막연한 희
망을 몇 번이나 되풀이 말했습니다. 하지만 이번엔 느낌이 좀 달랐습니
다. 제가 사는 경기도 고양시에서 강원도 춘천의 병원까지 내달리던 1시
간여가 훌쩍 지나도록 아내가 기다렸던 그 전화는 끝내 오지 않았습니
다. 그리고 잠시 후, 결국 아내는 그날 새벽 아버지를 잃었습니다. 병원에
도착하기 직전 장인어른 옆에 함께 있던 막내처남에게 전화가 왔고 방금

전 운명하셨다는 비보를 전해준 것입니다. 오열하는 아내의 울음소리를
들으며 저는 오래전 장인어른이자 또 다른 아버님이었던 그분을 처음 뵙
던 때가 떠올랐습니다.

1991년 3월, 그분을 만나다

제가 처음 장인어른을 뵌 때는 1991년 3월의 봄이었습니다. 89년에 대
학에 입학한 후 운동권 학생이 되었습니다. 그러다 이듬해 봄, 함께 학생
운동을 하던 당시 총학생회장 김용갑 동지를 28일 2시 35분 실종 끝에
의문사로 잃는 비극을 당했습니다. 언론과 인터뷰를 할 때마다 늘 빠지
지 않고 듣는 질문이 있습니다. "처음 어쩌다가 의문사 같은 문제에 관심
을 갖게 되었느냐"는 것입니다. 그 이유가 바로 이 사람, 김용갑 동지의 죽
음 때문이었습니다. 그 억울함을 도저히 참을 수 없었지요. '그는 죽고 나
는 살아 있다는 것'이 20대 청춘의 양심상 너무 미안했고 한없이 부끄러
웠기 때문입니다. 그래서 제일 먼저 한 일이 지금 생각해보면 참 순진한
결정이었습니다. 일단 '수업에 들어가지 않기'였습니다. 김용갑 동지가 그
리 억울하게 죽었는데 나는 졸업하기 위해 학점을 받고자 수업에 들어간
다는 것이 너무나 이기적으로 느껴졌기 때문입니다. 어쨌거나 수업에 들
어가지 않은 시간에 제가 한 일은 대자보와 유인물 초안 쓰기였습니다.
김용갑 동지의 억울한 죽음을 밝혀야 한다는 것, 그가 투쟁하다가 못 이
루고 떠난 민주주의와 인권, 조국의 통일을 우리가 끝까지 해내겠다는
다짐을 담아 수없이 글을 쓰고 유인물을 만들었습니다. 그러니 무엇보다

우리 대학의 자주화와 민주화부터 이뤄야 한다며 학우들의 동참을 호소하는 내용의 글을 쓰고 또 썼습니다.

지금까지 살며 여러 권의 책을 남겼습니다. 이 외에도 〈고양신문〉을 비롯해 〈오마이뉴스〉와 〈고발뉴스〉 같은 언론에 다양한 글도 썼습니다. 그렇게 기고한 글에 과분할 정도로 호평을 받았습니다. 무엇보다 글이 쉽고 재미도 있다고 해서 '고상만의 글쓰기' 강좌를 몇 번 진행하기도 했습니다. 그런 강의일수록 꼭 나오는 질문이 있습니다. "혹시 정식으로 문학 공부를 한 적이 있느냐"는 것이지요. 그럴 때마다 제가 하는 답변입니다.

"따로 문학 공부를 한 적은 없어요. 다만 제가 글쓰기 공부를 했다고 한다면 아마도 학생운동을 하며 수없이 썼던 대자보와 유인물 초안 작성이 큰 도움이 되지 않았나 싶습니다. 대자보와 유인물 초안은 흔히 '3초의 승부'거든요. 지나가는 사람에게 유인물을 나눠주면 순간적으로 쓱 읽고 마는 건데 길어봐야 3초 정도 사이에 관심을 얻지 못하면 그냥 꽝이거든요. 그래서 어떻게 하면 더 쉽게 쓸까, 또 흥미를 유발할 수 있을까를 늘 고민했거든요. 그런 고민이 제가 쓰는 글의 기초 공부가 되었다고 생각합니다."

한편 김용갑 동지를 의문사로 잃고 맞이한 1990년 8월, 학교에서 결국 제적이 되고 난 후부터 저는 본격적인 학생운동의 길로 접어들었습니다. 하지만 이듬해인 1991년은 더한 고통이 기다리고 있었습니다. 그해 3월 초, 저는 1년 전에 먼저 보낸 김용갑 동지의 죽음 앞에서 약속한 것이 하나 있었습니다. 당신을 잊지 않겠다는 것. 그래서 내가 살아 있는 동안에는 반드시 추모제를 잊지 않고 내 손으로 모시겠다는 다짐이었습니다. 이 약속을 스스로 다짐하는 의미에서 저는 김용갑 동지의 영정 앞에서 커터 칼을 들었습니다. 그런 후 제 왼손 두 번째 손가락을 세 번 그어 흰 대자보 용지에 '김용갑'이라는 이름을 크게 썼습니다. 붉은 피로 번지는 '김용갑'이라는 이름 석 자.

그 첫 번째 추모제 약속을 지켜야 하는 날이 1991년 3월 28일이었습니다. 저는 그의 첫 번째 추모제를 학교에서 학우들과 함께 성대히 거행하고 싶었습니다. 고작 스물네 살의 청춘으로 비명에 떠난 그의 죽음을 그런 식으로라도 위로해주고 싶었기 때문입니다. 그런데 상상했던 것보다도 그 과정은 너무나 힘들었습니다. 김용갑 동지의 1주기 추모제를 학내에서 거행하려는 우리의 행동을 재단과 학교 측이 달가워할 리가 없었기 때문입니다. 그래서 이 추모제를 막기 위해 또다시 재단과 학교 측은 조폭들을 사주하여 폭력을 행사합니다. 그 과정에서 벌어진 당시 동아리연합회장 정연석 동지의 분신자살 기도.

그날부터 제적생 신분이었지만 제가 농성을 주도하지 않을 수 없었습니다. 한 청년의 죽음과 또 다른 생명의 분신 항거에 저는 피눈물을 흘렸습니다. 그리고 이 청년들의 처절한 비명을 저들의 웃음거리로 전락시키면 안 된다고 다짐했습니다. 그 어떤 핍박을 받는다 할지라도 더는 뒤로 물러설 자리가 없다고 결심한 것입니다. 그렇게 해서 시작된 학내 점거 농성 시위. 매일 교문 앞에서 투석전이 벌어졌고 화염병과 최루탄이 넘나들었습니다. 당시 학생들이 요구한 사항은 절대 무리한 것이 아니었습니다. 교육부의 학원 감사 실시와 김용갑 동지의 사인 의혹에 대한 경찰의 전면 재수사가 사실상 전부였습니다. 이런 우리의 요구에 학우들 역시 깊이 공감했습니다. 매일 점거농성이 이어졌고 수업은 정상적으로 이뤄질 수 없는 상황이었습니다. 그러니 학교도 가만히 있을 수는 없었겠지요.

농성 중인 학생들의 집으로 담당 교수가 전화하여 부모님을 소환하기 시작한 것입니다. "지금 댁의 자녀가 학교에서 불법 점거농성 중이니 빨리 데려가라. 오늘 중으로 와서 데려가지 않으면 형사 처분과 함께 제적 등 중징계를 받게 될 것"이라는 취지로 겁박을 한 것입니다. 이런 연락을 받은 부모라면 당연히 혼비백산하며 달려올 일입니다. 특히 여학생의 부모는 더욱 그러했습니다. 그런 이유로 분기탱천하여 학교까지 달려온 여학생의 부모는 조용히 돌아가신 적도 없습니다. 함께 농성 중인 남학생들이 보이면 일단 따귀부터 한 대 후려갈겼습니다. "저놈이 순진한 내 딸을 꼬드겨 못된 데모 짓거리를 하게 했다"고 여긴 탓입니다. 그래서 점거농성 중인 남학생들은 '다음엔 누가 또 따귀 맞을 차례일까'라며 객쩍은 농담을 하기도 했지요.

그러던 어느 날이었습니다. 마침 그날은 농성장에 다른 사람은 보이지 않고 저 혼자 뭔가를 쓰고 있을 때였습니다. 사실 저는 그때 농성장에 있기보다는 그곳에서 조금 떨어진 다른 교수실을 점거하여 혼자 사용하고 있었습니다. 제가 맡은 역할이 각종 대자보와 유인물의 초안을 작성하는 일이었기에 좀 조용한 공간이 필요했기 때문입니다. 그러다 보니 제가 사람 많은 농성장으로 갈 일은 거의 없고 다만 회의를 하거나 작성한 초안을 대자보 작성 팀에 전달할 때만 방문했는데 아마 그날도 그런 초안을 전달하고자 가지 않았나 싶습니다. 아, 그런데 정말 운이 없게도 그 상황에서 저는 마주치면 안 될 분을 거기서 보게 된 겁니다. 그때 얼핏 50대 중반쯤 되시는 누군가의 아버님이 농성장으로 들어서는 것 아닌가요. 이럴 수가! 그 순간 저는 속으로 '아, 오늘은 내가 따귀를 한 대 맞는 날이되나 보다' 싶었습니다. 어쩔 수 없는 일이었습니다. 그런 생각을 하며 일단 마주친 그분에게 어떻게 오셨느냐고 여쭈니 "내가 아무개의 아버지인데 그 아이가 여기 있나 찾아온 것"이라고 하시는 겁니다. 빠져나갈 방법도 없는지라 '오늘은 그냥 한 대 맞아야 되는 날'이라는 체념으로 "일단 앉아서 제 말씀을 잠시 들어달라"며 그분께 청했습니다. 그러면서 바로이때쯤 '따귀가 한 대 날아오겠지' 내심 기대(?)하기도 했지요.

그런데 아니었습니다. 이전에 오신 다른 학부모와 달리 이분은 제가권하는 대로 일단 자리에 앉으시는 것 아닌가요. 그때까지 그 어느 학부모에게서도 보지 못한 모습이었습니다. 자신의 착한 딸이 '빨갱이 남자새끼들 꾐에 빠져' 데모한다고 생각하는 통상의 아버지로서는 따귀부터한 대 때리는 것이 당연할 것 같은데 이분은 아니었습니다. 그런 모습을보며 저는 정성껏 우리의 처지를 설명하고자 노력했습니다. 왜 우리가 지금 싸우고 있는 것인지, 무엇이 억울하다는 것인지, 그리고 무엇이 잘못된 것인지 등등에 대해 최선을 다해 눈물까지 그렁그렁하게 담아 말씀을 드렸습니다.

사학 재단의 극악한 부정과 비리, 그리고 이에 저항하던 민주 학생들에게 저지른 온갖 폭력 작태, 결국 이 과정에서 희생된 어느 학우의 의문사와 또 다른 학우의 분신 항거 사연을 조목조목 말씀드렸습니다. 하지만 솔직히 큰 기대는 하지 않았습니다. 지금까지 그분이 살아오신 세월이 있는데 고작 어린 제 말에 순순히 동의할 리가 없다고 생각했기 때문입니다. 제 아버지처럼 '데모하는 놈은 무조건 때려죽여야 하는 빨갱이'라는 험한 말씀이나 안 들으면 다행일 것입니다. 그렇게 생각했습니다. 더구나 50년 넘게 살아오신 그분이 평생 가지고 온 자기 생각을 처음 만난 학생의 짧은 말 몇 마디로 바꿀 리 없지요.

그런데 그때였습니다. 내내 잠자코 제 말을 경청하시던 그분이 처음으로 말문을 여신 겁니다. "나도 한마디 해도 되냐"며 반문하신 겁니다. '아, 이제부터 이분이 반박을 하시려나 보다' 싶어 저는 가만히 그분을 응시했습니다.

"아들 같으니 말을 좀 놔도 될까요?"

정말 뜻밖의 물음에 저는 적이 당황했습니다. 대뜸 육두문자부터 내쏟는 여느 분들과 달리 점잖게 묻는 그 말씀이 생경스러웠기 때문입니다. 그래서 저는 더욱 황송했습니다. 당연히 "그럼요"라고 했습니다.

"그럼 자네, 이번에 이 싸움을 반드시 이길 자신이 있는지 말을 좀 해주게. 아니, 반드시 이겨야 하는데 그런 방법이 뭐가 있는지 혹 준비하고 있는 계획이 있다면 듣고 싶은데……."

세상에나! 이런 질문을 이런 상황에서 제가 받을 줄이야, 그야말로 허를 찔린 기분이었습니다. 뜻밖의 질문에 그 아버님에게 뭐라고 답을 했는지 지금은 솔직히 기억나지 않습니다. 아마도 원론적인 이야기, 예를 들어 '일치단결로 끝까지 포기하지 않고 싸우겠다'는 식의 빤한 주장을 하지 않았을까 싶습니다. 그런 제 답에 이분이 답답했나 봅니다. 이번엔 더욱 놀라운 주문을 하셨습니다.

"아니 그렇게 해서는 이길 수가 없고 정 안 되면 요 학교 앞 4차선 도로를 점거해서라도 꼭 이겨야 하네. 하여간 무엇을 하든 반드시 이번에 시작한 싸움을 꼭 이겨야 해."

그러시면서 재차 "이길 자신이 있느냐?"며 다그치시니 저는 얼결에 "네, 꼭 이기겠습니다!"라며 생각지도 못한 약속을 했습니다. 그분은 제 답을 듣자마자 자리에서 일어나시더니 "그럼 나는 자네를 믿고 집으로 돌아가겠네" 하시는 것 아닌가요. 예상과 너무도 달리 전개되는 이 모든 상황이 저는 얼떨떨하기만 했습니다. 왜 그냥 집으로 돌아가신다는 건지도 이해되지 않았습니다. 그래서 황망히 걸어가시는 그분의 뒤를 따라 복도로 나섰습니다. 무슨 말이든 건네고 싶었습니다. "여기까지 오셨는데 그래도 따님은 만나고 가셔야 하지 않겠습니까?" 그러자 그 아버님은 "좀 전에 여기 농성장 건물로 들어오다가 얼핏 딸아이를 봤는데 나를 보더니 어디론가 피했다"며 "자기도 생각이 있어서 다 그럴 텐데 굳이 아버지를 따라오지 않겠다는 아이를 억지로 끌고 가봐야 무엇하겠는가?"라고 하시는 겁니다. 결국 저는 정말 궁금한 한마디를 여쭸습니다.

"아버님, 그런데 왜 꼭 이 싸움을 이겨야 한다고 말씀하시는 건가요? 지금까지 이런 말씀을 우리에게 하신 분은 처음이라서……."

그러자 그분이 멈춰 서서 말씀하셨습니다. 그때 그분의 눈빛에서 많은 말이 스쳐가는 것을 느꼈습니다. 그분이라고 다른 아버지들과 무엇이 달랐겠습니까? 사실은 똑같이 당혹스럽고 두려웠을 겁니다. 그런 마음이 그분의 두 눈에 담긴 것을 제가 본 것입니다. 잠깐의 침묵이 지난 후 저는 그 아버님의 진심을 듣게 되었습니다.

"이렇게 일이 커진 상황에서 만약 자네들이 이 싸움에서 지게 된다면 내 딸 역시 무사하지 못할 것 아닌가? 구속이 되든 아니면 학교에서 퇴학이 되어 쫓겨나든 할 텐데. 그러니 자네들이 어떡해서든 이기면 그땐 피해가 없을 것 같아서 그런 거야. 다시 한번 부탁하지만 자네가 내 딸보다 선배인 것 같으니 꼭 이 싸움을 이길 수 있도록 자네가 노력을 해주게. 꼭 이겨야 해, 내 딸을 위해서라도. 또 자네들도 그래야 무사할 수 있어. 부탁하네."

하지만 그해 봄, 저는 이 아버님과의 약속을 끝내 지키지 못했습니다. 불행하게도 우리의 투쟁은 참담한 결과만 남기고 끝났습니다. 그리고 그 아버님의 예상처럼 저를 비롯해 모두 여섯 명의 학생이 구속되어 감옥으로 끌려갔습니다. 영장이 발부되어 일제강점기에 지은 고성경찰서 지하 대용감방에 수감된 날, 저는 세 명의 교도관에게 무차별 집단구타를 당했습니다. 내심 양심수니까 당당하고 의연하게 행동하자며 마음을 다지고 들어선 감옥에서 집단구타를 당하니 맥없이 무너지고 말았습니다. 부끄러운 기억입니다. 그들의 무자비한 구타와 폭력을 당하며 의지력이 완전히 상실된 순간에 "빤스 내려!"라는 교도관의 명령에 저는 더 맞지 않기 위해 허겁지겁 따랐습니다. 실오라기 하나 없는 전라의 나체로 서 있는 제 모습을 느끼며 저는 스스로에게 절망했습니다. 그들이 원했던 것이 바로 이것이었습니다. 양심수를 내세우며 감옥에서 저항할까 봐 미리 준비하고 폭력을 휘둘렀던 것입니다. 그들의 생각대로 제가 무너진 것이 너무나 수치스러웠습니다. 그렇게 시작한 절망 속의 감옥 생활에서 저는 '꼭 이겨야 한다'며 강조하시던, 농성장을 찾아왔던 그 아버님을 잊을 수가 없었습니다. 눈물이 났습니다. 서러웠습니다. 끝내 지키지 못한 그 약속, 그게 정말 죄송했기 때문입니다.

구속 둘째 날, 내가 감옥에서 웃은 이유

감옥에서 첫 번째 밤을 보내고 맞이한 다음 날 새벽, 전날 밤에 정신없이 얻어맞고 일어난 3월의 지하 독방 감옥은 너무나 추웠습니다. 송판으로 된 마룻바닥에서 냉기가 그대로 올라오는데 거기에 군용 모포 한 장만 깔고 다시 한 장의 군용 모포를 덮고 자다 보니 저도 모르게 머리 위까지 덮었나 봅니다. 눈을 떠보니 얼굴까지 덮고 있던 군용 모포 사이로 천장의 형광등 불빛이 보였습니다. 감옥은 24시간 불이 켜져 있어 늘 환했기 때문입니다. 순간 '여기가 어디지?' 하며 분간을 하지 못했습니다. 낯선 공간에서 깨어나 순간적으로 공간 인지력이 없어진 것 같았습니다. 도통 그곳이 어디인지 느껴지지 않았습니다. 그래서 천천히 군용 모포를 내려 주변을 둘러보는데 그때 제 눈에 쇠창살이 들어오는 것 아닌가요? 그제야 저는 깨달았습니다. 내가 구속되어 감옥에 갇혔다는 기억이 되살아난 것입니다. 당시 만 스물한 살. 순간 저도 모르게 무서운 생각이 들어 다시 군용 모포를 머리 위까지 덮었습니다. 생각해보면 참 어린 나이였습니다.

그런데 잠시 후 저는 웃었습니다. 소리 내어 웃을 수는 없었지만 감옥에서 웃었습니다. 제가 도망가지 않았다는 것 때문이었지요. 그게 기쁘고 자랑스럽고 스스로가 고마워서 웃었습니다. 그러니까 만 1년 전 오늘, 김용갑 동지의 죽음과 마주한 후 저는 그의 기일을 잊지 않겠다고 다짐했습니다. 그래서 혈서까지 썼던 것입니다. 하지만 두려웠습니다. 그 약속을 제가 지키지 못할까 봐 그랬습니다. 제가 저를 너무나 잘 알기에 더욱 그랬습니다. 저를 용기 있는 사람이라고 오해하는 분들이 종종 있습니다. 하지만 사실 저는 겁이 많은 사람입니다. 구속되어 검찰에서 조사를 받을 때도 그랬습니다. 저에게 적용된 범죄 혐의는 '집회 및 시위에 관한 법률' 위반, '폭력행위 등 처벌에 관한 법률' 위반, '화염병 사용 등의 처벌에 관한 법률' 위반 등이었습니다. 그런데 검찰조사 단계에서 저는 화염병 제조와 제조된 화염병을 시위 현장으로 운반하여 투척하도록 지시한 것은 사실이지만 제가 화염병을 던진 적은 없다고 일관되게 주장했습니다. 그러자 저를 담당하던 검찰 수사관이 화를 내며 말했습니다.

"야, 거짓말하지 말란 말이야. 화염병 제조와 운반 지시까지 네가 다 했는데 왜 투척은 안 했다는 거야? 어차피 처벌받는 형량은 똑같은데 왜 거짓말을 해? 너는 영웅이야. 학생들이 너를 엄청 따른다고 하던데 그런 영웅이 이런 거짓말을 하면 되겠어? 그냥 인정해. 멋지게."

하지만 저는 진술을 바꾸지 않았습니다. 안 했으니 안 했다고 주장한 것입니다. 그러자 옥신각신하던 수사관이 다시 물었습니다.

"그럼 화염병 투척은 왜 안 한 거야?"

"제가 던진 화염병을 누가 정말로 맞고 다칠까 봐요. 그래서 못 던지겠더라고요."

제 답에 수사관이 엄청 웃었습니다. 정말 믿어서 그런 것인지, 아니면 하도 기가 막혀서 그런 것인지, 그도 아니면 어차피 처벌받을 형량이 같으니 그만하자는 생각 때문에 그런 것인지 모르겠으나 어쨌든 제 혐의에서 화염병 투척은 빠졌습니다. 실제로 저는 매우 극단적인 대립의 순간이 오면 이른바 '비둘기파'로 분류됩니다. 그런 성격이니 제가 혹여 무서워 어디론가 도망가버리지나 않을까 내심 두려웠던 것입니다. 제가 저 자신을 믿을 수 없어 더욱 그랬습니다. 혹시나 군대에 끌려가서 김용갑 동지의 1주기 기일부터 지키지 못할까 봐, 또는 나도 김용갑 동지처럼 그들에게 죽임을 당하거나 그 직전의 두려움으로 어디론가 숨어버리는 못난 선택을 할까 봐 걱정했던 지난 1년이었습니다. 그런데 제가 도망가지 않은 것입니다. 검찰이 청구한 구속영장이 발부된 날이 1991년 3월 27일이었습니다. 그러니 하루 자고 일어난 날이 3월 28일, 바로 김용갑 동지가 숨지고 만 1년이 되는 날이었던 것입니다. 그 1년이 되던 날 제가 어디로 도망도 안 가고 피하지도 않고 대신 감옥에 갇힌 것입니다. 이 사실이 저는 진심으로 기뻤습니다. '내가 이겼다'는 생각마저 들었지요. 그래서 웃은 것입니다.

잠시 후 제가 있던 독방에 아침 관식이 들어왔습니다. '관에서 주는 밥'이라고 해서 관식이라 불리던 밥은 보리쌀과 정부미를 섞어 뜨거운 증기로 쪄내는데 마치 떡처럼 뭉개져서 온통 까맣게 보입니다. 그런 아침밥에 저는 감옥에서 준 순가락을 꽂았습니다. 그 독방에서 저는 김용갑 동지에게 약속한 추모제를 혼자 치렀습니다. 그것이 제가 김용갑 동지에게 했던 추모제 약속의 첫 이행이었습니다. 어쩌면 그 기억이 오늘까지 30년을 이어올 수 있는 힘이 되었는지도 모릅니다. 만약 그때 제가 도망갔다면, 끝내 자신이 없어 피했다면 저는 지금처럼 당당히 살아가지 못했을 수도 있습니다. 덕분에 그날의 1주기 추모제로 지금까지 약속을 지킬 수 있었던 것입니다. 김용갑 동지의 30주기 기일이었던 2020년 3월 28일에도 마석모란공원 묘역에서 추모제를 지냈습니다. 매년 3월 말이면 여러 학교 동문들과 함께 김용갑 동지의 어머님을 모시고 점심 한 끼를 나누고 있습니다. 너무 일찍 막내아들을 잃은 그 노모에게 '어머님의 아들은 자랑스러운 분'이라며 위로하고 있습니다. 그 작은 마음이 이 어머님에게 힘이 되기를 바라는 마음으로 말입니다.

저는 그해 여름에 감옥에서 석방된 후 본격적인 인권운동가의 길을 걸었습니다. 꼭 싸움에서 이겨야 한다던 그 아버님과의 약속을 늦게라도 지키고 싶어서였습니다. 한편 이처럼 인권운동가가 되겠다며 제가 처음 마음을 먹게 된 곳은 영장이 나와 감옥으로 실려 가던 경찰 호송버스 안에서였지요. 3월의 봄비가 차창을 몹시 때리던 날이었지요. 양 손목에 수갑이 채워지고 두 팔은 포승줄로 몸통과 함께 꽁꽁 묶인 채 버스에 실렸습니다. 그렇게 해서 거친 시동 소리와 함께 빗길을 헤치며 지하 감옥으로 향하던 그 안에서 저는 깊은 상념에 잠겼습니다. 총학생회장이었던 김용갑은 왜 그 좋은 나이에 거리에서 의문 속에 시신으로 발견되었나. 그리고 내 친구 정연석은 왜 몸에 시너를 뿌리며 절규했고 나는 또 왜 지금 감옥으로 끌려가고 있는 것일까?

그때 제가 내린 결론은 '우리가 힘이 없어서'였습니다. 내가 잘못해서

가 아니라, 그리고 우리가 잘못해서가 아니라 다만 우리가 불의한 세력
에 비해 힘이 없어 당하는 고통이라는 결론이었습니다. 그래서 이를 비
판하다가 김용갑이 죽었고 정연석이 분신을 하여 억울함을 외친 것이고
나와 후배들은 감옥으로 끌려가는 것 아닌가 싶었던 것입니다. 그게 억
울했습니다. 그래서 그날 결심한 것입니다. 다시는 나처럼, 우리처럼 억울
하게 끌려가는 일이 없는 정의로운 세상을 만들기 위해 이제부터 더 열
심히 싸우겠다는 다짐 말입니다. 석방이 되면 인권운동가가 되어 누구도
억울하지 않은 세상을 만들기 위해 일평생 살아가겠다고 결심했습니다.
스물한 살이 되던 해의 봄이었습니다.

자기도 모르게 나를 살려준 여자

그런데 운명은 참으로 묘합니다. 구속되어 첫 아침 관식을 마친 후 교도
관이 감옥 밖으로 나오라고 했습니다. 면회가 있다는 것입니다. 누가 왔
느냐고 물으니 교도관은 "어느 여성이 왔다"는 말만 툭 던졌습니다. 그래
서 저는 당연히 어머니가 오셨구나 싶었습니다. 첫 면회에 여성이 왔으니
우리 어머니 외엔 다른 사람이라고 생각하지 않은 것입니다. 어머니를 감
옥 면회실에서 마주하려고 하니 마음이 아팠습니다. 그래서 어떤 표정
으로 대할까 고민하며 지하 감옥에서 지상의 면회실로 나갔습니다. 제가
있던 감옥은 일제강점기 시절에 지은 지하 대용감방이었습니다. 그래서
외부의 햇빛이 전혀 들어오지 않았습니다. 어둡고 습한 기운으로 가득한
지하의 계단을 밝고 지상의 면회실로 들어섰는데 대기하고 있던 여성은

제 상상과 달리 어머니가 아니었습니다. 뜻밖에도 우리 학교의 운동권 여성 후배였던 것입니다.

생각지도 못했기에 더 당황했던 것 같습니다. 전혀 예상하지 못한 만남이었기 때문입니다. 돌아보니 그 여자 후배가 처음 저에게 인사한 장소 역시 남달랐습니다. 허름한 여관 복도에서 이 여자 후배를 처음 봤기 때문입니다. 어디 가서 이런 말을 꺼내면 모두가 장난으로 하는 말이라고 쉽게 여깁니다. 어떻게 처음 보는 여자를 다른 곳도 아닌 여관의 복도에서 만날 수 있느냐는 것입니다. 하지만 사실이 그랬습니다. 그때가 1990년 10월 어느 날이었습니다. 그 당시 우리 학교의 운동권 학생들은 안정적인 회의공간도 마음대로 준비할 수가 없었습니다. 그해 3월에 김용갑 동지가 폭력배들의 일곱 차례에 걸친 납치, 감금, 폭행으로 숨진 채 발견된 후 일체의 공개적 활동이 중단되었습니다. 어쩌다 학내에서 회의를 하고 있으면 폭력배들이 이내 난입해 폭력을 행사하던 시절이었기 때문입니다.

그러니 운동권 학생들은 이후 '몇 월 며칠 몇 시에 어느 여관 몇 호실에 모인다'는 식으로 약속을 하고 모여 회의를 하곤 했습니다. 그날 역시 그런 식으로 모여 회의를 하던 날이었지요. 직속 후배 중에 한 남자 후배가 제게 "선배님, 이번에 새로 가입한 90학번 후배가 있어 오늘 소개하려고 같이 왔습니다"라며 잠시 복도로 따라 나오라는 것이었습니다. 그래서 나가보니 어두침침한 여관의 복도 한쪽에 한 여학생이 서 있었습니다. 얼핏 보니 그냥 모범생 티가 풀풀 나는 여학생이었습니다. 하지만 이 여학생과 저는 많은 일을 함께하지는 못했습니다. 당시에 저는 학교에서 제적된 상태였기에 직접 학교 일에 깊숙이 개입할 수 있는 상황이 아니었기 때문입니다. 또 그런 상태에서 언제 군 입대영장이 나올지도 알 수 없으니 이후의 학교 일은 제가 책임질 수 있는 영역이 아니기도 했지요. 그런데 그런 여학생을 이번엔 또 감옥 면회실에서 다시 만난 것입니다. 그러니 놀랄 수밖에요.

생각해보면 이 여학생과 인연은 인연이었나 봅니다. 사실 이날 면회 전에 이 여학생이 저를 살려줬습니다. 자기도 모르게 그런 일을 했습니다. 무슨 말이냐고요? 제가 구속되기 며칠 전의 일입니다. 정연석 동지가 분신자살을 기도하고 이에 분노한 우리가 학교 건물 한 동을 통째로 점거한 채 농성을 이어가던 때였습니다. 학교에서는 휴교령을 발표해 기숙사에 있던 학생들까지 전부 집으로 돌려보냈습니다. 그렇게 농성장에 우리만 고립된 채 교문 앞에서 전경들과 대치하며 화염병과 최루탄으로 연일 대치하고 있던 그때, 저는 사실 깊은 절망에 빠져 있었습니다. 과연 우리가 이길 수 있을까? 사학 재벌이 가진 막강한 힘과 그에 결탁한 경찰 등 공권력을 상대로 우리는 얼마나 버틸 수 있을까? 이러다가 결국은 김용갑 동지의 죽음과 정연석 동지의 항거 역시 패배한다면 나는 무엇을 해야 할까? 그런 고민 끝에 저는 극단적인 선택을 결심했습니다. 정연석의 희생으로 부족하다면 이번엔 내가 이어 분신을 해서라도 끝까지 싸우겠다는 판단이었습니다. 어찌하든 김용갑과 정연석, 이 두 사람의 죽음과 항거가 저들의 술자리에서 심심풀이 안줏거리가 되도록 만들 수는 없다는 각오였습니다. 저는 죽어서라도 끝까지 이 투쟁을 멈추지 않겠다고 다짐한 것입니다.

그래서 앞서 석유를 붓고 분신을 시도했다가 실패했으니 이번엔 화염병 세 개를 구해 분신 준비를 모두 마쳤습니다. 그리고 제가 죽고 난 후 왜 분신을 했는지를 사람들에게 알리고자 세 통의 유서도 써놓았습니다. 하나는 전두환과 함께 12·12군사반란과 5·18광주학살에 가담해 성공한 쿠데타로 대통령이 된 '노태우의 퇴진을 요구하는 유서', 또 하나는 먼저 간 김용갑과 정연석, 나를 잊지 말고 끝까지 싸워달라는 취지로 쓴 '3천 학우에게 보내는 글', 마지막은 제 부모님과 형제에게 남긴 글이었습니다. 이 세 통의 유서를 쓰며 얼마나 울었는지 모릅니다. 1970년 노동운동을 하던 전태일 열사가 쓴 그 유서처럼 "굴리다 굴리다 채 다 못 굴리고 가는 그 덩이를 부탁한다"고 저도 썼습니다. 그렇게 죽을 준비를 다 마친 후 저는 마지막이라는 각오로 화염병의 심지 뚜껑을 열었습니다. 농성장에서 좀 떨어진 교수실에서 대자보와 유인물 초안을 쓰며 따로 떨어져 있기에 주위엔 아무도 없었지요. 그런 고요 속에서 저는 벌벌 떨리는 손으로 이생에서의 최후를 준비하고 있었던 것입니다.

그런데 갑자기 이런 생각이 들었습니다. 이제 내가 죽고 나면 남은 후배들은 또 얼마나 힘이 들까. 김용갑, 정연석 동지의 죽음과 분신으로 나역시 지금 이렇게 힘이 드는데 거기에 이젠 나까지 분신을 하고 나면 후배들이 얼마나 고통스러울까 싶어 너무나 가슴 아팠습니다.

'그래. 죽기 전에 마지막으로 농성장에 있는 후배들 얼굴 한번만 보고 가자. 아이들 얼굴 한번 보고 떠나도 늦을 일은 없겠지.'

아마 겁도 났겠지요. 두렵고 무서웠겠지요. 이제 이 화염병 속 인화물질을 머리에 붓고 불만 당기면 끝인데, 후배들 얼굴 한번만 보고 가자는 생각으로 저는 열었던 화염병 뚜껑을 다시 닫았습니다. 그러면서 오늘 반드시 결행한다는 마음을 다지며 같은 층의 농성장으로 향했습니다. 농성장에 도착하니 의외로 후배들이 거의 자리에 없었습니다. 대여섯 명 정도의 학생들만 농성장을 지키고 있었고 아마도 대부분은 학내 곳곳에 규찰을 나간 듯싶었습니다. 그때 한 여자 후배가 보였는데 농성장 의자에 앉아 뭔가를 열심히 쓰고 있는 것 아닌가요? 바로 몇 달 전 여관 복도에서 새로 들어온 후배라며 인사했던 여학생이었습니다. 생각해보니 후배로 받고도 뭐 하나 챙겨준 적도 없었다는 미안한 마음이 들어 조용히 그 뒤편으로 다가가 열심히 뭔가를 쓰고 있는 후배를 내려다봤습니다. 그런데 이상했습니다. 엉뚱한 내용을 노트에 적고 있는 것 아닌가요? 예를 들어 이런 내용이었습니다.

1991년 3월 21일 오후 2시 31분 / 영북관 앞에서 20대 중반의 검은색 양복을 입은 남자 서너 명이 서성이다가 본관 쪽으로 사라짐.

1991년 3월 21일 오후 3시 10분 / 흰색 자동차(강원 00바 @@@@)가 본관 앞에 주차 후 농성장 쪽을 주시하더니 학교 뒤편으로 이동.

이런 글을 열심히 쓰는 후배에게 제가 결국 물었습니다. 지금 뭐 하고 있던 중이냐고. 그러자 후배가 전해준 말을 듣고 저는 놀랐습니다. 정연석이 분신했던 그날부터 지금까지 시간대별로 계속 일지를 기록하고 있었다는 것입니다. 당시 제가 이 농성을 주도하고 있었는데 이런 일을 시킨 적이 없어 혹시 누가 시킨 일이냐고 물었습니다. 그랬더니 후배는 아무도 시킨 사람은 없다고 했습니다. 시킨 사람도 없는데 왜 그런 걸 쓰고 있느냐고 물으니 그 답이 저를 또 놀라게 했습니다. 자기가 이 싸움에서 마땅히 잘할 수 있는 일이 없어 무엇을 할까 고민했다는 것입니다. 고민 끝에 생각해낸 것이 일지를 기록하는 것이었다고 합니다. 이렇게 기록해 두면 뭐든 도움이 되지 않을까 싶어 누구에게도 말하지 않은 채 혼자 계속하고 있었다는 것입니다.

그 후배의 말에 저는 말로 다할 수 없는 큰 충격을 받았습니다. 그랬습니다. 저는 이미 우리의 싸움은 끝났다, 이미 우리가 졌다는 생각만 하며 비관하고 있었습니다. 그래서 살 생각은 하지 않고 오직 죽을 방법만 내내 고민하고 있었던 것입니다. 그런데 제가 이처럼 나약한 생각을 하고 있을 때 그 후배는 자기가 할 수 있는 투쟁방법을 찾아 혼자 싸우고 있었던 것입니다. 그 사실을 알고 난 후 저는 눈물이 쏟아졌습니다. 그러면서 '그래, 싸움은 끝난 것이 아니다. 우리가 아직 싸울 힘이 있고 그렇게 싸우고 싸우다가 마지막에 죽으려 하면 기회는 그때 얼마든지 있다'는 생각이 들었습니다.

그래서 그날 저는 죽으려고 미리 준비했던 화염병의 심지 뚜껑을 다시 열지 않았습니다. 대신 더 치열하게 끝까지 싸우겠다는 다짐을 새로이 했습니다. 바로 그날 상황 일지를 쓰던 그 후배가 자기도 모르는 가운데 저를 살려준 것입니다. 그 사람이 바로 그날 감옥으로 면회를 와준 그 후배였습니다. 또 이전에 농성장으로 찾아와 '반드시 이겨야 한다'며 제게 다짐을 요구했던 그 아버님의 딸이기도 했던 이 후배, 인연은 그렇게 시작되었습니다.

매일 찾아와 넣어준 편지, 그 속에는……

이런 후배의 갑작스러운 면회에 반갑기도 하고 또 당황스럽기도 했습니다. 고맙고 미안했습니다. 그때 무슨 대화를 나눴는지 기억이 가물가물하지만 두어 가지는 생각이 납니다. 첫째는 "제가 선배님 면회 담당이라서 왔습니다"라는 말과 또 하나는 면회를 마친 후 "책을 한 권 가져와 넣어드렸습니다"라는 것이었습니다. 저는 고맙다며 인사하고 다시 계단을 통해 지하 감방으로 돌아왔습니다. 그리고 그날 오후, 그 후배가 차입했다는 책을 교도관이 가져왔습니다. 펼쳐든 책갈피 안에 뭔가가 보였습니다. 편지 한 장이 있었습니다. 그런데 편지에 적힌 내용이 특이했습니다. 말 그대로 '오늘의 날씨'였던 겁니다. '선배님'으로 시작하는 그 편지에는 오늘 날씨는 몇 도이며 개나리는 얼마나 폈고, 또 바람은 얼마나 불며 하늘은 무슨 색깔이고 바다의 색은 무엇인지 이런 내용이 한 장 가득 쓰여 있었습니다. 많은 편지를 받아봤지만 이런 편지는 처음이었습니다. 그런데 그 편지는 그날만 온 것이 아니었습니다. 그다음 날도, 또 그다음 날도 후배는 매일 면회 왔고 그 면회가 끝나고 나면 교도관이 차입해준 편지를 넣어줬습니다. 제가 1심에서 집행유예 처분을 받아 석방되는 날까지 그 편지는 그렇게 매일 저에게 배달되었습니다. 나중에 그 후배에게 물었습니다. 왜 편지에 이런 내용을 썼느냐고. 후배는 지하 감옥에 갇힌 선배에게 바깥세상을 알려주고 싶었다고 했지요.

그 사람이 바로 지금 저와 함께 살고 있는 아내입니다. 93년에 결혼해서 1남 1녀를 둔 부모가 되었습니다. 아내는 '천생 여자'입니다. 그리고 모범생이었던 그때처럼 지금도 아내로서, 엄마로서 매우 존경스러운 사람입니다. 그래서 그런가, 92년 2월의 일이었습니다. 졸업을 앞두고 당시만 해도 고마운 후배였던 아내가 저에게 면담을 요청했습니다. 학생운동을 정리하고 대신 사회봉사 영역에서 사회에 기여하고 싶다는 말이었습니다. 민주화운동의 전선에서 활동하는 것보다 봉사가 더 적성에 맞을 것 같다는 것입니다. 그래서 선택한 일이 중증장애 아동을 보호하는 교사 업무였습니다. 재활원 교사로 취업한 아내는 그곳에서 여덟 명의 중증장애 아동과 함께 숙식하며 3일 일하고 하루 쉬는 일을 했습니다.

10대 중반의 걷지도 못하는 중증장애 아동을 일일이 씻기고 밥 먹이며 잠까지 재우는 교사의 일은 결코 쉽지 않았다고 합니다. 하지만 아내는 힘든 것보다 행복한 기억만 남았다고 평소 말합니다. 자신이 도움을 주어 아이들이 행복한 미소를 지을 때 보람을 느꼈다고 말합니다. 그렇게 일하면서 첫 달이 지나가던 어느 날이었습니다. 후배에게서 만나자는 연락이 왔습니다. 별 생각 없이 나간 자리에서 저는 의외의 제안을 받았습니다. 자기 월급 통장과 도장을 저에게 주는 것이 아닌가요. 92년 당시에 재활원 지도 교사의 급여는 굉장히 박했습니다. 일반 직장에 비해 턱없이 적은 액수였지요. 지금도 크게 다르지 않지만 그때는 정말 봉사 개념이었습니다. 그런 박봉을 받는 사람이 아예 그 통장을 저에게 주는 것이었습니다. 그것으로 학생운동하는 데 활동비로 쓰라고, 대신 자신도 생활비가 조금은 필요하니 한 달에 5만 원만 거꾸로 송금해달라고 하는 것이었습니다. 당연히 저는 그 통장을 받지 않았습니다. 이런 사람이 또 어디 있을까요.

나의 또 다른 아버지, 장인어른이 남기신 유산

그런 특별한 인연으로 제 장인어른이 되어주신 장대봉 아버님. 가난한 7남매의 장남으로 홀어머니 모시고 일평생 농군으로 살아오신 아버님. 1934년에 태어나 2018년 2월 6일 오전 4시 36분에 유명을 달리하신 저의 '또 다른' 아버님. 아내와 저는 슬픔 속에 그런 아버님을 보냈습니다. 그리고 얼마 후였습니다. 아내가 할 말이 있다며 아버님의 선물을 알려줬습니다. 장인어른은 그야말로 청빈한 삶을 사셨습니다. 남기신 재산이라곤 약간의 농지와 얼마 안 되는 저축이 전부였습니다. 그래서 아내를 비롯한 5남매는 아버님의 유산을 어머니에게 모두 상속하기로 결정했습니다.

그런데 장모님의 생각은 좀 달랐던 것 같습니다. 그래도 아버지가 떠나셨는데 자식들에게 유산 한 푼 주지 않는 게 영 마음에 걸린다고 하신 겁니다. 그래서 적은 돈이라도 자식들에게 나눠주고 싶다며 50만 원씩을 억지로 맡기셨다는 것입니다. 아내는 그 돈을 어찌해야 할지 저에게 물어왔습니다. 유산이라고 보면 한없이 적겠지만 저는 장인어른이 남겨주신 이 귀한 돈을 무언가 가치 있는 일에 쓰고 싶었습니다. 한동안 고민하다가 생각한 일이 이것이었지요.

지난 2018년 4월 24일, 그날 서울 을지로에서는 아픔을 안고 사는 부모님들의 귀한 사무실이 문을 열었습니다. 의무복무 중 사망한 아들과 형제를 둔 부모님들이 '군사상 유가족협의회'라는 단체를 만드신 겁니다. 연극 〈이등병의 엄마〉로 세상을 울렸던 바로 그 어머니들이 만든 인권단체지요. 그분들이 '비록 우리는 안타깝게 자식을 잃었지만 다른 누군가는 우리처럼 가슴 아픈 일 당하지 말라'는 캠페인을 하는 단체입니다. 그 단체가 개소식을 하던 날, 과거 같으면 상상하지도 못한 높은 분들이 함께해주셨습니다. 개소식에는 송영무 국방부장관이 화분을 보내 축하해주셨고 국방부 대표 자격으로 서주석 차관이 오셨습니다. 또한 여야 국회의원을 대표하여 민주당의 이철희 님과 정의당의 김종대 님도 와주셨지요. 이런 좋은 날에 저도 유족 분들을 응원하고 싶었습니다.

그래서 아내에게 제 생각을 말했습니다. 장인어른이 주신 그 유산으로 이분들에게 의미 있는 선물로 전해드리면 어떻겠느냐고 말이지요. 아내는 기다렸다는 듯이 흔쾌히 동의해주었습니다. 이어 '군사상 유가족협의회'의 김순복 회장님에게 사무실에서 필요한 집기가 있느냐고 여쭤보니 TV 한 대가 있으면 좋겠다는 것이었습니다. 곧바로 저는 김순복 회장님에게 "이 TV는 제 장인어른이 유족 부모님에게 드리는 선물"이라며 저간의 사연을 전했습니다. 그러면서 TV 한 귀퉁이에 '기증 장대봉 님'이라는 작은 문구를 하나 적을 수 있게 배려해달라고 청했습니다. 김순복 회장님은 기쁘게 그 제안을 수락해주셨습니다. 그렇게 해서 제 장인어른의 유산으로 마련한 TV가 군사상 유가족협의회 사무실에 장인어른의 이름으로 기증될 수 있었습니다. 생전 장인어른께서 주신 그 마음을 이렇게 남길 수 있어서 제가 더 고마웠습니다. 인연이 또 다른 인연을 낳았습니다. 저에게 고마웠던 장인어른 장대봉 아버님, 사랑합니다. 감사했습니다. 우리 부부가 더 행복하게 사는 것으로 보답하겠습니다.

1991년 감옥에서
만난 사람들

2005년 5월이었습니다. 그날 우연히 펼쳐든 신문 기사를 읽으며 저는 결국 눈물을 터뜨리고 말았습니다. 사연 속 주인공은 어느 지방 소도시의 작은 초등학교에 다니던 남자아이였습니다. 십수 명이 전교생인 학교에서 그 아이만 유일하게 통학용 자전거가 없었다고 합니다. 그래서 아이의 소원은 다름 아닌 '자기도 다른 아이들처럼 자전거를 타고 등하교를 하는 것'이었다고 합니다. 알고 보니 아이는 참 어려운 환경에서 살아가고 있었습니다. 어릴 때 이혼한 부모 때문에 형편 어려운 조부모 밑에서 생활하고 있어 자전거 한 대 장만할 여력이 없었다는 것입니다.

이런 딱한 사연을 알게 된 교장 선생님이 몇몇 후원자에게 도움을 요청했다고 합니다. 세상엔 따뜻한 사람이 많습니다. 이 아이의 사연에 공감한 몇 분이 기쁜 소식을 전해온 것입니다. 아이가 그토록 원하는 자전거를 마련해주기로 마음을 모은 것입니다. 그렇게 해서 고마운 어른들에게 자전거를 선물로 받게 된 날, 아이는 그 또래답게 기쁘고 행복한 마음을 주체할 수 없었습니다. 그래서 '나도 자전거가 생겼다'며 어서 할아버

지와 할머니에게 빨리 자랑하고 싶었던 것 같습니다. 학교가 파한 후 새 자전거의 페달을 정신없이 밟으며 집으로 향한 것입니다.

그러나 아이의 바람은 끝내 이뤄지지 못했습니다. 자전거를 타고 기쁘고 흥분된 마음으로 달려가던 아이가 안타깝게도 그만 주행 중인 자동차와 충돌하는 사고가 발생한 것입니다. 그것이 아이의 마지막 모습이었다고 합니다. 그렇게 갖고 싶어했던 자전거, 그리고 그 자전거를 타고 달리던 그 길이 아이에게는 '처음이자 마지막으로 행복한 기억'이 되고 만 것이었지요.

그런 내용의 기사를 읽으며 저는 순간 서러운 눈물이 왈칵 쏟아졌습니다. 누구라도 그 아이의 서러운 죽음에 울어주면 고맙겠다는 생각이 들었습니다. 그렇게라도 해서 아이의 영혼이 위로받을 수 있다면 저라도 울어주고 싶었습니다. 그 기억이 어느덧 오래전 일이 되었습니다. 하지만 저는 지금도 종종 그때 그 아이의 사연을 떠올리곤 합니다. 잊을 수가 없기 때문입니다. 왜 그럴까요? 가난했던 그 아이에게 이 나라의 기성세대로서 너무 미안하기 때문입니다.

그 아이의 사연과 함께 떠오르는 남자아이가 또 있습니다. 제가 직접 만났던 아이입니다. 1991년에 제가 감옥 안에서 만났던 당시 중학교 2학년의 열다섯 살 남자아이. 그해 3월 '집회 및 시위에 관한 법률' 위반으로 구속되어 수감생활을 하던 당시, 감옥에는 참 다양한 부류의 온갖 범죄자들이 생활하고 있었습니다. 변호사 자격증도 없는 사람이 누군가에게 어떤 일을 해결해주겠다며 돈을 받으면 이것이 '변호사법' 위반입니다. 이 변호사법 위반으로 구속된 어떤 남자는 자신이 변호사라며 감옥에서 사람들에게 또 사기를 치고 있었습니다. 실제로 저는 그 남자의 이름 옆에

죄명으로 그리 쓰여 있어 얼마간은 진짜 변호사인 줄 착각했습니다. 알고 보니 그의 진짜 직업은 '머구리'였습니다. 물질하는 여자를 해녀라고 부르는데 산소 공급기를 착용하고 바다에 들어가는 남자는 머구리라고 한다는 사실 역시 거기서 처음 알게 된 상식이었지요. 여하간 그는 처음 감옥에 온 사람이 아니었습니다. 이러저러한 사연으로 서너 번 정도 감옥을 들락거린 전과자였습니다. 그래서 그는 감옥생활을 매우 잘했습니다. 여러 차례의 수감 경험으로 비닐봉지 한 장만 가지고도 다양한 생활용품을 만들어내어 방 안에서 인기가 아주 높았습니다. 한번은 생일이라며 부인이 차입해준 케이크가 감옥 안으로 반입되기도 했지요. 30년 전이라 가능한 일이었고 또 경찰서의 유치장을 대용감방으로 쓰고 있어 가능했던 위법행위입니다. 여하간 그때 머구리 아저씨는 그 케이크를 자른다며 사람들에게 이렇게 저렇게 앉으라고 지시하더니 케이크 칼로 가운데를 자르는데 그 순간 모두가 깜짝 놀랐습니다. 그 케이크는 겉만 빵이었고 안에는 담배 '88'이 스무 갑이나 들어 있었습니다. 알고 보니 그 머구리 아저씨의 부인이 빵집에 특별히 주문해서 만든 담배 케이크였던 것입니다. 덕분에 방 안 사람들이 그걸 나눠서 한동안 피웠습니다. 하여튼 대단한 머구리 아저씨였습니다.

한편 제가 구속되기 직전인 1990년 12월, 당시 노태우 대통령이 선포한 '범죄와의 전쟁' 직후인지라 유난히 조직폭력배들이 많이 구속되어 있었습니다. 야비하고 나쁜 조폭들이지만 실제로 만나보면 그들도 어떤 면에서는 선한 사람들이었다고 하면 믿어주실까요? 그래서 처음엔 강도, 강간, 조직폭력 혐의로 구속된 흉악범들로 우글거리는 그곳에서 어찌 살까 두려웠지만 이내 적응하는 게 또 사람이었습니다. 지금도 기억나는

몇 가지가 있는데 가장 먼저 일요일 점심이면 얻어먹던 가운데가 뻥 뚫
린 동그란 도넛 하나와 요구르트 한 병입니다. 왜 구속된 사람들은 감옥
에서 먹었던 음식부터 늘 생각이 날까요? 이른바 '6대 조지기'라는 말이
있습니다. 혹시 들어보셨나요?

음주운전으로 구속된 그 남자

대부분의 사람들은 누군가가 구속되면 그 사람을 걱정합니다. 갑작스러
운 일로 현실과 이별하니 더욱 그럴 것입니다. 잘 다녀오겠다며 외출했다
가 예기치 못한 어떤 사건에 휘말려 그대로 구속되는 일이 왕왕 있기 때
문입니다. 그래서 어떤 구속자가 예기치 않은 사건으로 구속되어 들어온
첫날, "낼모레 중요한 약속이 있는데 큰일 났다"는 말을 하면 방 안에 있
던 사람들이 다들 파안대소하며 웃기 마련이지요. 구속된 사람에게 약
속이 무슨 소용이 있나요? 다들 비슷한 경험을 가지고 있어 저 사람도
똑같네 하는 자조적 웃음입니다. 더구나 1991년 그 시절에는 개인 전화
인 휴대폰도 없어 길거리 어디쯤에서 대충 만나자고 약속한 후 상대가
나타날 때까지 마냥 기다리는 게 보통이었는데, 그런 시절에 갑자기 구
속되어 연락할 길도 없으니 애가 탈 만합니다. 그런데 감옥도 사람이 사
는 곳인지라 처음에만 좀 힘들 뿐 일정한 시간이 지나면 또 금방 그 생활
에 적응하게 됩니다. 같은 처지에 있는 사람들과 또 그곳에서 '그들만의
문화를 만들어 살기 때문'입니다.

　제가 구속된 1991년에 그런 사람을 한 명 만난 적이 있습니다. 그는 당

시 막 개장하여 세간의 큰 관심이 되었던 서울 유수의 모 위락시설에서 스케이트 강사로 일하던 사람이었습니다. 그런 사람이 속초로 친구들과 여행을 갔다가 덜컥 구속된 것입니다. 그야말로 기분 전환하러 갔다가 엉뚱한 곳에서 다시 집과 직장으로 돌아가지 못한 황당함 그 자체일 것입니다. 사연을 들어보니 그는 연신 억울하다며 하소연을 했습니다. 감옥에 들어온 사람 중에 억울하다고 말하지 않는 사람이 없다지만 이 사람의 구속 사유는 '음주운전'이었습니다. 1991년 당시는 오히려 지금보다 음주운전 처벌 기준이 더 강했던 것 같습니다. 예를 들어 그 사람의 경우는 이렇습니다.

친구들과 당일치기로 바다여행을 갔다가 다시 서울로 돌아가는 길, 그 스케이트 강사는 속초를 떠나기 전에 저녁밥이나 먹고 가자고 했답니다. 운전을 하며 적당한 밥집을 찾던 중 해장국집을 발견하고 일단 도로변에 차를 세운 후 해장국을 주문했는데 일행 중 하나가 소주를 시켰다고 합니다. '뭐 한잔쯤이야' 했던 시대이니 그렇게 마신 한 잔이 두 잔, 그러다가 세 잔이 넉 잔 되어 결국은 여러 병의 소주가 밥상 위에 올라오게 되었습니다. 결국 그는 '에라, 모르겠다. 이왕 이렇게 된 거 아예 하루 자고 가자'며 마음먹게 됩니다.

그런데 문제가 있었습니다. 밥만 먹고 출발할 요량으로 대로변에 대충 세워놓은 차가 생각난 것입니다. 저대로 그냥 두면 혹여 주차위반 딱지라도 발부될까 걱정이 된 것이지요. 그래서 그는 대로변에 주차된 차를 식당 안쪽의 골목으로 옮겨야겠다는 생각으로 운전대를 잡았다고 합니다. 그것이 불행의 시작이었습니다. 하필 그 순간에 순찰 중인 경찰과 마주친 그는 그대로 구속영장이 발부되어 놀러 간 여행지에서 그만 덜컥 감옥에 들어온 것입니다. 구속된 강사는 감옥에서 내내 억울함을 토로했습니다. "내가 술을 마시고 사고를 낸 것도 아니고, 다만 주차만 하려고 아주 짧은 거리를 후진한 것밖에 없는데 구속된 것이 말이 되냐?"는 항변이었지요. 그러면서 "아무 사고도 안 내고 내 돈 내고 마신 술인데 이걸로 구속까지 시키는 것이 맞냐?"며 동의를 구하기도 했습니다. 당시만 해도 음주운전 경각심이 약한 때라서 대부분의 재소자들이 강사의 이런 억울함에 공감하는 분위기였습니다.

생각해보면 그 시절 어간에 우리나라에서는 음주운전과 관련한 처벌법이 제정된 것 같은데 처벌 기준은 그때가 가혹할 만큼 더 강했던 것 같습니다. 그래서 그런가, 그 얼마 후에는 오히려 처벌 기준이 좀 약하게 내려갔습니다. 이 강사의 경우처럼 사고로 인명 피해가 없는 단순 음주운전인 경우에는 구속이 아닌 벌금형을 처분하고 있기 때문입니다. 그래서 혈중 알코올 농도 얼마일 경우에는 통상 벌금액 얼마와 같은 형식으로 처벌을 받고 있습니다.

사실 그래서 이 사건의 경우에도 강사의 신체만 구속시켰을 뿐 막상 구속된 후에는 지금과 별반 다르지 않은 '정찰 가격 범죄'였습니다. 기억하기에 그 당시 인명 피해가 없는 단순 음주운전인 경우에는 750만 원만 있으면 대충 2주 후에는 보석으로 감옥을 나갈 수 있었기 때문입니다. 변호사 선임비와 보석 신청금, 그리고 이후 벌금을 합치면 대충 이 가격이 나오는 것입니다. 그러다 보니 음주운전으로 구속된 사람에게 감옥 안에서 묻는 질문이 "너 석방되어 나가면 두 달 안에 750만 원 벌 수 있어?"였습니다. 나가서 두 달 안에 그 돈을 벌 수 있으면 750만 원 써서 나가고, 아니면 그냥 몸으로 때우라는 의미였지요. 그때 그 강사는 후자를 선택했습니다. 그냥 몸으로 때우며 꼬박 두 달여를 감옥에서 살았습니다. 그런 범죄이니 돈이 없어 감옥살이한다는 식의 반성 없는 수감생활일 수밖에 없었지요.

한편 재소자들은 그 안에서 늘 반복되는 일상이 무료하니 입만 열면 '석방되어 나가면 뭘 먹을까' 하는 잡담으로 시간을 때웠습니다. 아침에 눈을 뜨면서 밤에 잠자리에 들 때까지 거의 대부분의 시간을 먹는 이야기만 했습니다. 특히 과거에 자기가 먹었던 맛난 음식을 이야기하면 다들 눈을 동그랗게 뜨고 바라봅니다. 마치 요즘 많은 이에게 인기 있는 '먹방' 시청과 다르지 않습니다. 어디어디에 가면 짜장면을 정말 잘하는 집이 있고, 또 어디에 가면 양도 푸짐하고 가격도 싸다며 나가면 자기가 한 그릇씩 사주겠다고 허세를 부리기도 합니다. 정작 감옥에서 나와 연락하니 짜장면을 사주기는커녕 만나주는 사람도 없더군요. 누구는 감옥에서 만나 재범에 이른다고 하는데 어쩌다 감옥에 간 보통 사람들은 감옥에서 맺은 인연이 자랑스럽지 않기 때문인 것 같습니다. 실상 그 인연이 자랑스러운 인맥은 아니니 이해할 수 있는 마음입니다. 여하간 그래서 나온 말이 이른바 '감옥에서의 6대 조지기'입니다. 그 안의 사람들끼리 낄낄거리며 떠드는 그 말, 이런 이야기입니다.

6대 조지기

사람이 구속되면 통상 여섯 단계의 '조지기'가 있다고 합니다. 먼저 첫 번째는 경찰에 체포된 후 시작되는 '때려 조지기'입니다. 처음 어떤 사건으로 체포되면 경찰부터 만나게 됩니다. 물론 지금이야 과거처럼 경찰이 구속자를 마구잡이로 때리는 일은 없겠지만 불과 십수 년 전만 해도 경찰에 의한 가혹행위는 별스러운 일도 아니었습니다. 영화 〈재심〉의 실제 사건이었던 2000년 '익산 약촌 오거리 살인사건' 같은 경우가 대표적인 사례입니다. 택시기사가 살해된 사건을 수사하던 경찰은 당시 열여섯 살이었던 용의자를 여관으로 임의 연행한 후 그곳에서 무자비하게 때렸습니다. 결국 경찰의 가혹행위와 고문으로 어린 소년은 '칼로 택시기사를 찔렀다'는 허위자백을 하게 됩니다. 이런 크고 작은 사례는 너무도 많습니다. 2020년 현재 드러난 8차 화성 연쇄살인사건의 억울한 구속자 윤 아무개 씨 역시 같은 사례의 피해자입니다. 경찰의 이런 '때려 조지기'로 진짜 범인이 아닌 '만들어진 가짜 범인'이 얼마나 많은지 파악하기도 어려운 일입니다.

두 번째는 검찰 수사 단계입니다. 경찰로부터 사건을 송치받은 검찰은 이후 구속된 피의자를 상대로 추가 조사를 한다며 매일같이 구치소에서 검찰청으로 불러 대기시킵니다. 이걸 전문용어로 '불러 조지기'라 칭합니다. 하루 종일 검찰청 내에 설치된 아주 좁은 구치감에서 대기하는 것은 보통 고역이 아닙니다. 일상적인 수용공간이 아니라 대기하는 피의자들이 잠깐씩 있는 곳이라서 더럽기는 이루 말할 수도 없습니다. 그런 공간에서 검사가 언제 부를지 알 수 없어 내내 조마조마한 심정으로 대기하니 이것 역시 '곱절 징벌'입니다. 그런 상태에서 언제 나를 부르나 이제나 저제나 긴장하며 꼬박 하루를 보냈는데 세상에나……, 검사실에서 "오늘은 너무 바빠 조사를 못 하니 내일 다시 오라"며 구치소로 돌려보냅니다. 그야말로 환장할 일입니다. 다음 날 또 구치소에서 검찰청으로 출정하려고 하면 다시 또 새벽부터 부산을 떨며 움직여야 하니 누구나 싫어하는 일입니다. 그래서 이런 일을 '검찰의 불러 조지기'라 하는 겁니다.

세 번째는 판사의 시간입니다. 이른바 '미뤄 조지기'지요. 뭘 미루냐고요? 재판입니다. 어찌 되었든 신속하게 재판을 받아야 집행유예든 무죄든 결론이 날 것이고 혹여 실형을 선고받더라도 불확실이 해소되니 그다음을 준비할 수 있는데, 판사는 자꾸만 이런저런 이유를 들어 재판 기일이나 선고를 미룹니다. 기록을 추가로 검토할 필요가 있다든가 아니면 새로운 증인을 채택할 필요가 있다면서, 또는 주요 증인이 출석하지 않아 다시 기일을 잡아야 한다면서 재판을 미룹니다. 이렇게 하면 통상 2주 후에나 다시 기일이 잡히는데 만약 집행유예로 나갈 정도의 사건이라면 그냥 2주를 더 감옥살이하는 것과 다르지 않은 일입니다. 그러니 구속된 사람 입장에서는 그야말로 죽을맛입니다. 그렇다고 대들 듯 재판 좀 빨리 해달라고 요구했다가 미움을 받아 실형이라도 선고될까 싶어 그렇게 할 수도 없습니다. 이런 상황이니 재판이 몇 번 미뤄지다 보면 1심 구속 만료기간인 만 6개월을 꽉 채워 집행유예로 나오는 경우도 있습니다. 이런 경우를 바로 '미뤄 조지기'라고 하는 겁니다.

네 번째는 교도소에서의 일입니다. 이른바 '세어 조지기'. 구치소나 교도소에서 하루의 시작과 끝은 '숫자를 세는 것'입니다. 간밤에 도망간 놈은 없나 일어나 제일 먼저 하는 일이 사람 숫자를 세는 것입니다. 전체 인원이 두 줄로 정렬해서 앉은 후 '하나, 둘, 셋, 넷, 다섯……' 이렇게 각 방마다 숫자를 세는데, 이게 끝나야 그다음 일이 진행됩니다. 그리고 이동할 때마다 또 숫자를 세고 복귀해도 또 숫자를 세고 마지막으로 잠을 잘 때도 또 숫자를 셉니다. 이 숫자가 안 맞으면 맞을 때까지 다시 세고 또 셉니다. 그야말로 세고 세고 또 세니 이를 두고 '세어 조지기'라고 표현하는 것입니다. 틀리면 맞을 때까지. 이거 장난이 아닙니다.

다섯 번째는 재소자에게 있어 가장 중요한 '조지기'입니다. 바로 '먹어 조지기'지요. 감옥에 갇혀 있는 사람들이 하루 종일 생각하는 것은 '먹을거리'입니다. 그것으로 대리만족을 할 수 있기 때문입니다. 과거에 먹었던 음식부터 앞으로 먹고 싶은 음식까지 서로 자랑하고 회상하고 권유합니다. 이러니 돈 있는 경제 사범들이 감옥 안에서는 황제 대우를 받습니다. 이른바 '범털'이라고 불리는 이들 큰 사기꾼들이 구치소에 예치해놓은 돈(영치금)으로 음식물을 구매해 넉넉히 나눠주니 다들 귀하게 모시는 것입니다. 반면 좀도둑질이나 하다가 잡혀 들어온 가난한 재소자는 경우가 다릅니다. 구치소에 영치금을 넣어줄 면회객 하나 찾아오지 않아 이른바 '개털'이라 불립니다. 그런 개털들은 감옥에서도 온갖 궂은일을 도맡으며 살아가게 됩니다. 반면 먹성은 또 얼마나 좋은지 방에 먹을거리가 들어오면 하나라도 더 먹으려고 애를 씁니다. 그야말로 아귀아귀 먹어치웁니다. 그래서 생긴 말이 '먹어 조지기'입니다. 다른 욕구가 차단되니 식욕이나마 채우고 싶은 인간 본능의 발로인 것이지요.

마지막은 '팔아 조지기'입니다. 바로 재소자의 가족들 이야기입니다. 사람이 감옥에 가는 일은 그야말로 '어느 날 갑자기'입니다. 당연한 일입니다. 준비된 구속자는 계획범이 아니고서는 있을 수 없으니까요. 계획을 세워 범행을 저지른 사람도 구속까지 계획하는 경우는 거의 없기 때문입니다. 그러니 가족 중에서 누군가가 갑작스럽게 감옥에 간 경우 보통의 일가라면 할 수 있는 모든 방법을 동원해서 하루라도 빨리 석방될 수 있도록 모든 정성을 기울이는 게 마땅한 일입니다. 그럼 제일 먼저 변호사를 선임해야 합니다. 되도록 그 방면에서 가장 유능하고 실력 있는 변호사를 구하려고 합니다. 그런 변호사를 구하려면 많은 돈이 들어가지요. 또 구치소로 면회도 가야 하고요. 면회 가면 재소자가 이러저러한 부탁을 하기 마련입니다. 자기 대신 밖에서 처리할 일도 부탁하고 필요한 물건을 구입하기 위해 돈도 요청합니다. 그런 부탁을 외면할 수 없어 살펴다 보면 들어가는 돈이 만만치 않습니다. 만약 구속된 사람이 가족의 생계를 책임져오던 사람이라면 그야말로 더 큰일이지요. 수입은 없어지고 대신 나갈 돈만 왕창 생긴 것이니 그렇습니다. 그래서 과거에는 농사짓던 땅도 팔고 열심히 키우던 소도 팔고 돼지도 팔아 재판비용으로 써야 했으니 거기서 유래된 말이 '팔아 조지기'인 것입니다. 이것이 바로 징역에서의 '6대 조지기'입니다.

저도 별반 다르지 않았습니다. 감옥에 있는 동안 먹고 싶은 게 참 많았습니다. 그중에서도 가장 힘들었던 것은 어느 순간 불현듯 가고 싶은 장소가 생각나거나 보고 싶은 누군가가 생기는 일이었지요. 하지만 갈 수도 없고 연락도 할 수 없는 상황에서 그건 고문이었습니다. 그 간절함이 너무도 고통스러웠습니다. 그래서 그때 간절히 해보고 싶었던 일이 '끈 달린 운동화를 신어보는 것'이었습니다. 감옥에서는 끈으로 묶는 신은 신을 수 없습니다. 끈으로 목을 매달아 자살할 가능성이 있다며 대신 흰 고무신만 지급하기 때문입니다. 그런 별스럽지도 않은 욕심마저 채울 수 없는 곳이 감옥입니다. 그러니 뭘 먹는 욕구라도 채워 대리만족을 하고 싶은데 감옥에서는 그것도 사치입니다. 매일 나오던 밥이 그랬습니다.

"당신, 콩밥 좀 먹어봐야 정신 차리지?"는 틀린 말

사람들은 흔히 감옥에 보내고 싶은 사람이 있으면 "당신, 콩밥 좀 먹어봐야 정신 차리지?"라고 외칩니다. 이 말은 일제강점기 당시 감옥에서 주던 밥에서 유래되어 지금까지 고착된 생각입니다. 그 시절엔 쌀이나 보리보다 콩이 더 싸서 밥을 주면 콩이 더 많았다고 합니다. 사실 그 시절에도 콩보다는 쌀과 보리 비율이 더 많았다는데 물에 불어난 콩이 더 커 보여 그냥 콩밥으로 불렸답니다. 그래서 지금까지도 사람들은 잘못을 한 사람에게 감옥에 보내겠다고 겁박할 때 "콩 밥 좀 먹어볼래?"라고 말하는데, 이는 요즘 상황에서는 명백히 잘못된 것입니다. 1986년부터 수용시설에서 주는 밥에 콩이 완전히 사라졌기 때문이지요. 콩 가격이 많이 올라 대신 쌀과 보리로만 밥을 해서 급식을 하게 된 것입니다. 그리고 현재는 보리쌀마저 비싸져서 아예 100퍼센트 흰쌀로만 급식을 하고 있으니, 이제는 "너, 콩밥 좀 먹어볼래?"가 아니라 "너, 만날 흰쌀밥 좀 먹어봐야 정신 차리지?"라는 표현이 맞는 시대입니다. 물론 우리가 일반 가정에서 먹는 당해 연도에 생산한 쌀이 아니라 한 해 묵은 정부 비축미로 급식을 하니 밥맛이 좋다고 하기는 어렵겠지요.

아무튼 제가 구속되었던 1991년 당시에는 콩밥 대신 시커멓게 쪄낸 보리밥과 퍼런색이 많은 바깥부분의 배추로만 담근 김치를 관식으로 줬습니다. 거기에 막된장을 풀어놓은 물에 채 썬 무를 넣어 끓인 국과 호박 또는 시금치 같은 나물을 주는 게 통상의 당시 식단이었습니다. 기름기 하나 없는 그런 밥만 매일 먹는다고 생각해보세요. 아마 밖에서는 아무도 안 먹을 밥일 것입니다. 그런 감옥에서 정말이지 누구나 기다리던 음식이 있었습니다. 매주 일요일 오후가 되면 감옥으로 찾아온, 요즘 말로 이른바 '소확행', '소소하지만 확실한 행복'이었습니다. 가운데 구멍이 뚫린 모양으로 기름에 튀긴 도넛 한 개와 요구르트 한 병. 그곳이 아니었다면 따스한 도넛 위에 백설탕이 살살 뿌려진 그 동그란 도넛이 그처럼 맛있는 음식인 줄은 지금까지 몰랐을 것입니다. 그런데 그 도넛은 교정당국에서 주는 음식이 아니었습니다. 인근 교회에서 남녀 신자 10여 명이 매주 일요일마다 감옥 안까지 들어와 하나씩 나눠준 간식이었지요. 당연히 이 음식을 나눠주기 전에 그들이 하던 의식이 있었습니다. 목사로 보이는 한 남자가 우리 재소자들 앞에서 뭐라고 말한 후 그들끼리 찬송가를 하나 불렀습니다. 그 10여 분 정도의 의식이 끝나면 그제야 비로소 준비해온 도넛과 요구르트를 우리에게 하나씩 나눠주는 겁니다. 그러니 감옥에 있는 사람들은 어서 저 목사의 말과 찬송가가 끝나기만 목을 빼고 기다립니다. 그래야 저 특별한 음식을 먹을 수 있으니 말이지요.

그런데 그런 도넛을 어느 날부터 제가 받지 않게 되었습니다. 처음엔 몰랐는데 그 일행이 부르는 찬송가 가사를 정확히 듣게 된 날부터였습니다. 익숙하지 않은 찬송가라서 처음엔 무슨 말인지 잘 몰랐는데 어느 날 제 귀에 그 가사가 정확히 들린 것입니다. 그 가사를 알게 되니 자존심이 상해 그들이 주는 도넛과 요구르트를 도저히 받아먹을 수 없었습니다. 우리를 보는 그들의 시선을 알았기에 모멸감을 참을 수 없었던 것이지요. 그들이 불렀던 문제의 찬송가 가사는 이랬습니다.

세상에서 방황할 때 나 주님을 몰랐네.
내 맘대로 고집하며 온갖 죄를 저질렀네.

예수여, 이 죄인도 용서받을 수 있나요.

'벌레만도 못한 내가' 용서받을 수 있나요.

벌레만도 못하다니. 그들이 도넛을 나눠주며 우리를 '벌레만도 못하게 생각하고 있었구나' 싶어 저는 받아들일 수 없었습니다. 더구나 저는 그들에게 벌레만도 못한 죄로 구속된 사람이 아니라고 생각하니 더더욱 불쾌했습니다. 정의롭게 행동하다가 다만 힘이 없어 억울하게 잡혀온 양심수인데 그런 시선으로 저를 보는 그들이 더 한심하게 여겨졌지요. 훗날 석방되어 문득 이 찬송가가 생각났습니다. 그래서 열심히 하나님을 믿는 지인에게 "이런 가사의 찬송가 제목이 뭐냐"며 물은 적이 있습니다. "갑자기 그걸 왜 묻냐?"는 지인에게 제가 감옥에서 경험한 그 이야기를 전하니 그 지인 역시 제 말에 공감해줬습니다. "그 찬송가는 정말 잘못된 것"이라는 지인의 말에 위로받았던 기억이 새롭습니다.

여성만 때린 그 남자의 비밀

이번엔 다른 이야기입니다. 같은 방에 수감되었던 30대 중반의 남자가 있었습니다. 그는 지능이 좀 떨어지는 사람이었습니다. 누가 자기를 쳐다만 봐도 주눅이 들어 쩔쩔맸지요. 이렇게 심약한 사람이 도대체 무슨 죄로 감옥엘 다 왔나 싶었습니다. 그래서 더더욱 놀랐습니다. 알고 보니 그는 폭력 전과로만 이미 서너 차례나 감옥을 들락거린 사람이었거든요. 이런 사람이 누굴 때려 감옥에 온 것인지 의아했습니다. 나중에 같이 생활하며 알게 된 사실이 특이했지요. 이 남자가 때린 피해자는 전부 여성이었던 겁니다. 그때 구속된 사유도 다르지 않았습니다. 구속 직전에 공사판에서 잡부로 일하고 있었는데 그때 함께 일하던 여성 인부의 머리를 각목으로 때려 동일 전과로 가중되어 구속된 상태였던 것입니다.

너무나 특이해서 왜 그런 짓을 반복한 거냐고 물어보니 그 나름대로 이유는 있었습니다. 그는 공사판에서 하루벌이 막노동으로 사는 인생인데 여기서 일당을 받는 규칙이 있다고 합니다. 무조건 하루 종일 시간만 때운다 해서 돈을 받는 게 아니랍니다. 예를 들어 등에 벽돌을 지고 올라가서 바닥에 부리면 그때마다 표 한 장씩을 받는데 그걸로 하루 일이 끝나면 계산해서 일당을 받았다고 합니다. 그런데 자기가 쌓아놓은 벽돌 등짐을 같이 일하던 여성 인부가 냉큼 가로채니 화가 났다는 거지요. 그래서 옆에 있는 각목을 들어 그 여성 인부의 뒷머리를 내리쳤다는 것입니다. 이런 식으로 여성만 폭행해서 여러 차례 감옥 신세를 졌다니 혹시 치료가 필요한 상태가 아닐까 걱정이 되었습니다. 그렇게 해서 인연이 된 이 남자와 함께 생활하면서 자연스럽게 알게 된 과거사가 있었지요. 왜 이 남자는 같은 남성에게는 지나친 두려움을 가지고 있고, 반면 여성에게는 해서는 안 될 분노를 가지고 있는지 의아했는데 거기에는 그의 불행한 개인사가 숨어 있었던 것입니다.

지능이 좀 떨어지는 그는 폭력적인 아버지 밑에서 자랐다고 합니다. 전형적인 알코올 중독 상태의 아버지 밑에서 가정폭력으로 학대받을 때 결국 이를 견디지 못한 엄마 역시 아들을 집에 두고 가출한 것입니다. 그날 이후의 결과는 더 참혹했다고 합니다. 엄마의 가출 이후 더 난폭해진 아버지의 폭력을 아들은 고스란히 혼자 당해야 했습니다. 원래 좀 부족한 상태에서 교육조차 제대로 받을 수 없었으니 상황이 더욱 나빠지게 된 것이지요. 일반적인 사회생활 적응도 어려워지고 이내 집단의 삶 속에서도 밀려나게 된 것입니다. 그러다 보니 아버지에 대한 피해의식으로 성인 남자에 대해서는 공포심을 가지고 있었던 반면 자기를 버리고 떠난 엄마와 같은 여성에 대해서는 막무가내의 증오심이 자리 잡은 것으로 보였습니다.

남자의 그런 개인사를 알게 된 후 저는 그에게 조금이라도 잘해주고 싶었습니다. 그의 의견을 사람들 앞에서 대신 지지해줬습니다. 그의 자존감이 커질 수 있도록 예우하고 싶었습니다. 그러면서 여성에 대한 증오심은 잘못된 것이라고 누누이 설득했지요. 과연 그런 제 말이 그에게 어떤 효과를 안겨주었는지는 모르겠습니다. 지금은 어떻게 살고 있을까요? 좀 달라지기는 했을까요? 부디 그렇게 되었기를 바랄 뿐입니다. 하지만 그렇게 되기는 쉽지 않을 것 같습니다. 그런 사람들을 우리 사회가 보호해줄 수 있는 제도적인 시스템이 사실상 전무하기 때문입니다.

내가 미안했던 그 아이

어찌 되었든 그런 사연 많은 사람들과 복작거리며 살아가던 어느 날, 이번엔 어린 남자아이가 입감이 되었습니다. 그 아이의 정확한 나이를 알게 된 것은 구속자가 입감할 때 하는 '신입인사' 때였지요. 감옥에서도 그곳 나름의 규칙이 있습니다. 영장이 발부되어 구금시설에 들어서면 반드시 먼저 구속되어 있는 이들에게 정중하게 인사부터 해야 합니다. 제가 있던 구금시설에는 모두 11개의 감방이 있었는데 그 방마다 통상 10여 명이 함께 수용되어 있었습니다. 새로 입감된 사람은 이 부채꼴 모양처럼 생긴 수용시설의 정중앙에 서서 자신의 이름과 나이, 살던 곳, 그리고 마지막에는 무슨 죄로 감옥에 왔는지 큰 소리로 외친 후 "잘 부탁드립니다"라는 말과 함께 각 방마다 찾아가 인사를 해야 합니다.

그런데 이날은 어려도 너무 어려 보이는 한 소년이 입감된 것입니다. 체구도 작고 인사하는 목소리도 덜덜 떠는 것이 그냥 어린아이였습니다. 마침 심심하던 차였는데 잘됐다 싶었는지 구속되어 있던 각 방 조폭 아저씨들의 장난도 심해졌습니다. 이제 열다섯 살밖에 안 되는 놈이 도둑질하다가 들어왔다며 험상궂게 생긴 조폭들이 큰 목소리로 "이놈의 새끼, 내가 아주 죽여버리겠어"라고 겁박하니 그야말로 아이는 사시나무 떨듯 덜덜 떨면서 눈물을 흘리며 어쩔 줄 몰라 하는 것이었습니다. 그런 아이가 너무도 안 되어 보였습니다. 저 아이는 엄마, 아빠도 없나 싶었습니다. 도대체 저 어린애가 무슨 엄청난 도둑질을 했기에 구속까지 되었는지 이해하기 어려웠기 때문입니다.

저도 처음엔 그 아이가 우리 주변에서 흔히 볼 수 있는 비행 청소년인 줄 알았습니다. 도대체 얼마나 부모 속을 썩이고 상습적으로 도둑질을 하며 말썽을 부렸기에 부모조차도 저리 방치할까 싶었으니까요. 그런데 그날 입감인사를 하기 위해 제가 있던 방 앞에 선 아이 얼굴을 본 후 흠칫 놀랐습니다. 얼굴 여기저기가 온통 상처와 멍투성이였기 때문입니다. 마치 누구한테 지독하게 맞은 것처럼 멍과 눈물 자국으로 가득했습니다. 누가 저렇게 때린 걸까? 조사받으면서 경찰에게, 아니면 도둑질하다가 주인한테……. 그런 아이가 조폭 아저씨들도 불쌍했나 봅니다. 방금 전까지 그토록 무섭게 겁을 주며 장난치던 조폭 아저씨들이 서럽게 흐느끼는 아이에게 간식거리를 내주며 "그만 울고 잘 생활하라"고 달래는 겁니다. 그런 위로에 아이의 울음소리가 더 커졌습니다. 그 모습이 너무 애잔했지요.

그 아이가 입감하고 며칠이 지났습니다. 이젠 아이도 어느 정도 마음이 안정된 것 같았습니다. 그래서 조금씩 알려지게 된 아이의 사연은 모든 사람의 가슴을 아프게 했습니다. 아이는 부모가 모두 없는 고아였습니다. 하지만 원래부터 고아는 아니었다고 합니다. 아이가 구속되기 2년 전, 초등학교를 졸업한 그해에 아이의 엄마와 아버지가 교통사고로 한날한시에 모두 돌아가신 겁니다. 남은 가족은 자신과 아홉 살이 된 남동생하나. 불행은 거기서 끝이 아니었습니다. 부모가 돌아가시자 그 아이들을 돌봐줄 인척이 아무도 없었다고 합니다. 아이의 부모 모두 6·25전쟁당시 전쟁고아로 고아원에서 자라 결혼한 사이였기 때문입니다. 그야말로 두 형제만 덜렁 세상에 남은 것입니다.

한편 그 아이는 비록 나이는 어리지만 자신이 형은 형이니 자기보다어린 동생을 위해 중학교 진학도 포기하고 일거리를 찾았다고 합니다. 1980년대 말에 사회적 약자를 위한 우리나라의 복지제도는 사실상 거의 유명무실했습니다. 지금도 사회안전망이 촘촘하지 않은데 그 시절엔그런 말 자체도 생소한 시대였기 때문입니다. 스스로 돈을 벌지 않으면자기 입으로 밥 한 숟가락 떠 넣을 수 없었던 그때에 아이가 찾은 직업이동네 중국집 배달원이었다고 합니다. 그러나 유감스럽게도 그 중국집 사장은 좋은 사람이 아니었습니다. 일만 죽어라 시키고 약속한 월급은 차일피일 미뤘다고 합니다. 식당에서 밥이야 줬지만 월급을 주지 않으니 생활이 될 수 없었겠지요. 그렇게 2년여 동안 약속한 월급을 단 한 번도 받지 못했답니다. 그러나 아이는 그곳을 그만두지도 못했다고 합니다. 살고 있던 동네이니 다른 곳으로 갈 생각도 못 했다는 거지요. 그런데 어느 날 음식 값을 수금하고 돌아오는 길에 급기야 일이 터지고 말았습니다.

그날 아이는 절대 마주하면 안 될 강력한 유혹을 만나게 됩니다. 화려한 쇼윈도 안에 전시된 메이커 신발이었습니다. 이제 열다섯 살이 된 소년에게 그 당시 메이커 신발은 선망의 대상이었습니다. 그 신발을 보자마자 내재되어 있던 본능이 꿈틀거린 것입니다. 그날 아이는 그 본능이 시키는 대로 행동하고 말았습니다. 수금한 돈으로 덜컥 그 메이커 신발을 사버린 것입니다. 갖고 싶었던 그 신발을 신고 아이는 중국집으로 돌아가지 않은 채 해가 저물도록 돌아다녔다고 합니다. 그렇게 시간이 흐르고 마침내 어둠이 내리는 저녁이 되자 그제야 아이는 자신이 무슨 잘못을 했는지 깨달았습니다. 아이는 고민하다가 결국 자신이 신고 다닌 메이커 신발을 벗어 손에 든 채 중국집으로 돌아갔다고 합니다. 그래서 그 후 어찌 되었을까요.

가게에 들어선 아이를 본 순간 중국집 주인은 사정없이 때렸다고 합니다. 수금한 자기 돈을 훔쳐 도망갔다며, 그리고 하루 종일 배달도 하지 않아 손해를 봤다며 아이의 말은 들어보지도 않고 무조건 두드려 팼습니다. 그러더니 결국 "너 같은 놈은 콩밥을 먹어야 한다"는 말과 함께 112로 신고했다는 것입니다. 한편 중국집 주인의 신고를 받고 출동한 경찰과 이 사건을 송치받은 검찰의 처리는 더욱 기가 막혔습니다. 지금 같으면 아마 그 중국집 주인이 처벌을 받아야 할 뉴스거리일 것입니다. 그런데 불과 30년 전 그때만 해도 이런 상식적인 기대조차도 사치스러웠습니다. 경찰과 검찰은 중국집 주인의 신고로 체포한 이 아이가 고아라서 신원을 인수할 사람도 없고 하니 일단 소년원으로 이첩하기로 결정한 것입니다. 그제야 그 아이가 신입인사를 하던 날 품었던 의문이 풀렸습니다. 왜 구속된 첫날 아이의 얼굴에 그리 큰 멍과 상처가 보인 것인지, 그리고 왜 그처럼 서럽게 울었는지 말입니다. 정말 다시 생각해봐도 이런 일이 말이 되나요? 2006년 제가 당시 여당이었던 열린우리당 공천을 받아 경기도의원 후보로 경기 안산 지역에서 출마를 한 적이 있습니다. 그때 저는 경기도에서는 굶는 아이가 없는 '복지 경기'를 만들겠다는 공약을 제시하며 선거운동을 했지요. 그런 공약을 낸 이유가 바로 감옥에서 만났던 이 아이 때문이었습니다. 부모가 없으면 국가와 해당 자치단체가 그 부모 노릇을 대신하는 세상을 만들고 싶었기 때문입니다. 복지 정책의 필요성을 절감하는 첫 계기였습니다.

그리고 다시 일주일 정도가 지났을 무렵, 아이가 춘천 소년원으로 옮겨간다는 소식이 들려왔습니다. 저는 이제 막 안정을 찾은 아이가 다시 또 낯선 곳으로 옮겨간다는 소식에 안타까웠습니다. 아이는 특히 남동생 걱정을 많이 했습니다. 갑자기 형이 없어져 혼자 남은 동생이 어찌 지내나 걱정을 하는데 그 당시에 저도 도울 방법이 없어 마음만 아플 뿐이었습니다. 그런데 이제 동생이 있는 이 동네에서 멀리 떨어진 춘천으로 가야 하니 그 심정이 오죽했을까요. 정말이지 그때 제가 지금 정도의 힘만 있어도 여러 가지 캠페인이라도 해서 도움을 줄 수 있었을 텐데 저도 그 당시에 고작 스물두 살의 어린 청년이었기에 그저 마음만 아플 뿐이었지요.

그렇게 고민만 하다가 아이가 있던 방으로 갔습니다. 마침 감방 문이 열려 있었습니다. 아마도 그 방의 누군가가 면회를 나간 때였나 봅니다. 방 안으로 들어서니 아이가 이감 짐을 싸다가 저를 보고 웃으며 다가왔습니다. 저는 그런 아이의 손을 잡아끌며 가만히 품에 안아주었습니다. 처음엔 어색해하던 아이가 이내 제 품에 폭 안겼습니다. 저는 아이에게 용기 잃지 말고 잘 지내라고 말해주었습니다. 그러자 아이는 웃으며 "네"라고 했지요. 그런 후 저는 아이의 손에 제가 가져간 얼마 안 되는 돈을 쥐어주었습니다. 처음엔 그게 뭔지 몰라 머뭇거리던 아이가 순간 제 손을 뿌리치며 뒤로 물러서는 것이었습니다. 갑작스러운 아이의 행동에 저 역시 놀라 "왜 그러냐?"며 물었습니다. 그런데 잠시 후, 아이가 온 얼굴을 일그러뜨리며 서럽게 울기 시작했습니다.

뒤로 주춤주춤 물러서던 아이가 끝내 통곡하듯 울기 시작하는 모습을 보며 저는 당황스러워 어찌해야 할지 몰라 우두커니 서 있었습니다. 부모를 잃고 서럽게 보낸 지난 세월, 아이는 세상에서 너무나 많은 상처를 받은 것 같았습니다. 각박한 인심 속에 어른들에게 받은 상처로 아이는 마음이 닫혀 있었던 것입니다. 그런데 그날 생각지도 못한 누군가의 호의에 그만 서러움이 둑 무너지듯 터지고 만 것입니다. 그런 아이가 또 안타까워 저도 눈물이 났습니다. 아이는 연신 고맙다며, 그러나 돈은 안 줘도 된다며 울었습니다. 저는 형이 주는 돈이니 괜찮다며 주머니 안에 억지로 넣어줬습니다. 그리고 다시 안아줬습니다. 아이는 제 품에서 또다시 엉엉 울었지요.

그날 그렇게 헤어진 후 아이는 춘천의 소년원에서 저에게 편지를 보내왔습니다. 제가 헤어지며 저의 집 주소를 알려줬는데 나중에 석방되어 집에 가보니 그 아이가 보내온 편지가 와 있었던 것입니다. 아이는 그곳 형들과 지내는 생활을 재미있게 전해주었습니다. 아침에 조회를 하면 형들이 여자 청소년 수감자들을 향해 휘파람을 분다는 이야기, 또 밥은 소년원이 더 잘 나온다는 등의 이야기가 쓰여 있었지요. 이것이 그 아이에 대한 마지막 소식이었습니다. 과연 그 아이는 지금 어디에서 어떻게 살고 있을까요.

세상에는 우리 힘으로 해결할 수 없는 일들이 많이 존재합니다. 이른바 '숙명'이라는 단어가 그것입니다. 가난한 부모 밑에서 태어난 아이는 가난하게 살 가능성이 높습니다. 반면 재벌 집 자식으로 태어나면 대한민국 국적 대신 미국 국적을 가지고 태어나 군대도 가지 않을 가능성이 매우 높습니다. 이건 우리가 선택할 수 없는 일입니다. 그러니 이런 경우를 '태어날 때부터 정해진 운명'이라는 의미의 숙명으로 치부하고 말까요? 저는 거기에 동의할 수 없습니다. 그래서 저는 아이들을 낳아준 생물학적 부모보다 국가가 최종 책임을 지는 것이 옳다고 주장합니다. 가난한 집의 아이든 넉넉한 집의 아이든 동등하고 공정한 기회를 보장해주는 것은 국가가 해야 할 당연한 의무입니다. 그런 나라를 만드는 것이 제 소원이기도 합니다.

그렇게 되기 위해서는 지금보다 더 많은 국가 예산을 미래의 나라 재산인 아이들에게 써야 합니다. 낮은 출산율을 걱정하기보다 이미 태어난 아이들을 잃지 않기 위해 고민하고 실천해야 옳습니다. 그래서 그들이 태어난 경제적 조건과 상관없이 아프면 치료해주고, 배고프면 먹을 수 있게 해주며, 배우고 싶으면 공부할 수 있는 사회적 지원체계가 만들어져야 합니다. 이렇게 할 때 가난한 부모 밑에서 태어난 죄로 그 아이들이 또 가난해지는 대물림의 비극을 막을 수 있다고 저는 확신합니다. 아이의 삶과 미래가 '그 부모의 경제적 처지로 굳어지지 않는 나라'가 되어야 합니다. 그런 대한민국을 꿈꿉니다.

인권운동가는
무엇으로 사는가

'인권운동가는 어떤 사람이냐'는 질문을 종종 받을 때가 있습니다. 1991년 3월에 감옥으로 끌려가던 날, 인권운동이 뭔지도 모르면서 석방되면 인권운동가가 되겠다고 결심했지요. 우리가 잘못해서가 아니라 힘이 없어서 탄압받고 있는 것이니 나처럼, 우리처럼 억울하게 끌려가는 사람이 없는 세상을 만들고 싶었던 것입니다. 그래서 인권운동가를 정의해보라고 하면 '손드는 사람'이 아닐까 생각하곤 합니다. 누가 시켜서가 아니라 부당한 일을 보면 자기도 모르게 손들고 나서는 사람이 인권운동가의 숙명이 아닐까 싶습니다. 그런 면에서 보면 민망한 주장일지 모르겠지만 저의 경우는 타고난 인권운동가가 아닐까 싶은 추억도 있었습니다. 아무것도 모르던 제 어릴 적 이야기입니다.

'돈은 훔치지 않았다', 그런데 손을 든 이유

제가 초등학교 4학년이었던 열한 살 때의 이야기입니다. 그날 저와 아홉 살 차이가 나는 큰형이 화가 단단히 났습니다. 숨겨놓은 돈을 누가 훔쳐 간 것입니다. 큰형은 동생 넷을 모두 불러 엎드려뻗치라고 했습니다. 그렇게 저와 다섯 살 위인 작은형과 또 두 살 위인 누나, 그리고 저보다 세 살 어린 남동생까지 모두 영문도 모른 채 엎드려뻗쳤습니다. 곧바로 큰형이 작은형에게 물었습니다.

"네가 돈 훔쳤냐?"

작은형은 아니라고 했습니다. 대답과 동시에 작은형의 엉덩이에 빗자루 매질이 시작되었습니다. 퍽퍽퍽 내리치는 형의 매질을 보며 어린 저는 간이 오그라드는 것만 같았지요. 하지만 당시 열여섯 살이었던 작은형은 그 매질을 잘 견뎌냈습니다. 이제 다음은 저보다 두 살 많은 열세 살 누나 차례였습니다.

"그럼 네가 돈 훔쳤냐?"

하지만 누나 역시 아니라고 했습니다. 그러거나 말거나 누나 역시 오빠의 매질을 벗어날 길은 없었습니다. 기억이 정확한지는 모르겠으나 아마도 작은형이 맞은 매보다는 힘의 강도나 횟수가 적지 않았나 싶은데 어찌 되었든 얻어맞고 넘어갔습니다. 하지만 저는 작은형이나 누나를 걱정할 처지가 아니었지요. 이번엔 제 차례였기 때문입니다. 매도 먼저 맞는 게 낫다는 말은 '만고의 진리'입니다. 작은형과 누나가 맞는 것을 보니 두려움과 공포가 더 커졌기 때문입니다. 그런데 정작 제가 맞아보니 그 아픔과 고통은 생각보다 더 컸습니다. 네가 돈을 훔쳤냐는 큰형의 말에 저 역시 아니라고 답했고 예정된 수순처럼 제 엉덩이 위로 떨어진 매는 어린 저에게 무척 아팠습니다.

그렇게 제 순서의 매타작이 끝난 후였습니다. 이제 끝났다고 생각하던 제 눈에 비로소 막내가 들어왔습니다. 제 아픔과 두려움으로 미처 보지 못했던 동생의 얼굴이었습니다. 큰형에게 맞기도 전에 이미 두려움과 공포로 일그러진 동생의 얼굴. 울고 있었습니다. 이제 여덟 살밖에 안 된 동생에게 스무 살 큰형이 몽둥이를 들고 오니 얼마나 무서웠을까요? 그래서 그랬습니다. 저는 저도 모르게 손을 들었습니다. 그 돈, 사실은 제가 훔쳤다고 했습니다. 그날 저는 정말이지 죽도록 맞았습니다.

이날의 사건 전모를 비로소 알게 된 것은 그로부터 20여 년의 세월이 흐르고 나서였습니다. 제가 30대 초반이었던 2000년대 초, 아마도 제 아버지의 생신날이었던 것 같습니다. 그날 모든 식구가 한자리에 모여 밥을 먹고 있었습니다. 그러다가 문득 그때 기억이 나서 웃음 담아 추억을 소환했지요. 혹시 그때 일 기억하시냐고. 큰형이 돈을 잃어버렸는데 우리 모두 빗자루로 맞지 않았느냐고. 그래서 그때 내가 돈을 훔쳤다고 자백하는 바람에 엄청 맞았는데 사실 난 돈을 훔치지 않았다고. 다만 막내가 맞을 일이 가슴 아파서 거짓말로 자백한 것이라고.

그런데 정말 놀랄 만한 진실이 드러난 것은 그때였습니다. 가만히 제 말을 듣고 있던 누나가 고백을 한 것입니다. 혼잣말로 연신 '그랬구나'를 남발하던 누나가 "사실 그 돈은 내가 가져간 것"이라며 자백을 한 것이었습니다. 그야말로 충격이었습니다. 누나가 그 주인공이었다는 것도 놀라웠지만 제가 놀란 이유는 따로 있었지요. 사실 이날 제가 식구들 앞에서

20여 년 전 일화를 꺼낸 진짜 이유는 이것이었습니다. 돈을 훔쳤다는 허
위자백 후에 큰형에게 매를 맞은 것도 억울했지만 그 후에 저를 더 괴롭
힌 것은 형제들이 한동안 별명처럼 부른 '도둑놈' 소리였습니다. 분명 제
가 돈을 훔친 것은 아니니 누군가는 진짜 범인이 있을 텐데 왜 모두가 저
를 도둑놈이라고 부르는지 이해가 가지 않았습니다. 그 당시 누나도 저
를 놀리며 그렇게 불렀기 때문입니다. 그걸 따졌습니다. "다른 사람은 몰
라도 누나는 그때 나를 그리 불러선 안 되는 것 아니었어?"라고 웃으며
따졌지요. 그런데 누나의 답변은 한마디로 기상천외했습니다.

"나는 네가 돈을 훔쳤다고 하기에 큰오빠가 돈을 두 군데에다 숨겼구나 생
각했지. 그래서 하나는 내가 훔쳤는데 또 하나는 상만이가 훔쳤나 보다
생각한 거지."

그 말에 식구 모두가 그야말로 뒤집어지게 웃었습니다. 그렇게 20여
년의 세월이 지나서야 그때의 진실이 밝혀진 것입니다. 생각해보면 별것
아닌 이 일이 제가 인권운동가로서 첫 번째 손든 날이 아닐까 싶습니다.

두 번째 손든 기억

이번엔 1991년에 있었던 일입니다. 스물두 살이 되던 해의 12월이었습니
다. 군에 입대를 했습니다. 입대하던 날 새벽, 아버지는 제게 신신당부를
했습니다. 입소한 후 아픈 사람 있는지 물으면 꼭 앞으로 나가야 한다고

했습니다. 그러면서 제 등판에다가 등짝만한 MRI 필름을 대더니 검은 고무줄로 칭칭 감아줬습니다. 그 상태로 티셔츠를 입었는데 마치 깡통 로봇처럼 불편하기가 이루 말할 수 없었지요. 필름을 그냥 손에 들고 있으면 안 되냐는 제 말에 아버지는 펄쩍 뛰었습니다. 잘못하면 뺏길 수 있다는 겁니다. 그러니 아무도 모르게 가지고 갔다가 아픈 사람 있는지 물으면 그때 옷을 벗고 필름을 보여주라는 것이 아버지의 염려 섞인 신신당부였던 것입니다.

20대 초반의 청년이었던 저는 아버지의 주장이 말이 안 되는 것 같아 괜히 화가 머리끝까지 났습니다. 물론 저를 위해 하시는 말씀인 줄은 잘 알지만 누구나 그 시절이면 그렇듯 아버지의 지나친 걱정이 싫었습니다. 하지만 내내 옥신각신할 수는 없어 일단 아버지가 시키는 대로 그 필름을 몸에 감고 입소하는 군부대로 갔습니다. 입소 행사가 모두 끝나고 이제 작별하는 시간이었습니다. 부모님과 친구들, 그리고 형제들을 뒤로하고 인솔하던 교관들의 구령에 따라 어설프지만 힘차게 행진해서 체육관으로 들어섰습니다. 그때까지만 해도 모든 것이 순조로웠지요. 교관들도 친절했습니다. 이 정도 수준이면 잘 지낼 수 있겠다 싶었습니다. 그런데 잠시 후였습니다. 체육관으로 들어서고 육중한 철문이 닫히자 분위기가 급변했습니다. 이전까지 존댓말로 우리를 안내하던 교관들의 눈빛이 달라지기 시작했습니다. 그리고 이어진 육두문자 시전.

"이 새끼들이 지금 눈깔 돌아가는 거 봐라. 전부 엎드려뻗쳐!"

그때부터 별천지 세상이 시작되었습니다. 앞으로 굴러, 뒤로 굴러, 동

작이 늦다고 악에 악을 쓰며 혼을 빼는데 이제야 비로소 군에 들어왔구
나 싶어 다들 정신을 바짝 차리기 시작했던 것입니다. 그렇게 약 10여 분
정도 흔들어대니 좀 전과 달리 분위기가 잡히는 것 같았습니다. 그러자
교관들은 오와 열을 맞춰 그 자리에 쪼그려 앉으라고 지시했습니다. 그
냥 질펀하게 앉으라고 한 것이 아니라 쪼그려 앉으라고 하니 이것도 벌입
니다. 얼마 지나지 않아 오금이 저려와 힘들었습니다. 그런데 잠시 후 교
관 중에서도 고참에 해당하는 것 같은 사람이 앞으로 나서며 우리에게
지시를 하기 시작했습니다.

"지금부터 내가 하는 말을 잘 듣고 해당하는 사람은 즉시 앞으로 튀어 나
온다. 알았나?"

병영 관련 TV 예능 프로그램에 나오는 것처럼 속칭 '하이바'에 검은 안
경을 쓴 교관의 위압적인 지시에 우리는 모두 긴장했습니다. 도대체 뭔지
는 모르지만 혹여나 실수로 교관의 말을 놓칠세라 모두가 귀를 세웠습니
다. 그때였습니다.

"장정들 중에 집안 4촌 이내에서 5대 중앙일간지 기자로 있는 사람 앞으로
나와."

순간 웅성웅성. '장정'은 아직 훈련병으로도 분류되지 않은 입영자를
칭하는 단어입니다. 그러자 교관들은 "이 새끼들 조용히 안 해"라며 소리
쳤고 일순 모두가 침묵에 빠졌습니다.

"떠들지 말고 해당되는 자만 앞으로 나오란 말이야."

그러자 몇 명이 일어나 앞으로 나갔고 교관은 그들의 이름을 묻고 뭔가를 적더니 다시 자리로 돌아가라고 했습니다. 하지만 저는 일어날 수 없었습니다. 우리 집에는 그런 사람이 없었기 때문입니다. 잠시 후 교관이 또 우리에게 말했습니다.

"이번엔 4촌 이내에서 국회 5급 비서관 이상으로 일하고 있거나 국회의원이 있는 사람 앞으로 나와."

그랬습니다. 이후에도 교관의 지시는 계속 이어졌습니다. 오래전이라서 일일이 다 기억할 수는 없지만 그중 몇 가지 기억나는 것은 이겁니다.

"삼성, 대우, 현대 등 국내 5대 재벌 기업 중에서 3촌 이내에 부장 이상으로 근무하는 사람, 3촌 이내에 대령 이상 군 장성으로 근무하고 있는 사람, 4촌 이내에 KBS, MBC, SBS 등 공중파 방송사에서 피디로 일하는 사람, 서울대, 연대, 고대 다니다가 입대한 사람……."

아마도 이런 식으로 대략 열 번 정도 각각의 연고가 있는 장정들을 찾은 것 같습니다. 하지만 저는 그런 호명에 단 한 번도 일어설 기회가 없었습니다. 그야말로 비참했습니다. 저 말고도 많은 장정이 그런 심정이었을 것입니다. 더러 누군가는 의기양양한 태도로 앞에 나갔지만 대부분의 장정은 저와 다르지 않았습니다. '내가 참 별 볼일 없는 집안에서 태어났구나' 싶어 처량한 심정이었지요. 그런 심정으로 조금은 참담하게, 또 내심 위축된 심정으로 쪼그려 앉아 저린 다리만 붙잡고 쩔쩔매고 있는데 반갑게 들려온 한 마디가 있었습니다.

"끝으로 몸이 아픈 사람 있으면……, 앞으로 튀어 나온다."

그랬습니다. 마침내 제 순서가 온 것입니다! 아버지가 이른 새벽부터 내내 저에게 신신당부했던 그 순간입니다. 그런데 저는…… 앞으로 나갈 수 없었습니다. 20대 청년으로서 느끼는 그 특유의 수치심에 비참했기 때문입니다. 누구는 잘난 집에서 잘나가는 배경으로 당당히 어깨 펴고 나가는데 저는 아픈 사람 호명하는 자리에서나 나서려니 순간 창피했습니다. 더구나 그렇게 앞으로 나간 후 아버지가 새벽부터 제 몸통에다가 둘둘 말아서 검은 고무줄로 꽁꽁 묶어준 그 MRI 필름을 보여줘야 한다고 생각하니 눈앞이 캄캄해진 것입니다. 그래서 대략 10여 명 남짓 되는 장정들이 이번엔 내 순서라며 좋아라 벌떡 일어나 앞서거니 뒤서거니 앞으로 나가는 걸 보며 잠시 갈등하다가 결국 포기하고 말았습니다.

'그래, 어차피 들어온 거 그냥 열심히 하자. 시간은 가겠지.'

이런 생각으로 마음속 갈등을 내려놨습니다. 그런데 잠시 후였습니다. 그때까지 순조롭게 일정이 진행되고 있어 모두가 방심하고 있던 순간, 모든 장정을 충격에 빠뜨린 사건이 벌어진 것입니다. 그 일로부터 물경 수십 년의 세월이 지났지만 여전히 잊을 수 없는 충격적인 기억. 나도 배려를 받을 자격이 있는 사람이라며 교관들 앞으로 나간 장정들에게 쏟아진 무자비한 폭력.

"이 개새끼들아, 아파? 이게 안 맞아서 아프지. 어디 아파? 이 새끼들아, 말해. 이것들이 빠져서 들어온 첫날부터 엄살을 부려? 어디 말해봐. 어디가 아파? 이 새끼들아!"

맞는 사람도, 또 그걸 쪼그려 앉아 지켜보던 장정들도 모두 울었습니다. 어린애처럼 엉엉 울며 손으로 비는 장정들, 잘못했다고 울부짖고 주저앉은 동기와 맞으며 얼이 빠진 동기들. 그걸 지켜보던 우리 역시 경악과 충격으로 숨조차 쉬지 못한 채 울었습니다. 그 모습이 다시 떠올라 저절로 눈물만 납니다. 그런데 그때였습니다. 교관들이 우리를 돌아보며 협박조의 앙칼진 목소리로 또 외쳤습니다.

"어디 아픈 새끼 있으면 또 손 들어봐. 나와 보란 말이야."

그런 상황에서 감히 누가 손을 들 수 있을까요? 만약 그런 상황에서 손을 든다면 과연 제정신 가진 사람이라고 할 수 있을까요? 그런데 그때 손을 든 사람이 있었습니다. 다름 아닌 저였습니다.

"네. 고상만, 아픕니다."

그 순간 모두 놀라고 황당하다는 표정으로 저를 쳐다봤습니다. 장정들만 황당해한 것이 아니라 교관들도 생각지 못한 상황에 저를 쳐다보고만 있었지요. 하지만 저는 들었던 손을 내리지 않고 악에 받친 듯 아예 일어섰습니다. 그리고 다시 한번 절규하듯 외쳤습니다.

"저도 아프니 앞으로 나가겠습니다."

왜 그랬을까요. 차라리 그 장정들과 같이 맞고 싶어서였습니다. 저 말도 안 되는 폭력을 제가 막을 수 없다면 차라리 그들과 같이 맞기라도 해야 제가 부끄럽지 않을 것 같았습니다. 그때 침묵한다면 영원히 비겁하게 살 것 같아서였습니다. 그런 생각이 들면서 저도 모르게 그때 손을 들고 만 것입니다. 고백하자면 제가 손을 들었다는 사실을 깨닫고 나서 후회했습니다. 이성보다 본능이 앞서 손을 들고 나서야 깨달은 것입니다. 그러면서 '내가 또 바보짓을 하고 말았구나' 싶었습니다.

그래서 더러 언론과 인터뷰를 하거나 강연이 끝난 후 질의응답 시간에 "인권운동가는 뭐하는 사람이냐"는 질문을 받을 때 제가 내놓는 답은 이렇습니다. 저는 인권운동가를 한마디로 정의하면 '남의 일에 그냥 끼어드는 사람'이라고 말하고 싶습니다. 돈을 주고 소위 '산다'고 표현하는 변호사와도 다르고 또 누가 하지 말라고 해도 공익적 가치와 공공 이익에 부합한다면 설령 구박을 받는다 해도 인권운동가는 남의 일에 끼어듭니다. 그게 인권운동가의 숙명이 아닐까 싶습니다.

그런데 그렇게 남의 일에 끼어들어 손해 본 일도 부지기수입니다. 고맙다는 말은 고사하고 오히려 거꾸로 제가 억울한 일을 당해 마음에 상처로 남아 허둥댄 적도 많았지요. 그런 일 중 하나가 18년 전 서울 구로경찰서에서 겪었던 '악몽'입니다. 정말 일생에 다시 경험하기 힘들 만큼 끔찍했던 기억 중 하나인 그 악몽은 이렇게 시작됩니다.

본능적 정의감이 불러온 악몽

2002년 5월 31일, 막차를 타고 도착한 구로전철역에서 저는 20대 초반의 공익요원이 한 취객 남성에게 연이어 따귀를 맞는 장면을 목격하게 됩니다. 늘 그렇듯 그날도 저는 단 1초의 고민도 없이 바로 그 일에 끼어들게 되었지요. 생각보다 몸이 먼저 반응한 것입니다. 저는 다가가 얻어맞는 공익요원을 제 뒤로 보내고 대신 취객의 폭행을 저지하기 위해 그의 손목을 잡았습니다. 하지만 취객의 난동은 멈추지 않았고 급기야 그는 제가 매고 있던 넥타이로 제 목을 조르기 시작했습니다.

결국 경찰에 신고해달라고 주변 사람들에게 도움을 요청했고 잠시 후 경찰이 도착했습니다. 이제야 모든 상황이 끝났다고 생각했습니다. 그런데 출동한 경찰이 경위를 듣더니 "미안하지만 피해 증언이 필요하니 협조해달라"며 피해자인 공익요원과 함께 파출소로 동행해달라고 부탁을 해왔습니다. 귀가 중 막차도 끊기고 밤도 깊어 잠시 곤란한 생각이 들었지만 일처리를 위해 필요한 과정이겠지 싶어 경찰 요청에 응하기로 했습니다. 그게 당연한 시민정신이라고 여겼기 때문입니다. 여기까지는 흔히 있을 법한 일이었지요. 그러나 이것이 불행의 시작이었음을 그때까지는 전혀 몰랐습니다.

문제는 파출소를 거쳐 도착한 구로경찰서에서 시작되었습니다. 파출소에서는 경찰들이 취객의 난동을 저지한 저에게 참 좋은 일을 하셨다며 극찬을 했습니다. 다른 사람들은 공익요원이 폭행당하는 것을 외면했지만 선생님 같은 분이 있어 참 다행이라며 경찰들이 말했습니다. 잠시 후 난동을 부리는 만취 가해자를 상대로 경찰이 인적 사항을 물으니 가해자는 연신 책상을 발로 걷어차면서 욕설과 함께 위협적인 행동을 멈추지 않았습니다. 결국 파출소에서는 그 취객을 본서인 구로경찰서로 넘기기로 하고 다시 경찰서까지만 저에게 동행해달라며 재차 부탁을 하는 것이었습니다. 난감했지만 또 응할 수밖에 없었지요. 이왕 시작한 것이니 마무리하지 않을 수 없었기 때문입니다.

그런데 저는 결국 그날 밤이 지나도록 집으로 돌아가지 못했습니다. 어처구니없는 사건이 벌어진 것입니다. 경찰서에 도착한 후 경찰들은 저와 공익요원, 만취 가해자를 긴 목조 의자에 나란히 앉으라고 했습니다. 몹시 흥분한 가해자와 피해자인 공익요원과 저를 아무런 보호조치도 없이 대기시켜놓은 것이 불안했지만 구로경찰서의 어느 경찰관도 제 호소를 귀담아듣지 않았습니다. 결국 불행한 예감은 틀리지 않았습니다. 대기하고 5분이나 지났을까, 사건이 터졌습니다.

문제의 가해자가 자기 호주머니를 뒤지는가 싶더니 이내 제게 달려든 것입니다. 그러고 나서 뭔가로 제 머리를 마구 내리찍는 것처럼 느껴졌고 '어' 하는 순간 제 머리에서 뭔가가 터지는 느낌이 들었습니다. '피'였습니다. 나중에 알고 보니 제 머리를 찍은 건 볼펜이었습니다. 가해자는 뾰족한 볼펜심으로 제 오른 귀 위쪽 머리를 마구 찍은 것입니다. 아프다는 느낌조차 들지 않았습니다. 너무도 순식간에 벌어진 일이었고 경황이 없어 누군가가 건네준 휴지뭉치로 피가 흐르는 머리만 누르고 있는데 인근 종합병원에 가자며 경찰이 따라 나오라는 것이었습니다.

저는 경찰서에서 벌어진 일이니 경찰이 치료해주는 줄로만 알았습니다. 아니었습니다. 병원 정문 앞에 도착한 경찰이 저에게 차에서 내리라며 "바빠서 우린 돌아갈 테니 치료는 자비로 하고 이후 피해자 진술을 받아야 하니 다시 경찰서로 돌아오셔야 한다"는 말만 남기고 그냥 가는 것이었습니다. 어이가 없었습니다. 예상할 수 있는 만취 가해자의 위해 상태에서 아무런 보호조치도 하지 않아 결과적으로 경찰서 안에서 증인이 부상을 입었는데 '우리와 상관없는 일'로 치부하는 경찰의 응대가 황당했습니다.

그래도 어쩌겠습니까. 일단 치료부터 받아야 했습니다. 그런데 난생 처음 당해본 일로 오밤중에 가본 종합병원 응급실은 난리도 그런 난리가 없었습니다. 환자들은 아우성치고 의사와 간호사들도 허둥대는 상황에서 한참을 대기해도 누구 하나 쳐다보는 사람조차 없는 것 아닌가요. 결국 저는 언제 시작할지도 모를 치료순서를 기다리다 지쳤습니다. 차라리 빨리 경찰서 일을 마무리하고 귀가해서 동네 병원에 가서 치료받는 게 낫겠다 싶었습니다. 이미 시간도 새벽 3시가 넘어가고 있던 터라 더욱 그랬지요.

그러나 다시 경찰서로 돌아가는 것도 쉽지 않았습니다. 지나가는 택시도 없어서 결국 한참을 걸어 경찰서로 갔습니다. 이게 뭔 꼴인가 싶었습니다. 차라리 그때 나도 다른 사람들처럼 누구에게 무슨 일이 생기든 말든 무심히 지나쳤다면 이런 험한 꼴은 당하지 않았을 텐데 하는 뒤늦은 후회도 솔직히 들었습니다. 하지만 그때 그 순간은 그야말로 약과였습니다. 본격적인 악몽은 아직 시작되지도 않았다는 걸 알게 된 것은 잠시 후 도착한 경찰서에서였습니다.

경찰에게 항의했다가 피의자로 전락하다

구로경찰서에 도착하니 그제야 사건조사가 시작되었습니다. 저는 공익 요원이 그간 있었던 일을 있는 대로 진술한 후 '제가 도와줘서 덕분에 피해가 줄었다'라고 말할 줄 알았습니다. 그게 맞는 이야기이니 당연히 그리 믿었지요. 그러면 사건이 정리되고 이내 집으로 돌아올 줄 알았습니다. 그러나 반전은 이때부터였습니다. 구로전철역에서 연신 따귀를 맞던 20대 초반의 공익요원은 "가해자에게 맞긴 했지만 처벌은 원하지 않습니다"라고 답했습니다. 그러면서 저와 가해자 사이에서 일어난 일을 묻는 것에 대해서는 "잘 모르겠어요"라는 엉뚱한 말을 한 후 이제 자기는 그냥 집으로 가면 안 되냐는 말만 되풀이할 뿐이었지요. 한마디로 두 눈이 휘둥그레지는 상황이었습니다. 이럴 수가! 저는 정말이지 너무 당황스러워 말조차 더듬거렸던 것 같습니다. 그래서 공익요원에게 물었습니다. "당신이 저 사람에게 맞고 있어서 피하게 하고 대신 내가 이 사람을 막아서다가 여기로 온 거잖아요?"

하지만 그의 답변은 여전히 황당했습니다. 피해 공익요원은 "그게 저……, 잘 모르겠어요"라며 내내 우물쭈물하는 게 아닌가요. 그러면서 "저는 집에 가도 되지 않나요?"라는 말만 되풀이할 뿐이었습니다. 지금 생각해보면 당시 20대 초반의 공익요원은 난생처음 경찰서에 와 있다는 사실 자체만으로도 위축되어 있었습니다. 더구나 방금 전 제가 가해자의 공격으로 머리가 찢어지는 부상을 입는 모습을 본 후 더욱 겁에 질려 있었지요. 그러니 피해자인데도 가해자의 처벌도 원치 않고 또 자기를 도와줬던 저와 관련한 이야기도 피하고 싶었던 것 같습니다.

어이가 없었지만 일은 묘하게 돌아가고 있었습니다. 이젠 가해자도 없고 피해자도 없는 일이 되어버렸습니다. 그런 상황에서 저만 별 이유도 없이 취객과 시비 붙은 이상한 사람이 된 것입니다. 공익요원의 황당한 말에 기가 막혀 정신마저 공허해질 지경이었습니다. 결국 잠시 후 경찰은 내내 집으로 보내달라는 공익요원에게 귀가를 허락했습니다. 피해자인데 가해자 처벌을 원치 않는다고 하니 더 잡아둘 명분도 없었지요. 황급히 자리에서 일어난 공익요원은 저에게 아주 잠시 미안한 표정을 짓더니 이내 철문을 밀고 밖으로 사라졌습니다. 순간 제 모습이 우스워지기 시작했습니다. 어려운 사정에 처한 공익요원을 돕다가 머리가 찢기는 부상만 입고 이젠 경찰서에 혼자 남아버렸으니. 가해자에게 부상을 입어 피해자 진술조서를 받아야 하니까 남으라는 말 때문에 저는 귀가할 수 없었던 것입니다.

그런데 그때였습니다. 불행하게도 제 귀에 담당 경찰의 전화 통화 내용이 꽂혔습니다. "거기 고상만이 자료 있어요?" 처음 사건을 접수한 파출소에 그 경찰이 전화를 걸어 그렇게 물어보는 것 아닌가요? 당사자를 앞에 두고 존칭 없이 여러 번 제 이름을 반복해서 막 불러대는 경찰을 보니 기가 막혔습니다. 결국 저는 그 경찰에게 조용히 항의했습니다.

"죄송하지만 당사자를 앞에 두고 고상만이라고 이름을 막 부르는 것은 예의가 아니지 않나요? 적어도 고상만 '씨'라는 호칭을 붙여야 상식적으로 맞는 것 아닌가요?"

저는 이 말에 그 경찰이 "죄송합니다. 급하게 일을 처리하다 보니 제가 실수했네요"라며 답할 줄 알았습니다. 그게 상식적인 반응이니까요. 그런데 아니었습니다. 돌아온 그 경찰의 답은 "내가 그렇게 말하건 말건 당신이 뭔데 남 통화하는 내용을 가지고 시비야"라는 반말 대꾸였습니다. 어처구니가 없어 뭐 이런 경우가 다 있나 싶던 찰나, 앙심을 품은 경찰이 이를 악물며 내뱉은 다음 말은 이랬습니다.

"아! 네, 알겠습니다. 그럼 지금부터 원하시는 대로 존칭을 하지요. 잘 들으세요. 지금 이 시간부터 고상만 '씨'는 폭력행위 등 처벌에 관한 일반법률 위반 혐의로 피의자 신분이 되었습니다. 그러니 고상만 '씨'는 묵비권을 행사할 권리가 있고……."

경찰은 제 이름 뒤 마지막 '씨'자에 강세를 넣어가며 조롱하듯 말했습니다. 그리고 이때부터 저를 이 사건의 폭력 피의자로 만들기 시작했지요. 어이가 없어 경찰에게 "피의자가 된 혐의가 구체적으로 뭐냐?"며 묻자 경찰은 가해자가 "나도 저 사람에게 맞았다"고 주장한다며 그것이 혐의 사실이라고 조롱하듯 답했습니다. 한마디로 경찰서에서 흔히 볼 수 있는 '폭력혐의 쌍방 피의자 만들기' 작태였습니다. 그러더니 경찰은 "이제 고상만 '씨'는 저기 보이는 유치장 안으로 들어가 있으라"고 했습니다. 세상에서 가장 무서운 죄는 다름 아닌 '괘씸죄'라고들 합니다. 그렇습니다. 그날 했던 항의 한마디 때문에 저는 그 무서운 '괘씸죄' 혐의자로 전락한 것입니다. 참담한 심정이었습니다. 믿기 어려운 악몽이었습니다. 하지만 그날의 악몽은 여전히 끝이 아니었습니다. 아직도 남은 악몽이 또 있었으니까요.

경찰의 악의적인 부상 경위 조작 시도

저는 구로경찰서의 청문감사관을 만나게 해달라고 요구했습니다. 청문 감사관실은 경찰관의 부정행위를 경찰이 직접 조사해서 억울함을 해소하기 위해 만든 민원부서입니다. 그러자 해당 경찰들은 석방되면 그때 찾아가라며 또 비웃었습니다. 그래도 거듭해서 요구하자 날아든 경찰의 답변이 걸작이었습니다.

"그 새끼, 더럽게 잘났네. 야! 일해야 하니까 유치장에 가만히 있어."

심지어 경찰은 제가 가해자에게 머리에 부상을 당한 경위마저 조작하려 했습니다. 당직 중이던 경찰끼리 "저 새끼가 여기서 스스로 컴퓨터에 부딪혀 다친 것으로 조서 쓰면 어때?"라며 주고받는 말이 제 귀에 들려온 것입니다. 믿고 싶지 않은 그 말에 '아, 이래서 사람이 미치는 거구나' 싶었습니다. 그날 밤 정말이지 더 많은 이야깃거리가 있었지만 일일이 다 쓰기도 구차하니 여기서 줄입니다. 결론적으로 저는 그날 구로경찰서 유치장에서 꼬박 하룻밤을 감금된 채 있었습니다. 그 시간 동안 저는 선량한 시민에서 죄도 없이 온갖 모욕을 당해야 하는 경찰의 쾌씸죄 대상으로 전락하고 말았습니다.

한편 다음 날 아침이 되어서야 경찰서에서 풀려 나온 후 저는 인권단체인 '인권운동 사랑방'에서 발행하던 소식지 「인권하루소식」에 제 사연을 기고했습니다. 기사를 접한 시민들은 분개했습니다. 그중 일부 시민들이 제 사건을 경찰청 홈페이지 등에 올리며 구로경찰서 소속 담당 경찰의 처벌을 요구하기도 했습니다. 경찰청으로부터 이와 같은 사실 여부를 확인하는 연락을 받고서야 그런 민원이 저도 모르게 진행되고 있었다는 것을 알았습니다. 결국 구로경찰서에서 그날 밤 저에게 업무를 부당하게 처리한 경찰 중 두 명에게 '견책' 징계가 내려졌다는 통보를 받았습니다. 견책이 경찰의 징계 중 얼마나 무거운 징계인지는 모르겠지만 제가 당한 고통에 비하면 터무니없는 결과가 아닐 수 없었지요. 그리고 경찰이 저에게 적용한 폭력 혐의는 이후 검찰에서 무혐의 처분이 내려졌습니다. 그렇게 해서 그날 밤의 악몽이 다 끝나는 것 같았습니다. 하지만 저는 그게 아니었습니다. 잊을 수 없는 그날 밤의 악몽이 따로 있었기 때문입니다. 이제부터 그 이야기입니다.

제가 구로경찰서 유치장에서 그 악몽 같은 밤을 보낸 후 맞이한 아침이었습니다. 몸과 마음이 피폐해질 대로 피폐해져 있을 때였지요. 저는 밤새 뜬눈으로 지새워야 했습니다. 만취 가해자와 저를 같은 유치장에 구금해놨기 때문입니다. 가해자는 코까지 심하게 골며 정신없이 자고 있었던 반면 저는 그럴 수 없었습니다. 만약 제가 설핏 잠이 들어 있을 때 저 가해자가 깨어나 또 저를 공격한다면 어떤 피해를 입을지 알 수 없었기 때문입니다. 그래서 저는 가해자와 따로만 있게 해줄 수 없느냐고 내내 부탁했지만 패씸죄가 적용된 저에게 그런 호의는 베풀어지지 않았습니다. 제 말을 귓등으로도 듣지 않으니 그야말로 미칠 지경이었지요. 그런 상황에서 아침이 되자 경찰들이 하나둘 출근하기 시작했습니다. 그런데 출근한 경찰들 사이에서 웅성거리는 소란이 일어났습니다. 사무실 여기저기 책상과 컴퓨터에 피가 묻어 있다며 불만을 제기하는 소리였습니다. 알고 보니 가해자에게 공격을 받아 제 머리가 찢어지면서 솟구친 피가 여기저기로 흩뿌려진 모양이었습니다. 그러자 담당 경찰이 고자질하듯 저를 지목하며 동료들에게 '저 사람이 범인'이라고 말하는 것이었습니다. 일순간 경찰들이 제게 말했습니다.

"당신, 이리 나와서 여기 묻어 있는 피, 다 닦으세요."

정말 뭐라고 표현해야 할까요? 저는 그때 그 일만 생각하면 아직까지도 모멸감과 치욕감을 감출 수 없습니다. 그 감정이 지금까지도 살아서 꿈틀거리는 생물처럼 제 가슴을 압박합니다. 말문이 탁 막힌다는 것이 이런 경우가 아닐까 싶습니다. 그래서 참 어렵게 항변했습니다. 화낼 힘도 없어 조그만 목소리로 이렇게 말했지요.

"정말 기가 막히고 너무들 하시네요. 제가 여기서 떡볶이를 먹다가 실수로 국물을 흘린 것도 아니고 경찰서 내에서 당신들이 보호해주지 않아 다쳐서 일어난 일인데 그게 제 잘못입니까? 정말 그걸 제가 닦아야 합니까? 저는 그거 못하겠습니다. 마음대로 하십시오."

하지만 저의 이런 처연한 반문에도 경찰들의 반응은 차가웠습니다. "당신 피가 묻은 건데 그럼 이걸 누가 닦아?"라는 말이었습니다. 경찰에 대한 깊은 불신이 시작된 건 어쩌면 그날부터인지도 모르겠습니다. 저는 지금도 모르겠습니다. 정말 그 피는 누가 닦아야 했던 것인지 다시 묻고 싶습니다.

마지막으로 에피소드 하나만 더 소개하겠습니다. 이 일이 있고 몇 달

정도 흐른 2002년 어느 날, 저와 같은 인권운동을 하던 사람이 구로경찰서로 인권강연을 다녀왔다며 전화가 걸려왔습니다. 그러면서 저에게 "혹시 얼마 전에 구로경찰서에서 무슨 일이 있었어요?" 하고 묻는 것이었습니다.

왜 그러냐며 제가 반문하자 자기가 인권강연을 마치고 나오는 길에 따라 나온 구로경찰서의 고위간부가 "혹시 고상만이라는 사람을 아십니까?" 하고 묻더라는 것입니다. 그래서 "나와도 매우 절친한 인권운동가"라고 답을 하며 왜 묻느냐고 하자 '사실은 여차저차해서 그분이 여기서 그런 일이 벌어져 좀 시끄러웠다'는 말을 듣게 되었다는 것이었습니다. 내막을 알게 된 그 사람이 경찰에게 "그분에게는 그렇게 하면 안 되는데 큰 실수를 하셨네요"라고 농담 삼아 말을 건네자 그 경찰 고위간부라는 사람의 답이 또 명언이었습니다.

"우리가 그분이 그런 분인 줄 알았으면 어떻게 그리했겠습니까?"

경찰은 사람의 신분에 따라 대우합니까? 누구에게도 그렇게 하면 안 됩니다. 그 말을 전해 듣고 저는 경찰에게 더 실망할 수밖에 없었습니다. 2020년 지금은 정말 이러지 않겠지요? 믿고 싶습니다.

나도 이제 이기적으로 살겠다며 결심한 날

한편 이런 인권운동가로서의 정체성인 '남의 일 끼어들기'에 심각하게 회의를 느낀 날도 있었음을 고백합니다. "그래, 나도 이제부터 남들처럼 이기적으로 살아야겠다"며 단단히 결심한 날이 있었습니다. 2006년 5월 제4회 지방자치 선거가 있었습니다. 그리고 앞서 잠깐 언급했듯 저는 이 선거에 경기도의원 후보로 나섰습니다. 당시 여당이었던 열린우리당의 공천을 받아 경기도 안산에서 출마했지요. 정말 정의로운 지방정치를 해보고 싶었습니다. 억울한 이에게 구체적인 도움을 줄 수 있는 권한을 가지고 싶었던 것입니다. 그래서 당시만 해도 널리 인식되지 않은 '복지와 인권'을 주요 공약으로 내세워 출사표를 던졌습니다.

그런데 저는 너무 순진했고 또 준비도 부족했습니다. 정책 선거를 위해 저 나름대로는 많이 준비했는데 현실은 전혀 달라 선거운동을 해나 갈수록 너무 실망스러웠습니다. 당시 노무현 정부의 부동산 정책 실정으로 여당의 인기 역시 바닥을 면치 못했지요. 그런 가운데 예상치 못한 사건까지 겹치며 그해 지방선거는 시작도 전에 이미 끝나버린 상황이었습니다. 이른바 '박근혜 대표 커터칼 피습사건'이었습니다. 서울 신촌에서 유세 중이던 야당의 박근혜 대표를 한 남자가 피습한 것입니다. 이 사건으로 선거는 정상적인 국면을 완전히 벗어나버렸습니다. 정책을 담은 공약은 사라지고 박근혜 동정론과 막무가내 식의 여당 심판론만 비등해지고 있었습니다. 그래서 유권자에게 지지를 호소하고자 명함을 건네며 말을 건네면 마치 박근혜 대표를 피습한 범인을 대하듯 저에게 따지는 유권자도 있었지요. "아무리 선거라지만 여자 얼굴에 칼을 그으면 되냐"며 야단치는 어르신까지 있었습니다. 정말 기가 막힐 일이었습니다. 또 누군가는 선거 명함을 찢어 제 얼굴에 뿌리는가 하면 또 어떤 사람은 상가를 돌며 인사하는 제 뒤를 따라다니며 "열린우리당 후보 놈은 다 도둑놈"이라며 방해하기도 했습니다. 저는 그런 사람이 아니라며, 적어도 그렇게 살지 않았다며 좋게 말도 하고 달래기도 했지만 돌아온 것은 더 심한 비아냥거림과 조소였습니다.

정말 너무 화가 나서 선거고 뭐고 다 때려치우고 그 자리에서 한판 붙고 싶었습니다. 지금까지 살아온 제 삶을 모두 부정당하는 것 같아 환멸감이 들 지경이었지요. 반면 죽기 살기로 선거운동을 하던 저와 달리 야당의 상대 후보는 별다른 선거운동도 하지 않았습니다. 그저 유세용 트럭 위에 '박근혜 대표님 쾌차하소서'라는 큰 현수막만 걸어놓은 채 지역구만 내내 돌릴 뿐이었습니다. 이런 선거를 새벽 6시부터 다음 날 새벽 2시까지 13일간 했습니다. 하루 4시간만 자고 꼬박 20시간을 선거운동을 하는 동안 지쳐가는 몸보다 마음이 더 빨리 상해가는 것 같았습니다.

그런 순간에 슬슬 원망하는 감정이 밀려들기 시작했습니다. 이제 보니 대충 살아도 되는데 괜히 나서서 고생했다는 억울한 마음이 들기 시작한 것입니다. 아무도 알아주지 않는데 중뿔나게 여기저기서 손을 들며 남의 일에 끼어드는 바보였구나 싶어 억울한 마음이 들었습니다. 그래서 이 지옥 같은 선거나 어서 끝났으면 했습니다. 더는 기대도, 미련도 없었지요. 다만 이제부터 나도 이기적으로 살아가겠다는 마음을 다짐하고 또 다짐했습니다. 남들 눈감고 귀 막을 때, 나 역시 함께 눈감고 귀 막으면서 살겠다고 결심한 것입니다. 모난 돌이 정 맞는다는 옛말처럼 나도 둥글둥글하게 살아야지 싶었습니다. 어차피 알아주는 사람도 없는데 뭐가 문제냐며 대상도 없는 누군가를 원망하고 미워하는 마음으로 가득 차가던 때였습니다.

그래도 정의는 있다

저 못난 것은 모르고 사람들이 저의 진정성을 외면한다며 마냥 원망하는 마음으로 힘없이 터덜터덜 선거구를 걷고 있는데 저장되지 않은 낯선 번호의 전화가 걸려왔습니다. 사회운동을 하는 저는 그런 유의 낯선 전화가 자주 오기에 의례적인 마음으로 통화 버튼을 눌렀지요. 곧바로 젊은 여성의 낯선 목소리가 들려왔습니다.

"저, 실례지만 고상만 후보님 전화가 맞나요?"
"네, 제가 고상만입니다. 누구시죠?"

그러자 상대방은 방금 전보다 한층 더 밝아진 목소리로 물었습니다.

"혹시 기억하실지 모르겠는데 몇 달 전에 성남에서 안산 오는 시외버스 안에서 어떤 여성을 도와주신 적 있지 않나요? 그때 성추행 사건이 있어서……."

뜬금없는 전화 사연에 퍼뜩 떠오른 기억이 있었습니다. 성남에서 초등학교 동창 모임이 있던 날이었습니다. 막차시간이 되어 동창들과의 자리를 파하고 집으로 돌아오는 시외버스 안. 저는 기사 바로 뒤 맨 앞좌석에 앉아 있었지요. 그때 모두가 조용한 차 안에서 한 여성의 비명 소리와 항의 소리가 들려왔습니다. 한 중년 남성이 동석한 바로 옆자리 20대 여성의 신체를 만졌다는 겁니다. 그래서 항의하는 여성의 고함에 상대방 남자는 다시 거친 육두문자로 반박하는 소란이 벌어진 것입니다. 그런데 제가 더욱 놀란 것은 그다음 장면이었습니다. 여성의 항의와 남성의 거친 반응으로 버스 안은 소란스러웠지만 만석인 버스 안의 다른 승객들은 일체 아무런 미동도 없었습니다. 바로 건너편 좌석에 앉은 사람들은 여전히 보고 있던 신문을 읽고 있었고 뒷자리 승객들도 그냥 자고 있는 것입니다. 누구도 그 상황에서 나서서 최소한 무슨 일인지 알아보려고도 하지 않았습니다.

그 순간 저는 또 당연히 일어섰습니다. 이번에도 생각보다 또 몸이 먼저 반응한 것입니다. 고백하건대 저는 그런 순간에 할까 말까를 생각하지 않습니다. 이번에도 또 그런 것입니다. 저는 제 자리에서 버스의 중간 정도에 앉은 피해 여성의 자리 쪽으로 옮겨갔습니다. 그때까지도 여전히 버스 안에는 항의하는 여성과 이를 억압하는 남성의 거친 말소리로 소란스러웠습니다. 저는 먼저 피해를 주장하는 여성에게 일단 제가 앉았던 곳으로 자리를 옮기겠느냐고 물었습니다. 그러자 여성은 이내 고맙다며 자리를 이동했고 저는 대신 여성의 자리에 앉았습니다. 그런 후 저는 휴대폰을 꺼내 112로 신고전화를 했지요. 지금 내가 타고 있는 시외버스에서 한 여성이 성추행 피해를 당했다고 주장하고 있는데, 잠시 후 어느 정류장에 몇 시쯤 도착할 예정이니 그곳으로 경찰차를 보내달라는 내용이었습니다.

이런 내용의 신고전화를 들은 문제의 옆자리 남자가 어이없다는 표정으로 저를 노려봤습니다. '도대체 당신이 뭔데 끼어드냐'는 표정이었지요. 결국 "당신 뭐하는 사람인데 남 일에 끼어들어?"라며 겁박하는 태도로 저에게 물었습니다. 그런 남자의 눈을 저는 정면으로 마주보며 아주 낮은 목소리로 말했습니다.

"저기요, 죄송한데 좀 조용히 계시면 안 되겠습니까? 다들 차 안에서 조용히 있는데 왜 혼자서 자꾸만 시끄럽게 그러세요? 제가 잠시 후에 뭐 하는 사람인지 알려드릴 테니 일단 좀 잠자코 계세요."

전혀 기죽지 않는 제 응대에 그 남자는 더 어이없는 표정을 지었습니다. 이후에도 그는 "당신 도대체 뭐냐"며 몇 번 따졌지만 저는 더는 대꾸하지 않았습니다. 그리고 마침내 잠시 후 안산 상록수역 앞에 버스가 도착했습니다. 다행히 경찰차가 대기하고 있었습니다. 저는 버스에서 제일 먼저 일어나 대기하고 있던 경찰에게 신고자임을 밝힌 후 제가 목격한 상황을 다시 한번 신고했습니다. 그러자 출동한 경찰은 문제의 남성에게 경찰서로 동행할 것을 요구했고 동시에 피해를 주장하던 여성에게도 함께 동행해달라고 했습니다. 그렇게 해서 경찰에 연행된 그 중년 남자가 다시 한번 저를 돌아보며 또 물었습니다. "도대체 당신이 뭐하는 사람인데 내게 이러냐?"는 것이었습니다. 그때 제가 한 답입니다.

"아, 제가 내려서 말씀드린다고 했지요? 제가 누구냐면요……, 당신 같은 사람 혼내주는 사람입니다."

처음엔 내가 도와줬지만

전화를 걸어온 분이 그날의 피해 여성이었던 것입니다. 제가 그런 일이 있었다고 확인해주니 그분은 매우 반가워하면서 제게 전화하게 된 사연을 들려주었습니다. 외출하는 길에 우연히 거리에 붙은 선거벽보를 봤다는 것입니다. 그 경기도의원 후보 중에서 낯익은 얼굴과 이름이 있어 생각해보니 그때 버스에서 도와준 고마운 사람 같아 선거 사무실로 전화를 걸었다는 것입니다. 그래서 알게 된 제 휴대폰 번호로 전화를 걸어왔다는 그분. 그때 도와준 덕분에 억울함을 해결할 수 있었다며 그분은 연신 고맙다고 했습니다. 그 직후에 인사를 하고 싶었는데 연락처를 알 수 없어 인사도 못 했다며 미안하다고도 했습니다. 그런데 그날 저의 벽보 사진을 보니 너무 반가워 연락을 했다는 그 말에 저는 금방이라도 울음이 터질 것 같은 고마운 마음이 들었습니다. 저 같은 사람이 꼭 당선되어 많은 사람이 도움을 받으면 좋겠다는 격려에 저는 방금 전까지 누군가를 원망하던 제 못난 마음이 다 녹아버리는 것만 같았습니다.

자기가 이런 사실을 많이 알려 당선되도록 도와주고 싶다며 제 지역구가 어디인지 알려달라는 그분의 응원에 저는 참으로 행복했습니다. 비록 그해 지방선거에서 저는 예상대로 낙선했지만 그 후 지금까지 인권운동가로서 제가 걸어온 길을 여전히 벗어나지 않았던 그 동기는 바로 이날 저에게 전화주신 그분 덕분이었습니다. 그래서 생각해보니 그랬습니다. 처음엔 제가 누군가를 도와드리기 위해 인연이 되었지만 지나고 보니 제가 그분에게 또 배웠습니다. 그런 분들이 아니었다면 저는 정말 위험한 강물에 휩쓸려 사라졌을지도 모릅니다. 제가 살아온 그 길이 틀리지 않았음을 알게 해준 그 일화가 너무나 고맙습니다. 모두 다 그분 덕분입니다. 죽을 때까지 더 열심히 남의 일에 '끼어들며' 살겠습니다.

'시외버스 검표원' 출신
인권운동가의 초심

이 책을 쓰면서 알게 된 사실이 있습니다. 인연因緣은 악연惡緣과 선연善緣이라는 두 가지 연緣을 의미하는 단어라는 것입니다. 지금껏 살아오는 동안 누군가와는 원치 않는 악연이 되었고 또 누군가에게는 귀한 선연으로 기억되었습니다. 저에게도 살아오며 그런 악연 또는 선연으로 기억되는 몇 가지 삶의 일화가 있습니다. 처음엔 아니었는데 결과적으로 처음 보는 낯선 경찰에게서 얻어먹게 된 '한우 등심의 추억'입니다.

그 경찰은 왜 내게 '한우 등심'을 사줬을까?

언제인지 기억도 나지 않는 어린 시절, 묘하게도 저는 운전하는 꿈을 종종 꾸곤 했습니다. 기계 만지는 것을 특별히 좋아한 것도 아닌데 왜 그렇게 운전하는 꿈을 자주 꾸었는지 모를 일입니다. 꿈을 꿀 정도였다면 실제로 운전 역시 일찍 시작했을 것 같은데 그도 아니었습니다. 제가 운전

면허를 취득한 때가 1993년이었는데 사실 그 역시도 운전학원 강사로 일하던 친구의 꼼수 덕분에 'S코스 시험'을 통과할 수 있었지요. 그 친구가 바닥에 돌 하나를 놔준 후 딱 그 지점에서 핸들을 절반만 돌리라고 코치해준 덕분에 그 어려운 S자 코스를 무난히 통과할 수 있었던 것입니다. 어찌어찌해서 면허는 취득했는데 문제는 그다음이었습니다. 막상 운전을 하려니 겁이 나서 못하겠는 겁니다. 그래서 또 몇 년을 이른바 '장롱 면허'로 지냈습니다.

그러던 제가 결국 운전대를 잡게 된 것은 둘째 아이가 돌을 맞이하던 1999년 12월의 일이었습니다. 아이를 하나만 키울 때는 어찌어찌해보겠는데 아이가 둘이 되니 차원이 달라진 것입니다. 강원도 양구 해안면에 있는 처가에 가려고 하면 아내와 제가 각각 아이 하나씩을 책임진 후 또 어깨와 손에는 한 보따리의 짐까지 들고 메고 가야 하니 그 불편이란 이루 말할 수 없었습니다. 문제는 육체적인 고통으로 끝나지 않았다는 거지요. 그렇게 한번 처가에 다녀온 후에는 평소엔 순한 양 같은 아내가 '운전도 못하는 뚜벅이' 운운하며 저를 원망하는 겁니다. 그 비참하고 서러운 심정은 당해보지 않은 사람은 모릅니다. 결국 언제까지 이렇게 살 수는 없다는 결론에 이르렀지요. 더구나 2000년대로 접어드는 밀레니엄 시대를 코앞에 두고 있던 그때, '면허증은 있되 운전을 못한다'는 이유로 언제까지 아내에게 구박을 당할 수는 없다고 결심한 것입니다. 때마침 반가운 소식도 있었지요. 제 형님에게서 연락이 왔는데, 차를 바꾸려고 하니 필요하면 타고 있던 중고차를 가져가라는 것이었습니다. 말해 무엇 하겠습니까. 반가운 마음에 덥석 받았습니다. 마침내 꿈에서나 그리던 '운전하는 남자'가 된 것입니다.

초보가 할 수 있는 운전 개그, 다 했다

차를 인수하러 간 날, 형님은 연신 저를 의심스러운 눈초리로 보며 말했습니다. "너 정말 운전할 줄 아는 거지?" 면허를 딴 날 마지막으로 시험장에서 운전대를 잡아봤으니 정확히 말하면 6년 만에 처음이었습니다. 이런 사실을 솔직히 말했다가는 아무래도 도로 차를 뺏길 것 같은 불안감이 엄습했습니다. 그래서 무작정 "취미가 운전입니다. 걱정 마세요"라는 대담한 거짓말까지 해버렸지요. 그제야 형님은 불안감을 떨치며 저에게 자동차 열쇠를 넘겼습니다. 문제는 그다음이었습니다. 시동을 걸어야 하는데 어떻게 하는 것인지 통 알 수가 없었습니다. 6년 만의 운전도 운전이지만 처음 보는 차라서 더욱 알 수가 없었던 겁니다. 그런 저의 당황스러움을 느꼈는지 형님이 다가오며 다시 저의 행동거지를 주목하기 시작했습니다. '이거 들통 나서 도로 차를 뺏기는 거 아냐' 싶은 절체절명의 위기의 순간, 천만다행으로 변수가 발생했습니다. 형님의 휴대폰 벨이 울린 것입니다. 형님은 뭔가 다급한 일이 생겼는지 제게 미안하다며 "빨리 회사로 들어가봐야겠다"는 말과 함께 황급히 자리를 벗어나는 것이 아닌가요. 이렇게 고마울 수가! 누가 전화한 것인지 그야말로 참 멋진 타이밍이 아닐 수 없었습니다.

이제 혼자 남았으니 차근차근 하나하나씩 시작하면 되는 일이었습니다. 여기저기를 찬찬히 살펴본 후 저는 어찌어찌하여 시동을 건 후 경기도 성남에서부터 안산의 집까지 정신없이 차를 끌고 왔습니다. 그때 제가 흘린 진땀은 그야말로 '한 바가지' 수준이었습니다. 특히 출발하자마자 가파른 고갯길이 나왔는데 그 오르막에서 신호에 걸려 잠시 차를 멈춰야 했던 순간을 잊지 못하겠습니다. 당시 형님에게 받은 차는 자동변

속기가 아닌 수동 스틱이었습니다. 클러치를 밟고 1단 기어를 넣은 후 액셀러레이터를 밟아야 출발을 하는 차로 오르막에서 멈췄으니 아무래도 출발하면서 뒤로 훅 밀릴 것 같은 불안감이 온몸을 휘감아 돌았지요. 걱정이 되어 차 뒤를 돌아보니 바로 뒤차가 제 차 꽁무니에 바짝 붙어 있는 게 아닌가요. 정말 환장할 뻔했습니다!

이건 틀림없는 '사고 각'이었습니다. 아무래도 불안해진 저는 생각 끝에 차 안에서 뒤차의 운전자를 보며 고래고래 소리를 질렀습니다. 손짓으로 연신 뒤차 운전자에게 좀 떨어지라고 했습니다. 하지만 그 운전자는 저의 행동을 이상하게 쳐다만 볼 뿐 무슨 뜻인지 이해하지 못하고 '저게 왜 저래' 하는 표정으로 꼼짝도 하지 않는 것이었습니다. 딱 미치는 줄 알았습니다. 결국 남은 방법은 하나였습니다. '절대' 뒤로 미끄러지지 말고 무조건 앞으로 튀어나가는 방법뿐이었지요.

신호 대기 중인 짧은 순간에 머릿속으로 출발순서를 계속 되풀이했습니다. '먼저 1단 기어를 넣고 브레이크에서 발을 떼며 동시에 액셀러레이터를 힘껏 밟으면서 클러치를 놓는다.' 이 순서에 빈틈이 있으면 안 됩니다. 다짐하고 또 반복했습니다. 잠시 후 마침내 녹색 신호등이 들어왔습니다. 앞에 서 있던 모든 차량이 움직이기 시작했습니다. 그리고 '부르릉' 소리와 동시에 걱정했던 것과는 달리 차가 무사히 앞으로 나간 것입니다. 뒤차와 충돌은 없었습니다. 아, 그 행복감이라니! 어쩌면 그날의 운전이 제 인생에서 말 그대로 '첫 번째 진짜 운전'이었는지도 모릅니다.

한편 우여곡절 끝에 사고 없이 집으로 차를 가져온 후 저는 자동차 연수를 받으며 조금씩 운전에 자신감이 붙었습니다. 어느새 운전하는 것이 재미있고 기다려지는 즐거움이 되었지요. 마치 처음 당구를 칠 때 방에 누워 천장만 봐도 그것이 당구대로 보이는 것처럼 자동차의 운전석에 앉아 있으면 마냥 행복했습니다. 그러면서 초보 운전자가 할 수 있는 모든 '아마추어' 행동은 다 했지요. 예를 들어 자동차 연수를 받고 난 얼마 후였습니다. 그날 비가 왔습니다. 그런데 문득 자동차의 앞 유리 닦는 와이퍼를 어떻게 작동시키는지 모르고 있다는 걸 깨달았습니다. 곰곰 생각해보니 운전 연수를 받던 날이 모두 화창했기 때문이었지요. 이 정도로 차에 대해 무지한 수준이었습니다. 결국 그때 그 강사에게 전화로 와이퍼 작동 방법과 위치를 물어봤고, 그는 정말 미안해하면서 자신이 당연히 알려줘야 할 내용인데 실수였다며 '라이트 켜는 법'은 아느냐고 친절히 묻더군요. 다행히 그건 알고 있었습니다. 정말 지금 생각해보면 이런 초보가 또 있을까 싶습니다.

마침내 '4중 추돌사고', 큰일 났구나

이렇게 완전 샛노란 병아리 같은 '초보 운전자' 생활 3년이 지나가던 2002년 어느 날이었습니다. 결국 대형사고를 일으켰고 또 당했습니다. 수도권 외곽 고속도로에서 차량 네 대가 차례로 부딪치는 추돌사고를 당한 것입니다. 당시 제 아버지가 병원에 입원해 계셨는데 퇴근 후 차를 몰고 일가족과 함께 병문안을 가던 중이었습니다. 지금 생각해보면 그날 차량 흐름이 참 묘했습니다. 사고가 날 것만 같은 여러 전조가 느껴지는 날이었지요. 뭔가 평소와 다른 불안감이 들어 출발하면서부터 내내 찜찜했는데, 결국 수도권 외곽 고속도로에서 주행 중 사고가 일어난 것입니다. 정상적으로 주행을 하고 있었는데 느닷없이 앞차가 급정거를 하는 것 아닌가요? 순간 저 역시 반사적으로 브레이크를 밟았습니다. 다행히 제 차와 앞차는 아주 미세한 간격을 두고 멈췄습니다. 다행이라는 생각을 하던 찰나였습니다.

'꽝!'

뒤차가 제 차 뒤를 들이받는 파열음이 묵직하게 들렸습니다. 그러면서 그 충격에 밀린 제 차가 또 앞차를 '꽝!', 이게 뭔 일인가 싶던 그 순간 또다시 들려온 '꽝꽝' 소리. 무려 4중 추돌사고가 일어난 순간이었습니다. 솔직히 무슨 일이 벌어진 것인지 처음엔 분간이 안 되었습니다. 잠시 후 사고가 난 것임을 알아차리자마자 '이거 큰일 났구나' 싶은 절망감부터 들었습니다. 이게 애초 누구의 잘못인지도 판단이 서지 않은 가운데 '이제 어떻게 하지' 하는 당혹감만 밀려들었지요. 그러면서 이 일이 다 제 잘못인 것처럼만 느껴졌습니다. 어찌 되었든 일단 차에서 내렸습니다. 그리고 앞차 쪽으로 조심스레 다가가는데 마침 그쪽 차주도 내리는 것이 보였습니다. 무슨 말부터 해야 하나 난감했는데 고맙게도 그쪽 차주가 먼저 입을 열었습니다.

"아저씨, 괜찮으세요? 제가 확실히 봤는데 아저씨가 저를 받은 것이 아니고 저 뒤차가 아저씨 차를 받으면서 그 충격으로 제 차를 받았거든요. 그러니까 경찰에게도 제가 그렇게 말할 테니까 아저씨도 그렇게 말씀하시면 됩니다."

이런 고마울 데가. 걱정이 태산 같았는데 앞차의 주인이 그렇게 말해주니 정말 고마웠습니다. 그래서 연신 고맙다고 인사한 후 이번엔 뒤차 쪽으로 가봤습니다. 이럴 수가! 뒤차 운전자는 여성인데 어디를 크게 다쳤는지 아예 머리를 핸들에 박은 채 가만히 앉아 있는 것 아닌가요. '진짜 큰일 났다' 싶었습니다. 어디를 크게 다친 것은 아니고 아마도 충격으로 잠시 그러고 있는 모습인데 제 잘못 같아서 너무 죄송했습니다. 그런데 더 환장할 일은 따로 있었습니다. 곧바로 키가 저보다 한 뼘은 더 커 보이는 20대 중반의 남자가 잔뜩 화가 나서 제 쪽으로 뛰어오는 것 아닌가요. 그러면서 그는 "아이 씨팔, 내 차 어떻게 할 거요" 하며 마구 화를 내는 것이었습니다. 알고 보니 그는 이 4중 추돌사고의 마지막 주인공, 최후로 쿵 하며 들이받은 1톤 트럭의 운전자였습니다. '저 사람 성질을 보니 합의도 어렵겠구나!' 싶어 또 절망했습니다. 그러면서 일단 경찰에 신고부터 해야 할 것 같아 저는 112로 전화를 했습니다.

잠시 후 경찰차가 도착했습니다. 이제부터 사건 처리가 어찌 될 것인지 잔뜩 걱정하고 있던 찰나, 경찰에게 듣게 된 결론은 웃겼습니다. 이 모든 일이 제 잘못인 줄 잔뜩 긴장하고 있었는데 알고 보니 저보다 앞인 1차량과 뒤차의 추돌 충격으로 튀어나간 저를 제외한 나머지 3차량과 4차량의 과실로 마무리가 된 것입니다. 이유는 전가의 보도처럼 적용되는 '안전거리 미확보 사고', 사고 시 뒤에서 추돌한 차가 잘못이기 때문입니다. 그런데 더 웃기는 것은 노발대발하며 방금 전 엄청 성질을 부리던 4차량 트럭은 자신이 추돌한 3차량 보상뿐만 아니라 자기 차 역시 본인 비용으로 수리해야 하는 처지였습니다. 나아가 책임보험도 들지 않고 운행한 것으로 드러나 형사상 처벌까지도 받아야 하는 신세가 되었지요. 성질이 불같아서 저 사람하고는 합의도 쉽지 않겠다 싶어 걱정했던 제 무지가 웃겼습니다. 그야말로 괜히 마음을 졸였던 것입니다.

손가락으로 내 옆구리를 찌른 경찰, 왜?

그리고 며칠 후, 사건 현장에 출동했던 경찰에게서 연락이 왔습니다. 4중 추돌사고를 마무리하려고 하니 교통사고 처리반으로 출석해달라는 것이었습니다. 경찰서를 방문한 날, 당시 사고자 전부가 한자리에 모여 각자의 상황에서 벌어진 내용대로 진술서를 쓰고 손도장을 찍으며 분주하던 때였습니다. 갑자기 담당 경찰이 저에게 "잠깐만 복도에서 좀 보자"며 부르는 것 아닌가요. 약간은 불안한 마음으로 따라 나가니 낯선 느낌이 제 옆구리를 찔렀습니다. 경찰이 손가락으로 제 옆구리를 가볍게 찌른 것입니다. 그러면서 이렇게 너스레를 떠는 것 아니겠습니까.

"아이, 선생님. 사건 처리도 잘 끝났는데 그냥 가시면 안 되죠. 밥이라도 한 끼 사셔야지."

그야말로 뭐 이런 거지같은 경찰이 다 있나 싶어 황당했습니다. 말로만 듣던 부패 경찰의 행동이었습니다. 그 행위가 얼마나 자연스러우면서도 노골적인지 순간 당황스러웠지만 거절하기도 난감했습니다. 한 끼 밥값이 아까워 거절하는 것 같은 느낌이 들 테니 체면상 께름직해서였지요. 결국 엉겁결에 "뭐, 그러시죠"라고 응하고 말았습니다. 너무도 당연하다는 듯한 경찰의 요구에 본의 아니게 두 눈 번히 뜬 채 당한 것입니다. 그러거나 말거나 경찰은 "그럼 어디로 갈까요?"라고 저에게 물었고 "저는 이곳 지리와 식당을 잘 모르니 아시는 곳으로 가시죠"라고 대꾸했습니다. 사고처리를 다 마친 후 경찰이 앞장서서 저를 안내해 간 곳은 누가 봐도 그 동네에서 가장 비싸 보이는 한우 꽃등심 전문식당이었습니다.

속으로 '헐' 소리가 절로 나왔습니다. 한우 꽃등심 1인분 가격이 보통 국밥 네 그릇 값이었습니다. 그런데 '헐' 소리가 나는 일이 또 있었습니다. 문제의 경찰만 온 것이 아닙니다. 같이 일하는 동료라며 두 명을 더 데리고 온 것입니다. 차를 타고 따로따로 출발했기에 식당에 도착해서야 그 사실을 알았습니다. "혼자만 오기 그래서 같이 왔는데 괜찮지요?"라는 그의 말에 당장 답변이 나오지 않았습니다. 그냥 통보에 다름없는 그의 태도에 무슨 말이 필요할까요. 결국 예상치도 못한 경찰 세 명과 앉아 식사를 주문하는데 이번 역시 마찬가지였습니다. 경찰은 밥을 사는 저에게 묻지도 않고 그 식당 메뉴 중 가장 비싼 '한우 꽃등심'을 5인분 주문했습니다. 한우가 나오자마자 그들은 그 비싼 고기를 아주 크게 썰어 맛나게 먹기 시작했습니다. 그리고 이내 불판에서 없어진 고기를 본 후 그는 저를 향해 "좀 부족하시죠?"라고 운만 한번 떼고는 다시 한우 꽃등심 3인분을 추가했습니다. 그야말로 제 한 달치 식비가 눈 깜짝할 새에 사라지는 순간이었습니다. 속으로 '억' 소리가 나면서 이젠 슬슬 약이 오르기 시작했습니다. '뭐 세상 살다 보면 이런 일도 있을 수 있겠지' 싶었던 처음의 관용하는 마음은 사라지고 제가 분명히 당하고 있다는 사실이 명료해지고 있었습니다. 물론 저에게 "많이 드세요"라는 말을 했지만 그건 의례적인 인사였을 뿐 실상은 그들 경찰 세 명이 아주 열심히 한우 꽃등심을 아귀아귀 먹어치우는 것을 보니 부아가 치민 것입니다. 뭔가 다른 수가 없을까 싶던 바로 그때였습니다. 입 안 가득 잘 익은 한우 등심을 밀어 넣던 그 경찰이 저에게 아주 반가운 질문을 던졌습니다.

"그런데 선생님은 어떤 일을 하시는 분인가요?"

그랬습니다. 기다렸던 질문이었습니다. 뜬금없이 제가 먼저 그 말을 꺼내기도 민망했는데 그 경찰이 저절로 미끼를 물었으니 그야말로 감격할 지경이었습니다. 여기서 일단 어깨에 힘부터 빼야 합니다. 그래야 촌스럽지 않거든요. 마치 별것 아닌 듯 초연하게, 그러면서도 약간은 뜸까지 들이며 천천히 입을 열었습니다.

"네, 별일은 아니고요. 시민단체 국장으로 일하고 있는데요. '반부패 국민연대'라고 거기서 국민신문고 국장으로 일하고 있습니다."

순간 고기를 씹던 세 경찰의 표정이 싸해졌습니다. 그러더니 식사를 멈추고 아주 조심스러운 어투로 "그게……, 무슨 일인데요?"라고 되물었습니다.

"네, 뭐……. 공직자들의 부정부패 사례를 시민들에게 제보 받아 청와대 직속으로 검찰에 설치된 반부패 특별위원회(현 '국민권익위원회' 전신)와 검찰청 특별수사본부로 이첩해서 조사하는 업무를 시민단체에서 처리하는 일이거든요. 저는 거기서 민원 제보를 기초 조사한 후 민관협력 업무를 담당하는 국장이고요. 뭐 별로 대단한 일은 아니지요."

한동안 정적이 흐른 후 분위기가 어색해지자 부지런했던 그들의 젓가락질이 이내 멈췄습니다. 순간 좀 민망해져서 저는 화장실 좀 다녀오겠다고 한 후 자리에서 일어났습니다. 볼일을 마치고 나오면서 생각해보니 은근히 통쾌하기도 했지만 밥값을 내기 싫어 그런 것처럼 보인 게 좀 마음에 걸렸습니다. 아예 계산을 할까 싶어 식당 계산대 앞으로 갔습니다. 얼마 나왔느냐고 물으며 지갑을 꺼내는데 식당 주인이 이미 계산되었다는 뜻밖의 말을 하는 것이었습니다. 앗! 속으로 웃음이 났습니다. 저는 자리로 돌아가 짐짓 당황한 것처럼 제 옆구리를 찔렀던 경찰에게 물었습니다.

"아니 왜 밥값 계산을 하셨어요? 오늘은 제가 고맙다며 밥을 사기로 해서 온 것인데……."

그러자 좀 전까지 당당했던 그 경찰이 아주 해맑은 표정으로 웃음까지 지으며 저에게 답했습니다.

"아니, 설마 진짜로 우리가 선생님에게 밥을 사라고 하겠어요? 그냥 같이 식사 한번 하시자고 농담으로 말씀드린 것이지."

그렇게 말하며 한우 꽃등심 값을 낸 그들이 이후 얼마나 기막혀했을까를 생각하니 집으로 돌아오는 길 내내 웃음을 참을 수 없었습니다. 그리고 그간 사고차량 운전자들에게 해온 그들의 잘못된 관행에 역습을 했으니 그도 짜릿했습니다. 그들 입장에서는 그날 저는 악연이었겠지요. 여하간 그날 경찰들에게 본의 아니게 얻어먹게 된 그 한우 꽃등심은 처음엔 소태 같은 맛이었지만 지금은 고소한 기억으로만 남았습니다. 그들 경찰에게도 그랬을지는 모르겠지만 말입니다.

차량사고 피해가 났는데 웃음이……, 나는 복수를 꿈꿨다

자동차와 관련한 이야기로 시작했으니 또 다른 자동차 관련 에피소드
로 이어갑니다. 시작은 악연이었으나 마지막은 선연으로 끝난 이야기입
니다. 지난 2013년 여름이었습니다. 휴가를 받아 행복한 가족 여행을 떠
났습니다. 우리 가족은 강원도 평창의 한 펜션을 예약한 후 평소 즐겨 가
는 속초의 유명한 냉면집에 들러 점심을 먹기로 일정을 짰습니다. 그런데
그때 냉면집 주차장에서 겪은 악연은 지금까지도 쉬 잊히지 않는 끔찍한
추억이 되고 말았답니다.

　사건의 발단은 냉면 집에 도착한 후부터였습니다. 주차장에는 휴가를
맞아 우리처럼 냉면을 즐기기 위해 먼저 도착한 차량으로 촘촘히 채워
져 있었지요. 찌푸린 하늘에서는 이슬비가 그 굵기를 더해가며 내리기 시
작했습니다. 다행히 그때 빈 주차공간이 하나 보였고, 저는 노련한 실력
으로 안전하게 주차를 마쳤습니다. 모든 것이 순조로워 보였습니다. 이제
빠른 속도로 비를 피해 식당 안으로 들어가기만 하면 모든 것이 끝이었
지요. 저는 뒷좌석에 앉은 당시 초등학생 두 아이를 돌아보며 "내려서 식
당으로 들어가라"는 말과 함께 아내와 차에서 내렸습니다. 그리고 빠른
걸음으로 들어선 식당에는 역시나 사람으로 가득했으나 또 마침 빈 자
리가 보이는 것 아닌가요. 이렇게 혼잡한 오늘, 늘 나를 위한 한 자리가 비
어 있으니 내심 '운 좋은 하루구나' 싶었습니다. 한껏 기분이 좋았습니다.

　하지만 거기까지였습니다. 악몽은 그때부터 고개를 내밀기 시작했습
니다. 자리를 잡고 느긋한 마음으로 가족이 들어오기를 기다리고 있는
데 이상하게도 아내와 아이들 모습이 보이지 않았습니다. 처음엔 화장실

에 들렀다가 들어오나 싶었는데 그럴 시간도 이미 지나가고 있었습니다. 저는 이상한 느낌이 들어 아내에게 휴대폰으로 전화를 했습니다. 그러자 저편에서 들려오는 아내의 말은 "주차장으로 좀 나와보라"는 것이었습니다. 영문을 몰라 "지금 자리도 잡아놨는데……"라며 재촉하니 "큰 애가 내리면서 옆 차 문짝을 살짝 찍은 것 같아. 그래서 지금 그 차주가 항의하는데 와봐야 할 것 같아"라는 것 아닌가요. 저는 큰일 났다는 생각을 하며 서둘러 식당 현관문으로 향했습니다. 제 차 앞으로 내려가 보니 좀 전의 비는 이미 폭우로 변해 있었습니다. 그런데 우산도 없이 차에서 나왔으니, 저는 그 비를 쫄딱 맞을 수밖에 없었지요.

한편 아내와 아이들이 서 있는 곳으로 다가가 보니 30대 중반의 우산 쓴 여자가 화가 많이 난 채 서 있었습니다. 당연히 화가 날 수 있는 일이니 더욱 미안했습니다. 하지만 아내와 어린 두 아들이 거세게 쏟아지는 비를 맞으며 죄인처럼 서 있는 것을 보니 또 기분이 좋지 않았습니다. 무슨 죽을죄라고 저렇게까지 서 있나 싶었습니다. 하지만 피해자 앞에서 그런 감정을 보일 수는 없어 "왜 그래? 어딘데……"라며 풀이 죽어 있는 아내에게 물었습니다. 아내가 피해 차량의 문짝 어딘가를 손가락으로 가리키는데 솔직히 제 눈에는 뭐가 문제라는 것인지 선뜻 눈에 들어오지 않았습니다. 그래서 "어디라는 거야?"라며 재차 아내에게 묻자, 옆에서 이를 지켜보던 우산 쓴 차주가 불쾌한 인상을 쓰며 손가락으로 그 부위를 가리켰습니다.

어쩌면 가해자 입장이라는 비난을 받을지도 모르겠지만 그 차주가 가리킨 부위에는 그야말로 '열심히 잘 봐야 보일 정도'의 아주 미세한 흰 자국이 남아 있었습니다. 알고 보니 아이가 간격 좁은 주차장에서 힘 조절 실수로 옆 차 문짝을 살짝 '콕' 찍은 것입니다. 그런데 피해자 입장에서는 '용납할 수 없는 피해'였던 것입니다. 역지사지로 생각해보면 그건 화가 날 만하고 기분 나쁜 일이 맞습니다. 여하간 저는 비 맞고 서 있는 아내와 아이들에게 "내가 알아서 할 테니 일단 당신은 아이들 데리고 식당으로 들어가라"고 말했습니다. 그렇게 식당 안으로 들어간 가족을 확인한 후 저는 돌아서서 피해 차주를 향했습니다. 그리고 최대한 정중하게, 그리고 미안한 마음으로 "정말 죄송합니다. 아이의 부주의로 피해가 벌어졌는데 어떻게 하면 될까요?"라고 물었습니다.

그러자 피해 차주는 몹시 짜증난 표정으로 "아니, 이 차 뽑은 지 얼마 되지도 않았는데 이게 뭐예요? 애를 잘 단속하셔야지, 냉면 한 그릇 맛있게 먹고 나왔더니 정말 재수가 없어서……"라며 화를 내더군요. 첫 마디부터 지나칠 정도로 짜증내는 그를 보며 저는 좀 어이가 없었습니다. 대인사고도 아닌 대물사고인데 이렇게까지 면전에서 화를 내는 것이 제 상식으로는 좀 이해하기가 어려웠습니다. 더구나 저는 우산도 없이 비를 쫄딱 맞고 서 있는 상태이고 자기는 우산을 쓰고 있으면서 어떻게 저리 사람을 야박하게 대할까 싶었습니다. 그래도 또 어쩌겠습니까. 일단 피해자 입장에서 감정을 존중해야 옳겠지요. 저는 재차 거듭 "죄송합니다"라고 사과하며 "그럼 보험회사를 불러 수리하면 될까요?"라고 물었습니다. 일단 사고를 수습해야 하니 의견을 물은 것입니다. 그러자 피해 차주는 "뭐 굳이 보험회사까지 부를 필요는 없을 것 같고……"라고 답하는 것 아닌가요.

실수였습니다. 그때 그 피해자의 뜻을 잘못 이해했습니다. 저는 제 진심 어린 사과에 그분이 좀 화가 누그러진 것이라고 여겼습니다. 그래서 "그럼 어떻게 해결하면 좋을까요?"라며 다시 물었고 이에 피해자는 조금 고민하는 기색을 보이더니 "뭐, 차에 흔적만 좀 지워주시고……"라며 뒷말을 삼켰습니다. 그 삼킨 뒷말을 올바르게 이해했어야 했는데 저는 이제 저 미세한 흔적만 지우면 된다고 이해한 것입니다. 그랬습니다. 지나고 보니 이런 제 태도가 피해자의 눈에는 뻔뻔해 보인 것 같습니다. 저는 피해 차량에 남은 흔적을 지운다며 제 차에 있던 차량 전용 흠집 제거 파우더를 꺼내와 정성껏 닦고 또 닦았습니다. 우산도 없이 비를 맞으며 그렇게 노력했습니다. 그런 제 진심이 피해자에게 느껴져서 원만하게 일이 처리되기를 기대했습니다. 그래서 마침내 그 흔적이 거의 보이지 않게 되었다고 보여 돌아본 순간 마주친 그 피해자의 표정을 보고는 흠칫했습니다. 방금 전보다 저를 바라보는 표정이 더 굳어져 있는 것 아닌가요.

2주 후 듣게 된 사고처리 결과……, '헐'

피해자는 대뜸 "이게 뭐예요? 제 새 차에 왜 이런 이상한 것을 묻히고 난리세요?"라며 화부터 냈습니다. 우리나라에서 차량 운전자라면 누구나 쓰는 평범한 흠집 제거제인데 이것을 '이상한 것'이라며 화를 내는 그 사람을 보니 기가 막혔습니다. 그때 알았습니다. 이 일이 이렇게 해서 해결될 수 있는 사안이 아니라는 것을. 피해자의 의중은 처음부터 이게 아니었다는 사실을. 결국 저는 곧바로 보험회사에 전화해 사고신고를 하고 출동을 요청했습니다. 잠시 후 도착한 보험회사 직원은 상황을 파악한 뒤 피해 차주와 협의하겠다며 저에게 잠시 자리를 비켜달라고 했습니다. 그제야 저도 식당으로 들어와 가족들의 식사를 챙겼습니다. 얼마 지나지 않아 보험회사 직원이 와서는 "피해자 분이 흠집은 됐고 피해 보상으로 현금을 달라고 하는데 어떡할까요?"라고 하는 것 아닌가요.

'아뿔싸! 처음부터 돈이 목적이었구나' 싶었습니다. 제가 잘못 읽은 피해 차주의 메시지가 부끄러웠습니다. 그러면서 조금 전과는 다른 차원의 화가 나기 시작했습니다. 그럼 처음부터 정확하게 그런 요구를 제시하면 될 것을 괜히 비까지 쫄딱 맞아가며 노력했던 제 모습이 오버랩되며 억울한 생각마저 든 것입니다. 저는 결심 끝에 보험회사 직원을 보며 단호하게 말했습니다.

"아니오. 저는 합의금 주고 해결할 생각이 전혀 없으니 그냥 보험 처리해주세요."

그러자 보험회사 직원은 "차량 수리비용으로 50만 원 이상 나오면 향후 3년간 보험료 할인이 되지 않아 보험 처리 시 손해가 더 클 수 있습니다. 그러니 다시 한번 생각해보시는 게 어떨까 해서요"라며 조언해줬습니다. 하지만 저는 생각을 바꿀 마음이 전혀 없었습니다.

"아니, 차량이 파손된 것도 아닌데 저 정도 피해로 50만 원 이상 수리비가 나올 수 있나요? 그리고 설령 그렇게 초과해서 나온다 하더라도 저는 개인적으로 돈을 주고 합의할 의사가 전혀 없어요. 차라리 보험금을 더 내면 냈지 따로 할 생각이 없으니 그냥 보험 처리해주세요."

결국 그 일은 보험 처리로 마무리되었습니다. 그 후 그날의 본의 아닌 악연을 잊으려 했습니다. 그리고 약 2주 정도가 지났을 무렵 보험회사에서 전화가 왔습니다. 사건 처리 결과를 알려주기 위해서였습니다. 저는 그야말로 깜짝 놀랐습니다. 확인 결과, 피해 차주는 차량 뒷문짝을 통째로 갈았다고 합니다. 그리고 그 차의 수리기간 동안 렌트용 차량도 이용했고 피해 보상금도 따로 정산받았다고 합니다. 그래서 최종적으로 정산된 비용이 보험료 할증 기준인 50만 원을 훌쩍 넘어 처리되었다는 통보였습니다.

그야말로 '헐' 소리가 절로 나왔습니다. '문콕' 흔적도 이미 제가 다 닦아서 없어진 상태였는데, 설령 그 흔적이 남았다 쳐도 그 비용으로 50만 원이 넘게 나왔다니 대단한 반전이었습니다. 정말 분했습니다. 화도 났습니다. '가벼운 교통사고 한번 나면 횡재'라는 우리 사회 일각의 그릇된 인식을 생생하게 마주한 것입니다. 그러면서 저도 복수를 생각했습니다. 너무 화가 나서 이 일에 대해 나도 내 방식대로 반드시 복수하고 싶다며 이를 악물었습니다.

'오냐, 나도 사고 한번 당해보자.'

너무 분한 마음에 저는 이런 생각을 했습니다. 그러면서 최대한 이 일은 잊어버리려고 노력했습니다. 그런데 그 후 2년쯤 지난 어느 날이었습니다. 마침내 제가 바라던 일이 거짓말처럼 일어난 것입니다. 주차장에 세워둔 제 차량 범퍼에 굵직하게 남은 충돌 자국. 그 선명한 피해 사실 앞에 저는 그야말로 쾌재를 불렀습니다.

이제 복수다

국회의원 보좌진으로 근무하던 2014년 8월 여름 퇴근길, 직원 전용

지하주차장에 세워놓은 제 차의 유리창 밑에 노란 메모지 한 장이 붙어 있었습니다. 메모지에는 이런 내용이 적혀 있었지요.

"죄송합니다. 제가 주차를 하다가 실수로 그만 선생님의 차 범퍼를 긁었습니다. 전화를 드렸는데 바쁘신지 통화가 안 되어 여기에 메모를 남깁니다. 연락주시면 고맙겠습니다. 010-1234-××××."

가해 차주가 남긴 메모를 본 후 저는 제 차를 둘러봤습니다. 확연하게 보이는 시커먼 자국이 차량 앞 범퍼에 고스란히 남아 있었습니다. 저는 순간 잊고 있었던, 아니 그토록 잊고 싶었던 그때의 사고가 떠올랐습니다. 마침내 제가 그토록 기다렸던 '복수'의 기회가 찾아온 것입니다. 그 순간 저 깊은 속에서 솟구치는 '카타르시스적'인 희열을 느꼈습니다. 이 얼마나 기다리고 고대하던 순간인가! 그날의 치욕, 그 모욕감을 한꺼번에 보상받을 수 있는 절호의 기회가 저에게 찾아온 것입니다. 차 사고가 났는데 그토록 기쁠 수가 없었습니다.

'자, 이제 어찌할 것인가.' 저는 짧은 시간 동안 제가 선택할 수 있는 몇 가지 카드를 머릿속에 떠올리며 휴대폰을 들었습니다. 그리고 잠시 후 휴대폰 저편에서 가해 차주의 목소리가 들려왔습니다. 2년 전 그때, 가해자 입장이었던 저처럼 오늘의 가해 차주 역시 매우 정중하고 또 미안해하는 목소리로 저에게 응대하고 있었습니다. 저는 "사고가 나서서 당황스러우셨죠? 그럼 이제 어떻게 할까요?"라고 먼저 물었습니다. 그러자 가해 차주는 또 그때의 저처럼 처분만 바라는 심정으로 "어떻게 해드리면 될까요?"라고 조심스럽게 되물었습니다.

그래서 다음 날, 저는 가해 차주와 함께 여의도에 있는 조촐한 식당에서 마주 앉아 힘께 점심을 먹었습니다. 사실 그렇게 할 필요가 없다는데도 가해 차주는 "밥이라도 같이 나누고 싶다"며 저에게 적극 청해서 마련한 자리였지요. 그날의 식사시간은 내내 유쾌했습니다. 기분이 좋았습니다. 물론 처음 보는 사이였지만 연신 웃음 소리가 이어졌습니다. 그러다가 식사 말미에 가해 차주가 저에게 물었습니다.

"사실 처음에 통화할 때는 걱정을 많이 했습니다. 더구나 해결방안으로 세 가지 방안을 제시할 테니 그중 하나만 선택하라는 말씀을 듣고 도대체 무슨 거창한 요구를 하시려고 이러나 싶어 속으로 걱정했습니다. 그런데 그 세 가지가 첫 번째는 '그냥 없었던 일로 하고 봐준다', 두 번째는 '미안하다고 하고 그냥 봐준다', 마지막 세 번째는 '나중에 나도 다른 사람을 한번 봐주기로 약속하고 그냥 넘어간다' 중에 하나만 고르라고 하셔서 당황했습니다. 정말 궁금해서 그런데, 왜 그런 제안을 하신 건가요?"

가해 차주의 말은 사실이었습니다. 저는 비로소 2년 전에 제가 당했던 그 일을 말해드렸습니다. 그날 제가 당한 그 정신적 수모와 마음의 상처에 대해 말입니다. 어린아이의 작은 실수에 대해 그렇게까지 야박하게 사람을 대할 수 있는지 무척 큰 회의감이 들었다고 했습니다. 그날 이후 사람에 대한 예의를 잃은 그 누군가에게 '내가 생각하는 방식의 복수'를 꼭 하고 싶었다고 했습니다. 그리고 이렇게 덧붙였지요.

"차량 범퍼는 어차피 소모품이라 제가 페인트를 사서 살짝 칠하면 되니 별 문제 없습니다. 다만 저도 부탁이 하나 있습니다. 이번 일로 정말 저에게 고맙다 생각하시면 선생님도 누군가에게 따뜻한 배려를 한 번만 베풀어주세요. 그렇게만 해주시면 그게 저에 대한 진짜 보상입니다."

그날 가해 차주는 따뜻한 미소로 화답했습니다. 식당에서 그분과 헤어진 후 사무실로 돌아갈 때 저는 2년 만에 비로소 가슴속에 응어리져 있던 그 악연의 감정을 내려놓을 수 있었습니다. 제가 생각한 복수가 최고의 선택이었다는 자부심이 들었기 때문입니다. 이 '거짓말 같은 복수극'을 생각해낸 제가 스스로 자랑스러웠습니다. 다시 생각해봐도 여전히 기분 좋은 그날의 복수극입니다.

시외버스 검표원으로 일하던 때

1989년 대학에 들어간 후 지금까지 30여 년의 세월이 지나가고 있습니다. 그동안 저는 보통의 50대와는 조금 다른 인생행로를 걸어온 것 같습니다. 거칠게 따져보면 그 30년 중에서 학생운동으로 5년, 재야 시민단체에서 10년, 그리고 국가기관과 지방자치단체에서 공무원으로 10년 조금 넘게 일했고 근 5년여를 백수로 지내기도 했습니다. 일반적인 직장생활은 거의 하지 않은 것입니다.

그런데 돈을 벌기 위해 아주 잠깐 직장생활을 한 적이 있지요. 1994년의 일이었습니다. 대략 대여섯 개 회사에서 모두 합쳐 10개월 정도 일한 것 같습니다. 이 시기에 제가 직장을 구한 이유는 아들이 태어났기 때문입니다. 한 집안의 가장이 되었는데 데모한다고 생계를 책임지지 않는 것은 아무래도 민망한 일이었습니다. 그래서 딱 1년만 직장을 다녀 돈을 번 후 다시 인권운동을 하러 가면 좋겠다는 생각을 한 것입니다. 이때만 해도 너무 세상을 몰랐습니다. 여하간 무가지 「벼룩시장」의 구인광고를 보고 여기저기 이력서를 냈습니다. 처음엔 꽤 이름이 알려진 중견 학습지 회사에 지원했는데 합격을 했습니다. 2주간 지방출장을 가서 영업활동을 하면 그다음엔 행정부서로 발령을 낸다는 것입니다. 생각보다 쉽게 일자리를 구해 당연히 기뻤습니다.

그런데 막상 그 일을 시작해보니 이건 사기행위였습니다. 그때 10여명의 사람들과 함께 경기도 포천으로 일주일간 출장 가서 여관을 잡고 함께 숙식을 했습니다. 그러고는 매일 새벽 6시경이나 저녁 7시쯤에 시골 마을로 찾아가 가가호호 방문하여 사정을 잘 모르는 농민들을 대상으로 자녀들의 학습지를 연간 신청하도록 설득해야 했지요. 실제로는 방문해서 가르쳐주는 교사도 없으면서 있다고 거짓말했고, 한번 신청하면 무조건 연간 회비를 받으면서 일단 신청 후 취소 가능하다며 거짓말도 했습니다. 만약 나중에 변심하면 붉은 도장을 찍어 가압류 운운하면서 겁박하는 아주 못된 일이었습니다.

결국 3일간 그들을 쫓아다니며 갈등하다가 그만두겠다고 했습니다. 학창 시절 노동자, 농민에게 힘이 되는 세상을 만들겠다며 데모한 데다 제 처가도 농부 집안인데 그런 식으로 농민을 속이는 짓을 더는 할 수 없었습니다. 사표를 내고 사무실을 나서는 제 뒤통수에 대고 회사 과장이 "병신 새끼, 꼴값하네"라며 욕설을 퍼붓는 소리가 들렸습니다. 그 말에 대꾸도 못 하고 그냥 나왔습니다. 제가 봐도 사회 낙오자 같은 느낌이 들었던 것은 사실이기 때문입니다.

그다음에 지원해서 간 곳이 모그룹의 인사 관리부라는 곳이었습니다. 이번엔 사기 안 치는 회사였으면 하고 출근해보니 생명보험 회사더군요. 제가 누구에게 뭘 사달라고 하는 일에 젬병인지라 자신은 없었지만 이왕 출근을 했으니 일단은 하루 동안 교육을 받았습니다. 회사에서 점심 한 끼도 사줘서 먹었습니다. 오후 3시쯤 내일 또 출근하라며 퇴근을 시켜줬는데 너무 일찍 귀가하려니 좀 난감했습니다. 그래서 오랜만에 생각난 고등학교 친구에게 전화를 걸었지요. 반가워하던 친구가 갑자기 물었습니다.

"그런데 넌 요즘 무슨 일을 하는데?"

그때 또 그 회사를 그만뒀습니다. 그 친구에게 "응, 나 오늘부터 보험회사 다녀"라고 솔직하게 말하지 못했기 때문입니다. 이유는 두 가지였습니다. 하나는 교육을 다 마치고 난 후 정식으로 보험 영업을 하게 된다면 이런 식이 되겠구나 싶어서였습니다. 몇 년간 학생운동한다며 친하던 고교 친구들과 인연 끊은 지 한참인데 어느 날 갑자기 전화해서 "보험 하나만 들어줄래?" 하게 될 것 같아서 말이지요. 그런데 그보다 더 큰 이유는 따로 있었습니다. 친구와 통화하다 보니 고등학교 때 존경하던 담임선생님의 말씀이 불현듯 떠오른 것입니다.

"4·19때 데모 열심히 하던 친구 놈들, 나중에 다 별 볼일 없게 되어 극장 앞에서 표 받는 직업으로 살고 있다. 너희도 대학 가서 데모해봐야 소용없으니 정신들 차려라.”

별 볼일 없는 사람이 될까 봐 보험회사를 그만둔 것이 아니라 지금 학
생운동에 참여하는 후배들에게 저 또한 실패한 인생의 예시가 될지도 모
른다는 생각 때문이었습니다. ‘예전에 열심히 대의명분 거창하게 떠들며
데모하던 고상만이가 대학에서 제적되고 감옥까지 갔다 오더니 결국 보
험 하나 들어달라며 여기저기 전화하더라’라는 말이 돈다면 후배들에게
너무나 미안할 것 같았습니다. 그래서 또 그만뒀습니다.

그럼 이제 또 뭘 해야 하나 고민하던 차에 취직하게 된 곳이 서울 구의
동에 있는 동서울터미널의 시외버스 검표원이었습니다. 강원도 홍천, 인
제, 원통, 속초 지역을 운행하는 시외버스 회사였는데 제가 하는 일은 승
객들의 표를 받아 절반은 찢어주고 절반을 챙기는 검표 업무였습니다. 아
침 6시에 출발하는 첫차부터 밤 9시에 떠나는 막차까지 주중, 주말 구분
도 없고 다만 평일에 하루 쉬는 조건이었는데 당시 월급으로 80만 원을
받는 일자리였습니다. 하지만 이런 열악한 처우보다 저를 더 힘들게 하는
것은 따로 있었지요. 검표원을 대하는 다른 직원들의 태도였습니다. 한마
디로 검표원은 터미널에서 일하는 사람들 중에서도 제일 아래였습니다.
그곳에서 근무하는 동안 저를 존대하는 말을 들어본 적이 없었습니다.
직원은 물론이고 버스기사도 함부로 대했습니다. 이놈 저놈 하는 욕설도
들었지요. 원래 그 일이 배움도 필요 없고 기술도 필요 없는 일자리라 사
람까지도 우습게 보는 것 같았습니다. 자존심이 많이 상할 수밖에 없었
습니다. 하지만 여기에 취직하기 전에 여러 이유로 며칠 하다가 그만두고
또 그만두고 했는데 이번 역시 또 바로 그만둔다고 하면 가족들에게 사

회 부적응자로 낙인찍힐까 싶어 쉽게 그만둔다는 말도 못 꺼낸 채 전전 긍긍하던 때였습니다.

인
연

뜻밖의 손님이 터미널로 저를 찾아왔습니다. 말쑥하게 양복을 차려 입은 한 남자가 음료 상자를 하나 들고 찾아온 것입니다. 그러면서 근무 하던 버스 승차장 앞으로 저를 찾아와 물었습니다.

"저, 실례지만 뭘 좀 여쭤봐도 될까요? 혹시 어젯밤 9시에 입석권 가진 임 산부를 좌석에 앉혀주신 일이 있으신가요?"

의외의 질문에 저는 약간 당황했습니다.

"글쎄요. 어느 분인지는 모르겠지만 아마도 그랬을 것 같은데요."

도대체 무슨 답이 이럴까요. 그럴 수밖에 없는 이유가 있었습니다. 정 말 이 일을 계속해야 하나 내심 고민하던 시절이었습니다. 저 나름대로 는 치열하게 살아왔는데 이곳에서 하찮은 취급을 받고 있는 제 처지가 너무 한심스러웠습니다. 그런데 그때, 생각을 좀 달리해봤습니다. 누가 봐 도 별 볼일 없는 자리지만 그래도 내가 하려면 할 수 있는 권한이 무엇일 까였습니다. 그리고 보니 딱 하나가 있었습니다. 밤 9시에 출발하는 막차 검표 때입니다. 밤 9시가 되면 승객들이 막차 버스 문 앞에 길게 줄을 서 기 시작합니다. 이전까지는 터미널 측에서 좌석권만 발행하기 때문에 승 객들은 줄을 설 이유가 없습니다. 그런데 막차는 사정이 다릅니다. 이 차 를 놓치면 오늘 집으로 귀가할 수 없으니 막차 때에는 예외적으로 입석

권도 발행하기 때문입니다. 한편 막차 버스는 좌석이 전부 다 차지 않습니다. 막차의 좌석 표는 이미 다 팔렸지만 급하다며 앞서 출발하는 차를 먼저 타고 떠나는 손님도 있고 더러는 사정상 승차를 포기하는 좌석 손님도 있기 때문입니다. 그래서 늘 절반 이상의 좌석이 남곤 했습니다. 그래서 입석권을 산 손님들은 버스가 출발하는 9시 정각이 되기만 기다리며 순서대로 버스 문 앞에 줄을 서기 시작합니다. 그때 검표원인 제 역할이 커집니다. 9시가 되면 줄을 서 있는 분들 순서대로 승차시키기 때문입니다. 마침내 정각 9시가 되면 저는 줄을 서 있는 손님들에게 늘 이렇게 말했습니다. 그 순간 사람들은 검표원이 무슨 말을 하나 귀를 쫑긋 세워 주목합니다.

"죄송하지만 승객 여러분에게 양해를 구하겠습니다. 줄 서 계신 분들 중에서 혹시 노약자 분이나 몸이 불편하신 장애인, 또는 임산부가 계시면 먼저 승차시키려고 하는데 양해해주시면 고맙겠습니다. 그럼 그분들부터 앞으로 먼저 나오십시오. 손님들이 양해해주셔서 먼저 승차시키고 이후 차례대로 표를 받겠습니다."

이렇게 하면 어떨까 생각하고 처음 시도할 때는 사실 걱정도 되었습니다. '혹시 누군가 반발하면 어쩌나.' 하지만 기우였습니다. 제가 근무하는 동안 그런 승객은 한 명도 없었습니다. 그래서 매일 막차시간이면 승객들의 동의를 얻어 노인이나 장애인, 임산부와 같은 사회적 약자인 분들에게 작은 배려를 해드릴 수 있었습니다. 그런데 이날 저를 찾아온 분의 아내도 이런 과정에서 임산부로 배려를 받은 것 아닐까 싶어 그리 대답

한 것입니다. 그러니 누구인지는 정확히 모르지만 아마도 그런 것 같다

는 애매한 답변을 하게 된 것이지요. 찾아온 남자 분은 연신 저에게 고맙다며 거듭 인사를 했습니다. 어젯밤에 집에 도착한 아내가 동서울터미널의 검표원 덕분에 앉아서 집에 올 수 있었다는 말을 듣고 너무 고마워 일부러 시간 내어 찾아왔다는 것입니다. 그 남편 분에게 오히려 제가 더 고마웠습니다. 이 작은 일화가 지금까지 제가 일을 해오면서 배운 큰 공부가 되었습니다. 누구나 좋은 일을 하기를 원하지만 늘 힘이 없어 그렇게 하지 못한다고 생각합니다. 하지만 저는 그때 경험한 이 일화 덕분에 권한을 정의롭게 행사하는 법을 알게 되었습니다.

　누구에게나 크든 작든 자기만의 고유 권한이 있습니다. 그것은 권력과는 또 다른 의미의 힘입니다. 권력은 파괴적이지만 권한은 자기희생적 의미가 아닐까 싶습니다. 그렇기에 권한 내에서 하는 일은 해도 그만, 또 설령 안 한다 해도 누가 뭐라고 할 수 없는 애매한 영역이기도 합니다. 검표원으로서 제가 했던 그 일도 마찬가지였습니다. 그냥 순서대로 표를 받아 처리하고 막차만 안전하게 출발시키면 누가 뭐라고 할 일도 아니었습니다. 하지만 제가 가진 권한을 통해 양해를 구하고 동의를 받아 행한 그 작은 배려가 사정이 어려운 누군가에는 큰 도움이 되었으니 얼마나 의미 있고 값진 일인가 싶었습니다. 이 '긍정적 나비효과'를 저는 경험한 것입니다. 이것이 오늘까지 제가 인권운동가로서 걸어오며 지키고 싶은 초심입니다. 인권운동가로서, 여러 기관의 공무원으로서, 작가로서, 팟캐스트 방송인으로서 제가 가진 권한이 있다면 그걸 혼자만 누리지 않고 모든 이에게 도움이 되는 방향으로 행사하려 노력하고 있습니다. 누군가의 아픔에 공감하는 힘, 그것을 잃지 않고 살겠습니다. 그 초심, 잊지 않겠습니다.

'월남 파병 군인' 명진 스님과
두 베트콩 할아버지

　　2015년 6월, 생각지도 못한 여행을 제안받았습니다. 명진 스님과 함께 베트남 평화기행을 다녀올 생각이 있느냐는 제안이었지요. 저는 제안을 주신 분에게 앞뒤 일정도 생각하지 않고 무조건 가겠다고 답했습니다. 일정이 되느냐는 물음에 무조건 맞추겠다는 말도 했습니다. 이유는 간단했습니다. 제가 명진 스님을 처음 뵌 때는 2012년 10월이었습니다. 1975년 박정희 정권하에서 의문사한 장준하 선생의 천도재가 열린 포천 홍룡사에서 저를 강연자로 초청하여 가게 된 자리였습니다.

　　한편 장준하 선생의 천도재가 열린 이유도 설명이 필요할 듯합니다. 2012년 8월이었습니다. 그때 파주 광탄에 안장되어 있었던 장준하 선생의 유골을 옮기기 위해 묘를 개장했는데 관 뚜껑을 연 모두를 충격에 빠뜨리는 진실이 드러났습니다. 1975년 8월에 등반 중 추락사한 것으로 알려졌지만 사실은 유신 독재자 박정희에 의해 살해된 것이 아니냐는 논란이 끊이지 않았던 장준하 선생의 머리뼈에서 직경 6센티미터가량 뻥 뚫린 '가격흔'이 드러난 것입니다. 마침 그해 대통령 선거를 앞둔 상황에서 이런 독재자의 딸 박근혜 씨가 여당의 대선 후보로 선출된 때라서 그야말로 큰 이슈가 아닐 수 없었습니다. 한쪽에서는 장준하 선생의 타살 의혹이 진실로 드러났다며 비판의 목소리를 높였고, 반대 진영에서는 "장준하 선생이 추락하는 걸 봤다는 목격자가 있는데 무슨 소리냐?"며 갑론을박하던 때였습니다. 해외로 불법 유출된 우리 문화재의 제자리 찾기 운동을 주도적으로 이끌던 혜문 스님이 주지로 계시던 포천 홍룡사에서 이런 장준하 선생의 넋을 추모하는 천도재를 준비한다는 것이었습니다. 그래서 혜문 스님의 초청으로 명진 스님과 제가 강연자로 함께 자리하게 된 것이지요.

이런 사정으로 인연을 맺게 된 명진 스님께 이후 1년에 서너 번 정도 안부를 여쭙곤 했습니다. 하지만 존경하는 명진 스님께 짧은 전화로만 안부를 여쭙는 것이 늘 아쉬웠던 게 사실입니다. 그런데 무려 7박 8일간 베트남으로 평화기행을 가며 명진 스님을 뵐 수 있다니 이 좋은 기회를 놓치지 말아야 한다는 생각부터 앞선 것입니다. 명진 스님과의 인연이 제게는 그만큼 귀한 것이기 때문입니다.

그런데 명진 스님은 왜 베트남으로 평화기행을 가기로 생각한 것일까요? 거기에는 많은 분이 잘 모르던 일화가 있었습니다. 베트남과 스님과의 인연은 1972년으로 거슬러 올라갑니다. 1972년 당시, 지금은 명진 스님이지만 그때만 해도 정식 승려 신분은 아니었다고 합니다. 맹호부대에 배치된 2년차, 속명 한기중이라는 이름의 일병으로 근무하던 중이었습니다. 참고로 속명 한기중 일병이 훗날 명진 스님으로 거듭난 것은 3년간의 군복무를 마친 1974년 법주사에서 사미계를 받으면서였다고 합니다. 한편 1972년 일병으로 근무하던 그때, 평소 소대에서 종종 후임병을 괴롭히던 병장 하나가 있었답니다. 그런데 그날도 괜히 스님에게 시비를 걸어오며 장난을 쳤다지요. 병장은 권투하듯 주먹으로 스님 몸을 툭툭 치면서 "야, 너도 나 한번 때려봐. 너 사회에서 한 주먹 했다며……"라는 시답잖은 말로 시비를 걸어온 것입니다.

잠시 후, 결과는 끔찍했습니다. 까불던 고참 병장이 명진 스님의 한방에 처참하게 무너진 것입니다. 그 시절 군대문화에서는 그야말로 상상도할 수 없는 하극상이 벌어진 것이지요. 부대가 발칵 뒤집혔고 당연한 수순처럼 중대장이 대형사고를 친 한기중 일병을 호출했다고 합니다. 고참을 때려 기절까지 시켜버렸으니 그냥 묻고 갈 수도 없는 일이었습니다. 스님은 영창을 갈지 감옥을 갈지 분명하지는 않지만 여하간 어딘가로 가게될 것 같은 상태에서 각오를 하고 중대장을 찾아갔답니다. 그런데 그곳에서 스님은 기대했던 영창도, 걱정했던 감옥도 아닌 전혀 다른 제안을받았다고 합니다. 중대장이 대뜸 이러더랍니다.

"너 영창 갈래? 베트남 갈래?"

베트남전쟁, 그 슬픈 비극의 현장

명진 스님은 영창 대신 베트남을 선택합니다. 명진 스님이 베트남전쟁 참전 군인이 된 이유입니다. 한편 많은 분이 당시 베트남에 가면 우리 군대와 비교도 할 수 없는 참전수당을 받는 등 대우가 좋아 서로들 가려 한것으로 알고 있는데, 이는 사실이 아니라고 합니다. 막상 전쟁터에 가서 죽어가는 군인이 발생하고 그 숫자가 5,000여 명에 이르자 서로 가지 않으려 발을 뺐다고 합니다. 그러자 각 부대별로 의무 할당제처럼 필요 병력을 차출하라는 지시가 내려졌고 그럴 때 사고 친 병사들을 설득해서 영창 대신 베트남으로 보냈다는 후문입니다.

여하간 그렇게 해서 스님이 베트남으로 향하게 된 때는 1972년 3월. 부산항에서 출발하는 미국 군함을 타고 6박 7일간 항해 끝에 도착한 곳은 맹호부대가 주둔하던 베트남의 퀴논 지역이었다고 합니다. 이곳에서 스님은 정확히 1년 동안 근무했습니다. 그래서 스님께 여쭸습니다.

"그때 베트남에 계실 때 가장 기억에 남는 것이 뭐였나요?"

우리가 흔히 생각하는 베트남전쟁과 관련한 여러 가지 상상이 있습니다. 밀림에서의 전투 또는 게릴라와의 마주침, 미군의 폭격과 고엽제 살포. 이런 상상을 하며 던진 질문에 돌아온 스님의 답은 의외였습니다.

"뭐, 본 게 없어요. 저는 당시 통신병으로 갔기 때문에 직접 총을 쏘는 등의 교전 전투를 할 일도 없었고, 또 그보다는 1972년 당시 베트남전쟁은 이미 소강 상태였어요. 저도 총을 쏜 적이 없지만 저 말고 다른 누가 총을 쏘는 장면조차도 본 적이 없어요. 그냥 그렇게 1년간 별일 없이 거기서 맥주나 마시면서 시간을 보내다 다시 돌아온 것이 그때 제가 본 기억의 전부였어요. 그래서 사실 베트남에서 그때 무슨 일이 있었는지 그동안은 전혀 몰랐죠. 돌아보면 부끄럽습니다."

대단한 이야기를 기대했지만 실제로 그랬습니다. 명진 스님이 참전했던 1972년 당시에 베트남전쟁은 소강 상태였다고 합니다. 영화에서 흔히 보던 그런 베트남과는 많이 달랐던 거지요. 실제로 우리나라의 6·25전쟁 역시 1950년 6월 25일에 시작해서 이듬해인 1951년 1·4후퇴 이후에는 서울 이남에서 별다른 전쟁이 없었습니다. 전방에서야 일부 충돌이 있었지만 후방에서는 평시와 너무 똑같은 일상생활을 하고 있었던 것입니다. 명진 스님이 처음으로 베트남전쟁에서 일어난 참상을 알게 된 것은 그 뒤로도 한참이나 지난 2015년 4월 9일의 일이었다고 합니다.

이날 명진 스님은 베트남전쟁 기간 중 우리 파병 국군에게 피해를 입은 베트남 민간인 생존자를 만나게 됩니다. 한국군 참전 50년, 베트남 종전 40년(종전일 1975년 4월 30일)을 맞이하여 우리나라 인권단체에서 베트남전쟁 생존 피해자 두 분을 초청했고, 이날 경북대학교 강당에서 열린 증언 행사에 명진 스님이 오대산 암자를 벗어나 찾아오신 것입니다.

그 자리에서 듣게 된 피해자 분들의 증언. 사건 당시 열다섯 살이었던 응우옌 떤 런 아저씨는 2015년 당시 우리나라를 방문했을 때 64세였습니다. 그는 한국군이 마을 주민들을 한자리에 불러 모은 후 이내 수류탄을 던지고 총기를 난사했다고 증언했습니다. 모여 있던 이들은 노인과 갓난아기를 들쳐업은 아주머니, 그리고 자기처럼 어린아이들이 대부분이었다고 했습니다. 단 한 명의 베트콩도 없었다고 합니다. 한국 군인들이 마을 사람들에게 수류탄을 던지고 총을 쐈지만 그렇게 죽어간 마을 사람들 중 한국군에 저항한 사람 역시 아무도 없었다며 눈물을 흘렸습니다. 그처럼 한국군은 평범한 마을 주민들을 무참하게 학살하고도 지금까지 어느 누구 하나 사과하지 않았다는 런 아저씨.

아저씨 역시 그때 한국군의 학살극 와중에 큰 신체적 부상을 입었다고 합니다. 그런데 더 큰 고통은 신체에 남은 피해보다 기억이었습니다. 학살행위가 있던 그날 밤, 부상을 입고 의식을 잃었던 런 아저씨가 깨어난 후 바로 옆에서 고통 속에 신음하던 엄마와 누이동생이 죽어가는 모습을 목격한 것입니다. 지금까지도 엄마와 누이동생이 거적에 싸여 실려 나가던 장면을 잊을 수 없었다고 했습니다. 50년 전에 있었던 피해 사실을 증언하던 그분들이 끝내 울음을 터뜨렸습니다. 그러자 강연에 참여한 모든 이에게 그 눈물이 옮겨갔습니다. 여기저기서 흐느끼는 소리가 들려왔습니다. 아무 죄도 없는 베트남 사람들의 고통 앞에서 누군들 그러지 않았을까요.

그때였습니다. 행사를 주최한 '한베 평화재단'의 구수정 대표가 방청석 맨 끝자리에 조용히 앉아 계시던 명진 스님을 알아보고 급히 찾았습니다. 구수정 대표는 베트남에서 일어난 우리 군의 잘못을 최초로 밝히고 공개적으로 알린 대단한 분입니다. 그 구수정 대표가 침울하게 가라앉은 행사장의 분위기를 바꿔보고자 스님에게 위로 한 말씀을 청한 것입니다. 처음엔 명진 스님이 구수정 대표의 청을 거듭 고사했다고 합니다. 하지만 구 대표의 거듭된 요청에 결국 스님은 자리에서 일어설 수밖에 없었습니다. 곧이어 키가 크신 명진 스님께서 성큼성큼 단상 앞으로 걸어 나오시더니 누구도 예상치 못한 행동을 하여 모두가 깜짝 놀라게 됩니다. 승복을 입은 스님께서 갑자기 베트남 학살 피해 생존자 분들 앞에서 무릎을 꿇고 합장하며 큰절을 올린 것입니다. 그러니 모든 사람이 일순 당황할 수밖에요. 누구보다 당황한 분은 방금 전까지 그날의 기억으로 눈물 흘리던 피해자 분들이었습니다. 피해자 두 분이 단 아래로 내려와 명진 스님을 부축하며 강제로 일으켜 세웠습니다. 그렇게 일으켜진 명진 스님의 눈에서는 하염없는 눈물이 흐르고 있었습니다.

"아무 말도 할 수가 없었어요, 무릎 꿇는 것밖에는."

베트남으로 향하는 비행기 안에서 제가 스님에게 그날 큰절을 하신 이유를 여쭤보니 그때 내놓은 스님의 답변입니다.

"제가 사실은 말을 아주 잘합니다. 그런데 그날은 정말 아무 말도 할 수가 없고, 무슨 말을 해야 할지 입도 떨어지지 않더라고요. 제가 무슨 할 말이 있겠습니까? 그래서 그냥 무릎 꿇고 사과한 겁니다. 그거 외엔 제가 그분 들에게 할 말이 없겠다 싶더라고요."

베트남에 사과하고 싶었던 사람들

명진 스님은 진정하게 사과하고 싶었다고 합니다. 누구도 사과하지 않는 베트남 피해자 분들에게 우리가 정말 잘못했다고 진심으로 참회해야 한 다고 생각하셨다고 합니다. 그래서 준비한 것이 바로 이 행사, '명진 스님 과 함께하는 베트남 평화기행'이었던 것입니다. 평화기행에는 명진 스님 을 비롯하여 모두 스물일곱 명의 각계 인사가 참여했습니다. 직업도 다 양했습니다. 목사님도 계셨고 스님도 계셨지요. 평화운동에 열성적으로 참여해온 가수 홍순관 님도 평화기행 중 예정된 콘서트를 위해 동행했

습니다. 그리고 대구에서 인권변호사로 저명한 대구변호사협회장 출신
의 이재동 변호사님도 함께했습니다. 특이한 점은 기행 참가자 중 3분의
1은 학생들을 가르치는 교사였다는 것입니다. 그런 분들과 함께 베트남
에서 보낸 7박 8일간의 평화기행은 저에게 참 좋은 공부이자 소중한 깨
달음을 얻는 기회가 되었습니다. 당시 〈오마이뉴스〉 '특임기자'로 취재차
동행했던 저는 그곳에서 만난 베트남 사람들의 사연을 이후 네 번에 걸
쳐 기사로 써서 소개했습니다. 그때 그 기행의 일부 이야기입니다.

고엽제 피해자와의 만남

명진 스님의 '속죄 사과'는 이어진 7박 8일간의 베트남 평화기행 중에도
계속됐습니다. 먼저 스님이 찾아가 무릎 꿇고 속죄한 장소는 기행 둘째
날에 있었던 '고엽제 피해자들과 함께하는 춤추는 평화'에서였습니다. 베
트남전쟁 당시 우거진 정글 때문에 전쟁 수행에 어려움을 겪던 미군은
약 7,600만 리터에 달하는 엄청난 양의 고엽제를 비행기로 살포했습니다.
고엽제는 다이옥신계 제초제로 살포한 지 몇 시간 만에 식물의 잎이 타
들어가는 매우 강한 독성을 지닌 약품입니다. 이러한 독성에 고스란히
노출된 사람들은 그 후유증으로 여러 가지 질병을 앓게 되었지요. 이른
바 '느린 탄환'이라고도 불리는 고엽제로 인해 베트남에서는 약 400만 명
의 피해자가 지금도 고통을 받고 있고 앞으로도 고통 속에서 살아야 하
는 실정입니다. 고엽제로 인한 피해는 직접 피폭된 사람의 고통으로만 끝
나지 않았습니다. 피폭 당사자의 아들과 손주 세대에 이르는 3대에 걸쳐

상상 그 이상의 고통으로 대물림되고 있기 때문입니다. 명진 스님은 이들 고엽제로 인한 피해자들 앞에서 또 무릎을 꿇었습니다. 터무니없이 큰 눈만 가진 사람들도 있었고, 너무나 앙상한 팔다리에 비해 머리만 큰 장애를 가진 사람들도 있었습니다. 고엽제 피해자들과 그들의 2세, 3세에게 남은 잔인한 피해였습니다.

평화기행 이틀째 되던 날 저녁, 2005년부터 '춤추는 평화'라는 주제로 공연을 펼쳐온 가수 홍순관 씨가 이분들과 함께 공연을 가졌습니다. 고엽제 피해자들이 운영하는 베트남 악단과 함께 음을 맞추고 노래를 부르는 공연이었습니다. 약 한 시간여에 걸친 공연이 끝나갈 때 즈음, 기적이 일어났습니다. 베트남전쟁 당시 만나면 서로가 먼저 죽여야 할 대상이었던 이른바 '베트콩' 참전군인 응우옌 즈엉 께 할아버지와 우리나라 맹호사단 소속 참전 군인이었던 명진 스님이 나란히 손을 잡은 것입니다. 이 자리에서 명진 스님은 먼저 베트콩 출신 참전 군인인 응우옌 할아버지에게 나이를 물었습니다. 그는 자신을 48년생이라고 밝혔습니다. 그러자 명진 스님은 "제가 50년생이니 앞으로는 형님으로 잘 모시겠다"고 했습니다. 그 말에 모두가 한바탕 시원하게 웃었지요. 그러더니 스님은 돌아서서 고엽제 피해로 장애를 가진 베트남 청년들과 마주했습니다.

베트남 청년들이 스님을 마주하던 순간 갑자기 스님이 무릎을 꿇었습니다. "어" 하며 모두가 당황하던 순간, 스님은 이내 그들 앞에 또 큰절을 했습니다. 그러면서 말했습니다.

"정말 사죄드립니다. 죄송합니다."

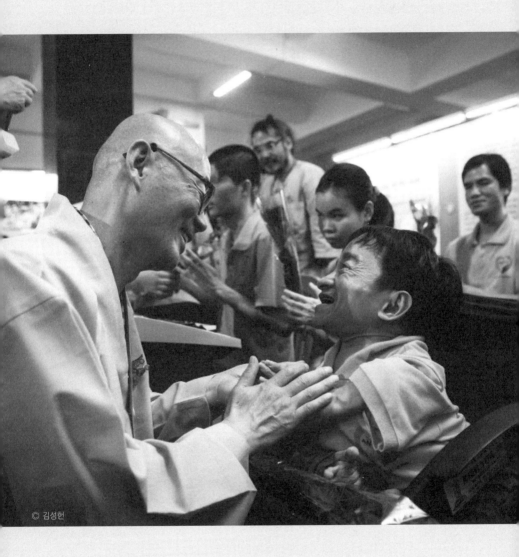

장애로 휠체어에 앉아 있던 베트남 고엽제 피해 청년들은 깜짝 놀랐다고 합니다. 그들의 입장에서는 침략국 국민이었던 한국인에게 처음으로 받게 된 진실한 속죄였기 때문입니다.

베트남의 마음을 녹인 명진 스님의 사죄

사람의 마음을 녹이는 것은 '진심'입니다. 그때까지 의례적이고 형식적인 행사라고 여기며 옆에 서 있던 베트콩 출신 참전군인 응우엔 즈엉 께 할아버지의 눈빛도 달라졌습니다. 공연 내내 짓고 있던 미소를 걷어내고 그는 진지한 표정으로 무릎 꿇고 참회 중인 명진 스님을 일으켜 세웠습니다. 그러고 나서 공연 진행자에게 마이크를 달라고 했습니다.

"전쟁 당시 서로 총구를 겨눴던 한국 참전 군인이 베트남을 방문했습니다. 오늘 저는 베트콩 참전 군인으로서, 또 베트남의 한 시민으로서 이 자리에 서 있습니다. 악연으로 시작했지만 오늘 명진 스님의 진심을 알고 감격으로 (스님을) 안았습니다. 진심으로 고맙습니다. 이제 새로운 미래로 한국과 베트남이 다시 나아가기를 진심으로 기대하게 되었습니다."

응우엔 할아버지의 말씀에 명진 스님이 마이크를 이어받았습니다.

"한국에서는 심한 욕이 하나 있는데 '짐승만도 못한 놈'입니다. 저는 비록 국가의 명령으로 베트남을 왔지만 베트남에서 벌어진 우리 군대의 민간인 학살행위를 잘 몰랐습니다. 이제야 뒤늦게 그 사실을 알고 나니 참으로 부끄럽습니다. 베트남 분들은 우리를 용서하시겠다고 하고, 또 할 수 있을지 모르나 저는 저를 용서할 수 없습니다. 그런데도 용서를 해주신다니 더 부끄러울 뿐입니다."

명진 스님의 말씀에 응우옌 할아버지가 다시 명진 스님을 안아줬습니다. 아주 작은 화해, 극히 미미한 앙금의 해소였지만 적어도 그 자리에 있던 사람들에게는 처음으로 이뤄진 사죄와 용서를 통한 화해의 순간이 너무나 감격스러웠습니다. 이내 모두가 박수치며 명진 스님의 용기 있는 사과를 응원했습니다. 베트남 측 참석자와 우리 측 참석자 모두가 박수를 쳤습니다. 일부는 눈물을 보였고 베트남 측 관계자 역시 간간이 눈물을 훔쳤습니다. 명진 스님의 말씀은 이렇게 이어졌습니다.

"사실 저는 한국을 대표하여 여기 온 것은 아니고 일개 승려의 자격으로 온 것입니다. 그런 사람이 지금 베트남 참전 군인과 나란히 서 있는 것도 부끄럽습니다. 그런데도 내 손을 잡아주고 안아주겠다고 하니 뭐라고 말을 해야 할지 모르겠습니다. 참으로 고맙습니다."

명진 스님의 말씀이 끝난 후 이날 공연에 함께한 모든 참석자가 하나 되어 손을 맞잡고 평화의 노래를 불렀습니다. 전쟁의 상처, 그리고 그 잔인한 기억으로 여전히 많은 이가 고통 속에서 살아가고 있지만 그 상처를 인정하고 사과하는 자리에서 평화기행은 아프면서도 또 한편으로는 과거의 아픔을 치유하는 시간이었습니다.

마침내 베트콩을 만나다

평화기행 3일차, 마침내 말로만 듣던 진짜 '베트콩'을 만나러 가는 길은 멀었습니다. 2015년 7월 27일, 싸우 탄 할아버지와 바이 할아버지라 불리는 베트콩 참전 군인을 만나기 위해 우리 일행이 찾은 곳은 배로 한 시간이 넘는 거리에 위치하고 있었습니다. 그렇게 해서 도착한 까마우 시 수상가옥에서 마주한 베트콩 참전 군인의 모습은 우리나라 여느 시골 노인과 다르지 않았습니다. 2015년 당시 연세 일흔이 지났다는 싸우 탄 할아버지는 마치 개구쟁이처럼 재미있는 표정을 가진 분이었습니다. 또 탄 할아버지보다 두 살이 더 많다는 바이 할아버지는 마치 여느 시골학교 교장 선생님처럼 점잖고 다정함이 넘쳤습니다. 그런 두 분을 마주하니 잊었던 어릴 적 기억 하나가 소환되었습니다. 제가 국민학교에 입학했던 1970년대 말, 그때 같은 동네의 한 아저씨에 대한 기억이었습니다. 베트남전쟁에 참전했다는 그 아저씨가 어린 저에게 들려준 베트콩에 대한 이야기였지요. 아마 그때 그 시절을 거쳐 온 대한민국 사람이라면 익숙한 몇 가지 구호가 있을 겁니다. 예를 들어 '때려잡자 공산당, 무찌르자 김일성' 같은 반공 구호 말입니다. 그것처럼 그 당시 베트남전쟁에 대한 이야기 역시 다르지 않았습니다.

당시에는 베트남전쟁 참전을 자랑거리로 삼는 사람들이 많았습니다. 그 아저씨 역시 마찬가지였습니다. 〈월남에서 돌아온 김상사〉 같은 대중가요가 큰 인기를 얻던 그때, 베트남 참전 군인이었던 동네 아저씨는 어린 저를 붙잡고 자신의 베트남전쟁 무용담을 늘어놓곤 했습니다. 그때는 아저씨가 나이 많은 사람이라고 생각했는데 가만히 따져보니 고작 20대

후반에서 30대 초반이나 되었을까요. 여하간 그런 아저씨에게 제가 들은 몇 가지 이야기는 차마 민망하여 지금은 입 밖으로 꺼내놓기도 좀 그렇습니다. 가장 끔찍한 이야기는 역시나 전쟁 중 베트남 여성을 상대로 한 성범죄였습니다. 그것이 사실인지 아닌지 알 수는 없으나 아저씨는 베트남의 비탈진 언덕 위에 말뚝을 박은 후 그곳에 발을 지지한 베트남 여자들을 수없이 겁탈했다며 자랑스레 떠들었습니다. 마치 베트남의 여자들은 어떻게 하든 아무 죄도 아니라는 식으로 떠들던 기억. 그야말로 끔찍한 이야기를 무용담처럼 늘어놓던 그 아저씨의 기억이 되살아나 평화기행 내내 제 마음은 무거울 수밖에 없었습니다.

그리고 또 하나는 베트콩을 '그 아저씨 입장'에서 잡아 죽인 무용담이었습니다. 그랬습니다. 그 시절 우리는 베트콩은 사람이 아니라고 생각했습니다. 그냥 '당연히 죽여야 할 적'을 아주 잘 죽인 영웅담이라고 여긴 것입니다. 그것을 의심한 적도, 또 그것이 나쁘다는 것도 생각하면 안 되는 시대였습니다. 공산당은 때려잡아야 하고 김일성은 무찔러야 할 대상이었던 것처럼 베트콩 역시 많이 죽이면 죽일수록 훌륭한 군인이자 애국자라고 여기던 때였습니다. 저를 비롯하여 모두가 그렇게 배웠습니다. 그렇기에 동네 아저씨의 베트남전쟁 무용담은 듣고 있기에 거북한 이야기가 아니라 나도 저렇게 용맹한 국군이 되었으면 하는 부러움과 존경의 대상이었던 것입니다.

저는 그렇게 성장했습니다. 아마도 그 시절에 저와 같은 유년기를 보낸 이들은 공감하지 않을까요. 그리고 저는 세월이 흐르면서 그때 그 아저씨의 말들을 망각하고 지냈습니다. 그런데 오랫동안 기억 저편으로 밀려나 있던 그 전쟁을 2015년 다시 만난 것입니다. 베트남에서 마주한 베트콩, 말로만 듣던 베트콩을 말이지요. 베트콩은 우리와 같은 사람이 아니라 마치 게임 속에 등장하는 악의 무리 정도로 이해했는데 그 베트콩을 눈앞에서 직접 마주하니 제 머릿속은 복잡해졌습니다. 너무나 평범한 우리네 할아버지 같은 모습이었기에 더욱 그랬지요.

그뿐만이 아니었습니다. 한 시간여에 걸친 간담회를 마친 후 점심을 나누는 자리였습니다. 바이 할아버지는 연신 삶은 새우의 껍질을 벗겨 우리의 입에 일일이 넣어줬습니다. 과거 자신들의 전우를 사살했던 나라의 손님들이 삶은 새우의 껍질 까는 것을 번잡스럽게 여겨 대부분 접시에 남기자 일흔두 살의 바이 할아버지가 직접 손으로 까서 먹여준 것입니다. 사람들은 할아버지의 강권 아닌 강권 앞에 송구스러운 표정을 지으며 입을 벌려 그 새우를 받아먹었습니다. 그렇게 바이 할아버지는 그 많은 새우의 껍질을 하나하나 벗겨 모두의 입에 일일이 넣어줬습니다. 저 역시 바이 할아버지가 입에 넣어준 삶은 새우를 씹었습니다. 그때 저는 어린 제 앞에서 베트남 파병을 다녀왔다고 침을 튀기며 무용담을 늘어놓던 그 동네 아저씨를 다시 떠올렸습니다. 적어도 그 아저씨가 주워섬긴 그 말들은 이제 자랑스러운 무용담이 아니라 잔혹한 전쟁 범죄의 증거였다는 사실 말입니다. 베트콩은 '당연히 죽여야 할 적'이 아니라 우리와 전혀 다르지 않은 사람이었다는 사실과 함께. 도대체 어디서부터 잘못된 것일까요. 저는 비로소 큰 죄책감을 느꼈습니다. 베트남 국민으로서 자기 민족의 통일을 위해 싸웠던 바이 할아버지와 탄 할아버지에게 진심으로 미안한 마음이 들었습니다. 우리는 왜 이처럼 선량한 이들을 '당연히 죽여야 할 적'으로 여기고 남의 나라 전쟁에 개입하게 된 것일까요.

베트남전쟁의 진실

베트남전쟁의 시작은 1945년부터였습니다. 이때 베트남 독립 동맹의 지도자였던 호찌민은 100년에 가까운 프랑스의 식민 지배를 거부하는 독립을 선포합니다.

모든 사람은 평등하게 태어났다. 사람들은 모두 생명, 자유, 행복을 추구할 천부의 권리를 조물주로부터 부여받았다.

1945년 9월 2일, 베트남 하노이 바딘 광장에서 호찌민은 이와 같은 '독립선언' 서문을 읽었습니다. 베트남의 지도자 호찌민은 우리나라로 치면 백범 김구와 비슷한 존재입니다. 그런 호찌민이 독립선언문을 읽던 그날은 일본이 연합군의 항복 조인식에서 서명한 날이었습니다. 2차 세계대전 당시 베트남을 침략했던 일제가 패망하자 베트남 역시 우리나라처럼 독립을 선언한 것입니다. 하지만 베트남의 독립선언은 또 다른 전쟁을 불러왔습니다. 1946년 12월 19일, 베트남의 독립을 반대하는 프랑스가 또다시 베트남을 침략한 것입니다. 베트남을 식민지 속국으로 계속 묶어두고 싶었기 때문입니다. 그렇게 해서 시작된 전쟁은 이후 8년간이나 지속되었고 1954년 8월 1일에 베트남의 승리로 막을 내립니다. 이것이 1차 인도차이나 전쟁입니다. 이제 베트남에는 평화가 찾아왔을까요?

하지만 베트남의 비극은 그것으로 끝이 아니었습니다. 다시 새로운 전쟁이 그때 또 시작되었기 때문이지요. 어쩌면 베트남의 운명은 우리나라의 그것과 너무도 흡사했습니다. 자기 나라의 운명을 스스로 결정하지 못했다는 점에서 그렇습니다. 1954년 문제의 '제네바 협정' 때문입니다. 이 협정을 통해 미국과 소련은 베트남을 남과 북으로 분단시킵니다. 그래서 남베트남은 미국이 지원하는 자본주의 체제 국가로, 북베트남은 소련이 지원하는 공산주의 체제 국가로 나뉘게 된 것입니다. 정말이지 우리나라와 너무도 똑같은 전개가 아닌가요?

결국 1955년 11월 1일, 끝내 우리나라와 전혀 다르지 않은 비극이 벌어졌습니다. 부패한 남베트남 정부를 전복시키려는 내전이 일어난 것입니다. 그리고 이 내전은 1975년 4월 30일까지 계속 이어졌습니다. 처음엔 내전으로 시작되었으나 이후엔 외세인 미국의 개입으로 국제전쟁으로 비화된 이 전쟁. 이것이 2차 인도차이나 전쟁으로 불리는 '미국에 의한 베트남전쟁'입니다. 우리나라가 미국의 요청으로 파병을 결정한 것이 바로 이때였습니다.

베트남전쟁 파병에 반대한 뜻밖의 인물

한편 많은 이가 베트남전쟁을 이념전쟁으로 생각합니다. 하지만 베트남전쟁은 그런 전쟁이 아니었습니다. 다시 말해 이념전쟁도 아니었고, 다른 나라가 개입해야 할 이유도 없는 전쟁이었습니다. 그들 민족이 자기 스스로 결정해야 하는 내부의 문제였다는 것이지요. 이것은 저의 주장이 아닙니다. 아주 뜻밖의 인물이 내린 베트남전쟁에 대한 성격 규정이었습니다. 베트남전쟁 파병을 결정할 당시 국회의원이었으며 훗날 '박정희 대통령의 영원한 경호실장'으로 불리던 차지철이 바로 이 주장의 주인공입니다. 1964년 8월, 미국은 북베트남에 의해 통일전쟁이 벌어지자 이를 저지하고자 베트남전쟁에 개입할 명분을 찾기 시작합니다. 그러던 1964년 8월 4일, 미국 대통령 존슨은 베트남 근해인 '통킹 만'에 정박 중인 미국 제7함대 소속 구축함 매덕스호와 C. 터너조이호가 북베트남군의 어뢰 공격을 받았다는 보고를 받게 됩니다. 존슨은 즉각 자국의 함정을 공격한 북베트남에 보복 폭격을 명령합니다. 이를 기화로 미국은 베트남전쟁에 본격적으로 개입하게 되었지요.

하지만 결론적으로 말해 이는 모두 미국의 의도된 조작이었습니다. 사건 당일인 1964년 8월 4일, 북베트남은 미국 함정을 공격한 사실 자체가 없었습니다. 그런데도 미국의 존슨 대통령은 베트남전쟁에 개입할 명분을 만들고자 있지도 않은 사건을 스스로 조작했고, 이는 훗날 사실로 밝혀졌지요. 여하간 이후 미국은 예상치 못한 난관에 봉착하게 됩니다. 공격을 받아 참전했으니 미국은 정의로, 반면 북베트남은 불의로 양분될 줄 알았던 전쟁 논리가 엉뚱하게도 다른 나라들에는 백인종과 황인종 간의 인종전쟁 양상으로 비친 것입니다. 그래서 백인종 국가인 미국이 황인종 국가인 북베트남을 핍박하는 것처럼 유엔을 중심으로 비난 여론이 일자 미국은 이를 타개할 새 명분을 찾게 됩니다. 이때 같은 황인종과 황인종끼리의 전쟁으로 만들면 어떻겠느냐는 묘수가 제기됩니다. 미국이 우리나라 국군을 베트남전쟁에 파병해달라고 요구한 진짜 이유가 바로 이것이었습니다.

군사쿠데타로 권력을 찬탈한 원죄로 미국 정부의 인정을 받지 못했던 박정희로서는 미국의 파병 요구를 거부하기 어려웠습니다. 그래서 파병에 동의함으로써 미국과의 관계를 개선하는 한편 자신이 벌인 쿠데타 명분 중 하나인 경제발전의 밑천 역시 파병 대가로 얻어내겠다는 다중 의도를 가지고 임한 것입니다. 그런데 문제가 있었습니다. 미국 정부와 협상을 하려면 원만한 동의보다는 적극적인 반대론자가 나와주는 것이 오히려 도움이 되는데 누구도 나서는 반대 세력이 없었기 때문이지요. 당시 야당도 미국의 로비로 적극적인 파병 반대 분위기가 아니었다고 합니다. 더구나 6·25전쟁 당시 미국의 도움을 받았는데 정작 미국이 어려울 때 외면하는 것도 부담스러운 지점이었습니다. 실제로 야당을 상대로 한 미국의 외교적 노력의 결과 '파병을 반대하지 않기'로 내부 입장을 정리한 상태였습니다.

이처럼 파병에 반대하는 세력이 나오지 않자 난감해진 그때, 외무부 장관 이동원이 박정희를 찾아와 뜻밖의 조언을 내놨다고 합니다. "꼭 야당 의원만 반대하라는 법은 없다"는 말이었습니다. 이 말을 듣고 박정희가 찾은 사람은 바로 당시 국회의원이며 자신의 심복 중 심복이었던 차지철이었습니다. 박정희는 차지철에게 특명을 내립니다. "베트남 파병 반대 여론을 국회에서 임자가 주도하라"는 특별지시였습니다. 박정희의 지시에 차지철도 깜짝 놀랐다고 합니다. 각하가 결심한 뜻을 자기보고 반대하라니, 그야말로 생각해본 적 없는 지시였기 때문입니다. 하지만 박정희로부터 내막을 듣게 된 차지철은 각하의 지시를 충실하게 수행하고자 먼저 베트남의 역사부터 공부합니다. 오늘에 이르기까지 베트남과 베트남 사람들, 그리고 그 나라의 지도자인 호찌민의 철학과 지금까지 벌여온 외세와의 전쟁사, 또한 베트남이 왜 우리나라와 같이 남북으로 분단되었는지에 대해서도 그 이유를 알게 되었습니다. 그 과정에서 깨달은 진실이 불러온 놀라운 반전, '차지철의 진짜 반란'이 시작된 것입니다.

박정희가 믿었던 차지철의 반란

각하의 특명을 철저하게 이행하고자 베트남에 대해 공부하면서 차지철은 자신도 모르게 베트남에 매료되기 시작합니다. 특히 지난 100년의 역사에 걸친 베트남의 '대프랑스 독립운동사'를 접하며 군인이었던 차지철은 감동하고 또 감격하게 됩니다. 그 위대한 베트남의 외세 저항 정신에 매료된 것입니다. 반면 우리나라가 지원하기 위해 파병해야 할 당시 남베트남 정부의 실상은 최악이었습니다. 차지철의 관점으로 살펴봐도 그 정권은 지켜줄 가치가 없을 정도로 너무 부패했기 때문입니다. 그랬기에 당시 차지철은 여당인 공화당 의원총회에 참석해서 "만약 파병 동의안이 국회에 상정된다면 나는 여당 의원이지만 분명히 반대할 것"이라며 공개적으로 반대 선언을 합니다. 차지철 의원의 당시 속기록 발언입니다.

"월남(남베트남)의 권력자와 부자들은 전부 자기 자식들을 외국으로 피난시켜놓고 군대조차 보내지 않고 있어요. 그래 놓고 원군 요청을 한단 말입니까? 자기 나라 특권층 자식들부터 전선에 서게 한 뒤에 외국에 파병을 부탁해도 될까 말까 할 텐데, 자기 자식들은 안전지대에서 향락을 즐기게 해놓고 우리나라 청년들을 나서게 한단 말입니까? 상정 자체가 국민 정서에 맞지 않습니다."

차지철은 이후 국회 찬반 토론을 하며 그 분기와 혈기를 참지 못해 본회의장 단상까지 내려쳐 부수기도 하여 큰 파문을 일으키기도 했습니다. 처음엔 자기 지시를 받고 그저 열심히 하는구나 싶었던 박정희도 그런 차지철의 과한 행동에 어처구니가 없었다고 합니다. 결국 박정희는 차지철을 다시 청와대로 불렀습니다. 그러면서 파병 반대 운동도 좀 적당히 하라며 호통을 치니 이번엔 차지철이 "각하, 이건 정말 파병하면 절대 안 됩니다"라며 오히려 박정희를 설득하려 했다는 이야기가 이후 세간에 알려지면서 화제가 되기도 했지요. 결국 자기가 기대한 반대 운동의 수준을 넘어 진짜로 파병 반대 운동을 하는 차지철을 두고 볼 수 없었던 박정희는 국회 국방위 소속이었던 차지철을 다른 상임위로 바꿔 배치하라며 화를 냈다고 합니다.

여하간 그렇게 해서 다가온 1965년 8월, 대한민국 국회에서는 베트남 전쟁 파병 동의안을 본회의에 상정했습니다. 한편 당시 야당은 같은 시기에 박정희 대통령이 일방적으로 추진 중인 '한일협정' 조인이 굴욕적이라며 의원직 사퇴 선언과 함께 본회의에 전원 불참했습니다. 바로 그날, 여당인 공화당 단독으로 베트남전쟁 파병 동의안이 통과됩니다. 불행한 역사의 오점이 찍힌 날입니다. 그런데 그날 의외의 결과를 놓고 설왕설래가 이어졌습니다. 당연히 공화당 단독 표결로 진행되었으니 전원 만장일치로 처리될 줄 알았는데 놀랍게도 유일한 반대표가 나온 것입니다. 과연 누구의 표였을까요? 세간에는 그 반대표의 주인공이 바로 차지철 의원일 거라는 추측이 난무했습니다.

한편 차지철의 베트남 참전 반대 논리는 분명했습니다. 첫째, 베트남전쟁은 자국 내 전쟁이니 다른 외국군이 개입할 이유가 없다는 것입니다. 사전적 정의 그대로 베트남전쟁은 '베트남의 독립과 통일을 위하여 벌인 전쟁'인데 그러한 전쟁에 우리나라 국군이 가서 단 한 명도 죽을 이유가 없다는 것이지요. 하지만 우리는 그런 전쟁에 8년 6개월 동안 32만여 명의 국군을 파병했고 그중 4,407명이 그곳에서 전사하고 1만 7,000여 명이 크고 작은 부상을 입어야 했습니다. 우리만 그런 피해를 입은 것은 아닙니다. 군의 공식 발표에 따르면 우리가 죽였다는 베트콩은 그보다 열 배 가까이 되어 4만 1,000여 명에 달한다고 합니다.

거기서 끝나지 않았습니다. 미국이 살포한 고엽제로 인해 수많은 참전 군인이 여전히 '끝나지 않은 또 다른 전쟁'을 하고 있는 중입니다. 고통은 그 군인의 후손에게까지 대물림되어 우리에게도, 또 베트남의 국민에게도 계산이 불가능할 정도의 상처로 남은 것입니다. 차지철은 이러한 훗날의 비극을 예상했던 것일까요? 만약 그때, 차지철의 파병 반대 주장이 진짜로 이뤄졌다면 과연 어떠했을까요? 베트남전쟁 덕분에 우리나라 경제가 발전할 수 있었다며 파병 결정은 옳았다고 말하는 사람들이 있습니다. 실제로 베트남전쟁 직전인 1964년 당시, 우리나라의 1인당 국민총생산GNP은 103달러에 불과했습니다. 그리고 베트남전쟁 파병 후 10년이 지난 1974년에는 무려 다섯 배나 늘어났다며 대대적으로 홍보합니다. 하지만 베트남전쟁의 파병으로 얻은 결실만 이야기만 할 뿐 그 전쟁에서 우리가 저지른 큰 잘못에 대해서는 여전히 인정하지 않고 있습니다. 과연 그것은 옳은 일인가요? 언제까지 그럴 수 있을까요?

생존 베트콩이 말하는 '한국군'

"그 당시 한국군은 지독했습니다. 다른 어떤 나라의 군인도 하지 않은 야만적인 행위를 너무도 많이 했습니다. 저는 당시 한국군이 한 일들을 여전히 기억하고 있고 절대 용서할 수 없습니다."

순박한 개구쟁이 같은 얼굴의 탄 할아버지는, 그러나 당시 전쟁에서 경험한 한국군의 행적을 증언할 때는 미간에 힘을 줬습니다. 베트남전쟁 참전 군인이었던 베트콩의 입에서 듣는 '또 다른 베트남전쟁' 이야기였습니다. 그 증언을 듣는 내내 너무나 부끄러워 차마 얼굴을 들 수 없었습니다. 가해자의 나라에서 온 우리가 정말 부끄러웠기 때문입니다. 그런데 그때였습니다. 탄 할아버지의 증언 내내 옆에서 조용히 듣고만 계시던 바이 할아버지가 갑자기 탄 할아버지의 말을 가로막은 것입니다. 이제 그만하라는 것이었지요. 멀리서 찾아온 손님들에게 식사 대접도 하지 않았는데 너무 지나친 것 같다는 타이름이었습니다.

하지만 저는 더 듣고 싶었습니다. 도대체 그때 이 땅 베트남에서 무슨 일이 벌어진 것인지 그들의 입장에서 그들이 봤던 또 하나의 진실을 듣고 싶었습니다. 도대체 뭐가 그리 지독했다는 것인지, 그 지독했다는 구체적 사례가 무엇인지 더 들려달라고 저는 요청했습니다. 그러자 바이 할아버지의 눈치를 살피던 탄 할아버지가 이내 다시 증언했습니다. 글로만 접하던 사례를 직접 참전 베트콩 군인에게 들으니 그 충격은 더욱 컸습니다. 우리나라의 모든 참전 군인이 그런 야만적인 행위를 했다고는 저도 믿고 싶지 않습니다. 아니, 제가 들은 베트콩 참전 군인이었던 탄 할아버지의 말씀이 사실은 좀 과장된 이야기였으면 좋겠습니다. 그렇지 않다면 이건 너무도 부끄러운 진실이기 때문입니다.

"한국군은 온 마을을 초토화시켰어요. 그때 한국군이 죽였던 사람들은 베트콩이 아니라 사실은 순수한 민간인이었습니다. 한국군은 그런 민간인 중 남자는 보이는 대로 다 죽였고 여자들은 집단으로 윤간했어요. 한 여자에게 많은 군인들이 달려들어 윤간을 했고 윤간이 끝나면 그렇게 강간한 여자들도 전부 죽여버렸어요. 그걸 지켜본 여자의 어린 자식들도 전부 죽였습니다. 그러고는 이들 살해한 민간인을 베트콩으로 만들어 그들의 전투 공적으로 위에 보고한 것입니다. 물론 한국군만 그렇게 만행을 한 것은 당연히 아니지요. 미군도 베트남의 민간인을 학살했어요. 하지만 같은 학살을 해도 달랐어요. 미군은 학살한 시신만은 건드리지 않았어요. 그냥 그 자리에 놔두고 철수했어요. 그러면 우리가 죽은 시신이라도 거둬 장례를 치를 수 있었지요.

하지만 한국군은 그렇지 않았어요. 그들은 마을 주민을 무참하게 학살한 후 밤이 될 때까지 무장한 채 현장을 지켰고 그렇게 밤이 되면 불도저를 가져와 그 시신들을 전부 깔아뭉개버렸습니다. 시신의 형태를 알아볼 수 없도록 잔인한 행위를 한 겁니다. 왜 그랬을까요? 피해자가 민간인인지 아니면 베트콩인지 알아볼 수 없도록, 여자인지 아이들인지 분간할 수 없도록 모든 증거를 없앤 것입니다. 우리는 그런 의도였다고 보고 있어요. 우리 베트남 사람들은 사후세계를 중시하는 민족입니다. 그런 우리가 가족의 시신마저 무참히 훼손했던 한국군을 어찌 용서할 수 있겠습니까?"

차마 다 옮길 수 없는 더 많은 이야기들이 이어지는 동안 저는 탄 할아버지의 얼굴을 정면으로 마주 볼 수 없었습니다. 고백하자면 솔직히 부정하고 싶었습니다. 내 나라 군인들이 그러한 행위를 했다고 인정하고 싶지 않았습니다. 너무도 끔찍했습니다. 저는 준비하지 못한 상황에서 듣게 된 그 충격과 당황스러움 앞에 어찌할 수 없는 고통을 느껴야 했습니다. 하지만 돌이켜 생각해보니 탄 할아버지가 들려준 말들은 사실 생소하거나 처음 듣는 이야기가 아니었습니다. 제가 어릴 적 동네 참전 군인 아저씨에게 들었던 바로 그 이야기 속 무용담이었습니다. 죽이고 강간하고 학살했던 바로 그 '베트콩전쟁' 무용담. 다만 그때는 '마땅히 죽여 없애야 할 베트콩'에 관한 전쟁 무용담이라고만 여겼던 것입니다. 그 대상이 단지 베트콩이냐 아니면 민간인을 상대로 한 학살이냐 하는 차이만 있을 뿐이었습니다.

그때였습니다. 다시 바이 할아버지가 나섰습니다. 할아버지는 조금 전보다 더 강한 어조로 탄 할아버지의 말을 막아섰습니다. "이미 지나간 예전 이야기를 왜 자꾸만 계속하냐?"며 "이제 그만해라. 대한민국에서 온 이분들이 무슨 죄가 있냐?"며 우리를 둘러보는 것 아닌가요? 바이 할아버지는 마치 우리의 부끄럽고 힘든 마음을 엿본 것일까요? 그런데 이어진 바이 할아버지의 말씀은 탄 할아버지의 말씀보다 우리를 더 부끄럽고 민망하게 했습니다. 그래서 지금도 잊히지 않습니다.

"대한민국의 입장을 우리가 이해해야 한다"는 말이었습니다. 바이 할아버지는 "그 당시 미국에 경제적으로 예속되어 있던 대한민국이 어찌 파병을 거부할 수 있었겠느냐?"며 그 잘못을 대한민국에만 물을 수 없다고 했습니다. 그 말이 더 부끄러웠습니다. 다시 바이 할아버지의 말이 이어졌습니다.

"하지만 우리는 그 전쟁에서 미국과 대한민국을 이긴 승전국이다. 그러니 이젠 지나간 일이라고 나는 생각한다. 이제는 우리가 미래를 이야기할 때다. 대한민국과 베트남이 새로운 동반자로서 함께 희망을 가꿔나갔으면 좋겠다. 그래서 나는 오늘 여기까지 온 대한민국의 손님을 진심으로 환영한다. 이제 이런 이야기는 그만하고 점심이나 먹자."

대한민국, 이제라도 베트남 피해자에게 사과해야

말을 마친 바이 할아버지는 점심시간 내내 삶은 새우의 껍질을 까서 한 명 한 명의 대한민국 손님들에게 먹여주며 진심으로 대했습니다. 그 따스한 기억만큼 그날 바이 할아버지에게 들은 말씀 역시 잊을 수가 없었습니다. 피해자인 그들은 이제 그만하자고 했으나 가해자 나라의 국민 중 한 명인 저는 선뜻 동의할 수 없었기 때문입니다. 아무런 사과도 없이 '그냥 그렇게 서로 잊자'고 말할 수 없기 때문입니다. 우리는 우리를 식민 지배한 일본을 향해 매년 과거사를 인정하고 사과하라는 요구를 하고 있습니다. 일제 식민 지배 36년의 잘못에 대해 일본이 제대로 사과하지 않고 책임지지 않는 것에 대해 우리는 분노하고 있습니다. 하지만 일본의 입장은 우리와 전혀 다릅니다. 진정한 사과도, 책임도, 배상도 외면합니다. 위안부 피해와 강제징용의 역사에 대해서도 끊임없이 진실을 왜곡하고 거짓말을 일삼고 있습니다. 우리나라뿐만 아니라 일제 침략으로 고통받은 다른 나라에 대해서도 일본의 표리부동한 태도는 마찬가지입니다. 그런 일본을 저는 결코 좋은 이웃나라라고 말할 수 없습니다.

그런데 과연 우리는 어떤가요? 우리 역시 과거 베트남전쟁 당시 행한 잘못을 사과해야 옳지 않을까요? 죽고 죽이는 전쟁 과정에서 빚어진 일이라고, 또는 우리만 인정하지 않으면 아무 일도 없었다고 생각하는 건가요? 그렇게 외면하고 부인하면 정말 모든 문제가 사라질까요? 왜 우리가 '그런 일본과 전혀 다르지 않은' 잘못된 길을 선택하려고 하는지 안타깝기만 합니다. 우리나라가 일본과 같은 잘못을 되풀이해서는 결코 안 됩니다. 그러기 위해 저는 우리나라가 일본과 다른 높은 수준의 도덕성을 먼저 보여줄 것을 촉구합니다. 우리가 일본에 기대하는 수준만큼 우리 역시 베트남에 우리의 잘못을 솔직하게 인정하고 분명하게 사과해야 합니다. 베트남과 베트남 피해 국민이 그만하라고 할 때까지 우리가 사과할 때 우리 역시 일본의 표리부동한 태도 앞에서 더욱 당당하게 사과하라고 할 수 있기 때문입니다.

참 이상했던 것은 제가 평화기행 중 만난 베트남 분들 중에서 우리나라더러 사과해야 한다고 강하게 요구하는 목소리도 들은 바가 없다는 사실입니다. 그게 이상했습니다. 피해 사실은 말하되 사과해야 한다는 말은 누구도 하지 않았기 때문입니다. 그 이유가 궁금해서 여쭤보니 돌아온 답은 더 충격적이었습니다. "사과하라고 해도 대한민국이 사과할 것 같지 않기 때문"이라는 말이었습니다. "베트남에서 벌인 집단학살 등 전쟁 범죄에 대해 대한민국 정부와 관련 단체가 사실 자체도 인정하지 않는데 사과 요구를 한들 무슨 소용이 있겠느냐?"는 반문이었습니다.

베트남에서 유학 중인 우리나라 여학생의 에피소드는, 그래서 듣기에 민망한 일이었습니다. 함께 유학 중인 일본인 친구에게 우리나라 여학생이 일본 정부의 과거사 부정 태도를 비판하니 가만히 듣고 있던 그 일본인 친구가 우리나라 여학생에게 조용히 한마디 했다지요.

"그런데 너희는 우리에게 사과를 요구하면서 왜 베트남전쟁에서 있었던 너희 나라 잘못에 대해서는 베트남에 사과하지 않니?"

솔직하게 그리고 정직하게 사과하고 용서를 구하는 것. 그것이야말로 우리나라가 '일본과 달리' 높은 도덕성을 증명할 수 있는 가장 빠른 길이라고 생각합니다. 지도자뿐 아니라 우리 국민 모두가 그런 태도를 보여줄 날이 하루빨리 오기를 진심으로 기대합니다. 그래서 이 글을 통해 저 또한 구수정 대표처럼 진심을 담아 한마디 남기고 싶습니다.

"미안해요. 베트남."

명진 스님과 함께한 베트남 평화기행이 어떤 의미를 남겼는지는 가늠하기 어렵습니다. 다만 2015년 그해, 베트남 국민에게 '그래도 일부지만' 사죄하고자 노력했던 일단의 대한민국 국민이 있었다는 기억으로 남기를 기원할 뿐입니다. 진심을 다한 명진 스님의 사과가 그들의 가슴에 닿아 베트남과 대한민국이 진정한 평화로 함께 춤출 세상을 염원합니다. 그래서 훗날 대한민국 대통령이 베트남을 방문하게 되면 꼭 그 나라와 국민에게 공식적으로 한 말씀 해주십시오.

"미안해요. 베트남."

장준하의 동지—법정 스님, 김대중 전 대통령의 증언

2012년 9월 초 어느 날이었습니다. 정말 깜짝 놀랄 만한 의외의 사람에게서 전화가 왔습니다. 당시 많은 이에게 엄청난 인기를 얻고 있었던 팟캐스트의 원조 방송 〈나는 꼼수다〉 멤버 중 한 명인 『시사IN』 주진우 기자였습니다. 그는 대뜸 "고 선배, 저희 방송에 한번 나오셔야죠"라고 했습니다.

앞서 잠깐 언급했듯이 2012년 8월 1일, 지금의 '장준하공원'으로 이장하기 위해 파주 광탄에 안장된 장준하 선생님의 묘를 열어보는 과정에서 충격적인 사실이 드러나 '타살설'이 다시금 힘을 얻게 되었기 때문입니다. 실족 추락사로 알려진 그분의 머리뼈에서 망치와 같은 외부의 둔탁한 힘으로 손상된 흔적이 발견된 것이 계기가 되어 그간의 장준하 선생 사인 논란에 새로운 의문이 폭발하기 시작한 것입니다. 그러니 지난 2003년 '대통령소속 의문사 진상규명위원회'에서 장준하 선생 의문사 조사관으로 일한 경험을 방송에서 들려달라는 것이었지요. 하지만 아쉽게도 당장 출연하는 것은 어려웠습니다. 이미 잡힌 여러 저녁 일정 때문에 그랬습니다. 하지만 그냥 물러설 주진우 기자가 아니었습니다.

"우리 '나꼼수'는 24시간 대기하는 방송이라 아무 시간이든 좋으니 당장 가능한 시간을 말하세요"라며 더욱 압박을 했습니다. 이런 대단한 열정을 가진 분들이니 〈나는 꼼수다〉와 같은 방송을 만들 수 있었던 것이었겠지요. 그렇게 해서 약속한 날 밤 11시부터 다음 날 새벽 3시까지 저는 서울 대학로에 있는 벙커를 찾아가 〈나는 꼼수다〉 방송을 녹음했습니다. 〈나꼼수 봉주 19회—납량 특집: 장준하와 공작들〉 편이 만들어지게 된 과정이었습니다.

뛰어난 방송인 김어준 총수와 최고의 시사전문가인 김용민 피디, 그리고 주진우 기자의 도움으로 녹음한 〈나는 꼼수다〉 방송 후 청취자들의 반응은 대단했습니다. 한밤중에 봉주 19회 편을 혼자 듣다가 무서워 잠을 이루지 못했다는 분도 있었고, '지금까지 들어본 방송 중에 최고의 긴장감'이라며 '국대급'이라는 단어로 극찬한 분도 있었습니다. 덕분에 이후 김용민 피디가 직접 작명해준 팟캐스트 〈고상만의 수사반장〉이라는 이름으로 국민라디오에서 만 2년간 방송을 진행하는 기회도 얻었고 청취자로부터 '고반장'이라는 별칭도 얻는 계기가 되었습니다. 참 고마운 일입니다. 이 모든 시작이 바로 '장준하 선생 의문사 조사관'으로 인연을 맺은 덕분입니다. 그래서 제 생애에서 가장 행복한 인연을 꼽으라면 그것은 장준하 선생과의 인연일 것입니다.

그런 장준하 선생을 제가 처음 알게 된 때는 부끄럽게도 너무 늦은 1993년 3월의 일이었습니다. 그때 SBS 시사프로그램인 〈그것이 알고 싶다〉에서 장준하 선생 사인 의혹과 관련한 2부작 방송을 했고 그 방송을 제가 우연히 보면서 장준하 선생과의 인연이 시작된 것입니다. 돌아보면 1975년 당시 대한민국은 우울했습니다. 장준하 선생이 의문사로 세상을 떠난 그해, 박정희의 영구집권을 위해 강행한 1972년 유신헌법 공포로 대한민국은 지독한 침묵을 강요당하고 있었습니다. 이 강요된 침묵에 최초로 '아니오'를 외치며 저항한 이가 장준하 선생이었습니다.

장준하 선생은 이전까지 대통령 직선제였던 헌법을 대통령 간선제로 바꾼 박정희에게 다시 직선제로 개정하라며 1973년 12월 '개헌청원 백만인 서명운동'을 주도합니다. 하지만 박정희는 '독재자'였습니다. '개헌청원 백만인 서명운동'이 국민적 지지를 받으며 확산되자 1974년 1월 8일 긴급조치 1호와 2호를 발동하여 장준하 선생을 구속시킴으로써 저항의 입을 아예 막아버린 것입니다. 이후 대한민국에서 정권을 비판하는 일체의 모든 행동은 한동안 전부 멈췄습니다.

한편 1975년 5월 개봉한 하길종 감독의 영화 〈바보들의 행진〉이 대한민국 영화계에 큰 파문을 일으켰습니다. 가수 송창식 씨가 부른 노래 〈고래 사냥〉과 〈왜 불러〉가 삽입곡으로 들어가 널리 불리면서 더욱 큰 인기를 얻은 그 영화는 그 시절 청년들의 자유가 억압당하던 유신독재하에서의 대학 캠퍼스를 그린 작품입니다. 당시 남성의 머리 길이와 여성의 미니스커트 길이를 경찰이 자로 재며 단속하던 어처구니없는 행태를 풍자한 〈바보들의 행진〉은 유신독재에 저항하는 민중의 또 다른 속삭임이었던 것입니다.

그러던 1975년 8월 17일, 경기도 포천 약사봉에서 한 남자가 숨진 채 발견되었습니다. 당시 남자의 나이는 57세, 바로 재야인사 장준하 선생이었습니다. 검찰은 40여 명의 일행과 함께 포천 약사봉으로 등반을 나섰던 장준하 선생이 그중 한 명인 김용환 씨와 유일하게 산 정상을 등반하고 하산하던 중 실족사한 것으로 발표했습니다.

그러나 당시에 검찰의 이런 발표를 믿는 사람은 거의 없었습니다. 끊임없는 의혹과 의문이 해결되지 않았기 때문입니다. 그래서 지금까지도 장준하 선생의 죽음은 우리나라의 대표적인 의문사로 남아 있습니다. 그의 일생을 간단히 정리하면 이렇습니다.

장준하 선생은 1918년 평안북도 삭주에서 태어났습니다. 1944년 광복군으로서 나라의 독립을 위해 헌신했고 해방 후에는 백범 김구 선생의 비서로 중국에서 환국합니다. 이후 1953년 4월 월간지인 『사상계』를 창간해 언론인으로서도 큰 명성을 얻습니다. 하지만 박정희 정권의 독재와 부패에 옳은 소리를 냈다는 이유로 여러 핍박을 당했고 결국 1970년 『사상계』가 부도나는 탄압을 면할 수 없었습니다.

도대체 장준하 선생이 그 시절 어떻게 했기에 박정희로부터 이런 탄압을 당해야만 했을까요? 이를 가늠해볼 수 있는 제보를 받은 것은 2012년의 일이었습니다. 제 글을 읽은 어느 독자 분이 이메일로 보내주신 제보입니다. 제보자는 1961년 5·16군사쿠데타로 권력을 찬탈한 박정희가 첫 번째 대통령 선거에 출마했던 1964년 당시, 이를 비판하는 장준하 선생의 연설을 직접 들었다고 했습니다. 그해 무더운 여름, 전라북도 전주시 소재 '경기전' 앞마당에서 시국 강연회가 개최되었다고 합니다. 그때 하얀 두루마기를 입은 함석헌 선생과 검은 테 안경에 깔끔한 정장 차림의 장준하 선생이 연사로 오신 것입니다.

『씨알의 소리』 발행인으로 유명한 함석헌 선생은 1956년 이승만 독재가 폭정을 더해가던 그때 『사상계』에 '생각하는 백성이라야 산다'라는 글을 써서 필화사건을 겪기도 했습니다. 덕분에 행동하는 양심으로 그 시절 많은 사람에게 지지를 받기도 했던 지식인입니다. 제보자는 그런 함석헌 선생이 시국 강연회 연단에 올라 "박정희의 지시로 가기 싫었지만 유럽 여행을 강제로 다녀왔다"며 "박정희의 군사쿠데타는 부당하며 이를 온 국민에게 고발한다"는 취지의 강연을 하셨다고 했습니다. 그리고 이어 연단에 오른 장준하 선생은 좀더 구체적으로 박정희의 정치야욕에 대해 비판을 했다고 합니다. 장준하 선생은 박정희가 과거 일제강점기에 일본군 장교로 복무하면서 일본 왕에게 충성맹세를 한 친일파라며 "대한민국에서 말뚝이 대통령으로 당선된다 할지라도 나는 아무 말을 하지 않겠으나 친일파인 박정희만은 절대 대통령이 되어선 안 된다"라고 강조하는 연설을 했다고 합니다. "그때로부터 반세기가 지났지만 당시 장준하 선생의 그 강연을 생각하면 지금도 가슴이 저려온다"는 제보자의 말씀. 박정희의 권력이 하늘을 찌르던 그 시절에 감히 누구도 할 수 없는 발언이었기 때문입니다.

1967년 장준하 선생은 이런 박정희의 독재를 깨기 위해 결단을 합니다. 제7대 국회의원 선거에 출마하겠다고 선언한 것입니다. 이 선언 당시 장준하 선생은 대통령 박정희를 비판했다는 이유로 서대문교도소에 수감 중이었습니다. 옥중 출마로 불리한 상황이었지만 유권자들은 여당이었던 공화당 후보 대신 장준하 선생에게 큰 표 차이로 승리를 안겨줍니다. 이후 베트남전 파병 반대와 박정희의 영구집권 저지를 위한 3선 개헌 반대 등에 누구보다 치열하게 앞장섰던 장준하 선생. 그런 장준하 선생이 결국 1975년 8월 17일 경기도 포천 약사봉에서 의문의 죽음을 당한 것입니다. 그런 내용의 〈그것이 알고 싶다〉를 시청하며 저는 전율했습니다. 지금도 또렷이 기억나는 것은 당시 그 프로그램의 진행자였던 문성근 선배가 2부 끝에 던진 메시지입니다.

"이제 이 사건은 단순 변사사건도 아니고 더 이상 의문사도 아닙니다. 명백한 타살사건인 것입니다. 우리는 여기서 취재를 마무리 짓기로 했습니다. 18년 전의 사건[1993년 당시 기준]이라서 법적인 공소시효는 이미 지났습니다. 유가족은 고인의 죽음에 얽힌 진실만 밝혀진다면 가해자가 누구든 그것은 중요한 문제가 아니라고 했습니다.

이제 우리는 장막에 가려진 장준하 사건의 한구석을 조금 열어보았을 뿐입니다. 그 속에는 왜곡된 사실과 우리가 찾고자 하는 진실이 뒤엉켜 있을 것입니다. 그 속에서 진실을 찾아내기 위해서 '이제 우리 사회의 책임 있는 곳에서 이 사건이 공식적으로 거론되기'를 진심으로 바랍니다.

침묵을 지키고 있던 분들께서도 이제는 그 침묵을 깨야 한다고 감히 말씀드리고 싶습니다. 우리가 원하는 진실은 쉽게 얻어지지 않지만 그것을 얻은 사회는 역사 앞에 언제나 떳떳할 수 있기 때문입니다."

이 메시지에 당시 스물네 살의 청년이었던 저는 혼자 방송을 보며 고개를 끄덕였습니다. 그랬습니다. 저 역시 '우리 사회의 책임 있는 곳의 누군가가 나서서 이 사건의 진실을 명백히 밝혀주기를 바라는' 마음이었기 때문입니다. 그런데 인연은 놀라웠습니다. 그날로부터 꼭 10년이 흐른 2003년 7월, 제가 이 사건의 조사관이 되었기 때문입니다. 이 놀라운 인연의 시작은 당시 '대통령소속 의문사 진상규명위원회'의 김희수 상임위원님 덕분이었습니다.

10년 후 그 사건의 조사관이 되다

2003년 5월 25일, 그날 저는 '대통령소속 의문사 진상규명위원회'(이하 '의문사위') 2기 조사관 공채시험에 합격합니다. 3차에 걸친 엄정한 시험 끝에 최종 합격자로 제 이름을 명단에 남길 수 있었습니다. 그리고 그날 저녁, 의문사위 김희수 상임위원(차관급)에게 연락이 왔습니다. 김희수 위원은 검사로 10년간 일하다가 변호사로 전업한 분이었습니다. 검사 재직 시절 폭력조직을 소탕하는 데 뛰어난 성과를 올려 그 분야에서 꽤 명성이 자자하던 분이기도 했지요. 부드러운 겉모습과 달리 일체의 불의와 타협하지 않는 강직한 품성으로 손해를 많이 보는 법률가이기도 했습니다. 그런 분이 "합격해줘서 너무 고맙다"며 저녁을 같이하자고 연락해온 것입니다. 그렇게 해서 그날 저녁 서울 광화문 인근 식당에 저를 포함해 여섯 명 정도가 모였습니다. 모두가 저처럼 합격자 명단에 이름을 올린 조사관들이었지요. 자리를 주선한 김희수 위원이 먼저 술을 권하며 진지하게 말문을 열었습니다.

"제출된 여러분들의 이력서를 보며 정말 같이 일하고 싶은 욕심이 났습니다. 하지만 제가 도와드릴 방법은 없어 그저 모두 합격해주기만을 바라고 있었어요. 그런데 오늘 이렇게 합격을 해주시니 제가 너무 기쁘고 고마워서 밥이라도 먹자고 한 겁니다. 정말 수고하셨고 다시 한번 합격해주셔서 고맙습니다."

이런 분에게 누가 감사한 마음을 느끼지 않을까요. 그렇게 해서 기분 좋게 한 순배의 술잔이 돌았습니다. 갑자기 김희수 위원이 자기 오른편에 앉아 있던 조사관에게 생각지도 못한 질문을 던졌습니다. "조사관으로서 어떤 사건을 맡아 해보고 싶으세요?" 조사관 각자가 맡았으면 하는 희망사건이 있을 것 아니냐는 것이었지요.

그 말에 각자가 한마디씩 의견을 냈습니다. 누군가는 노동운동 열사 의문사를, 또 누군가는 총학생회장으로 의문사한 사람을 조사하고 싶다고 했습니다. 어느덧 제 차례가 다가왔습니다. 고백하자면 그때까지도 저는 어떤 사건을 말할까 확고하게 결심하지 못한 상태였습니다. 해보고 싶은 사건이 너무 많았기 때문입니다. 그래서 아주 짧은 찰나, 이제 결정해야 한다고 내심 다그치던 때였습니다. 뜬금없이 제 순서를 뛰어넘어 김희수 위원이 다음 조사관을 지목하는 것 아닌가요.

"아니, 상임위원님. 왜 저는 묻지도 않고 그냥 넘기시나요?"

술기운을 빌려 약간은 과장된 목소리로 웃으며 항의했습니다. 그런 제 항변에 김희수 위원 역시 웃으며, 그러나 이전과는 조금 다른 표정으로 말을 받았습니다.

"미안하지만 고 조사관님은 제가 맡길 사건이 있습니다. 그러니 잠시만 기다리세요."
"네? 제가 맡을 사건이요? 그게 누구인데요?"

운명처럼 다가온 이름, 장준하

농담 삼아 던진 제 말에 돌아온 김희수 위원의 답이 너무 진지해서 오히려 당황했던 것 같습니다. 그러거나 말거나 김희수 위원의 표정은 더욱 진지해졌습니다.

"재야인사 장준하 선생 사건 아시죠? 저는 고 조사관이 그 사건을 맡아주셨으면 하는데, 어때요?"

단언컨대 분명한 사실 하나는 이것입니다. 방금 전까지 저는 어떤 사건을 말해야 할지 미처 결정하지 못하고 있었습니다. 다만 한 가지 사실은 그중 장준하 사건만 빼고 고민하고 있었습니다. 왜 그랬을까요? 장준하 선생 사건을 조사하기 싫어서가 아니었습니다. 그 반대였습니다. 너무나 맡고 싶었지만 감히 저와 같은 정도의 조사관이 욕심낼 수 있는 사건은 아니라고 생각한 것입니다. 그런 저에게 장준하 선생 사건을 맡기고 싶다 하니 그야말로 깜짝 놀란 것입니다. 저는 조심스럽게 입을 열었습니다.

"장준하 선생 사건은 우리 위원회에서도 중요한 사건인데 감히 제가 맡아서 감당할 수 있을지 두렵습니다."
"맞습니다. 우리 위원회에 진정된 사건 중에 중요하지 않은 일은 하나도 없지만 장 선생 사건은 그중에서도 상당히 큰 사건이지요. 사실 저도 위원회에서 제일 먼저 읽은 기록이 장준하 선생 자료였어요. 그런데 이상하게 그 기록을 읽으면서 떠오른 얼굴이 있었어요. 바로 고 조사관 얼굴이었습니다. 이상하게도 그러데요. 그냥 고 조사관에게 이 사건을 맡기면 잘할 것 같은 느낌. 그런 느낌이 든 거예요. 무슨 근거냐고 묻지는 마세요. 그냥 제 촉이 발동한 거니까. 어떠세요? 부담이야 되겠지요. 부담되어야 또 정상이고. 하지만 이런 사건을 언제 또 해볼 수 있겠어요. 뭐 고 조사관이 끝까지 싫다면야 방법은 없지만 한번 도전해보지 않을래요?"

그때였습니다. 김희수 위원의 말에 불현듯 어릴 적 추억 하나가 소환되었습니다. 이런 엄중한 상황에서 왜 까맣게 잊고 있었던 그 창피한 일이 마침하게 떠올랐는지 의문이지만 말입니다. 1981년, 그러니까 제가 초등학교 4학년 때의 일이었습니다. 같은 반 여자아이를 좋아했던 것 같습니다. 지금은 이름도 모르겠고 어떻게 생겼는지 기억도 나지 않습니다. 여하간 어린 마음에 같은 반 여자아이를 좋아한 것입니다. 2학기 첫날, 담임선생님이 반 아이들 모두에게 복도로 나가라고 했습니다. 그러고는 남자는 남자대로, 여자는 여자대로 키 순서에 맞게 한 줄로 서 있으라는 겁니다. 저는 내심 그때 내가 좋아하는 저 아이와 짝꿍이 된다면 얼마나 좋을까 싶었습니다. 그래서 슬금슬금 곁눈질까지 해가며 그 아이와 비슷한 위치에 자리 잡으려고 앞서거니 뒤서거니 순서도 조작(?)한 것 같습니다. 그런 숨은 노력 끝에 마침내 기적이 이뤄졌습니다. 제가 소원한 대로 그 아이와 제가 정말 짝꿍이 된 것입니다.

그런데 어처구니없는 일이 일어났습니다. 그날 우리 반은 2교시가 지나도록 수업을 할 수 없었습니다. 왜 그랬냐고요? 제가 짝꿍이 된 그 아이 옆자리에 앉지 않고 내내 교실 구석으로 가서 울고 있었기 때문입니다. 담임선생님은 얼마나 황당했을까요? 도대체 왜 그러냐며 저에게 연신 이유를 물으셨지만 저는 아무 말도 할 수 없었습니다. 사실 아무런 이유가 없었기 때문입니다. 그런데 그냥 눈물만 나고 무섭고 두려웠습니다. 이게 울 일이 아닌데도 왜 그런 바보짓을 했는지 지금 생각해보면 민망하고 부끄러울 뿐입니다. 결국 선생님은 호통도 치고 살살 달래기도 했지만 저는 요지부동, 교실 한구석에서 꼼짝도 하지 않았습니다. 그래서 어찌 되었을까요? 선생님은 결국 저에게 짝꿍을 바꿔 다른 자리에 앉으라고 제안했습니다. 그래서 앉게 된 자리가 원래 제 자리의 바로 뒷자리였습니다. 그 학기 내내 저는 그 자리에 앉아 자책과 후회로 하루하루를 보내야 했지요. 반 아이들에게 놀림거리가 된 것은 덤이었습니다. 그야말로 결정적인 순간에 가장 바보 같은 행동을 한 제가 너무나 한심스러워 오랫동안 잊을 수가 없었습니다.

그런데 지금 또 '그 바보짓을 하고 있구나' 싶은 생각이 그 순간 퍼뜩 든 것입니다. 고백하자면 1993년 그때 〈그것이 알고 싶다〉를 본 이후 저는 사실 장준하 선생 사건을 해보고 싶은 욕심을 가지고 있었습니다. 1기 의문사위에서 그 사건을 맡고 있던 조사관들을 부러운 눈으로 보고 있었지요. 장준하 사건처럼 큰 사건을 잘 헤쳐 나가는 그분들의 능력이 부러웠던 것입니다. 막상 이제 그 사건이 내게 다가오는 천운이 찾아왔는데 저는 또 그때처럼 도망가려고 했던 것입니다. 하지만 그때처럼 또 바보 같은 행동을 해서는 안 되겠다 싶어 단단히 마음을 먹고 마침내 입을 열었습니다.

"네, 알겠습니다. 위원님, 고맙습니다. 위원님이 저를 믿고 맡겨주시니 책임 지고 해보겠습니다. 그 사건 저에게 맡겨주십시오. 제가 하겠습니다. 그리고 분명하게 약속드리겠습니다. 지금까지 밝혀진 진실보다 한 걸음 더 나아가는 결과를 분명 보여드리겠습니다. 반드시 진실을 밝혀내겠습니다."

제 말에 김희수 위원의 답변 역시 담백했습니다.

"저는 고 조사관이 너무 큰 부담을 갖지 않았으면 합니다. 누가 맡아도 어려운 사건입니다. 우리 위원회에서 해야 할 사건 자체가 전부 그래요. 쉬운 사건이 없어요. 우린 그저 우리 스스로가 역사에 죄짓지 않도록 매 순간 최선을 다하면 됩니다. 그 진심만 변하지 않으면 됩니다. 저는 고 조사관이 지금까지 걸어온 인권운동가로서의 관점을 존중합니다. 한번 믿고 가봅시다."

미치도록 '범인'을 잡고 싶었다

다음 날부터 저는 장준하 선생의 의문사 진실을 찾기 위해 몸부림쳤습니다. 이 사건을 담당한 1년 2개월간 장준하 선생이 남긴 포천 약사봉의 흔적을 찾기 위해 절박한 심정으로 헤매었습니다. 찾을 수만 있다면 제 영혼이라도 거래하고 싶은 심정으로 일했습니다. 그야말로 미친 듯이 진실을 찾고자 애를 썼습니다. 이를 위해 참 많은 분을 참고인으로 만났습니다. 김대중 대통령을 비롯하여 '무소유' 사상을 설파하신 법정 스님, 그리고 장준하 선생과 함께 '개헌청원 백만인 서명운동'을 펼쳐온 백기완 선생님과 연세대 김동길 교수, 80년대 어음 사기사건으로 유명한 '장영자·이철희 사건'의 이철희 씨 역시 주요 참고인이었습니다. 이철희 씨는 장준하 선생 사건 당시 '중앙정보부' 차장으로 재직하고 있었기에 당시 중앙정보부와의 관련성을 추궁한 것입니다.

그중에 가장 기억에 남는 인연을 두 분만 꼽는다면 우선 '무소유' 사상으로 유명한 법정 스님입니다. 그분을 뵙게 된 기억은 아름다운 향기처럼 저에게 남았습니다. 대통령 재임 중 각종 비리로 법정에 선 이명박 전 대통령이 법정 스님의 수필집 『무소유』를 갖고 다니며 닳을 정도로 읽었다 하여 세간의 비웃음을 샀고, 그래서 더욱 사람들에게 존경받기도 했던 법정 스님. 속명 박재철인 법정 스님이 불교에 귀의한 때는 1954년이었습니다. 그때 스님은 대학 3학년에 재학 중이었습니다. 이후 1975년 10월부터 오대산 송광사 뒤로 '불일암'을 짓고 홀로 지내기 시작했고 거기서 1976년 4월 『무소유』를 출간했습니다. 참고로 법정 스님의 무소유 개념을 오해하는 분이 적지 않다 합니다. 혹자는 법정 스님의 무소유에 대해 '아무것도 갖지 않는 것'으로 이해하고 있습니다. 하지만 이는 잘못된 해석이라고 합니다. 법정 스님은 아무것도 갖지 말라고 한 것이 아니라 '불필요한 것은 갖지 말라는 것'이 무소유 사상이라고 하셨습니다. 이 말은 '본래무일물本來無一物'이라는 불교적 가르침에서 유래되었는데 '세상에 태어날 때 가지고 온 것 없고 떠날 때 역시 가져갈 것이 없다'는 뜻이라고 합니다. 이런 법정 스님과 장준하 선생이 어떤 인연으로 맺어져 있기에 제가 꼭 뵙고자 한 것일까요?

1973년 12월, 장준하 선생이 '개헌청원 백만인 서명운동'을 시작할 수 있었던 것은 당연히 많은 동지가 죽음을 결의하고 함께한 덕분입니다. 그중 한 분이 법정 스님이었습니다. 그래서 법정 스님이 1975년 10월 세속과의 연을 닫고 오대산의 오두막에 들어간 시기는 더 특별합니다. 장준하 선생이 비명非命 속에 세상을 떠난 날은 1975년 8월 17일이었습니다. 그때 법정 스님은 장준하 선생의 부고 소식을 접하고 황망한 마음으로 면목동 빈소를 찾았다고 합니다. 그 일이 큰 상처가 되었을까요. 그로부터 두 달여 후 스님이 오대산 오두막으로 들어가신 이유가 이 일과 닿아 있는 것이 아닐까 해석될 수 있기 때문입니다. 그런 스님에게 제가 꼭 여쭙고 싶은 것이 있었습니다.

장준하 선생이 '개헌청원 백만인 서명운동'으로 구속되었다가 주미대사였던 필립 하비브의 도움으로 병보석 석방된 직후 만나신 경위였습니다. 그때 장준하 선생은 서울 종로의 조광현 내과에 입원한 상태였지요. 법정 스님은 장준하 선생의 석방 소식을 듣고 병원을 방문했다고 훗날 글로 썼습니다. 저는 그때 두 분이 어떤 대화를 나눴는지 몹시 궁금했습니다. 어쩌면 이로부터 9개월이 흐른 시점에 장준하 선생이 목숨을 잃게 되는 비밀이 숨어 있는 것은 아닐까 싶었기 때문입니다.

그래서 2003년 눈이 내리던 겨울, 저는 서울 성북동에 있는 길상사를 찾았습니다. 길상사는 애초 김영한이라는 분이 소유하고 있던 요정이었습니다. 1912년 평안북도 정주에서 태어나 권번의 기생이 된 김영한은 일제강점기 당시 유명한 시인이었던 백석의 부인이자 연인이었습니다. 김영한을 보고 첫눈에 반한 시인 백석이 '평생의 부인'으로 삼은 것입니다. 하지만 백석 시인의 집안 반대로 끝내 둘의 사랑은 이뤄질 수 없었고 비극적인 6·25전쟁 과정에서 백석은 북으로 올라가고, 김영한은 남에 남게 됩니다. 김영한은 이후 시인 백석을 평생 그리워하면서 홀로 살며 요정을 운영했습니다. 그곳이 약 7,000평에 달하는 서울 성북동의 '대원각'이었지요. 그곳에서 김영한은 세상을 뜰 때까지 매년 7월 1일이면 아무

것도 먹지 않았다고 합니다. 자신이 사랑했던 시인 백석의 생일날, 그렇게라도 백석에 대한 사랑을 기렸다고 합니다. 그러던 1987년 김영한은 인생의 말년에 자신이 평생 일궈온 대원각을 법정 스님에게 기부하고 싶다며 청을 합니다. 당시 시가로 1,000억 원이 넘는 막대한 재산이었습니다. 법정 스님에게 대원각을 좋은 곳에 써달라며 받아달라고 청한 것입니다. 그러나 법정 스님은 이를 거부했다고 합니다. 그렇게 8년이 흘렀지요. 김영한의 뜻은 강했고 거듭된 청 끝에 법정 스님이 김영한의 뜻을 받아들인 때는 1995년이었습니다. 대원각을 받는 대신 법정 스님이 김영한에게 준 선물은 단 두 개였습니다. 하나는 '길상화'라는 법명이었고, 다른 하나는 108 목걸이 염주 한 벌이었다고 합니다.

그러던 1999년 11월 13일, 김영한은 길상사 경내를 걷다가 불현듯 사람들에게 "내가 죽거든 화장을 하여 눈 많이 내리는 날 길상사에 뿌려주세요"라는 말을 남겼다고 합니다. 그러고는 다음 날, 김영한은 법정 스님이 주신 108 염주를 목에 건 채 조용히 세상을 떠났습니다. 1999년 12월 14일, 김영한이 세상을 떠나고 근 한 달 후였습니다. 그날 서울 성북동에는 이례적으로 많은 눈이 내렸다고 합니다. 법정 스님은 길상사에서 '길상화'라는 그 법명처럼 김영한을 아름답게 뿌려드렸습니다. 이런 애틋한 김영한 님과 또 백석 시인의 사연이 담긴 오늘날의 '길상사'는 법정 스님의 무소유 사상이 깃든 곳이지요.

그 길상사로 법정 스님을 뵈러 무작정 찾아간 것입니다. 당연히 스님은 계시지 않았습니다. 종무소를 찾아가 신분을 밝힌 후 스님과 면담을 신청했습니다. 안타깝게도 세속의 일에 스님이 관여할지 알 수 없다는 말씀이 돌아왔지요. 그래서 일단 제 뜻을 스님에게 전달만 해달라며 재차 부탁드렸습니다. 그리고 한 달여 후, 길상사에서 고대하던 연락이 왔습니다. 다른 일은 몰라도 장준하 선생 관련한 일이라면 만나겠다는 스님의 허락이 있었다는 전갈이었습니다.

그렇게 해서 뵙게 된 것은 1년에 두 번 길상사에서 열리는 법정 스님의 대중 법회 날이었습니다. 오대산 오두막에 계시는 법정 스님이 이날만은 서울 나들이를 하시는데 법회 전 잠깐 시간을 내어 만날 수 있다는 것이었지요. 무척 긴장이 되었습니다. 법정 스님을 직접 뵐 수 있다는 사실 자체가 일생의 영광이었기 때문입니다.

길상사 뒤편의 작은 방에서 두어 점의 떡과 찻잔이 정갈히 놓인 찻상을 사이에 두고 법정 스님과 독대했습니다. 사진으로 뵐 때는 늘 서늘한 눈빛으로 직시하시는 것 같았던 스님을 직접 뵈니 그 눈빛과 어조에는 강단이 있었고 또 한편으로는 다정했습니다. 스님은 장준하 선생 사건의 진상을 밝히기 위해 애를 써줘서 고맙다고 격려를 해주셨습니다. 장준하 선생과의 인연을 여쭙자 '존경하는 스승님 같은 분'이었다고 했습니다. 그날 스님은 제가 그토록 알고 싶었던 여러 가지 진실을 들려주셨습니다. 1975년 8월 17일, 박정희가 왜 장준하 선생을 살려둘 수 없었는지 그 이유를 담은 비밀이었습니다.

법정 스님과 '장준하의 거사'

1976년 8월, 당시 함석헌 선생이 발행하던 월간 『씨알의 소리』에서는 장준하 선생 1주기 추모 특집기사를 준비합니다. 이때 연세대 김동길 교수와 백기완 선생 등 생전에 선생을 따르던 후학들이 추모 글을 기고했습니다. 여기에 법정 스님도 글을 쓰셨는데 그 일화 중 제 눈을 확 잡아당기는 대목이 있었습니다. 그 일화를 듣고자 청한 자리에서 원래는 진술조서를 작성해야 하나 스님께 그리하기는 곤란해서 대신 비디오 기기로 동영상을 촬영했습니다. 그렇게 해서 듣게 된 74년 12월 장준하 선생과 법정 스님의 비밀 대화 내용을 소개합니다.

법정 스님이 병실로 들어서자 장준하 선생은 크게 기뻐하셨다고 합니다. 이때 장준하 선생은 온몸이 부어 있었답니다. 손가락으로 허벅지를 지그시 누르니 한번 들어간 살이 바로 회복되지 않을 정도로 붓기가 심했다는 것입니다. 스님이 걱정 어린 눈빛으로 "어서 몸을 추스르시라"며 덕담을 건네자 갑자기 장준하 선생이 목소리를 낮추며 부탁할 것이 있다고 했습니다. 그러더니 베개 밑에서 종이 한 뭉치를 꺼내며 "이것을 가지고 가서 누구누구를 만나 서명을 받아 다시 좀 가져다달라"며 청했다는 것입니다. 스님이 "이게 뭐냐"며 되묻자 장준하 선생이 '개헌청원을 위한 2차 백만인 서명운동' 용지라고 답했다는 것입니다.

법정 스님의 증언에 저는 큰 충격을 받았습니다. 비로소 장준하 선생이 준비하던 거사의 실체를 알게 된 날이었기 때문입니다. 이전까지는 장준하 선생의 거사를 두고 많은 논란이 있었습니다. 누군가는 장준하 선생이 무장봉기를 준비했다고 했습니다. 양심적인 군인과 합세해 도시 게릴라전을 기획했다는 말도 있었습니다. 또 어떤 이들은 광복 40주년이 되는 75년 8월 15일을 기해 모종의 성명서를 발표할 예정이었다고 말했습니다. 과연 무엇이 사실일까. 그런데 이 모든 논란을 그날 법정 스님이 정리해주신 것입니다.

박정희는 장준하 선생을 감옥에서 죽이고 싶어했습니다. 장준하 선생이 주도한 '개헌청원 백만인 서명운동'을 두려워했기 때문입니다. 독재정권이 가장 두려워하는 것은 민중이 움직이는 것입니다. 4·19혁명에서 보듯 민중이 움직이면 독재는 무너질 수밖에 없습니다. 그래서 '개헌청원 백만인 서명운동'을 주도한 장준하 선생을 긴급조치로 잡아 군사법정에서 징역 15년을 선고했습니다. 1975년 당시 한국인 남성의 평균수명이 60세 중반이었는데, 장준하 선생이 감옥에서 15년간 옥살이를 하고 나오면 72세가 됩니다. 결국 장준하 선생을 감옥 안에서 죽이겠다는 속내였던 것입니다. 하지만 박정희는 미국 백악관의 압력으로 장준하 선생을 석방시킬 수밖에 없었습니다. 그런 장준하 선생이 또다시 '2차 개헌청원 백만인 서명운동'을 공식화한다면 어찌 될까요. 박정희에게 장준하는 그야말로 죽일 수도, 살려둘 수도 없는 존재였던 것입니다. 그러니 장준하 선생이 병실에서 법정 스님을 만난 그날로부터 8개월 후 포천 약사봉에서 사망한 채 발견된 것을 어찌 우연이라고 할 수 있을까요.

김대중 전 대통령의 증언

법정 스님의 증언을 뒷받침하는 또 한 분의 증언이 있었습니다. 김대중 전 대통령님입니다. 2003년 12월 18일, 서울 동교동 소재 '김대중 도서관'에서 김대중 전 대통령을 뵈었습니다. 이날 김대중 전 대통령을 제가 찾아뵌 이유는 중앙정보부가 작성한 1975년 7월 29일자 「중요상황보고」

를 읽다가 남은 궁금함 때문이었습니다. 그날 중앙정보부는 장준하 선생의 행적을 기록하는 문서에 '동교동 김대중 집으로 장준하가 찾아가 면담'이라며 적어놨습니다. 그런데 기록이 묘했습니다. 만났다는 사실 외에는 아무것도 기록되어 있지 않은 것입니다. 그것이 궁금했습니다. 즉시 저는 김희수 상임위원을 찾아갔습니다. 장준하 선생이 동교동을 방문한 사실과 그날 어떤 대화가 있었는지 확인하고자 김대중 전 대통령의 면담 계획을 추진하겠다며 보고했습니다. 제 말에 김희수 위원은 빙긋 웃으며 "만나면 좋은데, 올 초에 퇴임하신 대통령께서 우릴 만나주실까요?"라며 의문을 제기하시더군요. 그 말씀에 같이 웃었습니다. 그러면서 "안 되면 할 수 없지만, 묻는 것도 안 되겠습니까?"라고 답했습니다.

큰 기대 없이 면담 요청 공문을 보냈는데 불과 이틀 만에 김대중 도서관 비서실을 통해 "김대중 대통령님께서도 꼭 하실 말씀이 있다며 빠른 시간 내 방문을 기대한다"라는 답신을 받았습니다. 드디어 2003년 12월 18일, 눈이 내리는 가운데 김대중 전 대통령과의 면담이 이뤄졌습니다. 우리는 이날 조사를 통해 장준하 선생이 준비하던 거사의 실체에 한층 가까이 접근할 수 있었습니다. 한편 면담 전에 있었던 김대중 전 대통령의 모두말씀은 민주주의를 위해 일생을 걸어온 분답게 무게감과 감동이 고스란히 느껴졌습니다. 그 말씀의 전문입니다.

"과거 독재정권하에서 저를 포함해서 많은 사람들이 고통을 겪었고, 또 목숨도 바쳤습니다. 그런 분들에 대해서 우리가 지금 민주 유공자로서 명예를 회복하고 이렇게 할 수 있는 것을 다행으로 생각하고 있습니다. 그러나 이러한 희생자들 중에 가장 억울한 분들은 민주주의를 위해 목숨을 바

쳤음에도 불구하고, 그것이 확인되지 못하고 진상이 밝혀지지 못해 '의문
사'라는 이름으로 존재하고 있는 사실은 돌아가신 당사자 영혼도 그렇고,
가족과 친구들 국민 전부가 참 통탄할 일이라고 생각합니다."

1975년 7월 29일, 장준하와 김대중은 왜 만났나

이어 김대중 전 대통령은 "궁금한 거 있으면 말씀하세요"라고 우리에게
권하셨습니다. 가장 먼저 질의한 내용은 처음 장준하 선생과 두 분이 알
게 된 인연이었습니다. 김 전 대통령은 이 부분에 대해 매우 명료한 기억
을 가지고 계셨습니다.

"처음 그분의 이름을 알게 된 것은 자유당 치하에서 『사상계』를 하실 때
였고, 그러다가 좀더 적극적으로 알게 된 것은 6대 국회 때 『사상계』가 어
려워져서 주식을 발행한다고 할 때 나도 많이 사드리고, 국회에서 다른
사람한테도 권해서 사드리고 돕고 하면서 자주 접촉하게 됐습니다. 그 후
69년 '한비 밀수사건' 당시 그 양반이 '밀수 왕초는 박정희'라는 발언으로
잡혀 들어갔을 때 우리가 석방운동을 하면서 친해진 것입니다."

이후 본격적인 궁금함으로 접어들었습니다. 역시나 핵심은 두 분의 밀
담 내용이었습니다. 그러니까 1975년 7월 29일, 중앙정보부 「중요상황보
고」에 적힌 두 분의 만남과 그 자리에서의 대화 내용 말입니다. 기록에
따르면 아침 11시부터 오후 2시 30분까지 무려 세 시간 반 동안 함께 자

리했습니다. 혹여 이날 자리를 기억하지 못하신다고 하면 어찌하나 걱정했던 것도 사실입니다. 그런데 아니었습니다. 김대중 전 대통령은 무려 30년이 지난 일인데도 상황 하나하나를 정확히 기억하고 있어 놀라웠습니다. 다음은 조사단 면담을 속기한 내용입니다.

"7월 달에 장준하 선생이 찾아오셨어요. 나는 그때 연금당해서 못 나가가지고, 그때는 장준하 선생쯤 되면 미행, 도청, 감시 이런 것은 당연지사니까 그렇게 됐었고. 내 기억에는 오찬을 같이 했는데 그때 유신 철폐에 대해 서로 심도 있게 얘기를 했어요. 장준하 선생이 이런 말을 한 것이 지금도 기억에 있어요.

자기가 이제 희생을 각오하고 싸우겠다. 그리고 당신한테 얘긴데, 사실은 나도 지금까지 어떤 대망을 가지고, 그래서 당신에 대해 라이벌 의식도 갖고 있었다. 그러나 이제는 포기했다. 대신 민주회복을 위해 모든 것을 다 바치겠다. 당신이 지금 연금 상태라서 움직일 수 없으니까, 나라도 움직여서 내가 하겠다. 우리가 힘을 합쳐서 이 일을 해내자. 그런 얘기를 했던 것이 기억에 있습니다.

그러면서 각계각층을 규합해가지고, 민주화운동을 하자. 그때는 유신체제하에서 아무것도 못 하고, 성명서 한 장도 전부 불법으로 처리될 때고, 툭하면 사형선고 내리고 투옥되고, 장준하 선생도 그때 참 비장한 각오로 나섰다고 생각됩니다. 장준하 선생이 생명을 걸고, 민주주의 회복에 나섰고, 자기 목숨을 버리겠다는 그런 각오를 가지고 있었던 것은 사실이에요. 그리고 그 모든 실무를 장준하 선생이 다 하기로 했습니다."

'장준하 사인은 명백한 타살', 김대중 전 대통령의 확신

그러면서 면담 말미에 김대중 전 대통령은 자신이 장준하 선생의 불행을 미리 막지 못한 점을 마음으로 괴로워하기도 했습니다. 그 소회를 밝힌 부분입니다.

> "그렇게 이야기를 하고 난 후 요즘은 소일거리로 무엇을 하냐고 물으니 그 양반이 하는 말이 산에 다닌다고 하는 겁니다. 등산하면 건강이 좋아지고 여러 가지 재미있다고 그런 얘기를 하길래 '그렇게 으슥한 산속 다니다가 신변이 위험하지 않냐' 그렇게 얘기했더니 '사람들하고 같이 다니는데 저놈들이 나를 어떻게 하겠냐'고 그러는데 그때 속으로 께름칙하더라고요. 그때 장준하 선생을 둘러싼 분위기로 봐서는. 그래가지고 한 달쯤 가니 그런 사고가 생겼어요."

그때 장준하 선생의 산행을 좀더 적극적으로 말렸으면 어땠을까 하는 김대중 전 대통령의 인간적 아쉬움과 깊은 회한이 느껴지는 순간이었습니다. 그것은 아마도 본인이 경험한 그 사건 때문에 더욱 그러한 것이 아닐까 싶었지요. 바로 1973년도 8월 8일 당시 중앙정보부가 일본 도쿄에서 벌인 '김대중 납치사건'입니다. 일본 도쿄의 한 호텔에 투숙 중이던 김대중 전 대통령을 당시 이후락 정보부장의 지시를 받은 중앙정보부 요원이 납치해서 바다에 수장시키려 한 것입니다. 실제로 이 사건 당시 미국 중앙정보국CIA 한국 책임자를 지낸 도널드 그레그 전 주미대사는 98년 2월 국내 언론과 인터뷰를 하면서 "김대중 씨가 일본에서 납치되었다는 사실을 알게 된 당시 주미대사 필립 하비브가 곧바로 박정희 대통령을 찾아가 그를 풀어주도록 요청했고, 이 덕분에 김대중 씨가 수장될 운명에서 벗어났다"고 밝힌 바 있습니다.

또한 김대중 전 대통령은 자신을 납치한 이들이 스스로를 '구국동맹 행동대원'이라고 밝히면서 "해외에서 국가를 비난하는 자는 처단하겠다"며 자신의 동교동 집 앞에서 풀어주며 위협한 사실도 '김대중 피랍사건 특별수사본부' 조사 당시 진술한 바 있습니다. 이런 피해 당사자로서 김대중 전 대통령은 장준하 선생 의문사 의혹을 어찌 생각하고 계실까, 저는 이것이 궁금했습니다. 그래서 여쭤봤습니다. 장준하 선생 사인에 대해 타살로 보시는지, 아니면 검찰 발표처럼 단순 실족사일 가능성도 있다고 보시는지에 대한 개인 의견 말입니다.

이런 질문을 드리면서도 사실 별 기대는 없었습니다. 평생을 정치인으로 살아오신 분이니 지극히 정치적인 수준의 답변을 내놓으리라고 예상한 것이 사실이기 때문입니다. 하지만 달랐습니다. 김대중 전 대통령은 장준하 선생 사망 이유에 대해 분명한 확신을 가지고 계셨습니다.

"그분이 평소에 어떤 사람보다도 박정희 정권에 대해 과감하게 투쟁했고 비판적인 언동을 서슴지 않아 그것이 국민이나 지식인들에게 상당히 큰 영향력을 행사했습니다. 그때 박 정권은 자기네 집권 계속에 지장이 되면 서슴지 않고 죽이는 거니까. 많은 사람 있지 않습니까. 인혁당 사건이라든가 여러 가지 있고, 나도 그 대상에 들어가고. 그러니까 장준하 씨가 그쪽에서 제거의 대상이 됐다고 해서 하나도 이상할 일이 없어요."

"좌우간 그때 사회 분위기, 정부 태도로 봐서 나나 장준하 선생은 제거의 대상인 것은, 말살의 대상인 것은 틀림없어요. 나는 구사일생으로 살았고 장준하 선생은 희생이 됐는데, 그게 꼭 기관에 의한 거냐 하는 것은 내 사건같이 확실한 증거는 없거든요. 내 사건은 확실히 나왔으니까. 여하튼 그 시대에 장준하 선생에 대한 박해, 음모, 이런 것은 충분히 있을 수 있겠다 하는 생각을 가지고 있고 내 개인으로서는 이것이 그러한 독재정권에 의한 희생이다 하는 생각을 가지고 있어요. 돌아가셨을 때도 내가 집에 가서 여러분하고 얘기했는데……. 그때도 그랬고, 지금도 그렇고."

함석헌의 탄식, '그날 김대중과의 만남이 장준하를 죽였다'

김대중 전 대통령과의 면담이 있은 뒤 9년이 흐른 2012년 8월 1일, 마침내 그때 김대중 전 대통령이 의심했던 장준하 선생 타살의 일부 증거가 세상에 드러납니다. 묘 이장 과정에서 드러난 장준하 선생의 머리뼈에서 외부 가격이 확실한 상흔이 발견된 것입니다. 직경 6센티미터로 동그랗게 뚫린 머리뼈 상흔. 울퉁불퉁한 산비탈에서 발을 헛디뎌 추락해서는 절대 생길 수 없는 상흔이었습니다. 개헌청원을 위한 2차 백만인 서명운동을 준비하던 장준하 선생. 만약 이 운동이 실현된다면 박정희에게 그보다 더한 정치적 타격은 없었을 것입니다. 바로 이 운동을 성사시키기 위해 장준하 선생은 그날 김대중 전 대통령을 찾아간 것입니다.

그래서 사건 당시 『씨알의 소리』 발행인이었던 함석헌 선생은 훗날 "이날 둘의 만남이 결국 장준하를 죽였다"며 애통해하셨다는 후문입니다.

하나도 벅찬 상대인데, 장준하와 김대중이라는 두 거물이 거사에 합의한 사실을 중앙정보부가 모를 수 없는 일이었습니다. 매일 도청하고 미행하고 감시했는데 정작 그날만 「중요상황보고」에 아무것도 기재하지 않았다는 것, 그것 하나만 봐도 정말 이상한 일입니다. 정말 몰랐다면 어떻게 해서든 알아냈어야 할 둘의 만남인데 결국 공백으로 남긴 것은 또 다른 의미를 가진 여백이 아니었을까. 이것이 함석헌 선생이 통탄한 의미였던 것입니다.

2020년 오늘, 그때 저를 만나 장준하 선생과 관련한 진실을 증언해주신 법정 스님, 그리고 김대중 전 대통령과 함석헌 선생 모두 아름다운 일생을 사시고 지금은 우리 곁을 떠나셨습니다. 그분들이 저세상에서 다시 만났다면 어떤 대화를 나누고 계실까요?

'난 한 번도 속지 않았어요. 당신이 왜 죽었는지 말입니다.'

그런 말씀들을 나누며 허허허 웃고 계시지는 않을까요. 그런 상상을 하며 그때 찾아뵌 법정 스님과 김대중 전 대통령을 추모합니다. 저를 만나주셔서 고마웠습니다. 아름다운 인연으로 간직하겠습니다.

내가 만난 인권변호사가
대통령이 되다

학생운동을 접고 시민단체에서 본격적
인 인권운동가의 길을 걷게 된 때는 1992년이었습니다. 이때 '유서대필
강기훈 무죄석방 공대위'에서 간사로 처음 시민운동에 참여했습니다. 이
후 오늘까지 인권운동을 해오며 많은 분을 만났고 그분들과 여러 인연
을 맺어왔습니다. 그리고 그렇게 뵌 분 중에서 훗날 상상도 못 할 큰 인물
이 되는 신기한 기억도 적지 않습니다. 대부분 처음 뵐 때는 그저 인권변
호를 해주는 여러 변호사 중 한 분인 줄 알았는데 그런 분이 대한민국 대
통령이 된 것입니다. 그런 분 중 한 분이 2020년 10월 현재, 대한민국 대
통령으로 재직 중인 문재인 대통령님입니다. 비록 그분에게는 기억에 남
을 만한 일은 아니었겠지만 저로서는 잊지 못할 그 특별했던 기억, 때는
1995년 2월 25일이었습니다.

당시 저는 재야의 인권단체 상근활동가로 일하고 있었습니다. 그때 부
산에서 모두를 큰 충격에 빠뜨린 사건이 하나 발생합니다. 1994년 10월
10일, 부산광역시에서 초등학교 1학년이었던 당시 여덟 살의 강 아무개
양이 실종된 것입니다. 그때나 지금이나 아동 유괴사건은 사회적으로 큰

파문을 일으키는 중대사건입니다. 아이의 생사 여부를 놓고 여러 의견이 분분했습니다. 그런데 다행히도 아동 유괴사건 발생 이틀 만에 경찰은 신속하게 범인을 검거합니다.

그런데 검거된 범인의 실체가 드러나면서 세상 사람들은 더 큰 충격에 빠집니다. 검거된 범인이 다름 아닌 피해자의 이종사촌 언니 관계인 당시 열아홉 살 이 아무개 양으로 밝혀졌기 때문입니다. 하지만 안타까운 일은 그다음이었습니다. 검거한 이양을 상대로 실종된 아이의 행방을 추궁한 결과 놀랍게도 범인 이양의 방 책상 밑 라면 상자에 담겨 싸늘한 시신으로 발견된 것입니다. 피해자와 범인과의 관계도 그렇고, 발견된 시신의 유기방법 역시 참혹해서 세간에 큰 충격을 준 사건이었습니다.

한편 경찰은 체포된 이양을 상대로 추가 조사한 결과, 이 사건의 공범이 더 있다고 발표합니다. 검거된 공범은 남녀 포함해서 세 명. 경찰은 친구 관계인 주범과 이들 공범이 유흥비를 마련하기 위해 범행을 저질렀다고 했습니다. 그런데 검거된 공범 중 한 남자의 아버지가 부산에서 꽤 높은 선출직 공직자라는 사실이 알려지면서 국민적 분노가 더 커졌지요. 영향력 있는 아버지가 극악한 범죄를 저지른 자기 아들을 살리고자 기자와 변호사까지 매수해 진실을 왜곡한다고 검찰이 공판 중에 폭로함으로써 진실을 둘러싼 공방이 시작되었습니다.

하지만 공범들은 억울함을 주장하며 적극적으로 무죄를 주장했습니다. 범행 당시 각자의 알리바이를 제시하며 그 어떤 공모도 한 적 없고 사건과 완전히 무관하다는 것이었습니다. 반면 주범 이양은 공범들이 자기들만 살려고 거짓말을 하고 있다며 반박했습니다. 분명히 이들 공범과 함께 자기가 이종사촌 여동생을 살해했다는 주장이었습니다. 이런 양측의 뜨거운 공방 속에서 언론은 '진실이 뭐냐'며 연일 대서특필로 군불을 지폈습니다. 그렇게 해서 마침내 다가온 1995년 2월 25일. 이날은 엽기적인 유괴 살인사건의 1심 판결이 부산지방법원에서 내려지는 날이었습니다.

이날까지도 공범 세 명은 자신들이 경찰조사 당시 범행을 자백한 것은 모두 허위라고 주장했습니다. 경찰에게 고문을 받아 허위자백을 했다는 것입니다. 하지만 경찰은 이런 공범들의 주장을 반박했습니다. 고문이나 가혹행위를 절대 한 적이 없고 자유로운 상태에서 임의 진술한 것이 사실이라고 맞섰습니다. 1심 재판부가 이런 양측의 주장 중 누구의 손을 들어줄지 국민적 관심이 폭발하고 있었던 것입니다. 유괴사건이 공권력의 도덕성 문제로까지 비화되고 있었지요.

그런데 이날 제가 부산의 법정으로 내려가게 된 데는 사연이 있었습니다. 당시 인권단체인 '인권운동 사랑방'에서는 전국의 인권소식을 두 쪽짜리 팩스로 보내는 「인권하루소식」을 발행하고 있었습니다. 이 신문의 편집장이 인권운동가 박래군 선생이었는데 그분에게서 전화가 온 것입니다. 부산에 내려가 이 사건을 취재해주면 좋겠다는 내용이었습니다. 그러면서 재판 결과를 기사로 써주면 교통비로 현금 10만 원을 줄 수 있다는 달콤한 제안까지 곁들였지요. 참고로 당시 서울에서 부산행 무궁화호 왕복 요금이 5만 원 정도였기 때문에 왕복 차비를 빼고도 5만 원이 남는 일이었습니다. 그때 제가 상근활동가로 있던 '민주주의민족통일전국연합'에서 받던 월 활동비가 25만 원이었는데 무려 5만 원이나 챙길 수 있는 일이라니 마다할 이유가 없는 괜찮은 아르바이트였던 것입니다. 더구나 저 역시 이 사건에 대해 개인적으로도 관심이 있던 차에 판결을 내리는 역사적 현장에 갈 수 있게 되니 그도 나쁘다 할 수 없는 일이었습니다. 흔쾌하게 그 제안을 받아들여 부산 법원으로 출장을 갔습니다.

주범과 공범의 엇갈린 운명

법정은 그야말로 인산인해가 따로 없었습니다. 다음 날 『한겨레』 보도에 따르면 그 좁은 법정에 무려 600명이 넘는 방청객과 취재진이 몰렸다고 했습니다. 다행히 저는 법정 안으로 들어가 안정적인 위치에서 선고 결과를 취재할 수 있었습니다. 이제나저제나 판사의 등장을 기다리며 다른 취재진과 마찬가지로 저 역시 어떤 판결이 나올지 긴장하고 있었습니다. 특히 억울함을 주장하는 공범 세 명이 자신들을 수사했던 경찰 열네 명을 형사 고소한 상태였습니다. 공범들은 이들 경찰이 자신들을 고문해 허위자백을 강요했다며 독직혐의로 고소한 것인데, 이날 재판 결과에 따라 경찰들의 운명도 결정되는 것입니다. 그리고 잠시 후 장내의 소란함을 일소하며 합의부 판사 세 명이 등장했습니다. 모두가 긴장 속으로 빠져들며 바늘 하나가 떨어져도 들릴 만큼 조용해졌지요. 합의부 주심 판사인 박태범 부장판사가 판결문을 낭독하기 시작했기 때문입니다. 얼마나 지났을까. 이내 방청석 여기저기서 터져 나온 환호성. 그렇습니다. 재판부가 공범 세 명에게 각각 무죄를 선고한 것입니다.

공범 세 명의 일가친척들은 누가 먼저라고 할 것도 없이 만세를 부르며 자리에서 일어섰습니다. 누군가는 울음을 터뜨렸고 또 누군가는 재판부를 향해 고맙다며 연신 허리를 굽혔습니다. 언론사 취재진들은 이날만 법정에서 허용된 카메라를 터뜨리며 이 순간을 기록했습니다. 이어 무죄 판결 소식이 각 언론사로 타전되었고 속보 경쟁이 시작되었습니다. 저 역시 다르지 않았습니다. 이 판결 사실을 편집부에 전달하기 위해 바삐 자리를 떴습니다.

한편 무죄가 내려진 공범 세 명과 달리 다른 한쪽에서는 비명이 터져 나왔습니다. 애초 검찰이 무기징역을 구형한 주범 이양과 그 가족이었습니다. 그녀는 무죄 선고를 받은 공범들과 달리 오히려 검찰 구형인 무기징역보다 더 높은 형을 받은 것입니다. '사형'이었습니다. 재판부는 평소 자신을 믿고 따르던 이종사촌 동생을 잔혹하게 살해한 행위에 대해 그 어떤 관용도 이유 없다고 판단했습니다. 그래서 검찰의 구형보다 더 높은 사형을 내린 것입니다. 재판부는 이 사건을 '이양의 단독범행'으로 판단했습니다. 그런데도 자신의 형량을 줄일 목적으로 아무 관련도 없는 친구와 지인까지 공범으로 끌어들여 거짓말을 하는 등 죄질이 극히 나쁘다고 판단한 것입니다. 이런 사실을 전화로 알린 후 나머지는 서울에 올라가서 기사로 써서 보내주겠다고 편집부에 보고했습니다.

그런데 이때 생각지 못한 추가 취재 요구를 받게 됩니다. 박래군 편집장이 "사건을 변호했던 담당 변호사를 찾아가 인터뷰도 따서 기사에 반영하여 작성해달라"며 지시하는 것이었습니다. '아니, 이게 말이 되나?' 편집장의 지시에 제일 먼저 든 생각이었습니다. 지금 대한민국이 들썩일 정도로 큰일이 벌어졌는데, 그래서 모든 언론사의 취재진들로 정신없는 법정을 간신히 빠져나와 전화를 하고 있는데 그런 큰 사건을 담당했던 변호사를 어떻게 만나라는 것인가 싶어 황당한 마음이 든 것입니다. 더구나 진짜 언론사도 아니고, 저 역시 진짜 기자 신분도 아닌데 그런 저를 그 대단한 변호사가 만나나 줄까 싶었던 것입니다. 황당한 주문에 저는 "그게 말이 됩니까?"라며 신경질적으로 따졌습니다. 그런데 되레 박래군 편집장은 인터뷰를 따서 기사에 써야 한다며, 만약 못 하면 출장비 10만 원도 다시 내놓으라고 압박까지 하는 것 아닌가요?

약한 처지인 저는 편집장의 '갑질 아닌 갑질'에 속수무책인지라 결국 시키는 대로 할 수밖에 없었습니다. 다만 변호사가 근무하는 법무법인을 찾아가기는 하겠지만 만약 그 변호사가 인터뷰를 거절한다면 그건 내 책임이 아니라는 말만 하고 전화를 끊었습니다. 그렇게 해서 담당 변호사가 속한 '법무법인 부산'을 물어물어 찾아갔습니다. 다행히 법원 바로 앞에 있어 찾는 것은 어렵지 않았지요. 그런데 막상 그 법무사무실에 들어가려니 심장이 쿵쾅거릴 정도로 뛰기 시작했습니다. 당시 나이로 만 스물다섯인 청년이 그런 대단한 변호사를 만나려 하니 참 어려웠던 것 같습니다. 여하간 그렇게 심장이 두근대는 상태로 건물 승강기를 타고 해당 층을 누르니 그제야 거울에 비친 제 몰골이 보였습니다. 이런 일정을 예상하지 않아 양복은 고사하고 그냥 대충 걸친 모습을 보니 조금은 한심했습니다. 이런 모습으로 사무실에 들어가 뭐라고 첫마디를 꺼내야 좋을까 싶었습니다. 혹 변호사 사무실 여직원에게 쫓겨나지나 않을까? 차라리 그 변호사가 아직 사무실로 돌아오지 않았다고 하면 좋겠다는 등 여러 가지 상상을 하며 마침내 법무법인 부산 사무실 앞에 섰습니다. 마침내 들어간 그곳, 상상했던 것처럼 여직원이 저를 보며 응대했습니다.

"어떻게 오셨나요?"
"네, 저는 서울에 있는 인권운동 사랑방이라는 인권단체에서 발행하는

「인권하루소식」 기자인데요. 오늘 아동 유괴 살인사건의 공판 결과에 대해 담당 변호사님을 뵙고 인터뷰를 요청하고자 찾아왔습니다. 혹시 지금 뵐 수 있을까요?"

몇 번이나 마음속으로 연습한 이 대사를 다행히 한마디도 실수하지 않고 읊었던 것 같습니다. 그리고 이제 기대했던 그 말, "아직 사무실로 돌아오시지 않았는데요"라는 말만 들으면 된다 싶었는데……, 아니었습니다. 상냥한 여직원이 "잠시만요"라는 말과 함께 일어나 어느 변호사 방의 문을 연 후 뭐라고 하는 것 같았습니다. 그러더니 돌아서서 나오며 그 여직원이 "네, 들어오시랍니다"라고 하는 게 아닌가요.

아! 이제 정말 큰일 났습니다. 제가 준비하고 반복해서 외웠던 말은 여기까지였는데 그다음은 어찌해야 한단 말입니까? 하지만 지체하거나 머뭇거릴 여유도 없었습니다. 저는 약간 체념한 채 안내된 방으로 들어섰습니다. 그때가 1995년의 일이니 지금은 정확한 기억이 아닙니다. 다만 한 가지 확실한 것은 일단 방이 좀 넓었고 소파와 탁자가 있었고 그 소파에 법정에서 본 그 변호사 분이 앉아 있었다는 사실입니다. 잠시 후 여직원이 음료를 가지고 왔습니다. 그렇게 해서 차를 마시며 바라본 그 변호사님의 인상은 매우 부드럽고 인자해 보였습니다. 강단 있는 눈매와 달리 전체적으로는 따뜻한 느낌. 아마 그분도 인권변호사니까 인권운동 사랑방에서 발행하는 「인권하루소식」의 존재는 알고 계시지 않을까 싶었습니다. 그러니 제가 진짜 기자가 아니라는 것도 아실 테고 또 준비되지 않은 상태에서 인터뷰를 진행했다는 것도 눈치 채지 않았을까. 그런데도 그 변호사 분은 오히려 당황하는 저에게 내내 웃으며 배려해주셨고 약간

얼어서 멍해 있는 저에게 연신 차와 다과를 권해주셨습니다. 그런 상황에서 그야말로 전형적인 몇 가지 질문, 예를 들어 무죄를 확신했는지 그리고 앞으로의 계획 등등 빤한 질문을 한 뒤 부지런히 일어서는 저를 그분이 또 잡았습니다. "서울에서 부산까지 먼 길을 오셨는데 차는 다 드시고 가시라"는 말과 함께. 이 말이 오랫동안 기억에 남았습니다. 참 고마웠고 인상적이었기 때문입니다. 누군가를 일상적으로 배려하는 마음이 아니면 할 수 없는 말이었기 때문입니다. 그래서 저도 평소 업무로 저를 찾아오는 사람에게 늘 차를 다 드시고 천천히 가시라고 합니다. 그때 그렇게 배려를 받은 기억이 좋았기에 저도 따라하게 된 것입니다.

그런데 그때 이후 다시 만날 일이 없을 것 같았던 그 변호사를 다시 보게 되었습니다. 2003년 2월 25일, 정말 묘하게도 정확히 만 8년 후의 일이었지요. 그날 노무현 대통령 취임 후 발표된 청와대 신임 인사 명단에서 그분의 이름을 본 것입니다. 당시 청와대 민정수석 비서관으로 임명된 문재인 수석이었습니다. 놀라웠습니다. 그리고 신기했습니다. 제가 지지했던 노무현 대통령과 깊은 인연이 있었다는 것을 뒤늦게 알고 나니 더욱 친근감이 들었습니다. 그리고 이후 2017년 5월 9일, 대한민국 19대 대통령으로 그분이 당선된 날 많은 시민과 함께 저 역시 기뻤습니다. 정말 그 시절 별 볼일 없는 청년의 방문에도 박대하지 않고 따뜻하게 배려해준 그 진정성을 경험했기에 더욱 그랬습니다. 비록 그분은 기억하지 못할 일화겠지만 그때 20대 청년이었던 제가 50대 중년이 되어 이런 기억을 가질 수 있다는 것만으로도 저는 얼마나 행복한 사람인가요. 그때 작은 인연을 추억할 수 있어 행복합니다.

2009년 5월 23일

인권변호사였던 노무현 대통령님과도 작은 인연이 있었습니다. 누구나 그렇듯 대한민국에서 상식적인 사람이라면 노무현 대통령에 대해 미안하고 또 아픈 감정을 가지고 있을 겁니다. 2009년 5월 23일, 토요일이었습니다. 전날 저는 동료들과 거나하게 술을 한잔했습니다. 그래서 늦게 귀가한 저는 다음 날인 토요일 아침 10시가 넘도록 잠을 잤습니다. 그렇게 한가한 토요일 아침에 깨어나 거실로 나온 후 저는 주방에서 늦은 아침을 준비하는 아내를 보며 TV를 틀었습니다. 그런데 그때 너무나 당황스럽고 또 충격적인 굵은 자막을 영상으로 보게 되었지요.

기억하기에 처음 영상은 "노무현 전 대통령 등반 중 추락"이라는 자막이었습니다. 도대체 무슨 소린가 싶어 눈을 크게 뜬 채 "어어……"라는 외마디만 중얼거렸습니다. 이게 실화인지 아닌지 형언할 수도 없는 불길한 느낌이 엄습했지요. 추락이라니, 그럼 등산 중에 무슨 사고가 났다는 건가 싶었습니다. 그래서 방송 채널을 여기저기 정신없이 돌렸습니다. 모든 방송에서 비슷한 이야기가 나오고 있었습니다. 실화였습니다. 다만 아직까지 확실하게 밝혀진 것은 없고 추론만 이어지고 있는 상황. 그래서 '오보'였다는 새로운 속보가 나오기를 바라는 헛된 희망을 품은 채 영상을 주목하고 있던 그때, 다시 뜬 방송 자막 앞에 저는 경악했습니다.

"노무현 전 대통령 투신한 듯"

그야말로 정신을 차릴 수 없었습니다. 아무런 준비 없이 '훅' 들어오는 속보 앞에서 저는 허우적거리고 있었습니다. 그러면서도 한편으로는 투신했지만 많이 다치지 않고 무사하다는 속보가 또 나오기를 기대했습니다. 그렇게 떠나실 분이 아니고 그렇게 떠나서는 안 될 분이기에 반드시 그리될 것이라 믿었습니다. 하지만 결국 잠시 후, 다시 뜬 방송 자막은 이런 저의 기대를 무색케 했습니다.

"[속보] 노무현 전 대통령 사망"

아마 이 순간에 그때 대한민국의 많은 국민이 그대로 정지하지 않았을까 싶습니다. 저도 그랬습니다. 짧은 외마디 비명조차 지르지 못한 채 TV만 응시하고 있었습니다. 그렇게 그분을 떠나보낸 날이었습니다. 그 슬픔과 분노, 참담한 애도의 시간은 매년 5월 23일이면 늘 그렇게 저를 먹먹하게 만듭니다. 그러면서 지울 수 없는 하나의 장면이 있습니다. 짧았지만 강렬했던 노무현 대통령과의 어떤 인연. 그것이 어쩌면 저를 숙명적인 노무현 지지자로 만든 날인지도 모르겠습니다. '내 마음속 영원한 대통령'으로 남게 된 그분과의 일화입니다.

노무현이라는 인권변호사

1996년 어느 날이었습니다. 당시 저는 재야단체에서 일하고 있었습니다. 한총련(전대협 후신), 민주노총, 전농, 전교조, 전국빈민연합 등 대한민국 재야단체가 모여 결성한 '민주주의민족통일전국연합'에서 인권위원회 부장으로 활동하고 있었습니다. 그곳에서 제가 한 일은 민주화운동 과정에서 구속되거나 또는 억울하게 고통받는 분들을 지원하는 일이었습니다. 서른한 명의 인권변호사가 자발적으로 그 일을 함께했지요. 그래서 그날도 시국사건으로 경찰에 연행된 분들의 대응방안을 논의하기 위해 서울 서초동에 있는 '해마루 합동법률사무소'를 찾았습니다. 그곳에서 일하는 이덕우 변호사를 만나기 위해서였습니다.

그런데 해마루 사무실에 도착하고 보니 분위기가 매우 어수선했습니다. 아마도 새로운 변호사가 합류하면서 이사를 하고 있는 것 같았습니다. 책상과 서랍, 그리고 묵직한 재판 관련 서류뭉치를 든 사람들로 분주했습니다. '날을 잘못 잡았구나' 후회하며 유리문을 밀고 안으로 들어섰습니다. 그때였습니다. 이삿짐을 들고 부산하게 움직이던 일행 중에서 유독 한 사람이 눈에 확 들어왔습니다. 낯익은 얼굴이었기 때문입니다. 거짓말 같은 만남, 바로 노무현 전 국회의원이었습니다.

제가 처음 노무현이라는 인권변호사이자 국회의원을 알게 된 때는 1989년 12월 마지막 날, 제가 대학에 다니던 시절이었습니다. 그날은 대한민국 근현대사에서 매우 중요한 날로 기록되어 있습니다. 1980년 5월 광주 민주화운동의 진실을 밝히는 청문회 마지막 날이었기 때문입니다. 그날 독재자이자 광주학살의 주범인 전두환이 청문회에 출석했습니다. 그 자리에서 전두환은 내내 뻔뻔한 거짓말로 자신의 잘못을 회피했습니다. 전 국민이 그런 전두환의 표리부동한 행태에 복장 터지는 울분을 느껴야 했습니다. 광주에서 국민을 상대로 벌인 학살행위에 대해 '자위를 위한 정당한 발포' 운운하는 대목에서는 그야말로 이런 청문회를 왜 하는지 회의감이 들 정도였습니다. 정말이지 누구라도 저런 못된 전두환을 어떻게 좀 해주면 얼마나 좋을까 싶었습니다. 그런데 그 순간 TV에 생방송으로 중계되는 와중에 돌발 상황이 벌어졌습니다. 누군가가 전두환을 향해 나무 명패를 집어던지는 장면이었습니다. 당시 야당이었던 통일민주당 소속의 부산 출신 초선 국회의원 노무현이었습니다. 이날 정의로운 초선 의원의 분노 표시에 전두환의 망언으로 상처받았던 국민들이 얼마나 큰 위로를 받았는지 모릅니다. 화내야 할 때 국민을 대신해 화낼 줄 아는 국회의원, 그래서 이런 노무현 의원에게 저는 그야말로 매료되었습니다.

하지만 이후 정치인 노무현의 행보는 순탄하지 못했습니다. 자신이 속한 통일민주당의 총재 김영삼이 1990년 5월 9일 노태우, 김종필과 함께 3당 야합을 선언한 것입니다. 그래서 의원총회 당일 김영삼이 "구국의 차원에서 통일민주당을 해체합니다. 이의 없습니까?"라는 준비된 질문 후 동시에 방망이를 내리치려는 날치기 순간에 혼자 "이의 있습니다! 반대 토론을 해야 합니다"라며 저항했던 노무현. 그러나 그 정의로운 저항의 대가는 참으로 혹독했습니다. 이후 치러진 여러 선거에서 연달아 낙선의 고배를 마셔야 했지요. 92년 부산에서의 총선 실패, 95년 출마한 부산시장 낙선, 연이어 96년 서울 종로에서의 총선 역시 또 낙선했습니다. 그래서 붙게 된 그의 별명은 '바보 노무현'이었습니다.

사람들은 정치인 노무현이 '명분 있는 고난'을 선택한 만큼 잘 견딜 수 있을 거라고 믿는 듯했습니다. 하지만 연이은 낙선 앞에 현실 정치인이었던 노무현도 고통스러웠습니다. 해마루 합동법률사무소에서 제가 우연히 뵌 날이 결국 그런 고민 끝에 내린 결론이었다고 합니다. 나중에야 알게 된 사연에 따르면 서울 종로에서 실시된 1996년 총선 낙선 후 노무현 전 의원은 깊은 고민에 빠졌다고 합니다. 언제까지 이렇게 낙선만 하는 정치인으로 살아야 하나 싶었던 것입니다. 연이은 낙선도 낙선이지만 이런 지경에 계속 정치를 하는 것이 결국은 주변 사람들에게 많은 고통과 피해만 강요하는 것 같아 괴로웠다고 합니다. 이런 깊은 고민 끝에 그는 정치인으로서의 행보를 그만 접어야 한다는 결론을 내렸다고 합니다.

그래서 당시 '해마루 합동법률사무소'의 대표 변호사인 임종인 변호사에게 이런 자신의 생각을 전하면서 "해마루 일원으로 받아줄 수 있겠느냐"며 의사를 타진했다고 합니다. 제가 뵌 그날이 국회의원 노무현에서 다시 변호사 노무현으로 새출발을 하는 날이었던 것입니다.

'저하고 악수 한번 하시죠', 노무현 변호사의 제안

생각지도 못했던 자리에서 평소 존경하던 분을 만났으니 얼마나 기뻤는지 모릅니다. '저분이 노무현 의원이구나' 싶던 순간부터 가슴이 콩닥콩닥 뛰기 시작했습니다. 그런데 그다음에 어떻게 해야 할지 모르겠더라고요. 반갑게 인사를 하고 싶은데 혼자만 아는 척하는 것도 좀 민망하고 또 어수선한 이사 분위기에 어색할 것도 같아 그야말로 엉거주춤한 상태였지요. 그런데 그때였습니다. 뻘쭘하게 서 있는 저를 보고 노무현 의원이 다가온 것입니다. 그러면서 특유의 그 미소로 저에게 말을 건넸습니다.

"저, 누구 만나러 오셨나요?"

방송에서 들어본 적 있는 부산 특유의 억양이 담긴 그 표준말. 진짜 노무현, 그분이었습니다. 하지만 저는 내심 좋고 반가우면서도 짐짓 별스럽지 않다는 듯 "네, 이덕우 변호사님을 뵈러 왔는데요. 지금 자리에 계신가요?"라고 대꾸했습니다. 그러자 노무현 의원은 "이런, 어쩌죠? 방금 이 변호사가 재판한다고 법원으로 출발하셨는데요"라며 난감한 표정으로 답했습니다.

저는 결국 "아, 그러세요. 그럼 다음에 다시 오겠습니다"라는 말을 남긴 후 돌아서야 했습니다. 말은 그렇게 하고 돌아섰지만 속으로는 갈등했습니다. 지금이라도 인사를 할까. 제가 정말 좋아하고 존경하는 분이라고, 이렇게 뵈어 너무 반갑고 기쁘다고. 그래서 사인이라도 한 장 해주시면 소중한 증표로 간직하고 싶다는 등등의 어쭙잖은 청을 하면 어떨까. 그런데 끝내 창피할 것 같은 느낌이 들어 저는 포기했습니다. 그래서 아쉬움을 뒤로한 채 내쳐 계단을 내려가던 순간이었습니다.

"저, 잠시만요. 저 좀 보시겠어요?"

뒤에서 들려오는 특유의 그 억양, 반가워 돌아서니 노무현 의원이 서 있었습니다. 제가 사무실을 벗어나자 곧바로 저를 따라 밖으로 나온 것입니다. 얼마나 반갑던지, 마치 제 마음을 읽기라도 한 듯 다시 나타난 노무현 의원. 하지만 이번에도 체면치레 심리가 발동하고 말았지요.

"네? 왜 그러세요?"

말이 또 다르게 나온 것입니다. 그런데 그런 저에게 뜻밖의 말이 들려
왔습니다.

"저기요. 여기까지 힘들게 오셨는데 그냥 헛걸음하시고 돌아가시는 걸 보
니 제 마음에 좀 그래서요. 그러니 저하고……, 그냥 악수나 한번 하고 가실
래요?"

뭐랄까요. 정말 진심이 느껴지는 사람. 그러면서 웃으며 저에게 손을
내밀던 그분과 악수를 나눴습니다. 그때 노무현 변호사와 악수를 하며
느꼈던 체온과 미소. 그것이 훗날 저에게 얼마나 큰 힘이 되고 많은 변화
를 주었는지 그분은 모르셨을 겁니다. 아주 짧지만 강렬한, 그러면서 큰
울림을 준 날이었습니다. 그래서 저는 정치인 노무현을 비난하는 누군가
를 보면, 그래서 노무현의 진심을 의심하는 것을 보면 저는 당당하게 반
박할 수 있습니다. 나는 그때 정치인 노무현의 진심을 보았노라고.

누가 보든 아니든 한결같은 진심의 정치인

노무현 대통령과의 인연을 저처럼 아름답게 기억하는 분이 또 있었습니
다. 노무현 대통령이 참담하게 서거한 당일, 한 여성 네티즌이 인터넷에
올린 글이 잔잔한 화제가 된 것입니다. 글을 쓴 분은 서울 일급 호텔 일식
부에서 직원으로 일했던 권보영 씨였습니다. 그분이 소개한 개인적 일화
는 이렇습니다. 자신이 일하는 호텔 일식당은 늘 정재계 주요 인사로 붐

벘답니다. 누군가를 접대하는 자리에는 늘 최고급 생선회와 함께 비싼 양주가 나갔다고 합니다. 노무현 의원이 방문한 이날 역시 식당에서는 최고급 횟감을 미리 준비했다고 합니다. 권보영 씨는 손님으로 온 노무현 의원에게 주문을 받으러 다가갔습니다.

"의원님, 주문은 어떻게 해드릴까요?"

그런데 이때, 노무현 의원의 답은 뜻밖이었다고 합니다.

"네, 저는 죽 한 그릇만 주세요."

이 답변에 놀란 사람은 따로 있었다지요. 바로 이날 자리를 마련한 사람이었습니다. "죽 한 그릇만 달라"는 노무현 의원의 말에 기업가인 그가 화들짝 놀라 "아, 왜 그러십니까? 아가씨, 그러지 말고 이 집에서 제일 맛있고 가장 비싼 걸로 준비해주세요"라며 메뉴를 대신 바꿨다는 것입니다. 이때 노무현 의원의 말에 권보영 씨는 작은 감동을 받았다고 합니다. 이어지는 권보영 씨의 증언입니다.

"아가씨, 나는 얻어먹는 건 싫고 내 돈 주고 먹을라니까 호텔에선 죽 한 그릇 먹을 돈밖엔 없어."

이날뿐만이 아니었답니다. 어쩌다가 또 일식당에 오게 되면 노무현 대통령은 그때처럼 매번 죽 한 그릇만 주문했다고 합니다. 그리고 그렇게 시킨 '자신의 죽 한 그릇 값'을 당연한 것처럼 자기 돈으로 따로 계산한 후 나가셨다고 권보영 씨는 말합니다. 2016년 9월, 이른바 '김영란법'으로 불리는 '부정청탁 및 금품수수 금지법' 시행을 앞두고 논란이 벌어졌을 때 이 일화가 또 회자되어 사람들에게 감동을 주기도 했습니다. 그분은 스스로에게 정직하고 또 인간미 넘치는 정치인이었습니다.

한편 제가 경험했던 그날의 따뜻했던 '노무현 악수'가 방송에서도 화제가 된 적이 있습니다. 2002년 16대 대통령 선거운동 기간 중에 있었던 일화입니다. 대통령 선거 때마다 방송사들은 후보자의 일상을 관찰하는 방송을 종종 기획합니다. 그날도 모 방송사에서 그런 프로그램을 방영하고 있었습니다. 제가 지지하는 노무현 후보가 출연하는 날이라서 저도 시청하고 있었습니다. 그런데 제가 경험했던 그날처럼 아주 뜻밖의 상황에서 보게 된 노무현 악수. 그날 저에게 보여준 행위가 즉흥적인 태도가 아니었음을 확인한 것입니다.

그때 본 상황 역시 그러했습니다. 선거운동을 하러 지방으로 내려간 노무현 후보와 캠프 사람들이 묵고 있던 호텔 숙소에서 있었던 일입니다. 당시 노무현 후보를 동행 취재하던 모 언론사의 기자가 선대위 대변인을 찾기 위해 호텔 객실 문을 급히 열며 들어섰습니다. 이를 당시 KBS 〈다큐멘터리 3일〉의 카메라 팀이 따라다니며 촬영하고 있었는데, 알고 보니 그 방은 대변인의 숙소가 아니라 노무현 후보가 혼자 쓰던 방이었습니다. 그러자 당황한 사람은 대변인을 찾던 기자였습니다. 문을 벌컥 열며 들어섰는데 당선이 유력한 대통령 후보의 방이었으니 그런 상황에서 누가 당황하지 않을까요? 순간 당황한 그 기자는 말까지 더듬으며 이렇게 변명합니다.

"아, 죄송합니다. 대변인 방인 줄 알고…… 잘못 들어왔습니다. 죄송합니다."

기자는 연신 죄송하다며 황급히 방문을 닫고 나왔습니다. 그러면서 이 장면을 촬영하던 〈다큐멘터리 3일〉 카메라를 보며 기자는 민망한 듯 웃음을 지었습니다. 바로 그때 흥미로운 해프닝이 다시 시작됩니다. 노무현 후보의 방문이 다시 열린 것입니다. 그러면서 이내 복도로 나온 노무현 대통령 후보. 그는 민망해하며 서 있던 기자에게 다가가 손을 내밀며 웃으면서 이렇게 말합니다.

"아, 기자님. 그렇다고 또 그렇게 가시면 좀 그렇잖아요. 그럼 저하고 악수나 한번 가고 가세요."

저는 빙그레 웃음이 났습니다. 그렇습니다. 그때 그 기억 때문이었지요. 전혀 낯설지 않은 모습. 처음 만나는 사람과의 짧은 스침도 귀하게 여기고 소중히 만들어주는 힘. 그해 2002년 12월 19일 16대 대통령 선거에서 제가 노무현 후보를 선택한 이유였습니다.

덕분에 이후 저도 한 가지 좋은 습관이 생겼습니다. 악수입니다. 처음 만나는 사람이든, 잘 모르는 사람이든, 또 어떤 일로 다투거나 의견 충돌이 일어나면 저는 마지막엔 악수를 청합니다. 그러면 사람들은 뜬금없는 제 악수 제안에 대개 웃습니다. 직전까지 화내고 싸우던 사람이 무슨 악수를 하자는 건가 싶어 이상하게 보는 사람도 있습니다. 그런데 해보십시오. 정말 신기하게도 상대방 역시 누그러지는 것을 느낄 수 있습니다.

저는 늘 악수의 기적을 느낍니다. 노무현 대통령이 사람들과 악수하는 것을 얼마나 좋아했는지 느낄 수 있습니다. 그렇게 저도 누군가를 배려하는 나비효과를 만들고 싶습니다. 국민을 아껴준 대통령, 국민과 함께 울어준 대통령, 그리고 국민보다 '먼저 울어준' 대통령.

그렇습니다. '바람이 불면 당신인 줄 알겠다'는 그 말처럼 당신을 그리워하는 사람들이 많습니다. 내 마음속 영원한 대통령 노무현님. 매년 5월에는 '깨어 있는 시민'으로 살아가기 위해 늘 다짐합니다. 노무현 대통령님, 편히 잠드소서.

'사후 후보매수죄'라는 오욕,
낭만파 곽노현 전 교육감의 진심

기억하기에 2012년 5월 어느 수요일 오후였습니다. 당시 저는 최초의 외부 공채전형을 거쳐 서울특별시 교육청 감사관실 공무원으로 임명되어 일하고 있었습니다. 여기서 일하게 된 경위가 있습니다.

2010년 7월, 4년간 봉직했던 '대통령소속 친일반민족행위자 재산조사위원회' 조사관으로 소임을 마친 후였습니다. 이제 무엇을 할까 고민하던 때, 그해 6월에 치러진 지방선거에서 서울특별시 교육감으로 당선된 곽노현 교육감님에게 연락이 왔습니다. "서울시 교육청을 좀 도와줄 수 있느냐"는 말씀이었습니다. 다름 아닌 서울특별시 교육청에서 최초로 실시하는 외부 시민감사관으로 참여해달라는 제안이었습니다. 지금은 여러 기관에서 보편적으로 운영되고 있는 시민감사관 혹은 청렴감사관은 공무원 신분이 아닙니다. 그래서 시행 초창기인 그 시절에는 교육감의 위촉직으로 다양한 분들이 참여할 수 있었지요.

물론 지금은 이 제도가 안착되어 많은 사람이 지원해서 치열한 전형 절차로 시민감사관을 선발하고 있지만 시행 초기였던 2010년만 해도 사정이 여의치 못했습니다. 자기 직업이 있는 건축사, 변호사, 회계사 등 전문직의 경우 평일에 따로 시간을 내기도 그렇고 또 한편으로 그에 따른 수고비 역시 박해서 정작 해야 할 분들은 꺼리는 반면 다른 이익의 지렛대로 활용하려는 이들은 적극 나서는 상황이었기 때문입니다. 그러다 보니 초창기에는 자유로운 지원형식보다 괜찮은 분들을 선정해 교육청이 위촉하는 형식으로 시민감사관을 구성한 것입니다. 덕분에 변호사와 회계사, 건축사 같은 전문 자격증을 가진 분과 평교사로 퇴임하신 분, 또는 고위 공무원으로 다양한 경험을 가진 분을 비롯해 저처럼 시민단체 활동가도 시민감사관으로 함께 참여할 수 있었습니다.

한편 제가 맡은 역할은 교육청 감사관실에서 일선 학교로 감사를 나갈 때 동행해 감사를 실시함으로써 현장의 투명성과 공정성을 기여하는 데 있었습니다. 감사 업무라는 것이 생각해보면 참 어렵고 힘든 일입니다. 모두가 공감할 수 있는 공정한 감사, 이게 말은 멋진데 '실현 가능성은 참 어려운 일'이기 때문입니다. 민원을 낸 사람들은 피진정인이나 감사하는 교육청 공무원이나 한통속이라고 쉽게 비난합니다. 그 말은 일부 사실이기도 하고 전부 틀린 말이기도 한 것 같습니다. 이것이 제가 경험한 교육청 감사의 실태입니다. 교육청 밖 외부 인사로 구성된 시민감사관의 역할은 이런 의구심에 공정성을 보완해주는 것이라고 할 수 있습니다. 그래서 다음과 같은 인용문이 많이 쓰이기도 했지요.

"시민감사관의 역할은 한 마리 메기와 같다."

한 마리 메기가 되다

여름철 보양식 중 하나인 추어탕은 많은 사람이 즐기는 음식입니다. 이 추어탕을 만드는 식재료는 아시는 것처럼 '미꾸라지'입니다. 그런데 이 미꾸라지를 지방 산지에서 소비지로 배송할 때 양식업자들이 반드시 함께 넣는 물고기가 있다고 합니다. 바로 '메기'입니다. 왜 메기를 미꾸라지 무리에 꼭 넣을까요? 이유는 배송 중 미꾸라지의 폐사율을 낮추기 위해서라고 합니다. 메기가 가장 좋아하는 먹이 중 하나가 미꾸라지인데 이걸 같이 넣다니 정말 특이한 발상 아닌가요? 아니오. '그래서' 그렇답니다. 미꾸라지들은 메기에게 잡아먹힐까 봐 배송 내내 부지런히 몸을 움직인다고 합니다. 그래서 메기와 함께 넣으면 긴장한 미꾸라지의 폐사율이 떨어진다는 것이지요.

교육청의 시민감사관 역할이 바로 이것입니다. 때론 견제하고 때론 긴장하면서 함께 일을 하다 보니 이전보다 투명성과 공정성에 대한 시비 역시 적어졌습니다. 그러다 보니 시민감사관 제도 도입 이후에는 민원인이 감사 진정을 내면서 "반드시 시민감사관이 함께 감사를 나가달라"며 강하게 요구하는 사례도 왕왕 있었습니다. 2010년 서울특별시 교육감으로 당선된 곽노현 교육감 부임 이후 전격적으로 시행한 시민감사관 제도가 성공적으로 안착된 증거입니다. 그리고 이후 전국의 모든 교육청에서 이런 시민감사관 제도를 도입하기 시작했습니다. 한편 이런 성과를 토대로 서울특별시 교육청에서는 시민감사관 제도의 일상화를 위해 새로운 제도를 도입하게 됩니다. 비상근으로 운영하던 시민감사관을 상근 시민감사관으로 일부 채용하는 방식의 적극적인 행정을 도입한 것이지요.

그렇게 해서 2011년 8월경 저 역시 공개전형 절차에 응모했고 몇 단계의 엄격한 절차를 거쳐 '대한민국에서 최초'로 개방형 직위가 아닌 실무 감사 업무자가 교육청 감사관실로 임용되는 영광을 누리게 되었습니다.

이 일은 참 많은 시사점이 있는 계기였습니다. 생각해보면 내부 감사는 많은 한계가 있을 수밖에 없습니다. 제가 처음 교육청에 상근 시민감사관으로 일하던 때의 실화입니다. 그때 사무실에서 감사관실 팀장의 민원 전화 응대를 저는 잊을 수가 없습니다. 대화 내용을 대강 유추해보니 어느 고등학교 운동부 학생의 아버지인 것 같았습니다. 해당 학교의 교장을 비롯해 운동부 지도자들이 폭압적으로 행동하고 학부모들에게 부당한 요구를 많이 해서 고통스럽다는 민원이었지요. 그 학부모가 이를 진정하며 진보 교육감이 당선되었으니 학부모들 입장에서 선명하고 분명하게 처리해달라는 취지로 민원을 내는 듯싶었습니다. 저는 관심이 없는 척하면서도 그 통화 내용을 듣고 있었고 혼자 가벼운 흥분마저 느꼈습니다. '내가 바로 저런 일을 하기 위해 여기에 온 것이니 멋지게 민원을 처리해보자'는 결기가 분출하면서 마음이 들뜬 것입니다.

정말 신입다운 태도 아닙니까? 그래서 저는 내심 그 민원이 저에게 배당되기를 기대하며 슬쩍슬쩍 그 팀장의 다음 태도를 주시하고 있었습니다. 그런데 정말이지 깜짝 놀랄 일은 그다음 장면이었습니다. 해당 팀장은 민원을 낸 운동부 아버지와 통화를 마친 후 바로 어디론가 전화를 걸었습니다. 팀장이 전화를 건 사람을 알고는 경악하지 않을 수 없었지요. 방금 전 민원을 제기받은 해당 학교의 교장이었던 것입니다. 그러면서 팀장은 자신이 방금 전 받은 민원 내용과 함께 그런 민원을 제기한 학부모의 신원을 문제의 교장에게 알려준 후 전화를 끊는 것 아닌가요?

그야말로 상상도 할 수 없는 일이었습니다. 너무나 놀랍고 충격적인 상황을 마주하며 저는 혼란스러움을 주체할 수 없었습니다. 말로만 듣던 일이 진짜 내 눈앞에서 벌어지니 기가 막히고 한심한 생각이 들었습니다. 고심 끝에 결국 작심하고 팀장에게 물었습니다. 방금 전 내가 본 상황이 무엇인지 약간은 떨리는 목소리로, 그러나 침착함을 잃지 않기 위해 노력하면서 말을 건넸지요. 그런 제 질문에 팀장은 순간 당황한 것 같았습니다. 그가 감사관실에서 자기 아래 직원에게 이런 질문을 받은 것은 아마도 그때가 처음이었던 모양입니다. 그래서였는지 약간은 얼버무리면서 '별거 아닌 거 가지고 왜 그러냐'는 식의 대수롭지 않다는 반응을 보이며 그가 답했습니다.

"고 선생, 이런 일은 이렇게 빨리 처리하는 게 가장 좋아요. 문제가 있는 해당 학교 내에서 서로 적당히 오해를 풀어서 해결하는 게 가장 좋은 해결방법이거든. 우리가 감사 나가서 확인하고 따지면 전부 다 손해예요. 그래서 학교장이 해당 학부모 만나서 일부 오해가 있는 부분은 잘 설명하고 또 섭섭한 부분이 있으면 원만하게 들어줘서 문제를 풀라고 내가 미리 알려준 거니 크게 신경 쓰지 마세요. 만약에 거기서 또 안 풀리면 그땐 우리가 나가서 바로잡으면 되지, 뭐."

도대체 어떻게 이런 일이 벌어지는 걸까요. 이유는 하나입니다. '내부에서 내부인끼리 하는 기관 내부 감사의 한계' 때문이지요. 인사발령을 통해 감사관실로 발령이 나는 직원들은 영원히 감사관실에서 일하는 것이 아닙니다. 길어야 5년, 짧으면 1년이나 통상 3년 정도면 다시 그들도 감사관실을 떠나 일선 학교나 지역청으로 가서 일하게 됩니다. 그런 상황에서 자신이 감사관실 근무기간 중 감사를 빡세게 해서 누군가의 비위를 다 잡아내고 처벌한다면 그 후에 그는 어떻게 될까요? 그러니 제대로 감사할 수 있을까요? 실제로 감사관실로 발령받아 근무하는 감사 담당자는 직전까지 일선 학교의 행정실장이나 지역청의 일반부서 직원으로 일하다가 온 6급 또는 7급 공무원들입니다. 그러니 감사관실 업무를 마치면 다시 일선 학교의 행정실장이나 지역청의 어느 서기관 밑에서 주무관으로 일해야 하는 것입니다. 그런 상황에서 과거 자신이 감사를 세게 해서 어느 학교의 교장이 징계를 받거나 또는 민원 내용을 확인하겠다고 악착같이 달려들면 훗날 자신의 처지가 평화롭지 않을 것은 누구도 부인할 수 없는 일입니다. 나아가 그런 소문이 나서 인심까지 잃게 되면 조직 내 '왕따'가 되거나 차후 진급에 도움이 안 된다며 때때로 농반진반으로 걱정하는 모습도 종종 볼 수 있었습니다. 이런 상황에서 교육청 내부 사람이 아닌 외부에서 온 시민감사관의 역할이 필요했던 것입니다.

'요주의 인물'에서 믿을 만한 중심인물로

한편 앞에 언급한 그 질문, 팀장이 받은 민원을 해당 학교장에게 전화로 발설한 행위를 문제 제기한 후 한동안 저는 감사관실 내 '요주의 인물'로 부각됩니다. 그건 어차피 제가 각오한 문제였으니 큰일은 아니었습니다. 감사관실 동료 직원들이 저를 기피하는 모습을 대하며 한편으로는 이런 경험도 재미있겠다 싶었거든요. 외롭다기보다는 안타까웠기 때문입니다.

오랫동안 폐쇄적인 조직문화 속에서 어쩌면 그런 일은 당연한 반응일 수 있다는 생각도 했습니다. 그런 중에 고마웠던 분도 참 많았습니다. 그중에 첫손가락으로 꼽을 분은 감사관실에서 제 선임이었던 오종안 반장이었습니다. 어찌하다 보니 저와 감사 업무 짝꿍이 되어 함께 일했던 오 반장과 지금은 고인이 된 김인태 주사님이 아니었다면 참 외롭고 힘들었던 그 생활을 견뎌내기 어려웠을 것 같습니다. 2012년 뜻한 바 있어 서울시교육청에 사표를 내고 나온 후 어느 날 이 두 분과 술을 한잔하는데 푸념 같은 후일담을 들었습니다. "고 선생과 함께 일을 한 덕분에 우리도 참 많이 어려웠다"는 것입니다. 같은 감사팀으로 묶여 공연히 자기들도 조직 내에서 미움을 받았다며 웃는 겁니다. 교육청에서의 메기 역할, 지나고 보니 그것도 참 의미 있는 일이었습니다.

그렇게 구박받던 메기가 어느 날 화려한 백조로 거듭난 계기가 있었습니다. 상근 시민감사관으로 일을 시작하고 서너 달쯤 지난 어느 날 감사관실 직원 한 명이 제 책상 쪽으로 다가온 것입니다. 그러면서 차 한잔 할 수 있느냐고 물었습니다. 감사 업무 짝꿍을 하던 이들 외에 누군가 먼저 저에게 말을 걸어온 것은 아마도 그때가 처음 아닐까 싶었습니다. 반가우면서도 일순 당황했습니다. 이런 일이 없었는데 어쩐 일인가 싶었기 때문입니다. 그런데 따라간 찻집에서 뜻밖의 말을 듣게 되었지요. 현재 자기가 어느 학교의 교장 관련 비위 사실에 대해 감사를 진행했는데 기본적인 조사는 다 끝났고 교장을 상대로 한 마지막 문답서 작성만 남았다는 겁니다. 그러니 교장을 상대로 문답서 하나만 받아줄 수 있겠느냐는 것이었습니다.

처음 그 말을 듣곤 선뜻 이해가 가지 않아 단도직입적으로 물었습니다. 내가 모르는 뭔가 어려운 사정이 있는 사건이냐고 말입니다. 그건 또 아니라고 하더군요. 그래서 그간 조사해온 감사기록부터 보여달라고 요청했습니다. 대충 살펴보니 감사와 관련한 증거자료도 충분히 확보되어 결론까지 다 나와 있으니 별 문제가 없어 보였지요. 마지막으로 남았다는 교장 상대의 문답서 작성 역시 형식적인 수준일 뿐 교장의 진술과 상관없이 끝나 보이는 사건이었습니다. 그런데 굳이 지금에 와서 왜 이걸 저에게 부탁하는 것인지 이해가 가지 않는 것이었습니다. 그래서 또 물었습니다. "감사 진행이 잘되어 굳이 저한테 부탁할 일도 아닌데 왜 그러세요?" 돌아온 답은 뜻밖이었습니다. 교장을 조사하는 것 자체가 많이 부담스럽다는 것이었습니다. 그러니 교장이나 본청 고위직 인사에 대해서는 외부에서 온 저 같은 담당자가 처리하면 더 분명한 결과를 낼 수 있을 거라고 여겼다는 것이지요. 이런 어처구니없는 일이 지금은 다 사라졌을까요? 아마 쉽지 않을 겁니다. '내부인이 내부를 감사하는 것'은 말이 쉽지 근본적인 한계를 안고 있으니까요. 그래서 저는 모든 감사부서에 외부 감사관을 더 많이 채용해야 한다고 주장합니다. 적어도 내부 절반과 외부 절반의 비율로 구성해야 공정하고 투명한 감사가 이루어질 수 있다고 생각하기 때문입니다.

한편 이런 제안을 받은 저는 내심 기뻤습니다. 처음 감사 공무원으로 진입했을 때 제가 하고 싶었던 일은 교장이나 장학관 또는 교육청 본청의 국장급 이상 고위직을 상대로 한 감사였기 때문입니다. 저는 이 사건을 깔끔하게 처리했습니다. 처음 감사를 하러 해당 학교를 찾아가니 교장은 발을 꼰 채 약간은 화가 난 듯 거만하게 앉아 있었습니다. 한마디로 '내가 누군데 감히 네까짓 것들이 감사하러 오나' 하는 태도였지요. 특히 교육청 본청에서 장학관 같은 고위직으로 있다가 다시 일선 공립학교장으로 나가는 경우가 있는데, 이런 분들에게서 흔히 볼 수 있는 태도였습니다.

한번은 이런 일도 있었습니다. 그날도 일선 학교에 감사를 나갔는데 먼저 학교장이 차부터 한잔하자며 교장실로 부르더군요. 방문한 손님에게 차 한잔 주신다는데 고마운 일이지요. 하지만 그보다는 다른 의도가 많았습니다. 학교장은 감사하러 온 직원들에게 대부분 본청 아무개 국장 잘 있느냐는 식으로 자기 인맥과 존재감을 과시합니다. 다시 말해 자기가 높은 사람임을 환기시키려고 애를 씁니다. 그럴 때 저는 그냥 웃으며 가만히 듣고 있습니다. 그러면 함께 감사 나간 동료 직원이 나지막이 대답합니다.

"이분은 이번에 외부에서 채용된 시민감사관 출신이라서 내부 직원 분들에 대해서는 잘 모르십니다."

그러면 이내 변화가 생깁니다. 교장이 어느새 꼬고 있던 다리도 풀고 바른 자세로 앉는 겁니다. 최초로 외부 인사가 교육청 감사 담당자로 채용된 것이 화제가 되었기에 대부분의 교육청 관계자들이 저를 알고 있었기 때문입니다. 게다가 그 사람이 이전 직원들과 달리 감사에 거침이 없고 사소한 잘못도 용납하지 않는다는 사실까지 좀 과장되어 알려져서 조심하게 된 것입니다. 그리고 문답서를 작성할 때는 철저하고 치밀하게, 그러면서도 정중하게 진정 사실 하나하나 꼼꼼히 확인해나갑니다. 그러면 대부분 교장의 태도가 완전히 바뀌는 것을 느낍니다. 그렇게 해서 일을 마무리했습니다. 최초로 외부에서 진입한 감사 담당자이니 더욱 모범적으로 일해야 훗날 더 많은 외부 감사 담당자가 진입할 수 있다고 생각해서 그 어느 때보다 더 많이 애를 썼던 것입니다. 그 덕분일까요? 그날이후부터 저는 서울특별시 교육청 감사관실의 확실한 일원이 되었습니다. 서로의 전문성을 인정하고 역할을 나눠서 하다 보니 더 효율적이고 성과도 좋다고 인정하게 된 덕분이지요.

이후 본청, 지역청의 고위직이나 교장, 교감처럼 일정한 고위직을 상대로 한 감사는 주로 제가 맡았고, 이를 도와줘서 고맙다며 동료 직원들이 술도 사주고 밥도 같이 먹으면서 점차 이질감 없는 동료 관계를 맺을 수 있게 되었습니다. 그야말로 저도 좋고 내부 직원도 고마운 경험이었지요. 덕분에 서울특별시 교육청의 감사 투명성과 공정성도 함께 올라갈 수 있었습니다. 그 효과인지 전국의 많은 교육청에서는 상근 시민감사관 제도를 적극적으로 도입하게 됩니다. 그리고 감사의 독립성과 투명성 역시 많이 개선되었다는 평가가 이뤄지고 있습니다. 바로 이 단초를 만든 분이 2011년 서울특별시 교육청의 곽노현 교육감이었던 것입니다.

토요일 오후, '낭만'을 사준 곽노현 교수

이런 곽노현 교육감과 제가 처음 인연을 맺게 된 때는 1995년의 일입니다. 당시 '민주주의민족통일전국연합'이라는 재야 시민단체에서 인권위원회 부장으로 일하고 있을 때였지요. 전국연합은 가난한 단체였습니다. 전국에 산재해 있는 지역 지부와 전대협, 민주노총, 전교조, 전국농민회처럼 기라성 같은 가입단체로 구성된 전국조직이지만 늘 재정적 어려움으로 쪼들리는 단체이기도 했습니다. 그러니 거기에서 활동가로 일하는 실무자들은 한 달에 25만 원 정도를 월급이 아닌 활동비로 받는 실정이었습니다. 2020년 현재, 수도권 4선 국회의원이며 통일부장관으로 임명된 전대협 1기 의장 출신의 이인영 선배를 비롯해 재선의 기동민 의원, 박용진 의원 등이 한때 전국연합의 실무자로 일했습니다. 이 외에도 노무현 정부 당시 법무부장관을 지낸 천정배 변호사를 비롯해 훗날 국회의원이 된 유선호, 이종걸, 임종인, 전해철 변호사와 안산에서 국회의원이 된 부좌현 선배님이 인권위원을 지냈고, 전국연합 주요 간부 출신인 이창복 상임의장과 천영세 공동의장은 국회의원으로 활동하기도 했습니다. 이처럼 훌륭한 분들이 함께 활동한 전국연합이지만 마음만 부자였을 뿐, 늘 돈이 없어 점심 값도 걱정하는 시대였지요. 그래서 사무실에 밥통을 가져다가 돌아가며 밥 당번을 하기도 했고, 또 어느 날은 시장에서 순대국밥 한 그릇 먹으며 좋아하기도 했습니다.

그러던 토요일 어느 날 점심이었습니다. 생각지도 못한 전화가 걸려왔습니다. 서울 혜화동에 있는 방송통신대학교 법대 곽노현 교수님이었지요. "다들 점심 전이면 밥 사줄 테니 대학로로 오라"는 전갈이었습니다. 아시는 분은 아시겠지만 곽노현 교수는 원래 운동권 출신이 아니었습니다. 경기고와 서울대 법대를 거쳐 미국 로스쿨에서 석사 학위를 받은 것에서도 잘 드러나듯 전형적인 엘리트 코스를 거친 분입니다. 이런 분이 우리에게 밥을 사주겠다며 자청할 정도로 스스럼없는 관계가 된 데는 그만한 사연이 있었습니다. 그 사연의 시작은 마찬가지로 1995년의 일이었지요. 그해 대한민국의 양심적 세력들은 '성공한 쿠데타는 처벌할 수 없다'며 전두환, 노태우 등 5·18광주학살 책임자들을 '공소권 없음'으로 불기소한 김영삼 정부의 검찰에 분노로 들끓고 있었습니다. 그래서 민주주의민족통일전국연합에서는 여러 시민사회단체를 조직해 '5·18특별법 제정을 위한 범국민대책위원회'를 구성했는데 혹시 모를 폭력시위의 위험 때문에 참여하기를 주저하는 경실련을 끝까지 설득해서 들어오게 한 분이 바로 '민주화를 위한 전국교수협의회' 대외협력위원장을 맡았던 곽노현 교수였습니다. 이후 곽 교수는 자신이 회장으로 일하는 '민주주의 법학연구회' 교수들과 함께 147명의 법학교수 명의로 헌법재판소에 전두환, 노태우 처벌의 필요성을 강조하는 의견서를 작성해서 제출하는 등 적극적 역할을 주도했습니다. 특히 5·18범대위 대변인으로서 특별법 제정의 당위성과 그 내용을 그 특유의 설득력 있는 논리로 제기함으로써 훗날 5·18특별법 제정에 큰 공을 세우게 됩니다. 이런 공로로 1997년, 5·18광주민중항쟁 유족회로부터 곽노현 교수는 '5·18시민상'을 받기도 했습니다.

이런 분이 점심을 사준다고 하니 마다할 이유가 없었지요. 대여섯 명의 활동가들이 사무실에서 버스로 두어 정거장 거리인 대학로까지 몰려가면 흔쾌히 점심을 사주시곤 했습니다. 그런 점심 중에 잊을 수 없는 한 끼가 있었습니다. 어느 날 그분이 고급 스테이크 집으로 우리를 데리고 간 것입니다. 그 음식이 오랫동안 잊히지 않습니다. 만날 라면과 순댓국만 먹다가 대학로에서 먹어본 스테이크. 이어 분위기 좋은 어느 카페에서 잔잔한 음악과 함께 여유로운 차 한잔을 마시니 그 낭만에 젖어 모두가 행복해했습니다. 그런 우리의 모습을 보던 곽노현 교수가 더 기분 좋은 약속을 했습니다. 종종 이런 자리를 만들어주겠다는 것이었지요. 각박하게 일에만 매달리면 사람 본성의 여유를 잃게 된다며 싸울 땐 싸우더라도 잠시 한때는 낭만도 느껴야 한다는 그 말씀이 고마웠습니다. 그래서 그런지 저는 곽노현 교수를 생각하면 여유로움과 낭만, 너른 포용력 같은 따뜻한 느낌이 먼저 떠오릅니다. 그런 기억 중에 또 하나의 기억이 있습니다.

바로 이 이야기의 시작인 2012년 5월 어느 날의 이야기입니다. 서울특별시 교육청 본청에서 모든 직원이 하루 업무를 마무리하기 위해 집중하던 그 순간, 사무실 벽시계가 오후 5시 30분 정각을 가리키는 때였습니다. 갑자기 예정에 없던 구내방송이 시작되었습니다.

"아, 아……. 이거 지금 되는 거예요?"

스피커에서 들려오는 뜬금없는 '방송사고'. 적막 속에서 근무하던 사무실 내 교육청 공무원들이 일하던 손길을 멈추고 모두들 구내방송에 귀를 기울이기 시작했습니다. 잠시 웅성거리며 혼돈스러운 그때, 이내 들려온 낯익은 음성.

"안녕하세요? 오늘 하루도 고생하셨습니다. 저, 교육감 곽노현입니다."

직원들 사이에서는 짧은 경탄과 반가움, 그리고 의외의 상황에 놀라는 복합적인 반응이 나왔습니다. 그럴 수밖에 없는 것이 서울특별시 교육청이 생긴 이래 '서울의 교육 대통령'이라 불리는 교육감이 구내방송 마이크를 들고 직원들 앞에 등장하는 일을 본 적이 없기 때문입니다.

'시 읽어주는' 낭만적인 교육감, 곽노현

교육청 내에 무슨 큰일이라도 발생한 걸까. 도대체 무슨 일이기에 교육감이 직접 마이크까지 들고 구내방송에 등장한 것일까. 직원들은 순간 두런두런 속삭이기 시작했습니다.

"교육감이 구내방송을 해서 놀라셨죠? 죄송합니다. 자주 좀 뵙고 해야 하는데, 사정상 그렇지 못해 늘 안타까운 마음을 가지고 있습니다. 그래서 오늘은 제가 고생하시는 여러분께 시 하나 낭송해드리고 싶어 이렇게 마이크를 들었습니다. 잘하지는 못하지만 좀 들어주시겠습니까?"

또다시 이어진 곽노현 교육감의 뜬금없는 말씀에 순간 직원들의 표정에서는 긴장감 대신 미소가 일었습니다. 교육감이 구내방송을 하는 것도 특이한 일이지만 혹여 무슨 일이라도 났나 싶어 일순 긴장했던 우리 자신의 모습에 절로 웃음이 난 것이었지요.

그리고 이어진 곽노현 교육감의 시 낭송. 이내 곽노현 교육감은 김부조 시인의 「이제 그만 집으로 가자」를 낭송했습니다. 저 역시 그날 처음 들어보는 시였지만 참 좋았던 느낌을 잊을 수 없어 그 시를 여기에 소개합니다.

이제 날도 저무는데,
번지 없는 허공을 돌아 나오다 막다른 궤적에서 무너지는 새들아.
이제 그만 집으로 가자.

바람 잘 날 없는 숲속에서,

상생을 위한 뿌리를 내리다 목마른 침묵으로 시드는 나무들아.

너희들도 이제 그만 집으로 가자.

각본 없는 하루를 따라나서,

차가운 세상에 시린 등만 내주다 서둘러 속울음을 배워버린,

너도 이제 그만 집으로 가자.

날도 저무는데 우리 모두 집으로 가자.

따뜻한 집으로 가자.

잠시 후 곽노현 교육감의 시 낭송이 끝나자 직원들 사이에서 또다시 수군거리는 소리가 들리기 시작했습니다. 일부에서는 작게 박수를 치며 웃기도 했지만 "구내방송으로 뜬금없는 시 낭송을 하다니 뭐야"라는 어색한 반응도 있었지요.

"교육감이 왜 저러나 당황스러우셨죠? 죄송합니다. 사실은 제가 드리고 싶었던 말씀은 이것이었습니다. 오늘은 수요일입니다. 수요일은 정부가 '가정의 날'로 지정한 야근 없는 요일입니다. 그런데 교육청의 여러 업무로 바빠 수요일에도 늦게까지 근무하신다는 이야기를 들었습니다. 그래서 오늘만은 야근하지 마시고 모두 집으로 돌아가셔서 가족들과 함께 시간을 보내시라는 의미에서 방금 들으신 시를 한 편 골라봤습니다."

아! 그제야 직원들은 고개를 끄덕이며 웃었습니다.

"그래서 오늘 저도 이 방송을 마치는 대로 퇴근을 하겠습니다. 교육감인 저
부터 퇴근을 할 테니 오늘은 누구의 눈치도 보지 마시고 바로 퇴근하셔서
모두 집으로 돌아가 가족과 함께 행복한 저녁시간을 보내시기 바랍니다.
여러분이 건강하고 행복해야 서울 교육도 행복하고 건강하지 않겠습니까?
고맙습니다."

좌절했지만 그럼에도……

이날의 일화는 이후 서울특별시 교육청 내에서 작은 화제가 되었습니다.
직접 구내방송을 하는 '사고'를 친 교육감에 대한 신뢰가 더욱 공고해졌
을 뿐 아니라 이후 '시 읽어주는' 낭만적인 교육감 덕분에 근무 여건이 행
복하다는 직원들도 적지 않게 봤습니다. 직원들 사이에서 나온 이런 긍
정적 평가 덕분인지 이날 이후 서울특별시 교육청에서는 매주 수요일 오
후 5시 30분이 되면 '시 읽어주는 방송'이 정착되었습니다. '나도 시를 낭
송하고 싶다'는 직원의 자율적인 출연 요청을 받아 시를 한 편씩 낭독한
후 '매주 수요일 가정의 날'을 안내하는 구내방송이었지요.

하지만 곽노현 교육감은 안타깝게도 교육감 임기 4년을 온전히 마치
지 못한 채 중도에 하차하게 됩니다. 이른바 '후보 사후매수죄'로 알려진
그 사건 때문입니다. 당시 검찰은 완전히 다른 두 가지 시나리오로 곽 교
육감을 기소합니다. 하나는 곽노현 교육감이 2010년 지방선거에서 경쟁
후보 중 한 명인 박명기 후보에게 대가 지급을 약속하고 단일화를 했으
며, 그에 따라 선거 후 대가를 지급했다는 통상적인 '후보매수죄' 시나리

오입니다. 다른 하나는 곽 교육감이 단일화 당시 후보매수 약속을 하진 않았지만 선거 후 박 교수에게 제공한 금품이 후보사퇴 대가이기 때문에 처벌한다는 '후보 사후매수죄' 시나리오입니다.

1심과 2심 법원은 물론 대법원까지도 사전 약속에 따른 전자의 시나리오는 전혀 사실이 아니라고 배척합니다. 반면 1, 2, 3심 법원 모두 후자의 시나리오, 즉 '후보 사후매수죄'에는 해당한다고 판단했습니다. 더욱이 벌금 3,000만 원을 선고한 1심과 달리 2심과 3심은 징역 1년을 선고합니다. 하지만 이 사건은 이명박 정권에 의한 정치적 보복이 아니냐는 논란이 일었습니다. 무상급식 전면실시와 관련한 논쟁이 뜨거웠던 그때에 이를 반대하던 당시 정권과 여당이 무상급식 논쟁을 주도했던 곽노현 교육감을 일선에서 주저앉히고자 벌인 무리한 법 적용이라는 지적이었습니다. 이는 당시 상황을 조금만 살펴봐도 상당히 가능성 있는 추론입니다.

2011년 당시 오세훈 시장은 서울특별시 교육청의 무상급식 전면실시에 반대하며 이를 주도하는 곽노현 교육감과 극심하게 대립합니다. 그러던 중 오세훈 시장이 충격적인 카드를 뽑아들었지요. 무상급식 전면실시 여부를 두고 서울시민 전부에게 찬반투표를 하자는 전격적인 제안이었습니다. 삽시간에 모든 정국은 무상급식 전면실시 여부를 놓고 찬반의견으로 갈렸습니다. 주민투표는 서울에서만 하는 것인데, 그와 상관없이 전국적 이슈로 부각되었습니다.

한편 무상급식 전면실시 여부가 아니라 그걸 결정하는 방법으로 주민투표를 실시하는 것이 옳으냐 그르냐를 놓고 또 다른 논쟁이 격화되는 기현상도 화제가 되었습니다. 하지만 오세훈 시장의 태도는 완강했습니다. 한번 던진 정치적 승부수를 철회하지 않았지요. 그는 이 주민투표에 자신의 서울시장직까지 걸었습니다. 만약 서울시민 투표율이 33.3퍼센트에 미달되어 투표가 무산되거나 또는 개표 뒤 과반수 찬성을 얻지 못할 경우 미련 없이 '서울시장직을 사퇴하겠다'는 선언을 한 것입니다. 그래서 과연 그 결과는 어찌 되었을까요?

최종 결과는 서울시민 투표 참여율 33.3퍼센트 미달. 따라서 주민투표 개표 자체가 무산되고 만 것입니다. 사실상 무상급식 전면실시를 주장해온 곽노현 교육감의 정치적 승리였습니다. 그리고 이틀 후 오세훈 시장은 약속대로 서울시장직에서 물러나게 됩니다. 이로써 그간 학교에서의 무상급식 전면실시 여부를 놓고 끊임없이 갈등하던 모든 '밥' 논쟁에 마침표가 찍혔지요. '급식도 교육'이라는 진보 교육감 쪽의 주장에 국민이 동의해준 역사적인 날이기도 합니다. 그런데 바로 이 순간에 충격적 사건이 일어나고 맙니다. 모두가 상상도 못 한 소식이 속보를 타고 전파되었는데, 다름 아니라 검찰이 곽노현 교육감의 '후보 사후매수죄' 수사에 착수한다는 발표였습니다.

도대체 '사후매수죄'가 무엇일까요? 처음엔 법조계 내에서도 이 죄목 자체가 낯선 단어였습니다. 그래서 약간의 혼란도 있었지요. 도대체 그 죄가 어떤 혐의냐는 논란 때문이었습니다. 왜 그랬을까요? 우리나라는 물론이고 전 세계 어디에서도 찾아볼 수 없는 전무후무한 법 적용이었기 때문입니다. 먼저 사실관계를 따지면 이렇습니다. 2010년 지방선거 당시 진보와 보수 진영을 대표하는 교육감 후보가 여러 명 출마해서 열띤 경쟁을 벌였습니다. 진보 진영에선 곽노현 후보가 경선 끝에 민주진보 단일후보로 선출되었지요.

반면 전교조 출신으로 서울교대 교수였던 박명기 후보는 예상과 달리 민주진보 후보 선출을 위한 경선에 참여하지 않았습니다. 당연히 진보 진영은 곽노현 후보의 경선 승리 이후 진보 진영의 또 다른 후보로 꼽히던 박명기 교수에게 사퇴 압력을 가했지요. 하지만 박명기 후보는 끝까지 완주하겠다는 의사를 피력하면서 요구에 응하지 않았습니다. 그러던 박명기 후보가 본격적인 선거운동을 하루 앞두고 갑자기 곽노현 후보를 지지하며 후보직을 사퇴했습니다. 이전까지만 해도 선거비용의 100퍼센트 보전을 요구하던 박명기 후보가 아무런 조건 없이 곽노현 후보와 단일화에 합의했다는 것입니다. 이런 보고를 받은 곽노현 후보는 박명기 후보에게 깊은 고마움을 갖게 되었습니다. 이것이 곽노현 교육감이 알고 있던 단일화 과정의 사실 전부입니다.

그런데 교육감으로 당선되고 6개월여가 지난 시점에 곽노현 교육감은 지나가는 풍문을 하나 접하게 되었다고 합니다. 후보 사퇴와 함께 자신을 지지해준 인연으로 늘 고맙게 여기던 박명기 후보가 자기를 원망하고 있다는 이야기였지요. 그러면서 "곽 교육감이 자기와의 약속을 지키지 않아 형편이 매우 어렵다"며 비난한다는 것이었습니다. 곽노현 교육감은 도대체 무슨 약속을 말하는 것인지 영문을 알 수 없었다고 합니다. 그래서 평소 친분이 있던 모 교수에게 부탁해서 그 경위를 알아봐달라고 청합니다. 그렇게 해서 듣게 된 이야기는 그야말로 깜짝 놀랄 만한 것이었습니다.

사실은 박명기 후보 측과 곽노현 선거운동본부에서 일하는 관계자가 박 후보의 사퇴 선언 직전에 만났다고 합니다. 이 과정에서 박명기 후보가 사퇴하면서 곽노현 후보를 지지할 경우 무엇 무엇을 어찌하겠다는 식의 무책임한 약속을 아무 권한도 없는 '그들끼리' 나눴다는 것입니다. 그런데 문제는 여기서부터 시작됩니다. 이 사실을 정말 곽노현 후보가 알고 있었느냐는 것입니다. 그랬다면 검찰의 주장이 사실이겠지요. 하지만 아니었습니다. 1심과 2심 법원에서도 공히 확인된 사실관계에 따르면 곽 교육감은 그들끼리 나눈 대화에 관해 전혀 들은 바가 없다는 것입니다. 애초 듣지도 못했으니 이후에도 마찬가지로 일체의 사후 보고 역시 받은 적이 없다는 것입니다. 그런데 선거가 다 끝나고 교육감으로 재직하고 있는 이때에 자기도 모르는 그런 말들이 오갔다는 이야기를 듣고 그야말로 경악했다고 합니다. 그리고 박명기 후보에게 멋대로 엉뚱한 말을 한 그 관계자에게 불같이 화를 냈답니다. 그러면서도 한편으로 곽노현 교육감은 깊은 고민에 빠졌지요.

꿈에도 생각지 못한 일이 벌어진 것에 화가 나고 허탈했지만 막상 박명기 후보의 사정을 듣고 나니 안타까웠다는 것입니다. 결국 자신이 책임질 일은 아니지만 선거운동 과정에서 빚어진 경제적 어려움으로 박 교수가 큰 고통을 당하고 있다는 말에 인간적으로 미안하기도 했답니다. 돌이켜보면 그냥 외면해도 될 일이었습니다. 그랬으면 결과적으로 아무 일도 일어나지 않았을 것입니다. 본인이 약속한 일도 아니고 만약 알았다면 절대 승낙하지 않을 잘못된 약속이었으니까요. 그런데 안타까운 일이 벌어지고 만 것입니다.

어쨌거나 그쪽의 딱한 사연을 듣고 안타까웠던 곽노현 교육감은 박 교수를 돕기로 결심했다고 합니다. 인간적 연민의 마음으로 일종의 기부행위로 여기자는 생각이었던 것이지요. 더구나 공직선거법상 공소제기 시효가 6개월인데 이미 시효도 훌쩍 지난 상태이니 법적인 문제도 없다고 판단했습니다. 경제적 어려움으로 고통받는 누군가를 돕는 것은 법률상 불법도 아니니 '할 수 있는 범위 내에서' 그에게 도움을 주는 것이 나쁜 일은 아니겠거니 생각한 것입니다. 마침 지난 선거운동 기간 중에 법이 개정되어 교육감 후보 역시 후원금을 받을 수 있게 되었지요. 이에 따라 처음에 교육감 출마를 결심했을 때는 기대하지도 않았던 후원금이 1억 6,500만 원 정도 모금이 되었습니다. 이 후원금을 받고 늘 미안한 마음이 들었는데 마침 형편이 어렵다는 그분에게 전달하면 좋겠다는 생각을 한 것입니다.

곽 교육감은 이런 생각을 아내에게 물었다고 합니다. 그러자 곽 교육감의 아내는 "박 교수가 당신을 잘못 만나 오랜 교육감의 꿈을 접어야 했고 지금은 선거 빚으로 힘들다 하시니 안타깝네요. 우리는 애당초 기대하지 않았던 후원금까지 받았으니 여기에 우리가 저축한 돈 일부를 보태어 만들어주면 어떨까요? 그러면 박 교수님도 2~3년 안에 다시 경제적으로 재기할 수 있지 않겠어요"라며 맞장구를 치셨다는 겁니다. 그래서 돈을 전달하게 된 것이 이 사건의 전모입니다. 곽노현 교육감 입장에서는 후보를 매수할 목적으로 전달한 것이 아니라 그야말로 '선의의 부조' 개념으로 이루어진 일이었습니다.

그런데 이 일이 검찰로 넘어가자 선거 관련 사건으로 이어지고 마침내 교육감직을 중도에 사퇴할 정도의 어마어마한 일로 발전하게 될 줄은 꿈에도 상상하지 못했다고 합니다. 거기에 더해 유죄 선고 후 선관위로부터 보전받은 서울시 교육감 선거비용 약 35억 원도 반환해야 하는 처지에 이르게 되었습니다. 곽 교육감은 본인이 무죄라는 신념으로 대법원 판결이 날 때까지 자신 명의의 부동산은 물론 예금 1원도 건드리지 않았지요. 그 결과 그는 모든 재산을 압류당하고 그 처분 대금으로 4억 원 넘게 이미 국고로 환수되었습니다. 하지만 여전히 31억 원의 반환 채무가 남아 있어 매달 나오는 국민연금마저도 그 일부를 꼬박꼬박 압류당하고 있는 실정입니다. 인간적인 선의에서 비롯된 일이 상상 그 이상의 고통이 되어버린 것입니다.

곽 교육감은 자신이 한 일이 어떻게 범죄행위일 수 있느냐며 항변합니다. 1, 2, 3심 법원이 모두 확인해준 바와 같이 곽노현 교육감은 이 사건 당시 양측 선거 캠프 실무자 간의 사적 약속에 대해 이를 지시한 적도, 사전이든 사후든 보고받거나 추인한 적도 없었습니다. 이런 상황에서 곽 교육감은 불법이 아니라고 여겨 선의의 부조를 한 것이 전부입니다. 선거 기간 중에 어떠한 약속을 한 사실도 전혀 없고 또한 선거와 관련한 공소시효 6개월도 모두 지났기에 그렇게 판단했다는 것이 일관된 입장입니다. 그런데 이것이 죄가 되었습니다. 그래서 곽노현 교육감은 묻고 싶다고 합니다. 정말 이것이 교육감직에서 물러나야 할 만큼 파렴치한 행위일까요? 이게 과연 선거비용 보전액 반환 의무로 귀결될 만큼 선거의 공정성을 해친 반사회적 행위일까요? 이걸 굳이 '사후매수'라는 이름으로 단죄하고 처벌해야만 할까요?

그래서 이 '사후매수죄'를 풍자하는 말이 세간에 떠돌기도 했지요. 운전을 마치고 난 후 집에서 술을 한잔했는데 그것이 음주운전이라며 처벌하는 것과 무엇이 다르냐는 비판입니다. 마찬가지로 선거가 다 끝난 후에 후보를 매수하는 사람도 있느냐는 비판이 파다했지요. 그야말로 전 세계 어디에도 없는 '대한민국에서의 최초이자 최후의 사건'일 것입니다.

하지만 유무죄에 대한 치열한 법적 논쟁 끝에 결과는 '권력을 쥔 자가 원하는 결론'으로 끝났습니다. 이에 따라 곽노현 교육감은 1년간 교도소에서 수감생활을 해야 했지요. 교육감 직위에서 끌려 내려온 탓에 재임 기간 중 가장 역점을 두었던 '문예체 중심의 새로운 서울 교육' 사업 역시 그 꽃을 다 피워보지도 못한 채 좌초되는 아픔도 있었습니다. 그러나 그 짧은 재직기간 동안 곽노현 교육감이 남긴 서울 교육의 변화는 적지 않았습니다. 특히 서울의 학부모라면 누구나 반기는 혁신학교를 뿌리내리게 한 성과는 누구도 부인할 수 없는 일입니다. 또한 「학생인권조례」를 제정하고 '국영수' 중심의 교육을 '문예체' 중심으로 바꿔 2014년 조희연 교육감의 당선으로 서울 교육의 진보성을 이어나가도록 징검다리 역할을 한 것 역시 큰 성과로 평가됩니다.

과정이 없는 역사는 없습니다. 곽노현 교육감이 선한 마음 끝에 모진 고난을 겪게 되었으나 그가 주도한 무상급식과 체벌 금지가 전면적으로 실시됨과 아울러 전국적인 문화로 안착된 것은 대한민국 인권 역사에서 중요한 기점으로 기록되어야 합니다. 그런 분과 인연을 맺게 되어 교육 현장의 속살을 살펴보는 경험을 갖게 되어 고마웠습니다. 부디 전대미문의 악법으로 훼손된 곽노현 전 교육감의 명예가 바로잡히는 날이 하루빨리 오기를 기원합니다.

북한 사람 홍강철 씨에게 들은
진짜 북한 이야기

"형님, 전쟁 나면⋯⋯, 여기 남한은 다 죽습니다. 제가 볼 때 이렇게 해서는 절대 남이 북을 이길 순 없습니다."

2018년경 어느 날 서울 합정동에서 감자탕을 맛나게 나눠 먹다가 듣게 된 이 말 한마디로 그때까지 화기애애했던 분위기는 차갑게 식어버렸습니다. 이 말을 한 사람은 '탈북민' 홍강철 씨였습니다. 그는 1973년 함경북도 무산에서 태어났습니다. 이후 경성고등물리전문학교를 졸업한 뒤 1992년 9월 인민군에 입대합니다. 그곳에서 4년간 병사로 복무하던 강철 씨가 다시 인민군 장교가 될 수 있는 '강건종합군관학교'를 졸업한 해는 1998년 10월이었습니다. 참고로 '강건종합군관학교'는 초급 보병 지휘관을 양성하는 북한의 군사교육기관으로 우리나라의 육군사관학교와 유사합니다. 강철 씨는 이 학교를 수석으로 졸업했다고 합니다. 수재임이 분명하지요. 실제로 제가 만난 강철 씨는 대단히 명석한 사람입니다. 특히 어떤 상황을 설명하는 데 쓰는 어휘력은 제가 만나본 사람 중 최고입니다. 2018년도에 제가 강의하던 상지대학교 '인권과 사회' 과목의 강사로 강철 씨를 두 번 초빙한 적이 있는데, 그때 학생들에게도 매우 인상적인 평가를 받았습니다. 정말이지 배울 점이 많은 친구입니다.

한편 강건종합군관학교를 수석으로 졸업한 강철 씨가 배치된 부대는 북한과 중국의 국경을 지키는 '압록강 국경경비대'였습니다. 이곳은 아무나 근무할 수 없는 부대라고 합니다. 북한에서도 중앙당 간부의 자녀 등 특별한 신분의 군인들만 배치될 수 있는 부대랍니다. 이런 부대에 강철 씨가 소초장 직분으로 배치될 수 있었던 것도 역시 그가 강건종합군관학교 수석 졸업생이기에 가능한 일이었습니다.

이처럼 전도유망했던 강철 씨가 2013년 탈북하게 된 이유는 무엇일까요. 그 일은 정말이지 강철 씨도 몰랐던 불행이었습니다. 그 일만 아니었다면 우리 주변의 평범한 이웃 같은 강철 씨가 생각만 해도 무서운 인민군 장교로 여전히 우리와 맞서고 있었을지도 모릅니다. 그런 강철 씨와 지금은 의형제처럼 절친한 사이로 지내고 있으니 인연은 참 오묘합니다. 여하간 그런 인연이 된 강철 씨가 탈북한 이유는 진급 과정에서 실시한 신원조회 때문이었습니다.

북한의 군부에서는 우리나라로 치면 소령에서 중령으로 진급할 때 신원조회를 한다고 합니다. 과거 우리나라에서는 연좌제 때문에 육군사관학교에 입학할 때부터 신원조회를 해서 문제가 발견되면 사관학교 입학 자체가 불허되었습니다. 북한은 우리와 좀 다른 체계인 것 같습니다. 하여튼 그래서 뭐 별거 있겠나 싶었던 신원조회에서 강철 씨는 자기도 모르던 엄청난 사실을 알고 좌절하게 됩니다. 얼굴 한번 본 적도 없는 큰아버지가 한국전쟁 당시 서북청년단원으로 활동한 사실이 신원조회를 통해 밝혀졌다는 것입니다.

참고로 '서북청년단'은 상당수가 일제강점기 당시 친일행위로 부를 축적했던 38선 이북 지역의 지주들과 그 가족이 남으로 내려온 후 결성한 반공조직입니다. 38선 이북 지역을 사실상 지배하던 공산당의 핍박으로 월남할 수밖에 없었던 이들은 그 원한 때문에 공산주의 세력과 맞서기 위해 1946년 11월 30일 서울에서 서북청년단을 결성합니다. 이러한 서북청년단 인물 중 대표적인 인사가 1949년 6월 26일 백범 김구를 암살한 육군 소위 안두희였습니다. 특히 1948년 4·3제주항쟁 당시 서북청년단이 제주도민에게 자행한 참혹한 학살과 강간의 숫자는 헤아리기 어려울 지경입니다. 해방 공간과 6·25전쟁 과정에서 이들 서북청년단이 저지른 극악한 범죄는 결코 용서할 수 없는 행위였습니다. 공산당을 척결한다는 이유로 아무 죄도 없는 이들을 공산당원으로 몰아붙였고 그 후엔 자기들 마음대로 성욕과 물욕을 채웠던 범죄집단이었습니다. 이런 서북청년단원으로 활동한 큰아버지를 두었으니 강철 씨의 진급 결격 사유는 충분했습니다. 인민군 장교로 성공하고 싶었던 강철 씨의 꿈은 그렇게 좌절되었다고 합니다.

북한 인민서열 43호, 국군포로를 아십니까?

강철 씨처럼 자기도 모르는 큰아버지의 활동으로 연좌제 적용을 받아 핍박받은 사람이 있다면, 이보다 더한 고난을 주장하는 분을 만난 적도 있습니다. 6·25전쟁 중 국군으로 참전했다가 포로가 되어 북으로 끌려간 국군포로의 아들이었지요. 이분과 처음 인연을 맺게 된 때는 2014년

8월, 아주 무더운 여름날이었습니다. 그때 국회 모 의원실로 낯선 억양의 말투를 쓰는 세 명의 남녀가 찾아왔습니다. 그러면서 무작정 "지금 국회 의원과 면담할 수 있어요?"라며 약간 거칠게 물어왔습니다.

말투로 보아 이들은 탈북민이 틀림없었습니다. 여기서 잠깐, 처음 강철 씨를 만났을 때 강철 씨가 저를 혼냈습니다. 그때까지 제가 무심결에 쓰고 있던 '탈북자'라는 표현이 싫다며 그 단어를 안 쓰면 좋겠다는 것이었습니다. 우리는 흔히 북에서 온 사람을 탈북자라 칭하는데 정작 북에서 온 사람들은 이 표현을 싫어한다는 것입니다. 이유를 물어보니 범죄자, 수배자, 도망자처럼 뭔가 부정적인 의미로 탈북 뒤에 붙은 '자子'자가 싫다는 겁니다. 그럼 뭐라고 표현하면 좋겠느냐고 묻자 '탈북민'이라고 답하더군요. 누구는 '새터민'이라는 단어도 쓰는데 그것 역시 아니라는 것입니다. 말 그대로 '북한을 탈출한 백성', 그런 의미에서 탈북민이라 불러주면 좋겠다는 강철 씨의 말을 들은 후부터 저는 북에서 온 분들을 '탈북민'이라고 지칭합니다.

아무튼 그래서 국회의원실로 찾아온 탈북민과 마주했는데, 당시만 해도 저는 탈북민에 대한 정서적 거부감이 좀 있었습니다. 대단히 잘못된 편견이지요. 그런데 이 편견의 끝을 따라가보면 일부 잘못된 탈북민의 행태를 이해할 수 없어서가 아닐까 싶습니다. 예를 들어 자신들의 돈벌이를 위해 몰상식한 문구로 작성된 대북 전단을 우리 주민들 의사에 반해 북으로 날리는 행위가 그렇습니다. 또한 특정 정당에만 이익이 되는 극우적 행동과 말도 안 되는 적대적인 행위로 민족 간의 대결을 부추기는 것 역시 동의하기 어려운 행태입니다. 그런 상태에서 그날 찾아온 탈북민이 무례하다 싶을 정도로 무작정 거칠게 나오니 제 특유의 분노가 울컥 치솟고 말았습니다.

그러니 제 입에서 나가는 말투가 고울 리 없었습니다. 그런 제 태도에 유독 키가 크고 기골 또한 장대한 남자 하나가 바로 강하게 치고 나왔습니다. "왜 사람을 무시하듯 말합니까?"라며 저에게 큰 소리로 따지는 겁니다. 속으로 '이것 봐라' 싶어 저 역시 퉁명스럽게 대꾸했지요.

"제가 한 말에 뭐 문제 있습니까? 지금 의원님이 안 계시니 민원 내용 확인한 후 면담 여부를 알려준다고 하는데 뭐가 잘못됐어요?"

제 말이 끝나자마자 험악한 상황으로 치닫고 말았습니다. 이 새끼, 저 새끼, 이걸 죽이네, 살리네 하며 서로 간에 멱살을 잡고 윽박지르면서 한바탕 난리가 난 것입니다. 결국 다른 보좌진들까지 달려들어 양쪽을 뜯어말렸고 그렇게 대충 상황이 정리된 후였습니다. 씩씩거리며 분을 참지 못하는 저에게 어느 보좌진이 다가오더니 제 귀에 속삭이듯 말을 건넸습니다.

"보좌관님, 저분들은 그냥 탈북자가 아니라 북한에서 온 국군포로 자녀들이라고 합니다."

순간 저는 "그게 뭔데요?"라고 물었습니다. 그러고 나서 의원실을 찾아온 그분과 다시 차분하게 앉아 조근조근 듣게 된 것은 대한민국이 책임지고 안아줘야 할 북한의 국군포로와 그 자녀들의 사연이었습니다.

나는 국군포로의 자녀 한근수입니다

한근수(가명), 그날 저와 멱살 드잡이를 한 분의 이름입니다. 그는 북한 내 국군포로와 그 자녀들의 명예회복을 위한 시민단체 대표로 일하고 있었습니다. 여전히 북에 남아 있는 가족을 위해 그의 이름은 가명으로 밝힙니다. 그는 북한의 함경북도 경흥군에서 태어났다고 합니다. 언뜻 생경하게 느껴지지만 사실 이곳은 우리에게도 매우 익숙한 악명 높은 지명입니다. 이 지명의 다른 이름이 '아오지 탄광'이기 때문입니다. 아오지 탄광, 북한의 독재와 인권유린의 상징처럼 새겨진 지명입니다. 그런데 한 대표는 어떻게 그런 아오지 탄광에서 태어나게 된 것일까요?

한 대표의 아버지는 국군포로였습니다. 1931년 강원도 삼척에서 태어난 한씨의 아버지는 18세가 되던 1949년 8월 15일, 국군의 전신인 국방경비대에 입대하게 됩니다. 그러던 1950년 6월 25일 전쟁이 발발한 후 같은 해 12월 말 또는 이듬해 1월경 강원도 양구 전투 중 중국군에게 생포되었다고 합니다. 그렇게 해서 끌려간 곳이 평안남도 강동에 있는 수용소. 이곳에서 한씨의 아버지는 다른 국군포로와 함께 감금 상태에 놓이게 되었습니다.

그러던 1953년 8월의 어느 날이었다고 합니다. 그해 7월 27일 휴전협정이 조인된 후입니다. 북한군 계급으로는 중좌, 우리나라로 치면 중령에서 대령 사이에 해당하는 인민군 장교가 포로수용소를 방문했다고 합니다. 그리고 이날 수용된 국군포로 전원에게 연병장 앞으로 집결하라는 명령이 내려집니다. 잠시 후 모여든 국군포로 앞에서 인민군 중좌는 "조국해방전쟁(6·25전쟁의 북한 측 명칭)이 우리 공화국의 승리로 끝났다"는 거짓말과 함께 뜬금없이 연병장 한가운데에 줄을 긋기 시작했습니다. 왜 저러나 싶어 모두가 말없이 지켜보고 있는데 다시 인민군 중좌가 입을 열었다고 합니다.

"이제 동무들에게 공화국이 기회를 주려고 한다. 지금 여기에 그어놓은 선을 기준으로 남조선으로 가고 싶은 자는 좌측으로, 그리고 우리 영예로운 공화국에 남아서 살고 싶은 자는 우측으로 이동하라."

그 말이 끝나자마자 한 대표의 아버지는 천천히 좌측으로 움직였습니다. 대한민국으로, 그래서 그리운 고향인 강원도 삼척으로 가서 가족과 친척, 어릴 적 친구들을 만나 살고 싶었던 한 대표의 선택은 분명했지요. 바로 '내 조국 대한민국'이었습니다. 그러자 주변의 다른 국군포로들 역시 한 대표의 아버지처럼 좌측으로, 좌측으로 서서히 이동하기 시작했습니다. 그런데 그때 충격적인 일이 벌어지고 맙니다. 연병장에 도열해 있던 인민군들이 대한민국을 선택하는 국군포로의 발밑으로 일제히 기관단총을 갈기기 시작했습니다. 그 자리에 풀썩 주저앉아 오줌을 지리는 사람, 공포와 두려움으로 몸을 움츠리고 고꾸라진 사람, 또는 자신이 이미 총에 맞았다고 생각하고 기절한 사람, 살려달라고 빌며 외치는 사람으로 연병장은 순식간에 아비규환이 되었다고 합니다. 그때 들려온 인민군 중좌의 목소리.

"동무들, 어느 쪽으로 갈 것인지 신중하게 판단하고 다시 선택할 기회를 마지막으로 한 번 더 주겠어."

더 무엇을 생각할까요. 이미 그들의 뜻이 무엇인지 알게 된 마당에. 좌측에 서 있던 이들은 한 명도 남김없이 모두 우측으로 자리를 옮겼다고 합니다. 그제야 인민군 중좌는 웃으며 "동무들을 공화국의 이름으로 열렬히 환영합니다"라는 말을 남긴 후 해산명령을 내렸다는 것입니다. 그래서 북은 지금까지 단 한 명의 국군포로도 강제로 남은 사람이 없다고 공식 발표합니다. 다만 스스로 공화국을 선택한 것이라고 주장합니다. 그 주장의 근거가 바로 이날 있었던 이런 식의 행위가 아닐까요?

끌려간 그곳, 아오지 탄광에서의 삶

이 일이 있고 2~3일 후 강동 포로수용소에 감금되어 있던 한 대표의 아버지를 비롯한 국군포로들에게 이주명령이 내려졌습니다. 그렇게 해서 승객 수송용 기차가 아닌 화물을 실어 나르는 기차에 태워져 어디론가 향했습니다. 행선지도 알려주지 않은 가운데 꼬박 24시간이 걸려 기차가 도착한 곳은 바로 그 유명한 '아오지 탄광'이었지요.

이미 언급한 것처럼 '아오지 탄광'은 북한 인권 탄압의 대명사로 알려져 있습니다. 그 이유가 뭘까요? 아오지 탄광에서 일하는 사람들의 신분 때문입니다. 아오지 탄광은 단순한 탄광이 아니라 북한의 정치범 수용소로도 악명이 높았습니다. 1945년 8·15광복 후 북한을 실질적으로 지배하던 공산당은 친일 부역자들을 비롯해 공산주의에 반대하는 인사를 아오지읍으로 강제 이주시켰습니다. 그리고 이곳에서 강제노역을 시키는 한편 외부로 나갈 수 없도록 철저히 통제했습니다. 이것이 바로 국군포로들이 아오지읍으로 보내진 이유입니다. 한 대표의 증언에 따르면 자신의 아버지를 비롯한 국군포로들은 이주한 날 이후 일평생 아오지읍을 단 한 번도 벗어날 수 없었다고 합니다. 그런 국군포로들에게 북한 당국이 부여한 또 하나의 고유 명칭이 있었으니 '43호'라는 숫자였답니다.

이 생소한 번호는 무엇일까요? 북한에서는 각각의 인민들에게 계급처럼 부여된 서열이 있습니다. 예를 들어 북한에서 최고로 높은 1호는 김일성과 그 일가입니다. 이른바 '백두혈통'이라 불리는 부류지요. 그리고 2호는 김일성과 함께 빨치산 독립운동을 했던 사람과 그 가족들, 3호는 한국전쟁 당시 인민군으로 참전했던 군인과 그 가족들, 4호는 우리나라로 치면 의사자로 지정된 사람들. 이런 식으로 서열을 정해놓고 있는데 이 서열 중 맨 끝 번호가 43호입니다. 그리고 그 43호는 다름 아닌 국군포로와 그 자녀들의 몫이었습니다. 즉 43호는 북한에서 저주받는 계급을 의미하는 것입니다.

그렇다면 이런 국군포로는 과연 누구와 결혼했을까요? 누군가와 결혼을 했으니 한 대표가 태어날 수 있었을 테니까요. 그런 한 대표의 어머님 역시 불행한 시대에 기구한 인생을 살아야 했습니다. 1951년 1월 4일, 압록강까지 밀고 올라갔던 국군이 중국군의 개입으로 후퇴를 결정합니다. 이에 따라 흥남부두에서 국군이 철수할 때 부득이하게 그곳 지역의 배와 선주를 강제 징발하게 됩니다. 이때 선주들은 자신의 가족도 데려오지 못한 채 국군을 싣고 남으로 내려오게 되었습니다. 북한 당국의 입장에서는 적국을 이롭게 한 부역행위인 것입니다. 따라서 이들 선주의 가족을 부역자 가족으로 간주해서 아오지 탄광으로 이주시켰던 거지요. 한 대표의 아버지와 어머니는 그렇게 아오지에서 만나 결혼했다고 합니다.

이들의 삶은 어떠했을까요? 한 대표의 증언에 따르면 일률적으로 작은 방과 부엌이 달린 사택에서 생활했다고 합니다. 칸칸이 이어 붙인 집이라 옆집 방귀 소리가 또렷이 들릴 정도로 허술했다더군요. 살림 역시 빈약해서 이불과 책상이 전부였는데, 그래도 결혼이나 환갑을 맞이하면 잔치도 했다고 합니다. 하지만 환갑 잔칫상이 진짜는 아니었답니다. 아오지읍 행정기관에서 대여해주는 플라스틱 모형의 과일과 떡으로 잔칫상을 차린 후 사진을 찍는 것으로 대신했다는 것입니다. 다만 이는 아오지 탄광에서의 국군포로인 경우이고 북의 모든 지역이 이렇지는 않았을 것입니다.

한편 한 대표가 자신의 처지인 국군포로와 그 가족을 의미하는 43호를 정확히 이해하게 된 것은 열다섯 살이 되던 해였다고 합니다. 태어나 한 번도 아오지읍을 벗어난 적이 없어 다른 사람들은 어찌 사는지 몰랐던 한 대표. 그래서 아오지를 벗어나기 위해 인민군에 입대하는 게 꿈이었다는 한 대표. 그런데 나중에 자신은 43호이기에 인민군에도, 또 대학에도 지원할 수 없다는 사실을 처음 안 후 그 절망감은 표현할 수 없는 고통이었다고 합니다. 자연스럽게 비행의 길로 접어들었습니다. 아오지 탄광을 영원히 벗어날 수 없다는 절망이 그런 자포자기의 길로 가게 한 것이지요.

그러던 어느 날, 스무 살이 넘어서도 여전히 방황하던 막내아들에게 아버지가 나무하러 산으로 함께 올라가자고 했답니다. 마지못해 따라나선 그날, 한 대표는 깊은 산속에서 아버지와 처음으로 마음속 대화를 나눴습니다. 오래전부터 꼭 묻고 싶었으나 꺼낼 수 없었던 질문이었습니다.

"왜 아버지는 괴뢰군(국군)에서 공화국으로 끝내 전향하지 않았습네까?"

막내아들의 그런 원망에 주춤하던 아버지가 들려준 것은 바로 아버지의 고향인 삼척 이야기였습니다. 푸른 바다, 나무, 돌, 바람, 그곳 사람들의 이야기. 그때 아버지에게 들었던 말 중에서 한 대표가 훗날 탈북해서 꼭 확인하고 싶었던 이야기가 있었다고 합니다. 그래서 실제로 탈북 후제일 먼저 아버지 고향인 삼척을 찾아가 확인했던 것도 그것이었답니다. 바로 먹는 '배'에 대한 것이었지요. 아버지는 자기 고향 삼척에서는 어린애 머리통만큼 '배'가 컸다고 했답니다. 한 대표는 그 말을 믿을 수 없었다고 합니다. 아오지에서 그렇게 큰 배를 본 적이 없기 때문입니다. 어쩌면 북한의 재배기술이 부족해서인지도 모르겠으나 달리 또 생각해보니 설령 그렇게 큰 배가 있다 한들 최하위 서열인 43호에게도 줄 리 있을까요? 처음으로 아버지에게 고향 삼척의 이야기를 들으며 신기해하던 것도 잠시, 아버지가 산에 오자고 한 진짜 속내를 털어놓으셨다고 합니다.

아버지의 권유로 찾아온 대한민국이건만……

"근수야, 내게 두 아들과 딸이 있지만 내 보기에 다른 아이들은 여기서 살아갈 수 있을 것 같은데 너는 다른 것 같다. 그래서 하는 말인데 아버지 말을 잘 듣고 생각해보거라. 너는 남으로 탈출을 해라. 그리고 아버지의 군번을 알려줄 테니 남한의 국방부를 찾아가거라. 그럼 이곳에서는 우리가 43호로 핍박을 받았지만 거기선 우리도 3호 대접을 받을 수 있지 않겠니?

그러니 내가 죽고 난 후 탈북해서 너만이라도 대한민국에서 한을 풀고 살면 좋겠구나. 그게 아버지가 너에게 줄 수 있는 유일한 선물이 되겠구나."

2004년 4월 9일, 그날 한 대표의 아버지는 '대한민국의 영원한 국군'으로 끝내 전향하지 않은 채 북한 아오지읍에서 세상을 떠났다고 합니다. 한 대표는 생전 아버지의 유언에 따라 장례를 마친 후 아버지의 군번을 가지고 대한민국으로 왔습니다. 마침내 북한의 43호에서 벗어나 대한민국의 '3호'로 거듭나는 날이었습니다. 그 벅찬 감정을 누가 알까요? 그런데 거기까지였습니다. 국군포로였던 아버지의 군번을 대자 대한민국 국방부는 이미 한 대표의 아버지가 전사한 것으로 기록되어 있다고 답했다 합니다. 사망 추정일은 1950년 6월 25일, 한국전쟁 발발일에 한 대표의 아버지가 전사한 것으로 처리되어 있는 것입니다. 이는 한 대표의 아버지만 그런 것이 아닙니다. 1986년 국방부가 내놓은 「한국전쟁」 요약에 따르면 북으로 끌려간 국군포로의 숫자는 8만 2,318명으로 정리되어 있습니다. 이 가운데 1953년 7월 27일 휴전협정 후 돌아온 국군포로는 7,862명. 이들을 제외한 나머지는 1950년 6월 25일, 모두 한날한시에 전사한 것으로 간주하고 기록한 것입니다.

결국 한 대표는 아버지의 소원처럼 대한민국의 3호가 될 수 없었습니다. 1950년 6월 25일에 사망한 것으로 간주되어 생사를 알 수 없는 사람에게서 1962년생 아들이 어떻게 있느냐는 논리였지요. 이런 이유로 한 대표가 저를 만났던 2014년 당시 국군포로 93세대가 대한민국으로 넘어왔지만 특별대우는 고사하고 다른 참전 유공자 후손도 받는 월 100만 원 남짓 되는 연금조차 수령하지 못하고 있었습니다. 그리고 2020년 이 글을 쓰고 있는 현재에도 상황은 달라지지 않았습니다. 만약 한 대표의 아버지가 북에서 이런 사실을 알았다면 그는 끝까지 전향하지 않은 채 대한민국의 국군으로 일생을 마쳤을까요? 그야말로 너무 끔찍한 상상이 아닐 수 없습니다.

여든 야든, 진보든 보수든 이건 아닙니다. 국군포로와 그 안타까운 자녀들을 대한민국이 외면해선 안 됩니다. 정부가 파악한 사실에 따르면 아직도 수백여 명의 국군포로가 북에 억류되어 있다고 합니다. 이들의 송환을 위해 우리 정부는 한층 더 노력해야 합니다. 그것이 조국을 위해 헌신한 애국자에게 마땅히 취해야 할 예의입니다. 그러니 당장 우리가 할 수 있는 일부터 해야 합니다. 탈북해서 이미 우리나라로 온 국군포로의 자녀들부터 제대로 예우하는 것입니다. 이들이야말로 대한민국이 갚아야 할 '정신적 부채'임을 인정하고 경제적 지원과 사회적 예우를 최고로 해주는 것이 마땅하기 때문입니다. 그 이유를 깨닫게 된 것이 2018년경 어느 날 서울 합정동 감자탕 집에서 나눈 강철 씨와의 대화였습니다.

강철 씨가 말한 '대한민국에서 마주한 2대 충격'

한편 강철 씨는 탈북해서 도착한 대한민국에서 또 생각지도 못한 곡절을 겪게 됩니다. 탈북 중개인의 악의적 모함과 국가정보원의 실적 욕심에 말도 안 되는 간첩죄로 몰린 것입니다. 다행히 '민주사회를 위한 변호사 모임' 소속의 장경욱 변호사와 박준영 변호사의 도움으로 2020년 현재, 1심과 2심에서 간첩 혐의에 대해 모두 무죄를 선고받고 현재는 대법원의 확정판결만 기다리고 있습니다. 그런데 이게 정말 기가 막힌 일입니다. 억울한 사람에게 죄를 씌우는 데는 그토록 신속한 대한민국 사법제도가 이 누명을 벗겨주는 데는 한도 끝도 없이 시간을 잡아먹습니다. 처음부터 말이 안 되는 누명을 썼는데도 강철 씨의 경우처럼 몇 년의 세월을 억울함에 몸부림치게 만들고 있는 것입니다. 정말이지 너무도 한심하고 어이가 없는 사법폭력입니다. 이게 무슨 정의로운 사법제도입니까?

여하간 그러한 강철 씨를 제가 처음 만난 때는 2014년 말경이었습니다. 2014년 9월 5일, 간첩죄로 구속되었다가 1심에서 무죄선고를 받고 구사일생으로 석방된 직후였지요. 박준영 변호사의 소개로 술자리에서 처음 만난 탈북민 강철 씨와 이런저런 사담을 나누던 중 듣게 된 말들이 너무도 충격적이었습니다. 술 한잔 마신 강철 씨는 처음 만난 날부터 저를 형님이라고 칭했습니다.

"형님, 제가 여기 와서 보니 정말 이해할 수 없는 일이 있더라고요."
"그래? 그게 뭔데?"

첫째는 종편인 채널A에서 인기리에 방송 중인 〈이제 만나러 갑니다〉(이하 〈이만갑〉)와 TV조선 〈모란봉클럽〉이 탈북민을 출연시켜 아무렇지도 않게 거짓말을 하고 그걸 방송으로 내보내는 사실을 알고 깜짝 놀랐다는 것입니다. 그 말에 오히려 제가 반문했습니다.

"그럼 거기서 하는 출연자 말이 모두 거짓말이란 거야?"

그러자 강철 씨는 정말 한심하다는 표정으로 저를 보며 말했습니다.

"형님, 만약 그게 전부 사실이면 어떤 미친놈이 그런 나라에서 살고 있겠습니까?"

강철 씨와 함께 북한 바로 알기 팟캐스트인 〈왈가왈북〉을 공동 진행하고 있는 김련희 씨도 같은 이야기를 하고 있습니다. 2019년 '북한 증언 프로그램의 명암'이라는 토론회에 참석한 김련희 씨가 방송에 출연 중인 일부 탈북민의 거짓말을 강력히 비판한 것입니다.

"북한은 공개처형 시 총이 아닌 고무망치로 머리를 까서 죽인다든가 산모가 연탄 위에서 애를 낳다가 길가에 있는 깨진 유리조각으로 탯줄을 끊는다는 식의 증언이 아무런 검증 없이 TV로 방송되고 있다"면서 이런 터무니없는 주장을 '북한이라는 프레임으로 소비하고 있는' 실태를 비판하며 개탄했습니다. 살펴보면 이런 유의 논란 발언은 한둘이 아닙니다. 사회학을 전공하는 강주희 박사가 2019년 7월부터 석 달간 〈이만갑〉과 〈모란봉클럽〉을 모니터링한 결과만 봐도 그렇습니다. 방송에서 어떤 탈북민은 "휴대폰이 도청된다는 것을 누구나 알고 있어 집에서는 어떤 말도 하지 않는다"고 했습니다. 하지만 제 주변에서 들은 사실은 전혀 다릅니다. 중국을 거쳐 반입된 휴대폰으로 탈북민과 북의 가족들이 얼마든지 통화를 하고 있다는 것입니다. 심지어 오늘 아침 반찬은 뭐냐는 식의 안부인사도 매일 나눌 정도라고 합니다. 또한 "북한은 뇌물 공화국이다. 산부인과도 뇌물을 줘야 갈 수 있고, 죽어서 묻힐 때도 뇌물을 줘야 한다"와 같은 경우도 있었는데, 이는 오히려 북의 체제에서 있을 수 없는 주장이라고 합니다. 만약 사실이라면 누구도 그 부당한 요구에 가만히 있지 않을 것이기 때문이라는 거지요.

그러나 이 정도는 약과라고 합니다. "인터넷도 없고, 피자도 못 먹는 나라에서 왔다"와 "북한에서는 한국 역사나 미국 역사도 배워본 적이 없는데 아프리카 역사에 대해서는 꿈도 못 꾼다", "대학생들이 페미니즘이 뭔지도 모르고 여성 평등운동이라고 말해줘도 알아듣지 못한다"와 같은 말도 있었습니다. 그중 가장 대표적인 모순은 "북한에서는 민주주의라는 단어조차 들어본 적 없다"는 발언인데, 강주희 박사는 이 역시 앞뒤가 맞지 않는 의문이라고 지적했습니다. 왜냐하면 북한의 공식 국호가 '조선민주주의인민공화국'이기 때문입니다. 자기네 나라 국호에도 등장하는 '민주주의'라는 단어를 가지고 들어본 적도 없다고 하니, 나가도 너무 나간 발언이 아닌가 싶은 것입니다. 한편 이런 〈이만갑〉은 채널A 개국 이래 지금까지 장수하는 예능 프로그램입니다.

그래서 강철 씨가 깜짝 놀랐다고 지적하는 두 번째 이야기는 듣고 있던 저도 부끄럽게 했습니다. 말도 안 되는 소리를 하는 그들이야 먹고살려고 하는 이야기이니 그럴 수도 있겠지만, 그런 말을 그대로 믿는 대한민국 사람들을 보고 또 놀랐다는 것입니다. 누가 봐도 저게 말이 되냐며 의심해야 정상인데 그냥 믿더라는 겁니다. 그러면서 "정말 저 말들이 사실이라면 우리 함경도 사람들부터 가만히 있지 않았을 것"이라고 강철 씨는 힘주어 말했습니다. 조선시대 이래 홍경래의 난이나 만적의 난, 그리고 성공한 쿠데타인 이성계의 난도 모두 함경도에서 일어난 저항의 역사입니다. 그래서 함경도 사람들은 '불의한 일 앞에 머리부터 들이밀고' 시작한다고 강철 씨는 재미있게 표현했습니다. 그런데 만약 저들 종편 출

연자의 말처럼 북이 정말 그런 사회라면 누가 가만히 있겠느냐는 반문이
었습니다. 저야 알 수 없는 일입니다.

생각해보면 '북한이니까' 뭐든 그럴 수 있다고 우리가 쉽게 동의하는
것도 사실입니다. 저도 1980년대에 초등학생 사이에서 인기 높았던 반
공 만화영화 〈똘이 장군〉을 보며 자란 세대입니다. 〈똘이 장군〉에서 북한
사람이 죽으니 과수원 나무 밑에 묻는 장면이 나왔습니다. 사람의 시신
을 퇴비로 쓴다는 설정이었지요. 저는 그것이 사실이라고 믿었습니다. 그
래서 강철 씨를 초빙한 강의에서 이 질문도 했습니다. 정말 북에서는 그
러냐고. 저도 이런 수준이니 다른 분의 경우를 지적할 자격도 없습니다.
그렇게 배웠으니 정말 그런 줄 알았고 이를 의심하면 또 사상이 이상한
사람처럼 몰리게 될까 봐 내부 검열을 한 것은 아닐까요. 북에 대한 그런
편견과 무지, 이른바 글을 모르는 사람을 '문맹'이라 부르듯 북에 대한 무
지, '북맹'도 문제인 것입니다. 이래서야 어찌 통일의 한 축인 북을 옳게 이
해한 가운데 정상적인 대화가 가능할 수 있겠느냐는 것입니다.

이후 저는 강철 씨를 만나면 북의 진짜 이야기를 종종 물어봤습니다.
북에서는 남녀가 어떻게 처음 사귀는지, 또 조상님에게 제사는 지내는
지, 지낸다면 어떻게 하는지, 조직 내 회식을 하는지, 한다면 회식문화가
우리와는 어떻게 다른지 같은 크고 작은 궁금함이 정말 많았습니다. 그
렇게 만날 때마다 북의 실생활이 어떤지 강철 씨에게 듣곤 했는데, "형님,
전쟁이 나면 남은 절대 북을 이길 수 없습니다"라는 말에 제 감정이 좀
상한 모양입니다. 그 말에는 제가 동의할 수 없었기 때문입니다. 저는 안
주로 들고 있던 감자탕 뼈를 내려놓으며 "턱도 없는 소리"라고 쏘아붙였
습니다.

"강철이, 말도 안 되는 소리는 하지 마라. 북이 핵을 가지고 있으니 우릴 이길 수 있다고 생각해? 북이 정말로 핵을 쓰는 순간 북의 모든 것은 그냥 지구상에서 사라진다고 보면 돼. 그리고 그 핵을 쓰는 순간 우리만 피해를 입나? 북도 마찬가지로 끝장이야. 더구나 재래식 무기로는 우리가 압도적으로 강하지. 군이야 국방 예산 확보를 위해 엄살을 부리지만 아는 사람은 다 알아. 우리가 전력에서 우위라는 점 말이야. 결국 전쟁도 도박판하고 비슷해서 판돈 많은 사람이 이기듯 경제력이 월등한 대한민국이 이긴다고. 그런데 왜 우리가 진다는 거야? 그런 턱도 없는 소리는 하지 말라고."

대한민국의 국민이라면 누구나 저처럼 이런 말로 공박할 겁니다. 하지만 이런 제 말에 강철 씨 역시 소주잔을 탁 비우더니 웃으며 말을 이어갔습니다.

"형님이 제 말을 오해하신 것 같은데요. 그게 아니고요. 혹시 만경대혁명학원이라고 들어보셨습니까?"
"만경대학원? 이름이야 들어봤지. 그런데 정말 그게 뭐하는 곳이야?"

영화 〈고지전〉 보셨습니까?

강철 씨에게 '만경대혁명학원' 이야기를 듣자마자 떠올린 영화가 있습니다. 2011년 개봉되어 약 300만 명이 관람한 한국영화 〈고지전〉입니다. 한국전쟁을 배경으로 한 이 영화에는 배우 류승룡과 고수 등이 출연했지요. 영화는 1950년 6월 28일, 서울 함락을 위해 미아리 고개를 넘어오는 인민군 탱크 대열이 등장하는 것으로 시작합니다. 그 장면에서 국군 장교 역인 배우 고수가 인민군에 생포되어 목전에 죽음을 앞두고 있었습니다. 그 위기 상황에 나타난 인민군 장교 역의 류승룡이 "그냥 풀어주라"고 한 덕분에 고수는 구사일생으로 목숨을 구합니다. 그러자 고수는 "왜 나를 죽이지 않고 살려주냐?"고 물었고 이때 류승룡이 매우 중요한 말을 남깁니다.

"그냥 가라. 너희는 어떻게 해도 우리를 이길 수 없어. 그러니 가라."

이 말에 자존심이 상한 국군 장교 역 고수가 또 묻습니다.

"왜 우리가 너흴 이길 수 없다는 거지?"

차가운 눈빛의 인민군 장교 역 류승룡은 이렇게 답합니다.

"우리는 이 전쟁을 이겨야 할 이유를 알고 있고 너희는 그걸 모르기 때문이다."
"이유? 그게 뭔데? 말해봐."

하지만 고수의 마지막 질문에 답은 돌아오지 않았습니다. 서울로 진격하는 인민군의 탱크 굉음과 함께 류승룡 역시 사라졌기 때문입니다. 물론 〈고지전〉의 주요 내용은 지금 제가 이야기하는 줄거리와 많이 다릅니다. 여하간 제가 기억하는 이 영화에서 저는 이 둘의 대화가 가장 인상적이었습니다. 한편 6·25전쟁은 무려 3년을 이어갑니다. 1950년 6월 25일 새벽 4시에 발발해 1953년 7월 27일 밤 10시를 기한 휴전선언. 이 3년의 전쟁에서 수많은 병사가 고지를 지키기 위해 목숨을 잃어야 했습니다. 그래서 무전으로 전해진 휴전소식에 국군과 인민군 모두가 환호성을 지릅니다. 이제 살아서 집으로 돌아갈 수 있다는 기쁨에 그날 우연히 국군과 인민군이 개울에서 마주쳤으나 서로 총을 내려놓고 물장난까지 치며 고향으로 잘 돌아가라는 덕담도 나눕니다.

그렇게 전쟁이 완전히 끝날 줄 알았던 순간도 잠시, 상부의 긴급명령으로 평화는 깨졌습니다. 밤 10시를 기해 발효되는 휴전 전에 적의 고지를 마지막으로 탈환하라는 것이었습니다. 이에 따라 6·25전쟁의 마지막 전투가 시작됩니다. 그날 밤만 지나면 살아서 집으로 돌아갈 줄 알았던 그들은 하나둘 허망하게 죽어갔습니다. 그런데 놀랍게도 단 두 명이 살아남았습니다. 다음 날 새벽, 1950년 5월 28일 미아리 고개에서 만났던 인민군 장교 류승룡과 국군 장교 고수가 3년 만에 다시 동굴 안에서 우연히 조우하게 된 것입니다. 둘 다 입에서는 피를 철철 흘리고 있었습니다. 죽음을 앞둔 설정이었지요. 그 최후의 순간에 국군 장교 고수가 3년간 품어온 그 질문을 인민군 장교 류승룡에게 다시 던집니다.

"내가 당신에게 꼭 물어보고 싶은 게 있었어."
"뭐이가?"
"그때 미아리 고개에서 나한테 했던 그 말, 너희는 이겨야 할 이유를 알고 우리는 모른다는 그것, 그게 뭔지 말해주겠나?"

저 역시 영화를 보면서 정말 궁금했습니다. 과연 그게 무엇일까? 그래서 잔뜩 기대하며 침을 꼴깍 삼키다가 듣게 된 그 답.

"……모르겠어. 그땐 정확하게 알고 있었는데……. 전쟁을 너무 오래 해서 지금은……, 까먹었어."

그리고 이내 고개를 떨어뜨리며 숨진 인민군 장교. 그야말로 어처구니 없는 결말이 아닐 수 없었습니다. 과연 그것이 무엇이기에 이기고 진다는 것인지 꼭 듣고 싶었는데 뭐 이런 황당한 시나리오가 다 있나 싶었습니다. 그런데 감자탕 집에서 제가 강철 씨에게 들은 만경대혁명학원 이야기가 바로 영화 〈고지전〉에서 인민군 장교가 말하지 못한 진실이 아닐까 싶을 정도로 저에게는 충격적이었습니다.

인터넷 '위키백과'에 등재된 내용에 따르면 만경대혁명학원은 평양직할시 만경대 구역에 있는 학교입니다. 본래 이름은 '만경대혁명가 유자녀학원'으로 만주에서 항일무장투쟁을 하다가 전사한 독립군의 유자녀를 교육하기 위해 1947년 10월 12일 만경대에 세운 기숙형 학교라고 합니다.

한편 한국전쟁 당시 김일성은 자신의 호위를 이 학원 출신에게 맡겼다고 합니다. 이들을 '친위중대'라 불렀다는데 다급한 전황에도 이들을 전선으로 보내지 않은 특별한 이유가 있었답니다. 김일성은 "부모가 일제와 싸우다가 죽었는데 그 자녀들까지 전사자로 만들 수는 없다"며 대신 자신의 호위 업무를 하도록 조치했다는 것입니다. 그리고 전쟁 이후에는 소련과 동유럽 국가에 이 학원 출신들이 유학을 할 수 있도록 배려했고 훗

날 이들은 북한의 주요 인사로 기용되어 총리를 지낸 강성산, 연형묵을 비롯해 많은 인물이 북한 정권에 참여할 수 있었다고 합니다.

이처럼 초기에는 만경대혁명학원이 항일투쟁 과정에서 사망한 독립 운동가의 후손만 입학시켰으나 6·25전쟁 이후에는 희생자의 자녀들도 받아들여 그들을 보살폈다는 것이 강철 씨의 말이었습니다. 그래서 인민 군들은 전쟁에서 싸우다가 살아오면 영웅 대접을 받고, 설령 죽는다 해 도 남은 가족을 조국이 책임진다는 확고한 믿음이 있다는 것입니다. 그 러니 죽음을 두려워할 이유가 없다는 것이지요. 그런데 남에 와보니 군 인에 대한 처우가 너무도 다르더라는 겁니다. 죽거나 다친 사람들, 그리고 병든 군인에 대한 보훈정책이 잘사는 대한민국에 비해 터무니없이 형편 없는 현실을 보니 걱정이 된다는 것이었습니다.

그런 이유로 꺼내게 된 말이었다는 강철 씨의 설명을 듣고 저는 소주 한잔을 가득 채워 마시지 않을 수 없었습니다. 하물며 국군포로와 그 자 녀에게도 야박한 이 나라에서 우리가 무슨 말을 할 수 있을까요? "왜 전 향하지 않았느냐?"는 막내아들의 원망에 자신의 고향인 강원도 삼척 이 야기를 꺼냈던 한 대표의 아버지, 늙은 국군포로였던 그분에게 대한민국 의 일원으로서 그저 송구한 마음만 들 뿐이었습니다. 그래서 저는 군복 을 입은 우리나라 국군에 대해 제대로 된 예우를 촉구합니다. 북한보다 훨씬 더 월등한 경제력을 가진 대한민국에서 북의 만경대혁명학원보다 더 좋은 시설을 못 지을 이유가 없습니다. 더 좋은 시설에 더 좋은 예우로 조국을 위해 희생한 애국자를 위해 그 가족을 보듬어주고 살펴줘야 마 땅하지 않을까요? 전쟁은 미사일이나 대포 숫자만으로 하는 것이 아니 기 때문입니다.

드높은 애국심은 강요만으로 가능한 것이 아닙니다. 이제라도 국군포로와 그 자녀, 그리고 독립운동가와 그 후손, 마지막으로 의무복무 중 죽거나 다친 순직 군인에 대해 대한민국이 '끝까지 책임지는 보훈의 나라'가 되기를 저는 소원합니다. 그런 조국, 그런 대한민국 국방부가 되어야 합니다. 대한민국은 북한보다 더 월등한 민주주의 국가이기 때문입니다.

그 사채업소 여직원은
정말 누가 죽였나

　　　　　　　인권운동계의 '수사반장', 어쩌다 보니
제 별칭이 되었습니다. 별칭처럼 여러 강력 살인사고에 직간접적인 관여
를 하게 되었지요. 어떤 사건은 의미 있는 결실을 얻기도 했고, 또 어떤 사
건은 무죄가 분명한데도 아무 도움을 주지 못해 가슴 아픈 기억으로 남
은 경우도 있습니다. 그런 일 중에 여전히 제 가슴에 아픈 자국처럼 남은
사건이 '구로구 사채업소 여직원 피살사건'입니다. 1999년 어느 가을날,
인권단체 민원실장으로 일하고 있을 때 평소 존경하는 이덕우 변호사님
에게 연락이 왔습니다. 저와 많은 인연을 가진 분입니다. 그분이 법률 상
담 중에 만나게 된 사건인데 딱한 사정이 있으니 사건기록을 검토해달라
는 요청이었습니다. 서울 구로구의 한 사채업소에서 발생한 여직원 피살
사건이었습니다.

　　사건의 시작은 이랬습니다. 1993년 2월 18일 낮 2시 50분경, 서울 구
로구 소재 모 건물의 지하 1층에 있는 불법 사채업소에서 당시 스물한
살이었던 김연희(여, 가명) 씨가 의식을 잃은 채 발견됩니다. 한편 김씨를
처음 발견한 사람은 피해자의 친구인 유 아무개였습니다. 유씨에 따르면

김씨는 발견 당시 전깃줄로 목이 졸려 있었고 이후 신고를 받고 출동한 구급차로 병원 후송 도중 사망했다고 합니다. 한편 경찰은 숨진 김씨의 주변을 탐문하면서 남자관계에 의한 치정살인 또는 사채업소의 금품을 노린 단순 강도살인 가능성을 두고 수사에 착수하게 됩니다.

사건 발생 한 달 후쯤인 3월 14일, 경찰은 이 사건의 범인을 전격 체포합니다. 자동차 영업사원이었던 당시 스물일곱 살 방 아무개 씨였습니다. 한편 경찰이 방씨를 강도살인 용의자로 특정하게 된 결정적 증거는 현장에서 사라진 한 장의 수표 때문이었습니다. 피살된 김씨가 사망한 그날, 사채업소 사무실에서 수표와 현금도 같이 사라졌는데 문제의 도난수표를 방씨가 쓴 사실이 드러난 것입니다. 따라서 경찰은 방씨를 연행한 후 추궁한 결과 방씨가 강도살인 혐의를 자백했다고 밝혔습니다. 경찰이 밝힌 이 사건의 범행 전모는 이렇습니다.

사건 당일 오전 10시 50분경, 방씨는 문제의 사채 사무실을 방문합니다. 처음엔 '카드깡'으로 돈을 빌리려고 했으나 여직원만 혼자 사무실에 있는 것을 보고 생각이 바뀌었다고 합니다. 선량한 고객에서 강도로 돌변한 방씨. 먼저 방씨는 김씨에게 다가가 느닷없이 김씨가 앉아 있던 의자를 뒤로 잡아당겨 바닥으로 넘어뜨렸습니다. 그러자 김씨가 의자와 함께 사무실 바닥으로 내동댕이쳐졌고 이 과정에서 김씨의 머리가 바닥에 부딪히며 일순간 기절했다고 합니다. 방씨는 곧바로 김씨의 책상 서랍을 뒤져 수표와 현금 등 도합 130만 6,000원을 훔쳤다는 것입니다.

한편 방씨가 서랍에서 돈을 훔친 후 돌아서니 어느덧 기절했던 김연희 씨가 정신을 차리고 비틀거리며 일어서고 있었습니다. 그러자 방씨는 아예 끝장을 봐야 한다고 생각합니다. 그냥 살려두면 결국 자신을 신고

할 테니까. 방씨는 사무실 벽에 늘어져 있던 약 460센티미터의 전깃줄을 뜯어 그것으로 그녀의 목을 두 번 감았습니다. 그렇게 약 15초 동안 양쪽 끈을 힘껏 잡아당긴 방씨. 잠시 후 저항하던 김연희 씨의 손이 허공에서 버둥거리다가 아래로 툭 떨어졌습니다. 방씨의 강도살인 범죄가 성공하는 순간이었습니다.

경찰에서 방씨가 했다는 이러한 자백과 사건 당일 사라진 도난수표를 확보한 덕에 사건은 이대로 끝나가는 것 같았습니다. 방씨 역시 경찰에서 자신이 행한 자백을 검찰조사에서도 거듭 인정합니다. 사건이 순조롭게 마무리되어가니 이대로 재판만 끝난다면 그나마 다행스러운 일이었습니다. 그런데 문제가 생겼습니다. 방씨가 법정에서 진술을 번복하고 나선 것입니다. 경찰과 검찰에서 한 진술과 달리 1심 재판이 시작되면서 방씨가 혐의사실을 전면 부인하고 나선 것입니다. 방씨가 변심한 이유는 무엇일까요?

방씨의 진술 번복, "나는 죽이지 않았다!"

사건의 반전은 1심 법정에서 나온 진술입니다. 방씨는 사건 당일 아침에 사채업소 사무실 책상에서 돈을 훔친 것은 사실이지만 여직원은 결단코 살해한 사실이 없다고 주장했습니다. 아예 사건 당일 김씨를 본 사실 자체도 없다는 것이 방씨의 주장입니다. 그런데도 경찰과 검찰에서 허위로 자백한 이유는 역시나 경찰의 고문 때문이라고 했습니다. 하지만 재판부는 방씨의 억울함을 받아들이지 않았습니다. 1심부터 대법원 최종심까지 일관되게 배척했습니다. 결국 방씨는 12년 징역형의 확정판결을 받았지요. 과연 진실은 무엇일까요? 1993년, 시간은 그때로 돌아갑니다.

방씨의 무죄 주장은 사실일까요? 저는 이덕우 변호사에게 요청받아 읽게 된 이 사건의 기록을 중심으로 당일 방씨의 행적을 재구성해봤습니다. 먼저 대법원에서 12년형을 받고 2년째 수감 중이던 1995년 6월 14일, 방씨가 가족에게 보낸 편지를 토대로 3인칭 관점에서 재구성합니다. 사건이 발생한 1993년 2월 18일 오전 9시 35분경, 방씨는 평소 '카드 깡'을 해오던 사채 사무실을 방문합니다. 전날 아버지의 신용카드를 가지고 방문했으나 그 카드 역시 한도가 초과되어 돈을 구하지 못했습니다. 그러자 이번엔 친구의 신용카드를 빌려 다시 방문한 것입니다.

하지만 아침 일찍 도착한 사채 사무실은 문만 열려 있고 평소 보이던 여직원도 없었다고 합니다. 그래서 주인 없는 남의 사무실에 들어가 있다가 오해받을까 싶어 다시 나와 문 앞에 서 있었답니다. 그렇게 얼마 동안 기다려도 여직원이 보이지 않자 방씨가 다시 문제의 사무실 안으로 들어가 주변을 살펴보게 됩니다. 둘러보니 여직원이 출근한 흔적은 있었다고 합니다. '문까지 열어놓고 도대체 어딜 간 것일까' 싶어 다시 사무실 밖으로 나와 또 10여 분간이 지난 아침 9시 50분경.

바로 그때였습니다. 문득 방씨의 뇌리를 스친 생각이 있었다는 겁니다. 지금 사채 사무실에 아무도 없다는 것, 그리고 전날 방문했을 때 여직원이 책상 큰 서랍에 돈다발을 넣어두던 기억. 순간 방씨는 큰 충동에 빠지고 말았습니다. 이성보다 본능이 더 먼저 움직였습니다. 방씨는 곧바로 여직원의 책상 앞으로 다가가 큰 서랍을 잡아당겼습니다. 그 안에 어제 저녁에 본 돈다발이 있었습니다. 그렇게 해서 훔친 돈이 10만 원권 수표와 현금 포함 130만 6,000원. 방씨는 황급히 그 돈을 움켜쥐었습니다. 방씨는 여기까지가 살인사건이 벌어진 그곳 사무실에서 자신이 한 행동의 모든 것이라고 주장했습니다. 그렇게 돈을 훔쳐 나올 때까지 피살된 여직원을 사무실에서 본 적이 없다는 것입니다.

한편 돈을 훔친 후 사채 사무실을 빠져나온 방씨의 다음 행적은 이랬습니다. 서울 구로구에서 곧바로 택시를 타고 양재동의 남부터미널 부근 중소기업은행으로 갑니다. 이때 소요된 시간은 대략 50분 정도로 도착하니 아침 10시 40분경. 은행에 도착한 방씨는 여기서 중요한 흔적을 하나 남깁니다. 과거 자신이 돈을 빌렸던 사람에게 훔친 수표로 30만 원을 송금한 것인데 결국 이 흔적 때문에 방씨가 용의자로 특정된 것입니다. 한편 무통장 송금을 마친 방씨는 남부터미널에서 버스를 타고 경기도 송탄으로 이동합니다. 자신과 사귀고 있던 여성을 만나기 위해서였습니다. 도착하니 낮 12시경. 통상 서울 남부터미널에서 송탄까지 소요되는 시간입니다. 이상과 같은 행적이 방씨가 주장하는 당일 알리바이였습니다. 결론적으로 '수표를 훔쳐 빌린 돈을 갚는 데 쓴 것은 사실이지만 여직원을 살해하지는 않았다'는 것입니다.

연행되자마자 시작된 고문

그런데 왜 방씨는 처음부터 이런 주장을 일목요연하게 주장하지 않고 자신이 살해한 것이 맞는다고 경찰과 검찰 수사 과정에서 내내 인정한 것일까요? 방씨는 경찰에 연행되는 순간부터 필설로 다할 수 없는 고문에 무너졌다고 합니다. 돈을 훔치고 조금은 불안한 마음으로 지내고 있던 1993년 3월 14일 일요일이었습니다. 당시 스물일곱 살의 방씨는 어머니와 함께 성당 미사에 참석합니다. 그 후 시장에 들르겠다는 어머니와 헤어져 혼자 집에 도착한 방씨는 마침 집으로 걸려온 전화를 받게 됩니다. 전화를 걸어온 남자는 자신을 강력 1반 소속 형사라고 하면서 "뭘 좀 알아볼 게 있다"며 "잠시 집 밖으로 나와달라"고 했답니다.

'혹시 그때 훔친 돈 때문에?' 이런 생각을 하며 불안한 마음으로 대문을 나서자 이내 경찰이 방씨를 덮쳤습니다. 그리고 아무런 설명도 없이 대기 중인 차 안으로 방씨를 밀어 넣었습니다. 이 과정에서 방씨는 범죄 혐의 사실을 고지하는 미란다 원칙도 들은 바가 없었다고 합니다. 그러다 보니 무슨 혐의로 체포된 것인지도 모른 채 어디론가 연행된 방씨는 그렇게 나가서 이후 12년간 다시 집으로 돌아오지 못했습니다.

한편 연행되는 차 안에서 경찰이 방씨의 양 손목에 수갑을 채웠다고 합니다. 그리고 이때부터 시작된 마구잡이 구타. "네가 범인이니 순순히 자백하라"는 말과 함께 가슴과 등에 주먹질이 가해지기 시작했습니다. 본격적인 고문이 벌어진 곳은 경찰서 내 강력 1반 사무실이었다고 합니다. 일곱 명의 형사가 강력 1반 사무실 문을 걸어 잠근 채 돌아가면서 구타를 했다고 합니다. "모든 것을 시인하면 사형은 면하게 해주겠다"는 말과 함께 시작된 구타. 영화 〈공공의 적〉을 본 경찰들이 가장 유사하게 강력계 경찰을 그려낸 수작이라고 평했다는 말이 있습니다. 그것처럼 방씨를 향한 강력계 형사들의 폭력은 거침이 없었다고 합니다. 그리고 등장한 전기봉. 결국 살인은 하지 않았다며 버티던 방씨가 무너진 이유였습니다. 연행된 지 3일 만에 방씨가 살인을 자백한 것입니다. 방씨는 이런 살인 과정을 사실은 경찰이 알려줬다고 합니다. 자신은 불러주는 대로 자술서를 받아 적었다는 것입니다.

이어진 방씨의 주장에 따르면 경찰이 해서는 안 될 위법행위가 하나 더 있다고 합니다. 경찰이 만든 진술서에 따라 방씨에게 현장검증 전 예행연습을 시켰다는 것입니다. 만약 사실이라면 이는 명백히 불법입니다. 이상과 같은 방씨의 주장을 살펴보기 위해 저는 경찰과 검찰의 수사기록, 그리고 각 판결문을 모두 구해 분석했습니다. 또한 방씨의 변호인이 작성한 변론 요지와 항고 이유서, 상고 이유서, 방씨가 가족에게 보낸 옥중 편지까지 읽으면서 대단히 강력한 의문을 확인하게 됩니다. 핵심적인 쟁점은 돈만 훔쳤다는 방씨와 돈을 훔치기 위해 피해자 김씨까지 살해했다는 양측의 주장입니다. 따라서 저는 돈을 훔칠 당시 피해자를 본 적도 없다는 방씨의 주장이 사실인지 여부가 사건의 실체적 진실을 푸는 열쇠라고 판단했습니다. 그래서 방씨가 사채 사무실을 방문했다는 그 시각에 과연 피해자 김씨의 행적은 무엇인지 확인하고 싶었습니다. 지금부터 경찰과 검찰이 작성한 참고인의 진술조서에서 드러난 사건 당일 김연희 씨의 행적을 따라가봅니다.

사망한 김연희 씨의 사건 당일 행적은?

김현희 씨는 사건 전날인 1993년 2월 17일 저녁, 약혼자인 배 아무개 씨를 만납니다. 약혼자 배씨의 경찰 참고인 진술에 따르면 이날 둘은 영화를 보며 데이트를 즐겼고 그렇게 밤이 깊어질 때였습니다. 헤어질 시간이

다가오자 피해자 김씨가 "오늘밤 함께 있으면 안 돼?"라며 배씨에게 매달렸다고 합니다. 약혼녀의 말에 배씨 역시 싫다고 할 이유가 없었습니다. 잠시 후 이들은 경기도 시흥시 소재의 여관에 투숙합니다. 하지만 처음부터 같이 투숙할 수는 없었다고 합니다. 김씨가 당시 결혼한 언니의 집에서 출퇴근을 하고 있었는데 함께 사는 형부의 눈치가 보이니 일단 집에 들어갔다가 새벽녘에 다시 오겠다고 한 것입니다. 그렇게 해서 귀가했던 김씨가 여관으로 돌아온 시각은 다음 날 새벽 4시 30분경. 배씨의 진술에 따르면 이때부터 아침 8시 20분에 출근하기 위해 여관을 나서기 전까지 이들은 모두 두 차례의 성관계를 가졌다고 합니다. 그런 후에 시흥동 육교에서 배씨와 헤어진 김씨가 자신의 근무지인 사채 사무실로 출근한 시각은 약 15분 후인 오전 8시 35분경. 이는 사채 사무실 사장인 또 다른 참고인 차 아무개 씨의 진술로 확인되었습니다.

사장인 차씨의 경찰 진술에 따르면 오전 8시 35분경 사무실로 나가보니 직원 김연희 씨가 자리에 앉아 있었다고 합니다. 이때 차씨는 출근한 김씨에게 의례적인 인사로 "별일 없냐?"며 물었고, 이에 김씨가 고개를 숙인 채 "네"라고 답했다 합니다. 그렇게 잠시 사무실에서 업무를 보고 차씨가 일어선 시각은 오전 9시경. 사무실에서 25분 정도를 김씨와 함께 있었던 차씨가 일어선 이유는 최근 새로 문을 연 영등포 사무실로 가기 위해서였다고 합니다. 이때 차씨는 김씨에게 "사무실을 내놨으니 부동산에서 연락 오면 빨리 처분해달라고 요청하라"고 지시한 후 곧 사무실을 나왔다는 것입니다. 이것이 차씨가 본 김연희 씨의 마지막 모습이었다고 합니다.

그렇다면 이제 대강의 답은 나왔습니다. 조사에 따르면 김연희 씨는 사망 전날 저녁부터 약혼자 배씨와 함께 다음 날 아침 8시 20분까지 같이 있었습니다. 그리고 8시 35분경 사무실에 나와서 아침 9시까지 사채 사무실 사장 차씨와 같이 있었고 이후 10시 50분경 사무실을 방문한 방씨에게 피살된 것입니다. 이것이 자연스러운 강도살인의 결론입니다. 그런데 안타깝게도 실제 상황은 그렇게 전개되지 않았습니다. 경찰이 놓친, 아니 경찰이 애써 무시한 또 하나의 진실이 있기 때문입니다. 사건 당일 이들 말고 또 한 명의 남자가 사채 사무실을 방문했던 것입니다. 그 남자를 목격한 사람은 바로 사건이 발생한 사채 사무실과 나란히 위치한 당구장의 여주인입니다. 반전은 여기서부터 시작됩니다.

사건 당일 오전 10시경. 당구장 여주인이 청소를 하고 있는데 열린 문 사이로 맞은편 사채 사무실을 노크하는 남자가 보였다고 합니다. 기억하기에 키는 약 170센티미터 정도 되는 30대 남자였고 옷은 분명 콤비 양복을 입고 있었답니다. 그런데 남자가 철문을 두드리며 노크를 하는데도 사채 사무실에서 아무런 인기척이 없는지 남자가 이내 계단으로 올라가려 했다 합니다. 그런데 그때, 갑자기 사채 사무실의 문이 열린 것입니다. 그리고 그 문으로 얼굴을 내민 사람은 잠시 후 사망한 채 발견되는 김연희 씨였습니다. 일단 이 사실을 기억해둘 필요가 있겠습니다.

친구가 발견한 김연희의 죽음

한편 피살된 김씨를 처음 발견한 사람은 친구 유씨였습니다. 유씨가 친구 김씨를 찾아 나선 경위가 조금은 특이했습니다. 유씨의 진술에 따르면 당일 오후 2시경 전화를 받았다는 것입니다. 전화를 건 사람은 친구 김씨가 근무하는 사무실의 사장 차씨였다고 합니다. 차씨는 "사무실로 전화해도 연희가 전화를 받지 않는다. 그러니 네가 사무실로 한번 가봐 줄 수 있겠느냐"는 부탁이었다고 합니다. 그러면서 "아무래도 무슨 일이 벌어진 것 같다"는 차씨의 말에 친구가 걱정되어 사무실로 갔다는 유씨. 그곳에서 유씨는 전깃줄로 목이 감긴 채 신음하는 친구 연희를 보게 된 것입니다. 놀란 유씨가 비명을 지르며 당구장 여주인에게 도움을 요청했고 곧바로 119와 경찰에 신고가 된 것입니다. 하지만 안타깝게도 김연희 씨가 병원 후송 중 사망하고 만 이 사건.

결혼을 앞두고 약혼자와 행복했던 김연희 씨를 살해한 사람은 정말 누구일까요? 법원의 판단처럼 방씨가 진짜 범인일까요? 이 사건의 확정판결 후 만 2년이 지나고 있음에도 방씨가 여전히 가족을 속이며 끝까지 반성도 하지 않는 것일까요? 아니면 정말 방씨의 주장처럼 여직원을 살해한 범인은 따로 있을까요? 누구의 주장이 진실인지 점점 알 수 없는 미궁에 빠져들어 가고 있는 상황이었습니다.

수사기관은 방씨가 틀림없는 진범이라고 결론 내렸습니다. 하지만 중요한 사실이 있습니다. 유감스럽게도 김씨를 살해했다는 방씨의 직접 증거는 하나도 확보되지 않았다는 점입니다. 그런데도 법원은 방씨에게 유죄를 인정하며 징역 12년을 선고한 것입니다. 도대체 무엇으로 그런 판결이 가능했던 것일까요? 법원이 인정한 이 사건의 유죄 근거는 '방씨의 자백'뿐이었습니다. 고문 끝에 나온 허위자백이라고 줄기차게 항변했지만 법원은 그리 판단한 것입니다. 법원은 '피고가 자유로운 검찰조사에서도 일관되게 자백한 점'을 주요 이유로 들었습니다. 그래서 이를 유죄의 증거로 채택한 것이지요. 당시 재판부의 방씨 판결문 중 일부입니다.

"물증이 없다 하더라도 피고인이 가진 학력, 지능, 사회적 경험, 지식에 비추어보아 경찰에서는 가혹행위에 의해 허위자백을 했을 가능성은 있다. 하지만 자유로운 검찰의 조사 과정에서도 자신의 범행을 인정한 것은 그 같은 인정의 경우 어떤 처벌을 받을 것이라는 사정을 잘 알고서도 행한 것이기에 자백의 신뢰성을 인정할 수 있다."

하지만 형사소송법에 따르면 이는 제대로 된 판결이라고 할 수 없습니다. 먼저 '자백의 보강 법칙'만 봐도 그렇습니다. 피고인이 임의로 한 증거능력과 신용성 있는 자백으로 유죄심증을 얻었다 할지라도 이를 뒷받침할 수 있는 보강증거가 없다면 유죄로 인정할 수 없다는 '자백의 보강 법칙'을 위반한 판결이기 때문입니다. 즉 자백 외에 다른 증거가 있어야 한다는 말입니다. 또한 형사소송법 제310조에는 "피고인의 자백이 그 피고인에게 불이익한 유일의 증거인 때에는 이를 유죄의 증거로 하지 못한다"라고 명시하고 있습니다. 헌법 제12조 7항 역시 "(……) 정식 재판에 있어서 피고인의 자백이 그에게 불리한 유일한 증거일 때에는 이를 유죄의 증거로 삼거나 이를 이유로 처벌할 수 없다"고 규정하고 있습니다.

그렇다면 이 사건에서 방씨의 자백 외에 무엇이 있단 말인가요? 법원도 판결문에서 인정하고 있는 것처럼 '자백 외에는 다른 독립된 증거가 없는 상태에서' 유죄를 내린 것은 아무리 봐도 무리한 판결이라고 비판하지 않을 수 없습니다. 이는 인권의 문제를 넘어 법치국가의 재판이라고 말할 수 없습니다. 이때가 1993년인데 2020년 현재에는 정말 이런 판결이 없을까요?

이런 부실수사에 대한 의문은 계속 이어집니다. 특히 방씨가 이 사건의 진범이라는 증거보다 '범인이 아닐 가능성'이 더 많은 여러 정황증거를 경찰과 검찰, 그리고 법원마저도 무시했습니다. 피살된 김씨를 마지막으로 봤다는 당구장 여주인을 대하는 태도가 바로 그것입니다. 사건 당일 피해자 김씨를 마지막으로 목격했고 또 그녀를 병원으로 후송까지 시켰던 여주인은 경찰에게도 매우 중요한 참고인이어야 합니다. 그런 여주인이 사건 직후 경찰 참고인 조사에서 남긴 진술입니다.

"오전 10시경 당구장에서 청소를 하는데 한 남자가 사채 사무실의 문을 세 번 노크했다. 그런데 아무 기척이 없자 남자가 다시 계단으로 올라가려는 순간 사무실 문이 열리면서 김연희가 고개를 내밀었다. 그 후 사무실 안으로 남자가 들어가는 것을 목격했다."

이러한 여주인의 진술에 경찰은 조서에서 "그 사람이 누구냐?"고 묻습니다. 그러자 여주인은 "나는 모르는 사람이고 느낌으로는 사채 사무실과 직접 관련이 있는 사람이라고 생각했다"고 합니다. 바로 이때였습니다. 결정적인 진술이 이어집니다. 당시 여주인이 목격했다는 그 남자의 인상착의를 묻는 대목입니다.

"키는 약 170센티 정도로서 보통이고 체격도 보통이고 연령은 30세 전후로 보였고 옷은 회색 비슷한 색깔의 것이었습니다."

그러자 경찰은 "지금이라도 그 사람을 보면 알 수 있나요?"라고 했고 이에 여주인은 "앞모습은 보지 못해 정확하게 구분하지 못하겠으나 당시 그 남자가 사채 사무실에 올 때 입은 옷 그대로라면 뒷모습으로도 어느 정도 분간할 것 같습니다"라고 답변했습니다. 이 말에 경찰은 환호하게 됩니다. 방씨를 체포했지만 자백 외에는 물적 증거도, 증인도 없는 상태에서 경찰이 승부수를 던질 수 있게 되었으니까요. 그래서 검거된 방씨의 현장검증 당일, 경찰은 목격자인 당구장 여주인을 검증에 참석시킵니다. 사건 당일 오전, 사채 사무실을 노크했던 남자가 체포된 방씨가 맞는지 뒷모습을 보고 확인해달라는 요청이었습니다. 그런데 이날 경찰의 기대는 한순간에 무너집니다. 실망스러운 반전이 일어난 것입니다. 경찰의 기대와 다른 당구장 여주인의 진술. 오히려 억울함을 주장하던 방씨에게 유리한 진술이 나온 것입니다. 여주인은 방씨를 보더니 대뜸 "그날 내가 목격한 남자는 이 사람이 아닌 것 같다"고 말합니다. 콤비 양복을 입은 남자를 봤다는 당구장 여주인의 기억과 달리 사건 당일 돈을 훔쳤다는 방씨가 입고 온 옷은 진한 국방색의 점퍼였기 때문입니다.

이런 여주인의 증언에 확실한 추가증거를 기대했던 경찰은 당황했습니다. 그래서 어떻게 했을까요. 그때까지 중요 참고인으로 극진히 예우하던 경찰이 일순 태도를 바꿨다고 합니다. "잘 모르면 여기서 그냥 나가라"며 당구장 여주인을 윽박질러 내쫓은 것입니다. 방씨가 범인이어야 하는 경찰로선 마지막 순간에 흙탕물이 튄 것입니다. 그야말로 모든 수고가 한꺼번에 무너지는 일이었겠지요. 하지만 여기가 끝이 아닙니다. 이해할 수 없는 일은 또 있었습니다.

이번엔 사건의 범행시간입니다. 공소 사실에 따르면 방씨가 김연희 씨를 살해한 시간은 오전 10시 50분으로 특정되어 있었습니다. 당일 아침 10시에서 10시 20분경 당구장 여주인이 목격했다는 그 남자는 방씨가 아니었다는 목격자 증언을 묵살한 채 경찰은 콤비 양복의 그 남자를 그 냥 방씨로 밀어붙였습니다. 하지만 방씨가 주장하는 시간대는 전혀 다릅니다. 이미 설명한 것처럼 사채 사무실에서 돈을 훔치고 방씨가 도주한 시각은 오전 9시 50분경이니 당구장 여주인이 목격한 콤비 양복 차림의 남자는 자기도 아니고 더구나 자신이 돈을 훔쳐 도주한 후인 10시에서 10시 20분 사이에 김연희 씨가 생존해 있는 것을 본 목격자가 있으니 억울하다는 것입니다. 과연 누구의 주장이 사실일까요? 안타깝게도 양측의 주장만 있을 뿐 진실은 무엇인지 알 수 없습니다. 마찬가지로 수사기관 역시 그렇게 추정할 뿐 명확한 증거가 있는 것도 아닙니다.

다만 여기서 눈여겨봐야 할 정황이 하나 있습니다. 경찰이 방씨를 용의자로 지목하게 된 결정적 이유인 '무통장 송금' 부분입니다. 방씨는 돈을 훔친 후 구로구에서 택시를 타고 양재동 지점의 중소기업은행으로 갔다고 했습니다. 거기서 훔친 수표로 30만 원을 무통장 송금합니다. 이후 남부터미널에서 버스를 타고 송탄에 도착한 시각은 낮 12시경. 수사기관이 주장하는 것처럼 10시 50분에 방씨가 김씨를 살해했다면 도저히 나올 수 없는 경로입니다. 방씨의 주장처럼 9시 50분에 돈을 훔쳐 이동했다면 송탄에 12시 도착이 가능하지만 10시 50분에 김씨를 살해한 사람이 방씨라면 시간상 불가능하다는 것입니다.

더구나 수사기관의 판단처럼 정말 방씨가 살인까지 저지르며 돈을 훔쳤는데 그런 상황에서 제일 먼저 한 일이 고작 30만 원을 빌린 사람에게 돈을 갚고자 은행부터 찾아갔을까요? 이 사건 전에 전과가 없던 방씨인데 방금 전 사람을 살해했다면 매우 흥분되고 초긴장 상태였으리라고 미루어 짐작할 수 있는 일입니다. 그런 상황에서 고작 그 돈 30만 원부터 송금했다는 것이 납득 가능한 일인가요? 그렇게 사건의 진실이 보일 듯 말 듯 하던 그때, 뜻밖의 사실이 기다리고 있었습니다. 사망한 김연희 씨 몸에서 발견된 또 다른 증거였습니다.

혈액형 A의 진실

다시 한번 언급하지만 이 사건의 진범이 방씨라는 증거는 자백 외엔 아무것도 없었습니다. 이 때문에 경찰 역시 자백을 뒷받침할 보강증거를 찾기 위해 노력합니다. 그중 하나가 사건 당일 방씨가 입었던 국방색 바지에 남은 혈흔 감정이었습니다. 경위는 이렇습니다. 방씨가 자백을 하자 경찰은 이를 보강할 증거를 확보하고자 방씨를 더욱 압박합니다. 결국 압박에 쫓긴 방씨가 "피해자 혈흔이 사건 당시 입었던 바지에 묻었다"는 말까지 하게 되었습니다. 경찰은 즉시 방씨가 당일 입었던 바지를 국립과학수사연구소에 감정 의뢰했습니다. 하지만 결과는 실패. 혈흔 반응이 나오지 않은 것입니다. 1995년 6월 30일, 방씨가 옥중에서 아버지에게 보낸 편지에 그 이유를 적었습니다. 그중 일부입니다.

"제가 경찰조사 당시 입고 있던 바지 우측 무릎 부위에 피해자의 혈흔이 묻어 있다고 허위 진술하자 경찰이 그 부위를 체크, 국립과학수사연구소에 의뢰하였으나 혈흔 채취가 안 되었다는 말을 들었습니다. 제가 거짓으로 허위 진술한 것은 경찰이 저에게 사건 당시에 "네가 입고 있던 옷에 혈흔이 묻어 있지 않았느냐"는 추궁이 가해지기에 심한 구타에 못 이겨 허위로 조작 진술을 하게 된 것입니다. 그러나 검사 결과 혈흔 자국이 나오지 않았다는 것을 경찰이나 검찰도 알고 있었으면서 자신들에게 불리한 것은 모두 빼버리고 재판을 진행해온 것입니다."

도대체 왜 이런 일이 벌어지는 것일까요? 경찰이 과학수사가 아니라 '자신들이 필요한 범인을 만들기 위해' 진실을 왜곡한다는 의구심이 제기되는 이유입니다. 유사한 사례는 너무나 많습니다. 영화 〈7번방의 선물〉의 모티브가 된 사건인 1972년 춘천파출소장 딸 강간살인사건도 그랬고 1990년 부산 엄궁동 낙동강변 강간살인사건 역시 마찬가지입니다. 영화로 제작 중인 1999년 삼례 나라수퍼 3인조 강도조작사건, 그리고 영화 〈무죄〉의 모티브가 된 2000년 익산 약촌 오거리 택시기사 살인사건과 2012년 서울시 공무원 유우성 씨 간첩조작사건 모두가 이런 식으로 없는 사실을 만든 사건입니다. 그렇다면 방씨 사건 역시 그런 사건 중 하나가 아닐까요?

그런 의구심을 뒷받침하는 자료가 국과수에서 나온 김연희 씨의 부검 결과 보고서였습니다. 경찰이 밝힌 김연희 씨의 사망 전 행적을 원점에서부터 다시 살펴봐야 하는 중대한 오류가 드러난 것입니다. 뜻밖의 반전은 그녀의 질 안에서 발견된 정액에서부터 시작됩니다. 김씨는 사망하던 날 새벽 약혼자 배씨와 여관에서 모두 두 차례 성관계를 가졌습니다. 마지막 성관계 시각은 아침 8시 20분이었다고 배씨는 경찰에서 진술합니다. 그러니 사망한 김씨의 질 안에서 남자의 정액이 발견되는 것은 별스러운 사실이 아닙니다. 그런데 충격적인 진실은 따로 있었습니다.

국과수 감정 결과, 김씨의 질 안에서 발견된 정액의 혈액형이 문제였습니다. 검출된 정액의 혈액형은 A형. 그렇다면 약혼자인 배씨의 혈액형이 A형이어야 자연스러운 일이었습니다. 그런데 아니었습니다. 놀랍게도 약혼자인 배씨의 혈액형은 B형. 도대체 어떻게 된 것일까요?

그렇다면 이 사건은 새로운 국면으로 접어들게 됩니다. 사망한 김씨가 약혼자와 마지막 성관계 후 헤어진 시각은 당일 아침 8시 20분경. 그 후 아침 8시 35분에 사무실로 출근한 김씨의 행적이 사실이라면 응당 그녀의 질에서 발견된 정액은 약혼자 배씨의 혈액형인 B형이 검출되어야 합니다. 그런데 B형이 아닌 A형이 검출되었다는 것은 배씨와 성관계 후 헤어진 김씨가 그 시각부터 이후 사망하기 전까지 A형을 가진 또 다른 남자와 관계를 가졌다는 추론이 가능합니다. 그렇다면 혹시 방씨가 살해 과정에서 김연희 씨를 강간한 것은 아닐까? 아닙니다. 확인 결과 방씨의 혈액형은 B형. 따라서 김씨의 질 안에서 발견된 정액의 주인이 '방씨가 아니라는 점'은 분명했습니다.

이런 의문이 재판 때도 논란이 되었습니다. 방씨의 변호인이 법정에서 이 문제를 제기한 것입니다. 처음 김씨를 발견한 친구 유씨에 따르면 발견 당시 김연희 씨는 전깃줄로 목이 졸려 신음하고 있었을 뿐 옷은 벗겨져 있지 않았다고 합니다. 따라서 가능성 있는 추측은 하나입니다. 약혼자와 헤어진 아침 8시 20분 이후 살해되기 전 사이에 김씨가 A형 혈액형을 가진 남성 누군가와 성관계를 가진 후 사고를 당했을 가능성. 따라서 방씨가 아침 9시 50분에 사무실을 방문했으나 여직원은 보이지 않았다는 그 시간대에 무슨 일이 있었는지 규명해야 마땅한 일이었습니다. 하지만 이에 대한 결말은 허망했습니다. 변호인의 의혹제기에 재판부는 '직접 연관이 없는 사안'이라며 더는 살펴보지 않은 것입니다. 이처럼 중대한 일이 왜 연관 없다는 것인지 납득할 수 있나요?

비명도, 저항도 없는 현장검증

현장검증의 어색함도 마찬가지입니다. 방씨는 현장검증 전에 경찰이 예행연습까지 시키며 사건을 조작했다고 주장합니다. 하지만 아무리 연습을 시켜도 만들어진 범인은 티가 나기 마련입니다. 무엇보다 수사기관의 결론처럼 미리 준비된 강도살인인지 의문입니다. 현장검증 결과가 오히려 방씨의 혐의를 의심케 하고 있기 때문입니다.

　현장검증 당시 확인된 방씨의 범행 과정은 지극히 비상식적입니다. 범행 전에 미리 준비한 흉기도 없이 그저 거듭해서 김씨를 바닥으로 밀치고 넘어뜨리는 수준이었기 때문입니다. 생전 김씨의 지인들이 한 증언에 따르면 그녀는 매우 활달하고 상황 대처 능력이 남다른 여성이었다고 합니다. 그런 김씨가 아무런 흉기도 없이 그저 넘어뜨리고 쓰러뜨리는 정도의 방씨의 공격에 별다른 저항이나 비명, 고함 한마디 없이 그냥 살해당했다는 것은 납득하기 어렵습니다. 범행시간도 짧지 않았습니다. 무려 세 차례나 넘어지며 다시 일어나기만을 반복했습니다. 구체적인 상황을 보면 더욱 그렇습니다. 먼저 방씨는 의자와 함께 사무실 바닥으로 그녀를 넘어뜨린 것으로 기록되어 있습니다. 하지만 잠시 후 김씨가 비명 한마디 없이 그냥 비실비실 일어나 출입문 쪽으로 다가가자 이를 본 방씨가 다시 한번 그녀를 바닥으로 넘어뜨렸습니다. 하지만 또 그뿐이었습니다. 쓰러진 김씨가 이내 머리를 만지며 마치 무성영화의 한 장면처럼 또 아무 말 없이 그냥 일어섰다는 것입니다. 결정적으로 이해가 가지 않는 상황은 마지막 세 번째입니다. 두 번의 공격에도 김연희 씨가 일어서자 방씨는 방법을 달리했다고 합니다. 그제야 김씨의 목을 손으로 조르며 쓰러뜨린 후 그녀의 손을 자신의 겨드랑이 사이에 끼고 소파 쪽으로 끌고 가 앉혔다는 것입니다. 그런 후 2미터가량 떨어진 벽에 늘어져 있던 전깃줄을 당겨 그것으로 김씨의 목을 두 번 감아 양쪽으로 졸라 살해했다는 것. 이때가 오전 10시 50분경이었으며 네 시간 정도 지난 2시 50분경 사장 차씨의 연락을 받은 친구 유씨가 사무실로 찾아왔고 그때까지 의식을 잃고 신음 중인 김씨를 발견했다는 것입니다.

저는 이 상황이 억지라고밖에 생각되지 않습니다. 긴박한 상황에서는 10초도 결코 짧지 않은 시간입니다. 그런데 무려 세 차례나 이어진 방씨의 공격 과정에서 평소 상황 대처 능력이 뛰어났다는 그녀가 흉기도 없는 사람에게 별다른 저항도, 반항도, 비명도 없이 일방적으로 당했다는 것인지 이해할 수 없기 때문입니다. 특히나 경찰의 수사기록에 따르면 방씨는 사채 사무실을 방문하기 전 김씨에게 전화해서 "카드 세 장으로 450만 원을 대출받고 싶다"며 계획적인 강도살인을 준비했다고 하는데, 만약 이것이 사실이라면 응당 450만 원이 준비되어 있어야 합니다. 하지만 사무실에는 고작 130만 원밖에 없었습니다. 또한 강도살인을 사전에 준비했다면 칼과 같은 흉기를 미리 가지고 갔어야 상식적입니다. 그런데 방씨는 아무런 흉기도 준비하지 않았습니다. 현장에 있던 전깃줄로 계획된 강도살인을 했다는 것은 납득하기 힘든 일입니다.

방씨는 정말 진실한 자백을 했을까?

생각할수록 미궁입니다. 그래서 저는 다시 한번 사건기록을 꼼꼼히 읽었습니다. 2002년부터 2004년 사이 '대통령소속 의문사 진상규명위원회'에서 조사관으로 일할 때도 그랬습니다. 1975년 8월 의문사한 장준하 선생 조사관으로 일할 때도 저는 일단 답답해지면 기록부터 폈습니다. 그러면 신기하게도 처음 읽을 때 보지 못했던 새로운 사실을 두 번째 읽을 때는 찾게 됩니다. 경험으로 공부한 진리입니다. 그래서 그날도 저는 다시 수사기록을 꼼꼼히 검토했습니다. 그날도 틀리지 않았습니다. 정말이지 믿기 어려운 충격이었습니다. 재판부가 유일하게 유죄의 증거로 삼은 방씨의 검찰 자백이 정말 임의진술이었는가 하는 결정적 증거가 드러난 것입니다.

이 사건의 각 재판부가 방씨의 일관된 부인 진술을 채택하지 않고 유죄로 삼은 증거는 단 하나, 바로 방씨의 검찰 자백입니다. 경찰에서는 몰라도 자유로운 상태인 검찰에서조차 살인을 자백한 것은 유죄의 근거가 충분하다는 것이 법원의 판단이었습니다. 그런데 방씨의 검찰 진술조서를 읽던 중 저는 방씨가 죽인 사람이 '도대체 누구냐'는 근본적 의문을 확인하게 됩니다. 먼저 방씨가 받은 검찰조사는 모두 두 번이었습니다. 경찰에서 검찰로 송치된 후인 1993년 3월 23일과 이틀 후인 같은 달 25일, 이렇게 두 번입니다. 진술조서에서 방씨는 자신이 살해한 피해자 이름을 모두 열 번 말합니다. 예를 들어 이렇습니다.

"피의자는 93년 2월 18일 피해자 김연희를 살해한 사실이 있나요?"

"네, 제가 피해자 김연희를 살해한 사실이 있습니다."

이런 식의 문답이 이어졌고 피해자의 이름이 열 번 기재되어 있는 것
입니다. 그런데 말입니다. 마땅히 이렇게 쓰여 있어야 할 검찰조서는 놀랍
게도 그렇게 작성되어 있지 않았습니다. 피살된 김연희 씨 이름 대신 전
혀 엉뚱한 사람이 피해자로 검찰조서에 기재되어 있었던 것입니다. 검찰
1~2회 진술조서 중 일부 내용을 인용합니다.

"피의자는 93년 2월 18일 피해자 김연주를 살해한 사실이 있나요?"
"네, 제가 피해자 김연주를 살해한 사실이 있습니다."

여기서 등장하는 피해자 '김연주'(가명)는 도대체 누구일까요? 곧바로
확인해본 결과 김연주는 바로 피살된 김연희 씨의 친언니 이름이었습니
다. 김연주 씨는 사망한 동생의 시신을 인수하기 위해 유족을 대표하여
사체 인수증에 서명한 사람이기도 했습니다. 즉 검찰은 방씨의 진술조
서를 작성하면서 '피해자 김연희'가 아니라 엉뚱하게도 피해자의 언니인
'살아 있는 김연주'를 물었고 이에 방씨 역시 "네, 제가 피해자 김연주를
살해한 사실이 있습니다"라며 인정하고 있었던 것입니다. 그야말로 살아
있는 사람을 살해한 검찰의 진술조서. 이 어처구니없는 검찰 자백을 근
거로 법원이 방씨에게 유죄를 선고한 것입니다. 저는 이 진술조서를 직접
보고도 믿을 수가 없어 거듭 눈을 비비며 다시 읽었습니다. 혹시 내가 피
해자 이름을 착각한 것이 아닌가 싶어 다시 보고 또 보기도 했습니다. 하
지만 그것은 사실이었습니다. 그제야 저는 이 사건의 재판이 크게 잘못

되었다는 확신을 가지게 되었습니다.

그렇다면 어떻게 이런 조서가 작성될 수 있었을까요? 추론은 간단합니다. 법원의 판단과 달리 검찰에서 방씨가 한 자백은 임의로운 상태에서 이루어진 게 아니었을 것입니다. 방씨는 피해자 김연희 씨의 언니 이름을 알 방법이 없었습니다. 피해자인 김씨 이름이야 수사 과정에서 알 수 있었겠지만 그의 언니 이름은 알 수 없었기 때문입니다. 당연히 방씨가 언니 이름을 착각해서 진술한다는 것은 애초부터 불가능한 일입니다. 따라서 검찰 수사관이 피해자 이름으로 김연주를 언급하며 조사를 진행했다고밖에 볼 수 없지요. 그런데 이런 식으로 끝까지 모두 열 번을 다 틀리게 피해자 이름을 쓸 수 있는 방법은 단 하나입니다. 검찰 수사관과 방씨가 자연스럽게 문답하는 형식이 아니라 사실은 처음부터 끝까지 검찰 수사관 혼자 조서를 다 작성한 후 마지막에 손도장을 찍으라고 방씨에게 요구하는 경우입니다.

이미 경찰에서 허위자백을 한 상황에서 방씨는 자포자기 상태에 빠져 있었을 것입니다. 그러니 방씨는 검찰 수사관이 내미는 조서를 읽어보지도 않은 채, 또는 수사관이 그냥 손도장만 찍으라고 내민 조서에 자신의 손도장만 찍었을 가능성이 높습니다. 그렇지 않고서야 이런 엉터리 조서가 만들어질 수는 없기 때문입니다. 그렇습니다. 바로 이런 엉터리 검찰 조서로 재판부가 유죄를 내린 사건. 그래서 이 엉터리 조서로 징역 12년이 확정된 것입니다. 어찌 개탄하지 않을 수 있을까요?

저는 이런 엉터리 진술조서를 확인한 후 당시 방씨 사건의 변호인에게 연락을 취했습니다. 재판에서 이 사실이 제기되었는지 확인하고자 한 것입니다. 하지만 예상과 다르지 않았습니다. 검찰조서에서 피해자 이름이 잘못된 것을 누구도 몰랐고 당연히 재판에서 이 사실이 논의된 적도 없다는 것입니다. 그러면서 변호사는 저에게 "그게 사실이냐"며 되물었습니다. 너무나 안타까운 일이었습니다. 만약 그때 재판에서 이 문제가 확인되었다면 결과는 바뀔 수 있었을까요?

한편 방씨의 주장처럼 억울하게 누명을 쓴 것이 맞는다면 과연 김씨는 누구에게 살해된 것일까요? '내가 이 사건의 수사관이었다면' 꼭 확인해보고 싶은 사람이 한 명 보였습니다. 하지만 당시 수사기관은 그 사람에게 아무런 질문도 하지 않았습니다. 왜 그랬을까요? 이미 검거된 범인이 있으니 나머지는 상관없다고 여겼기 때문입니다. 심지어 진범이 나타나 '내가 범인'이라고 자백해도 검찰이 외면한 사건마저 있습니다. 삼례 '나라수퍼 3인조 강도살인사건'입니다. 그가 누구든 범인만 있으면 될 뿐, 반드시 진범이 필요하지 않은 잘못된 수사기관의 추한 민낯. 화성 연쇄살인사건의 8차 사건 범인으로 몰려 20년간 감옥살이를 하다 나온 피해자 윤씨 사건 역시 마찬가지입니다. 수사기관은 처음부터 윤씨가 범인일 가능성이 낮다고 여겼을지 모릅니다. 그러나 장애를 가진 윤씨가 사건이 일어난 집의 담을 넘어갈 수 없다는 점도, 그리고 사실은 대문이 열려 있어 담을 넘어갈 이유도 없는데도 이를 무시했습니다. 그냥 무시한 것이 아니라 '진실을 애써 무시'한 것입니다.

하지만 경찰의 고문과 구타, 가혹행위로 무너진 윤씨가 허위로 자백하자 경찰은 끝내 그를 범인으로 만들어 20년이나 무고한 옥살이를 하도록 만들어버렸습니다. 천만다행으로 진범이 자백하면서 드러난 윤씨의 억울한 진실. 이렇게 한 사람의 인생이 처참하게 무너졌지만 그 책임을 지는 사람은 현재까지 아무도 없습니다. 이런 피해자가 우리나라에는 얼마나 더 있을지 저는 잘 모르겠습니다.

　그렇기에 저는 이 '사채업소 여직원 피살사건' 역시 언젠가는 꼭 진실이 밝혀지기를 기원합니다. 그런 의미에서 이 이야기를 기록해두고 싶었습니다. 특히 법원이 '이 사건과 직접적 관련이 없다'며 무시해버린 문제의 그 정액, 피해자 김씨의 질 안에서 발견된 혈액형 A를 가진 '그 남자'를 찾아 반드시 물어봐야 할 질문이 있다고 저는 생각합니다. 그 시각이 언제였는지, 그리고 사건 당일 당신과 김연희 씨 사이에서 무슨 일이 있었던 것인지. 이 중대한 문제를 왜 법원이 사건과 직접적 관련이 없다고 판단했는지 저는 동의할 수 없습니다. 상황이 곤란해지겠다 싶으면 그냥 무시해버리는 잘못된 수사관행이 이처럼 억울한 사람을 만들 수 있기 때문입니다. 진실이 무엇인지 알 권리는 대한민국 국민 누구에게나 있습니다. 이 땅에서 누구도 억울한 일을 당하지 않을 권리, 저는 이를 위한 투쟁을 끝까지 포기하지 않을 것입니다.

영화 〈7번방의 선물〉
─무기수 정원섭 이야기

2003년이었습니다. 경기도 안산에서
살 때였는데 집으로 전화가 왔습니다. 제가 책을 냈던 출판사에서 연락
처를 알게 되었다는 그분은 당시 70대 초반의 노인이었습니다. 무슨 일
로 전화했는지 영문을 몰라 여쭤보니 그분은 자기가 직접 만든 보약을
제게 선물하고 싶다며 다짜고짜 집 주소를 알려달라고 했습니다. "전북
남원에서 사슴농장을 운영하고 있는데 고 선생님에게 너무 고마워서 제
가 꼭 선물하고 싶어서요"라는 것이었습니다.

도대체 뭐가 고맙다는 것인지 알 수 없는 그분 말씀에 저는 결심하고
말씀을 드렸습니다. "제가 선생님이 누구신지 알지도 못하는데 뭐가 고
맙다는 것인지 모르겠고 여하간 그런 상황에서 그리 귀한 것을 저에게
선물하신다니 더더욱 받을 수 없습니다"라며 정중하게 사양 의사를 밝
힌 것입니다. 이런 말로 시작해서 맺어지게 된 그분과의 인연에 관한 이
야기입니다. 1,000만 관객의 눈물샘을 자극했던 영화 〈7번방의 선물〉의
모티브가 되었던 그 사건, 1972년 발생했던 '춘천파출소장 딸 강간살인
사건'으로 무기수가 되었던 정원섭 목사님의 사연입니다.

희대의 살인범은 어떻게 만들어졌나

대한민국 역사에서 1972년은 암울했습니다. 희망 대신 절망의 기운으로 음산했기 때문입니다. 시작은 1961년 5·16군사쿠데타였습니다. 그해 쿠데타를 일으킨 박정희가 결국 대한민국 대통령 권좌를 찬탈합니다. 쿠데타 직후에 자기처럼 불행한 군인이 나와서는 안 된다며, 그래서 "혁명을 완수한 후엔 본연의 임무인 군인으로 돌아가겠다"며 설레발치던 만주군 장교 출신 '친일 부역자' 박정희. 결국 오늘날 드러난 것처럼 박정희의 약속은 처음부터 끝까지 모두 거짓말이었습니다. 그는 헌법에 명시된 것처럼 두 번만 대통령을 한 것도 아니었습니다. 이후 헌법까지 바꿔가며 세 번째 대통령에 도전했습니다. 그것이 바로 개헌에 반대하는 여당 국회의원을 중앙정보부로 연행해서 고문 끝에 밀어붙인 1969년의 이른바 '3선 개헌 파동'입니다. 그때까지 한 번에 한해서만 연임할 수 있는 대통령직을 박정희가 세 번까지 할 수 있도록 헌법을 개정한 것입니다. 이처럼 자기 필요에 따라 헌법을 누더기로 만든 박정희.

하지만 그는 1971년 출마한 세 번째 대통령 선거에서 고전을 면치 못합니다. 민심이 독재자 박정희에게서 떠나버린 것입니다. 그래서 온갖 불법과 탈법, 금전 살포 등의 무지막지한 부정선거를 치렀는데도 야당의 김대중 후보에게 그야말로 '간신히' 이기게 됩니다. 한마디로 당선은 되었지만 치욕뿐인 영광이었지요. 하지만 박정희에게 반성은 없었습니다. 오히려 더한 독기를 부리게 됩니다. 아예 국민이 대통령을 뽑는 직선제를 없애버린 것입니다. 그렇게 해서 내처 영구집권을 위한 길로 치달아 1972년 10월에 급기야 '유신헌법'을 공포하기에 이릅니다.

유신헌법은 쉽게 말해 박정희가 영구적으로 대통령을 하게 만든 법이었습니다. 이전까지는 여야의 대통령 후보가 출마해서 국민을 상대로 전국을 돌며 지지를 호소했고 전국에서 실시한 투표로 가장 많이 득표한 후보가 대통령이 되는 방식이었습니다. 이를 '직선제에 의한 대통령 선출'이라고 합니다. 하지만 유신헌법이 공포되면서 완전히 달라졌습니다. 대통령 후보는 오직 박정희 혼자였습니다. 전국을 돌며 국민에게 유세를 할 필요조차 없었지요. 그냥 친여 성향의 인사들로 구성된 '통일주체국민회의' 대의원 2,200여 명이 서울 장충체육관에 모여 찬반 표시로 대통령을 선출했기 때문입니다.

독재자 박정희는 왜 이런 최악의 반민주 악법을 만든 것일까요? 박정희의 본심을 알 수 있는 최측근의 증언이 있습니다. 대통령 박정희 밑에서 9년 3개월간 비서실장을 지냈던 고 김정렴 씨의 말입니다. 그가 쓴 정치 회고록 『아, 박정희』에 실린 글에 따르면 박정희가 가장 부러워하던 사람은 북한의 지배자 김일성이었다고 합니다. 박정희가 보기에 북한의 김일성은 그저 가만히 있으면서도 계속 절대적인 힘으로 북한을 통치하고 있는데 왜 자기는 때만 되면 전국을 돌아다니면서 국민에게 거지처럼 '한 표 줍쇼' 해야 하는지 불만이 많았다는 것입니다.

그래서 1971년 대통령에 세 번째로 당선된 직후 박정희가 김정렴 비서실장을 불러 비밀리에 모종의 지시를 내립니다. 마지막으로 한 번만 더 대통령을 하고 싶은데 이미 세 번째 임기를 시작했으니 이대로 가면 네 번째 연임은 불가능해지는 상황이었지요. 그러니 영구히 자기만 대통령을 할 수 있는 방법을 연구해서 보고하라는 지시였습니다. 그렇게 해서 그들이 만들어낸 것이 1972년 '유신헌법' 공포였던 것입니다. 박정희는 유신헌법의 필요성에 대해 '한국적 민주주의'라는 말로 미화해서 포장했습니다. 분단 상황인 대한민국에서 서구적 민주주의는 맞지 않으므로 일정한 자유를 제한할 수밖에 없다며 창조해낸 단어가 '한국적 민주주의'였습니다.

하지만 실상은 전혀 달랐습니다. 유신헌법은 한국적 민주주의도 아니고 그 무엇도 아니었습니다. 그냥 박정희 자신이 부러워하던 북한의 선거 방식을 모방한 부끄러운 오점이었을 뿐입니다. 이런 참담한 악법을 국민에게 강요하려니 보통의 수단으로는 어려웠을 것입니다. 1960년 4·19민주혁명을 이뤄낸 시절의 국민이었습니다. 독재자가 힘으로 누른다고 마냥 당할 국민이 아니었습니다. 그러니 이를 탄압하는 강도가 보통을 넘어야 했습니다. 박정희는 자신의 권력 연장에 방해가 될 만한 모든 세력을 사정없이 핍박했습니다. 누가, 언제, 무슨 일을 당할지 모른다는 공포 분위기 속에서 강요된 침묵만 흐르던 불행한 시대였습니다. 그렇게 엄혹하던 1972년 9월 27일, 강원도 춘천에서 엽기적인 사건이 발생합니다. 춘천파출소장의 열한 살 된 딸이 강간 후 살해되어 나체 상태로 논두렁에서 발견된 것입니다.

사건은 일파만파로 커져갔습니다. 감히 누가 현직 파출소장의 딸을 이처럼 잔인하게 살해했는지 언론에서는 연일 대서특필로 다뤘습니다. 급기야 '불도저'라는 별칭을 가진 김현옥 장관이 강원도 춘천까지 순시에 나섰습니다. 불도저 김현옥. 당시 내무부장관이었던 김현옥이 '불도저'라는 별칭으로 불리게 된 데는 그 유명한 '서울 와우아파트 붕괴 참사' 때문이었습니다. 때는 1970년 4월 8일 아침 8시 20분경. 당시의 김현옥 시장을 한마디로 평하면 '빨리빨리'라고 흔히 말합니다. 김현옥은 도로든 건물이든 계획된 일정보다 무조건 하루라도 더 빨리 만들고 세우는 것을 행정가의 최고 미덕이자 치적으로 여겼던 그 시절 공무원이었습니다.

서울 와우아파트도 마찬가지였습니다. 1969년 당시 박정희는 서울시 내의 불량주택을 정리하는 한편 서울로 집중되는 인구의 분산을 위해 새로운 주택정책을 도입합니다. 그것이 '서민아파트 2,000동 건설계획'이 었습니다. 김현옥 시장은 이 서민아파트 건립에 속도전을 주문합니다. 예 정된 공사기간보다 무조건 더 빨리 아파트를 완공하라고 연일 압박했습니다. 대통령 박정희의 관심사항이니 그에 걸맞은 충성심을 보여주고 싶어 더 그랬을 것입니다. 그렇게 해서 불과 6개월 만에 5층짜리 서민아파트가 완공되었습니다. 당시의 건설기술과 능력으로 이렇게 빨리 완공을 했다는 것은 모두가 놀랄 일이었습니다. 이런 성과에 매우 만족한 박정희는 김현옥 시장의 업무 추진력을 크게 칭찬했습니다. 나아가 정권 차원의 큰 치적으로 거창하게 홍보까지 했지요. 서민아파트를 지어 분양하니 서민을 위한 대통령 이미지로 활용하기 좋았던 것입니다.

하지만 와우아파트 완공기간보다 더 빨랐던 시간이 하나 더 있었습니다. 바로 '와우아파트 붕괴시간'이었습니다. 와우아파트는 한마디로 '부실공사'의 결정체였습니다. 공사에 들어간 자재부터가 전부 엉터리였지요. 70개의 철근 뭉치가 들어가야 할 기둥에 고작 5개의 철근만 썼습니다. 시멘트도 대충, 골재 역시 마찬가지였습니다. 원청과 하청을 거치며 공사에 쓰여야 할 돈이 엉뚱한 자들의 주머니로 다 들어가고 거기에 '빨리빨리'만 외치던 불도저 시장의 졸속 관리 속에 와우아파트는 결국 그 시절 유행하던 노래의 가사처럼 '신고산이 우르르르' 하듯 한순간에 무너지고 말았습니다. 6개월 만에 완공한 와우아파트가 완공 후 불과 4개월 만에 붕괴한 것입니다. 이때 입주민 33명이 사망하고 모두 39명이 중경상을 입는 참사가 벌어집니다. 그야말로 부끄러운 일이 아닐 수 없습니다.

결국 불도저 김현옥 시장도 책임을 피할 수 없었습니다. 들끓는 국민의 비난 속에 박정희는 김현옥을 문책해 서울시장직에서 경질합니다. 하지만 박정희의 속내는 달랐습니다. 여론 때문에 김현옥을 잠시 내쳤지만 그 시간은 오래가지 않았습니다. 김현옥의 불도저 스타일을 박정희가 신뢰했기 때문입니다. 그래서 이번엔 더 큰 자리를 줬습니다. 내무부장관 임명이었지요. 경찰도 지휘할 수 있는 권한을 가진 내무부장관으로 김현옥이 임명된 직후 접하게 된 엽기적 살인사건. 역시 불도저 김현옥의 해결방식은 남달랐습니다. 더구나 그 시절 내무부장관이 직접 사건이 일어난 현장을 방문한 것 자체가 놀라운 일이었습니다. 당연히 언론도 주목했습니다. 그리고 기대했습니다. 불도저가 왔으니 조용히 돌아가지는 않을 것이라 여긴 것입니다. 그랬습니다. 불도저는 언론의 그런 기대를 외면하지 않았습니다. 영화보다 더 영화 같은 불도저의 특별지시가 있었던 것입니다.

"10일 안에 무조건 범인을 검거하라!"

이 소식을 언론이 속보로 타전했습니다. 언론을 통해 이 사실을 알게 된 사람들은 정말 장관의 지시처럼 10일 안에 경찰이 범인을 검거할 수 있을지 비상한 관심을 보였습니다. 하루하루 지나고 점점 데드라인으로 제시된 10일이 가까워지면서 더욱더 관심이 집중되었습니다. 장관이 10일 내에 범인을 검거하라고 하면서 만약 이를 이행하지 못하면 혹독한 책임

추궁도 언급했기에 경찰 입장에서는 속된 말로 '똥줄이 타는' 순간이었습니다. 그렇게 시한폭탄에 달린 초침처럼 시간이 흘러 마침내 마감 시한 하루를 앞둔 9일째 밤, 춘천경찰서에서 김현옥 장관에게 낭보를 전합니다. 불가능할 것 같았던 장관의 특별지시가 현실이 되었다는 보고였지요. 즉각 이 사건의 범인을 검거했다는 소식이 속보로 발표되었습니다.

그래서 범인은 누구?

경찰 발표에 따르면 검거된 범인은 그 마을에서 만홧가게를 운영하던 당시 30대 후반의 정원섭 씨였습니다. 한국 신학대를 졸업한 정씨의 원래 직업은 교사였습니다. 사건 당시 셋째 아이를 임신한 부인과 두 아들을 둔 가장이었습니다. 그런 사람이 교사를 그만두고 만홧가게를 운영하며 살게 된 데는 비극적인 사연이 있었습니다. 사랑하던 장남이 죽은 것입니다. 정씨는 자신이 믿는 하나님에게 아들을 살려달라며 간절하게 매달렸다고 합니다. 하지만 간절한 기도가 무색하게도 끝내 장남이 죽자 하나님을 원망하게 되었다고 합니다. 그 길로 교사 일도 그만두고 매일 술로 탕진하며 방황했습니다. 이런 정씨의 행적이 경찰의 눈에 포착된 것입니다. 누구라도 좋았습니다. 그저 10일 안에 범인만 검거하면 되는 일이었으니까요. 그런 경찰에게 정씨는 첫 번째 용의자로 부각됩니다. 더구나 숨진 아이의 주머니에서 만홧가게 TV 시청권이 발견되었으니 만홧가게를 운영하던 정씨와 연관성도 있었습니다. 그런 상황에서 사건 현장에서 발견된 남성의 음모 모양과 정씨의 음모 모양이 비슷하다는 국과수 결과

통보도 한몫을 했습니다. 꼬불꼬불한 털 모양이 유사하므로 범인이라는 그 시절의 수사방식은 코미디가 아닐 수 없습니다.

당연히 경찰이 발표한 이 사건의 범행 경위 역시 단순했습니다. 사건이 발생한 저녁, 어둑어둑한 시간에 평소 정씨의 만홧가게를 드나들던 피해자를 정씨가 우연히 거리에서 마주쳤다는 것입니다. 순간 욕정을 느낀 정씨가 아이를 한적한 논 쪽으로 끌고 가 성폭행했고 이어 신고가 두려워진 정씨가 아이를 죽이고 말았다, 이것이 사건의 전말이라고 했습니다. 그러면서 정씨가 범인임을 뒷받침하는 증인도 제시합니다. 한 명은 같은 마을의 이웃집 아줌마였고 또 한 명은 정씨의 만홧가게에서 일하던 10대 여성이었습니다. 그리고 마지막은 정씨의 둘째 아들이었습니다. 특히 정씨 아들의 증언은 이 사건에서 가장 결정적인 증거로 채택됩니다. 과연 이들은 무엇을 말했을까요?

먼저 경찰이 제시한 정씨 아들의 증언입니다. 경찰은 사건 현장에서 파란색의 기다란 연필을 수거했다고 발표했습니다. 범인이 피해자를 성폭행하고 살해한 후 현장을 벗어나면서 실수로 떨어뜨린 연필이라고 했습니다. 따라서 이 연필의 주인을 찾기 시작했고, 수사 결과 연필 주인은 범인 정씨의 둘째 아들인 것으로 확인되었다는 것입니다. 실제로 둘째 아들은 아버지의 법정에 증인으로 나와 "파란색의 기다란 연필은 내 것"이라고 증언합니다. 여하간 경찰은 범인 정씨가 아들의 연필을 가지고 있다가 범행 현장에서 실수로 떨어뜨린 것으로 설명한 것입니다. 그리고 이를 근거로 정씨가 범인이라고 지목한 것입니다. 재판부는 이 증언을 결정적 유죄의 증거로 삼습니다.

그런데 훗날 밝혀진 사실은 실로 놀라웠습니다. 그때는 문제의 연필 때문에 정씨가 곤욕을 치렀지만 거꾸로 훗날 이 연필이 정씨의 무죄를 입증하는 결정적 증거로 다시 등장하기 때문입니다. 사실은 이랬습니다. 검거 시한에 내몰리던 그때, 경찰이 정씨의 아들을 찾아갑니다. 그러면서 평소 쓰던 연필통을 가져오라고 시킵니다. 그러고는 사건 현장으로 데려간 아들에게 연필통을 달라고 요구합니다. 겁에 질린 아들이 연필통을 건네주자 그들은 거기서 파란색의 기다란 연필 하나를 꺼낸 후 아들에게 연필의 맨 끝 부분을 이로 '앙' 물어보라고 시켰답니다. 당시 어린 초등학생이었던 아들은 영문도 모른 채 그저 무서운 경찰 아저씨들이 시키는 대로 따라했습니다. 곧 한 경찰이 다시 아들에게 건네받은 연필을 사건 현장의 논두렁에 툭 던졌다고 합니다. 그러면서 그 경찰이 "이 연필이 누구 거냐?"며 물었다지요. 아들은 이상하게 생각하면서도 "내 것"이라고 답할 밖에요.

너무나 당연한 대꾸였습니다. 경찰은 정씨 아들의 대답에 만족합니다. 그러면서 아들에게 말했습니다. 나중에 법정에서도 지금처럼 말해야 한다는 겁박이었습니다. "그러지 않으면 너도 감옥에 가게 된다"는 경찰의 말. 그랬습니다. 문제의 연필이 훗날 아버지의 재판에서 유력한 증거로 등장한 이유입니다. "이 연필이 누구 것이냐"는 검사의 질문에 둘째 아들은 경찰이 시킨 대로 "내 연필"이라고 했습니다. 실제로 그 연필이 자기 것이니 초등학생이었던 아들은 그리 말할 수밖에 없었던 것입니다. 그 말이 아버지에게 어떤 의미를 가지는 것인지 알기에는 너무 어렸고 또 무섭기만 했던 것입니다. 하지만 이 증언으로 아들의 아버지는 꼼짝없이 성폭행 살인범이 되었습니다. 결국 검사의 사형 구형에 이어 3심을 거치며 최종적으로 무기징역을 선고받게 됩니다. 만약 검사의 구형대로 사형이 선고되었다면 얼마나 끔찍한 일이 되었을까요? 아들의 증언으로 아버지가 목숨을 잃을 뻔한 결과였기 때문입니다. 그래서 그날 이후 정씨의 둘째 아들은 마음속의 괴로움을 지울 수가 없었다고 합니다. 하지만 이게 왜 아들의 잘못일까요? 이런 패륜적 일을 자행한 경찰들은 모두 사라지고 왜 죄 없는 이들 부자만이 고통 속에서 힘들어해야 하는지 용납할 수 없습니다.

그런데 더욱 충격적인 사실은 따로 있었습니다. 사건 발생 후 39년이나 흐른 2011년도의 일이었습니다. 경찰은 아들을 겁박해서 증언만 조작한 것이 아니었습니다. 더 놀라운 조작의 진실은 '현장에서 발견된 연필의 실체'였습니다. 사건 현장에서 연필이 발견된 것은 정말 사실일까요? 네, 그것은 사실이었습니다. 그런데 그 연필이 뭐냐가 문제였지요. 39년만에 열린 이 사건의 재심 공판 과정에서 제시된 연필이 그때 등장했던 연필과 완전히 달랐기 때문입니다. 당시 경찰과 검찰은 '파란색의 기다란 연필'을 증거물로 제시했습니다. 그런데 그때 실제 사건 현장에서 수거된 연필은 '노란색의 짧은 몽당연필'이었던 것입니다. 그러니까 사건 당시 수사기관이 존재하지도 않는 정씨의 증거물을 만들어 완벽하게 조작한 것입니다. 애초부터 현장에는 파란색의 기다란 연필조차 존재하지 않았던 거지요. 그야말로 완벽한 조작인 것입니다.

조작은 이것으로 끝이 아니었습니다. 사실은 경찰, 검찰, 법원 역시 처음부터 정씨가 범인이 아님을 알고 있었다는 결정적 증거가 드러난 것입니다. 사건 현장에서 발견된 '혈흔'이 그 증거였습니다. 1972년 당시 우리나라에서도 혈흔의 혈액형 분석은 가능한 수준이었습니다. 사건 현장에서 수거한 범인의 혈흔을 국과수에서 분석한 결과, 범인이 A형을 가진 남자임을 확인하게 됩니다. 그렇다면 검거된 정씨의 혈액형은 응당 무엇이어야 할까요? 당연히 A형이어야 맞습니다. 그런데 아니었습니다. 정씨의 혈액형은 B형. 따라서 정씨는 범인일 수가 없는 것입니다. 그러나 범인이 '필요했던' 그들에게 이는 중요하지 않았습니다. 없는 것도 만들어내는 상황에서 '있는 것을 숨기는 것'은 일도 아니었기 때문입니다. 이후 정씨의 재판은 일사천리로 진행됩니다. 유신 치하의 공포 분위기 속에서 이어진 정씨의 1심과 2심 재판에서 검사는 사형을 구형했고 담당 재판부는 무기징역으로 깎아 선고합니다. 그리고 마지막으로 이어진 대법원역시 원심 판결이 정당하다며 무기징역을 확정합니다. 이렇게 해서 무기수가 된 정원섭 씨. 그는 이후 광주교도소에서 15년 3개월간 수감생활을 하게 됩니다. 그때가 1973년의 일이었습니다.

"나는 억울하다", 30년 만에 외친 절규

이후 정원섭 씨에게 직접 들은 이야기에 따르면 그의 교도소 생활은 한 편의 영화 그 자체였습니다. 교도소에 갇힌 후 정씨는 자신의 누명에 절망했다고 합니다. 당연한 일입니다. 그래서 억울하고 분한 마음에 자살하기로 결심하고 치밀하게 준비를 마쳤다고 합니다. 자신의 누명으로 밖에서 고통받는 처와 자식들을 생각하니 더욱 그랬다고 합니다. 실제로 정씨의 구속 이후 남은 가족들이 겪은 사연은 이루 말할 수가 없었습니다. 셋째를 임신 중인 아내에게 마을 주민들이 출산 당일까지 찾아와 '살인자 가족'이라며 행패를 부리고 심지어 때리기까지 했답니다. 이런 핍박에 결국 마을에서 쫓겨난 가족들은 형편상 뿔뿔이 흩어져 아이들은 고아원으로, 또 아내는 교통사고를 당해 한쪽 다리마저 잃는 불행을 겪게 됩니다.

이 모든 비극이 모두 다 자기의 죄 같아서 정씨는 괴로웠다고 합니다. 자신이 아무리 억울하다고 해도 누구 하나 도와주는 사람이 없었다고 합니다. 당연히 이런 세상에 아무런 미련이 없었습니다. 그래서 교도관 몰래 끈을 하나 준비한 정씨가 자살 준비를 모두 마쳤을 때였습니다. 생각지도 못한 사람이 교도소로 정씨를 찾아왔다고 합니다.

한신대학교 선배이자 우리나라의 대표적인 여성운동가로 활동하다가 훗날 민주당 국회의원을 지낸 이우정 씨였습니다. 흉악범이라며 모두가 다 자신을 외면할 때 면회를 와준 이우정 선배의 등장에 정씨는 감동합니다. 그래서 고맙다며 인사를 하던 그때, 자기 눈을 잠잠히 바라보던 이우정 선배가 이렇게 말했다고 합니다.

"그래. 원섭아, 억울하지? 죽고 싶은 심정이지?"

마치 자기 마음속 계획을 다 알고 있는 것처럼 정확한 그분의 말에 정씨는 당황했다고 합니다. 그런 정씨에게 이우정 선배가 다시 말을 이어갔습니다.

"그런데 원섭아, 죽지는 마라. 네가 죽으면 너를 이렇게 조작한 사람들에게 면죄부를 주는 거야. 죽지 말고 살아서 언젠가는 네 억울함을 꼭 밝히는 것이 현명한 길이거든. 이 말을 해주고 싶어 찾아온 거란다. 비록 그 시간이

언제 올지는 누구도 모르지만 나는 너의 진실을 믿는다. 힘내고 부디 살아
서 다시 만나자."

후에 저와 인연이 되어 만났던 날, 정원섭 목사에게 직접 들은 일화입
니다. 그때가 2003년경, 정씨는 이우정 선배의 말에 그간 혼란스러웠던
모든 정신이 돌아왔다고 했습니다. 이날부터 정씨는 마음을 달리 먹었다
고 합니다. 그러면서 자신이 버린 하나님을 다시 찾았다고 했습니다. 자
신에게 온 이 불행을 하나님이 주신 선물이라고 여겼답니다. 이후 정씨는
자신이 뜨거운 기름에 반죽된 도넛이라고 생각했습니다. 뜨겁지만 다 익
으면 누구나 좋아하는 도넛이 되듯 교도소 안에서 자신이 할 수 있는 모
든 일에 최선을 다하겠다고 다짐한 것입니다.

제일 먼저 과거의 교사 경험을 살려 재소자를 상대로 한 검정고시 공
부반을 운영했습니다. 검정고시 합격자가 하나둘 생기면서 교도소 측 역
시 정씨의 이런 헌신을 좋게 평가했다고 합니다. 여기에 자신감을 얻은
정씨가 두 번째 시작한 도전이 브라스밴드 조직이었습니다. 이 역시 과거
군복무 시절 경험했던 군악대 덕분이었지요. 정씨는 자신부터 먼저 모
든 종류의 악기를 다 공부했다고 합니다. 그런 후 재소자들에게 악기 사
용법을 하나씩 가르쳤습니다. 영화 〈친절한 금자씨〉에 나오는 것처럼 모
든 재소자에게 친절하게. 그리고 영화 〈하모니〉에서처럼 광주교도소 합
창단까지 조직하기에 이릅니다. 실제로 정원섭 목사에 따르면 영화 〈하모
니〉를 제작할 당시 자신이 영화 자문을 했다고 합니다.

한편 정씨에게 행운이 찾아온 때는 수감 9년째를 맞이하던 1981년이
었다고 합니다. 1980년 5·18광주항쟁 이듬해였지요. 광주 시민을 학살

하고 권력을 찬탈한 전두환이 1981년 9월 1일, 제11대 대통령으로 취임합니다. 대통령이 된 전두환은 광주와 화해를 함으로써 과거를 청산하고 싶었습니다. 이를 위해 광주를 직할시로 승격시킵니다. 하지만 전두환의 권력욕으로 한 집 건너 한 명씩 희생자가 발생한 광주에서 이런 꼼수가 무슨 소용이 있었을까요?

그런데도 전두환 세력은 집요했습니다. 직할시 승격을 계기로 광주와 화해하고 싶었고, 이를 위해서는 축제 분위기를 조성할 필요가 있었지요. 그래서 고적대 같은 브라스밴드를 동원해 시끌시끌한 도심 행진을 추진하라고 광주시에 지시를 내립니다. 온 도시가 분노와 울분으로 가득한데 누가 감히 나팔을 불고 북을 치며 거리로 나아갈 수 있을까요? 위에서는 압박하고 현실은 불가능하여 고심하고 있던 그때, 누군가 묘수를 냈습니다. 광주교도소 재소자들이 브라스밴드를 조직했다고 하니 그들에게 거리행진을 시키자는 것이었지요.

이 계획은 그야말로 대성공이었습니다. 재소자들이 끌려나와 하는 것이니 광주 시민도 차마 돌을 던지지 못했다고 합니다. 어찌 되었든 저들의 입장에서 광주교도소의 브라스밴드가 세운 공은 보통 일이 아니었습니다. 이를 만든 정씨는 그들에게 정말 구세주 같은 존재였지요. 그 일화를 저에게 전하며 정원섭 목사가 웃었습니다. 쓸쓸한 미소였습니다. 그야말로 그 시대의 아픔이었습니다.

여하간 이 일이 정씨에게 기적 같은 일을 가져왔습니다. 1987년 12월 24일은 영원히 나서지 못할 것 같았던 광주교도소의 육중한 철문이 열리고 정원섭 목사가 마침내 세상 밖으로 나온 날입니다. 거짓말처럼 크리스마스 특사로 나온 정원섭 목사는 그날 하늘에서 내리던 흰 눈을 또

럿이 기억하고 있다고 합니다. 훗날 2015년 12월, 서울 마포구 합정동에 있는 국민TV에서 제가 진행하던 팟캐스트 〈고상만의 수사반장 시즌 2〉에 정원섭 목사를 모시고 방송을 한 적이 있습니다. 두 시간 정도 녹음방송을 마친 직후에 정원섭 목사가 제게 뜬금없는 부탁을 하셨습니다.

"미안하지만 고 선생, 이 방송을 오는 크리스마스이브에 내보내줄 수 있겠소?"

처음엔 농담하시는 줄 알았습니다. 그런데 진짜였습니다. 1987년에 석방되던 날이 크리스마스이브였는데 그날에 맞춰 자신의 이야기를 듣고 싶다고 하신 겁니다. 그러면서 그날 교도소장과 나눈 일화도 듣게 되었지요. 1987년 12월 24일 아침이었습니다. 특사가 발표되는 날이었지만 자신은 아무 기대도 없었다고 합니다. 여느 때처럼 감옥의 하루 일과를 위해 감방 문을 나서는데 교도소장이 찾는다는 연락이 온 것입니다. 영문도 모른 채 소장실로 갔더니 교도소장이 이렇게 말하더랍니다.

"정 선생, 그동안 고생이 참 많으셨소. 오늘 세상 밖으로 나가십니다. 나가서 행복하게 사세요. 그간 만나게 되어 고마웠습니다."

그 순간 아무 생각도 들지 않았다고 합니다. 그저 멍하기만 할 뿐, 이게 거짓말이 아닐까 싶더랍니다. 나가고 싶었지만 진짜 나갈 수 있는 날이 올까 했는데 정말 '도둑놈처럼' 그날이 온 것입니다. 그런 정원섭 목사는 교도소 문 밖으로 혼자 나와서 소담하게 내리는 흰 눈을 보고서야 현실을 실감했다고 합니다. 자신이 세상 밖으로 정말 나왔음을 말입니다. 그때 수감되고 정확하게 만 15년 2개월하고도 보름만의 특사였습니다. 한편 무기수 중에 이렇게 15년 만에 석방된 사례는 이전까지 없던 일입니다. 일단 20년 이상 수감되어야 특사 검토 대상으로 올라가는 것이 그간의 관례였기 때문입니다. 앞으로도 이런 사례는 없을 것입니다. 지난 1997년 12월, 김영삼 정부에서 마지막으로 사형이 집행된 이후 대한민국은 사실상 사형제 폐지국으로 분류되고 있습니다. 통상 10년 이상 사형을 집행하지 않으면 '사실상의 사형제 폐지국'으로 분류하는데 우리나라는 이미 20년도 더 지나가고 있기 때문입니다. 대신 무기징역 이상 사형을 선고받은 재소자에 대해서는 더욱 엄격하게 관리가 되고 있습니다. 사실상 무기수가 특사로 나올 가능성이 없어졌다는 것이지요.

다시 사라진 15년의 은둔

교도소를 나온 정씨는 '다시 세상 속으로' 사라졌습니다. 감옥에서 석방된 후 찾아간 누나에게서 생각지도 못한 선물을 받은 덕분입니다. 수형 생활 동안 돌아가신 아버지가 "나중에 원섭이가 나오면 꼭 주라"며 누나에게 남긴 땅문서였습니다. 정씨는 곧장 문서에 적힌 전북 남원으로 내려갔다고 합니다. 이후 그곳에서 홀로 사슴을 키우며 진정한 목회자의 길을 걸었습니다. 남원에서 정씨는 수감번호로 불리는 재소자도 아니었고 정씨도 아니었습니다. '정원섭 목사님'이었지요. 정 목사가 운영하는 교회는 다른 교회와 많이 달랐습니다. 무엇보다 교인들에게 일체의 헌금을 받지 않았다고 합니다. 자신이 키운 사슴으로 돈을 마련해서 교인들에게 점심식사를 대접하고 보약도 나눠줬습니다. 교회 역시 일체의 헌금 없이 정 목사가 스스로 지었답니다. 그렇게 세상 속에서 은둔하며 살았습니다.

한편 1972년에 발생했던 그 비극적인 사건이 세인들의 기억 속에서 완전히 사라져가던 1999년이었습니다. 사건이 일어난 지 근 27년이 흘렀을 무렵, 정원섭 목사가 다시 세상을 향해 나섰습니다. "나는 살인범이 아니다"라는 절규와 함께였지요. "사건이 일어난 그날, 나는 피살된 아이를 만난 적도 없으며 모두 경찰의 혹독한 고문으로 만들어진 허위자백이었다"고 밝힌 것입니다. 그러자 사람들이 물었습니다. 그런데 왜 이제야 그런 말을 하냐고. 감옥에서 나오고 무려 15년이나 지난 지금에 와서 그런 주장을 하는 것에 대해 의구심을 제기한 것입니다. 이에 정원섭 목사가 말했습니다.

"나는 나를 고문한 경찰을 이미 용서했습니다. 그러나 내가 죽고 난 후에라도 진실을 꼭 말해주고 싶은 사람이 한 명 있습니다. 바로 제 아들입니다. 아버지의 법정에서 아버지 죄를 증언하게 된 내 아들, 그 아들에게만은 아버지가 정말 살인범이 아님을, 그래서 내 아들이 아버지를 고발했다는 오명만은 꼭 벗겨주고 싶습니다. 나로 인해 고통받은 아들에게 그 오명을 풀어줘야 아들도 앞으로 마음 편히 살 수 있을 것 같아서입니다. 그래서 누구를 처벌하고 말고의 문제가 아니라 지금이라도 그 진실을 바로잡아달라고 나선 것입니다."

밝혀진 진실, 사라진 세월들

하지만 뒤틀린 진실은 쉽게 바뀌지 않았습니다. 1999년 11월, 서울고등법원은 정원섭 목사가 제기한 재심청구를 기각합니다. 당시 증인으로 경찰이 내세웠던 마을 아주머니와 만홧가게 종업원이 "사실은 경찰의 고문과 겁박으로 사실이 아닌데 허위 증언한 것"이라며 진술을 번복했음에도 서울고법 재판부는 이를 배척했습니다. "30년이 지난 지금에 와서 번복하는 진술을 신뢰할 수 없다"는 이유에서였지요. 자기들의 선배 법관이 내린 판결을 후배 법관들이 번복하는 것, 1999년 그때까지 단 한 번도 없었던 일이었습니다. 세월만 27년이 흘렀을 뿐 파렴치한 법원은 그대로였습니다. 정 목사는 불복했습니다. 대법원에 즉각 항고했습니다. 하지만 결과는 달라지지 않았습니다. 참고로 그때까지 대한민국에서 일반 형사사건으로 재심이 수용된 사례는 단 한 번도 없었습니다.

정원섭 목사가 그날 저에게 연락을 주신 이유가 바로 이것 때문이었습니다. 2003년 인권운동가로서의 경험을 토대로 쓴 책 『니가 뭔데』에서 저는 정원섭 목사 사건을 예시로 들어 대한민국 사법제도의 문제점을 통렬하게 비판했습니다. '죄가 있는 사람이 감옥을 가는 것이 아니라 힘없는 사람만 억울하게 감옥 가는 것은 민주주의가 아니다'라며 그 대표적 사례로 이분 이야기를 쓴 것입니다. 그런데 우연히 이 책을 읽게 된 정 목사께서 고맙다며 연락을 주신 겁니다. 이런 인연을 시작으로 저와 정 목사는 많은 협력을 하게 됩니다. 존속살해 여 무기수 김신혜 씨에게도 정 목사는 많은 도움을 줬습니다. 자신의 경험을 들려주며 여러 조언을 했습니다. 그러던 어느 날이었습니다. 마침내 정원섭 목사의 비극에 마침표를 찍어준 정부기구는 노무현 정부 시대에 출범한 '진실·화해를 위한 과거사 정리위원회'(이하 '진화위')였습니다.

그날도 정 목사께 전화가 왔습니다. "이번에 출범하는 진화위에 내 사건을 진정하고 싶은데 어떻게 생각하세요?"라는 것이었습니다. 순간 머뭇거렸습니다. 진화위는 일반 형사사건을 다루지 않는다고 알고 있었기 때문입니다. 전쟁 중 발생한 민간인 집단학살사건이나 장준하 선생 같은 정치적 의문사만 조사하는 것으로 알고 있었습니다. 그러니 정 목사 사건을 거기서 조사나 해줄까 싶어 회의감이 들 수밖에요. 하지만 지푸라기라도 잡아야 하는 절박한 상황인지라 저도 동의했습니다. 가능성은 거의 없지만 거기 말고 다른 방법도 없었기 때문입니다.

그런데 기적이 일어났습니다. 놀랍게도 진화위가 이 사건을 조사 개시하기로 결정한 것입니다. 그리고 1년여 동안 진행된 조사를 통해 사건의 실체가 조작되었다며 법원에 재심을 권고해준 것입니다. 밝혀진 대로 제시된 증인과 증거는 모두 허위라고 판단한 것입니다. 당연한 결과였지만 이 결과에 이르기까지 너무도 많은 시간이 걸렸습니다. 사건 발생 39년 만인 2011년 10월, 정원섭 목사가 드디어 재심 법정에서 무죄를 확정받았습니다! 마침내 억울함의 옷을 벗고 길고 긴 악몽의 터널을 벗어난 것입니다. 훗날 영화 〈7번방의 선물〉의 모티브가 되어 1,000만 관객의 심금을 울린 정원섭 목사는 비로소 활짝 웃을 수 있었지요.

여기서 처음 밝히는 일화가 또 하나 있습니다. 앞서 밝힌 것처럼 노무현 정부에서 출범한 진화위가 없었다면 정원섭 목사의 재심 무죄 판결도 없었을 것입니다. 이 사건의 재심 무죄 판결은 대한민국 인권 기록에서도 중요한 일입니다. 대한민국 사법 역사상 최초로 일반 형사사건이 재심을 통해 무죄선고를 받았기 때문입니다. 이전까지는 김대중 내란음모 사건이나 인혁당 재건위 조작사건처럼 정치적인 사건에서 재심 무죄가 내려진 적은 있지만 일반 형사사건에서는 정원섭 목사가 최초였습니다. 이 모든 결실은 법원에 재심 권고를 결정한 진화위 덕분이었습니다. 정말이지 너무도 고마웠습니다. 그래서 이때 진화위 위원장을 지낸 안병욱 교수를 우연히 뵌 날, 저는 정원섭 목사를 대신해 진심으로 고맙다는 말씀을 전했습니다. 그런데 그때 안병욱 교수께서 해주신 답변이 의외였습니다.

"저에게 고맙다고 할 일이 아니에요. 그 사건에 대해 우리가 그런 판단을 할 수 있었던 것은 그 진정인 분이 자기 사건의 기록을 잘 보관하고 있어서 가능했던 겁니다. 만약 그분이 사건 당시 기록을 우리에게 주지 않았다면 우리도 방법이 없었을 거예요. 재판기록이 없으면 우리 역시 조사를 할 수 없었을 테니까요. 그런데 다행히 그분이 기록을 잘 간수한 덕분에 가능했던 일이니 그런 면에서 보면 오히려 우리가 그분에게 고맙지요."

그랬습니다. 만약 그 사건기록이 없었다면 정원섭 목사 이야기는 자세히 쓰지 못했을 것입니다. 그런데 이런 고마운 기적에는 또 다른 은인이 한 명 더 있었습니다. 정 목사가 자신의 사건기록을 잘 간수할 수 있도록 해준 그분, 돌아가신 고 이범렬 변호사였습니다.

정원섭 목사의 은인, 이범렬 변호사

이범렬 변호사는 정 목사 사건 당시 2심과 대법원 최종심을 변론해준 국선 변호인이었습니다. 그는 1933년에 태어나 1996년에 세상을 떠났습니다. 예비역 공군 소령 출신으로 예편 후 1956년부터 판사로 일한 유능한 법조인이었지요. 그런 이 변호사가 1971년 갑작스럽게 판사 법복을 벗고 변호사로 개업하게 됩니다. 사연이 있었습니다. 판사 시절, 독재자 박정희에게 맞서다 구속된 양심수에게 이범렬 판사가 무죄를 많이 내렸다고 합니다. 자연히 정권의 미움을 받게 되었고 검찰이 이범렬 판사를 표적으로 작업에 나섭니다. 이 판사를 뇌물수수 혐의로 걸어 무리하게 구속영장을 청구한 것입니다. 이에 반발한 동료 판사 100여 명이 사표를 제출하면서 이른바 '사법 파동'이 일어납니다. 결국 박정희 정권은 판사들의 집단 반발에 영장 청구를 철회하면서 이범렬 판사 역시 법복을 벗는 것으로 타협하게 되었습니다. 그렇게 해서 변호사로 개업을 하게 된 그때 의외의 인물이 이 변호사를 찾아왔다고 합니다.

  평소 친분이 있었던 그는 정원섭 목사의 1심 판사였다고 합니다. 그는 이 변호사에게 "정말 억울해 보이는 사람이 있는데 당신이 항소심 국선 변호인으로 도와주면 좋겠다"고 하더랍니다. 자신이 유죄라며 무기징역을 선고했던 정원섭 목사 이야기였습니다. 그야말로 블랙 코미디가 따로 없는 이야기입니다. 하지만 일말의 양심이라는 단어는 이럴 때 쓰는 표현인지도 모르겠습니다. 여하간 이런 특별한 인연으로 이범렬 변호사는 정원섭 목사 사건에 국선 변호인이 됩니다. 그리고 유능한 법조인답게 이범렬 변호사는 국선 변호인으로서 볼 수 없는 대단한 열정으로 진실을 밝히고자 노력했다고 합니다.

하지만 열정만으로 헤쳐 나갈 수 있는 시대가 아니었습니다. 많은 노력을 기울였음에도 한번 내려진 유죄 판단은 번복되지 않았습니다. 항소심과 대법원 판단까지 그렇게 끝나고 말았지요. 세월이 흘러 수감생활을 마치고 특사로 나온 날, 정 목사는 고마웠던 이범렬 변호사를 떠올리며 인사차 찾아갔다고 합니다.

바로 그날이었습니다. 정 목사는 이 변호사에게서 선물 하나를 받게 됩니다. 15년의 세월이 지났지만 이범렬 변호사 역시 자신이 법복을 벗고 처음 맡았던 정 목사 사건을 잊지 않았습니다. 찾아와줘서 고맙고 그때 그 억울함을 풀어주지 못해 오히려 미안하다며 술을 한잔 권했다고 합니다. 그렇게 한 순배의 술잔이 돌고 난 후 이 변호사가 갑자기 구석에서 한 뭉치의 보따리를 꺼내왔습니다.

"이 서류를 이제부터는 자네가 보관해두게."

"이게 뭡니까?"

"자네 사건기록일세. 언제가 될지 모르지만 반드시 기회는 올 걸세. 때가 되면 재심을 청구하여 다시 한번 사건의 진실을 밝히게. 그때 이 자료가 꼭 필요할 테니 자네가 목숨처럼 잘 간수하게."

안병욱 교수의 말씀처럼 사건 발생 후 39년이 흐를 때까지 정 목사가 사건기록을 보관할 수 있었던 것은 사실상 이범렬 변호사 덕분이었습니다. 그분이 정 목사가 석방되는 날까지 폐기하지 않고 잘 보관하고 있었고, 그래서 이날 그 기록을 주며 목숨처럼 잘 간수하라고 당부한 덕분에 얻은 기적이었습니다. 만약 이분이 아니었다면 영원히 사라질 진실이었습니다. 재심 무죄를 받은 정 목사가 다시 이범렬 변호사를 찾아갔다고 합니다. 이번엔 집이 아니라 그분의 묘였답니다. 정 목사는 그분의 묘 앞으로 무죄 판결문을 앞에 두고 정성껏 큰절을 올렸습니다.

고맙다며, 진심으로 고맙다며 절을 올렸습니다. 그러고 난 후 정 목사는 그분의 묘 앞에서 노래를 하나 불렀다고 합니다. 뜬금없는 노래 이야기에 제가 되물었습니다. 그게 무슨 말씀이냐고. 왜 묘 앞에서 노래를 불렀다는 것인지 의아했기 때문입니다. 생전 이범렬 변호사가 좋아하던 노래가 있었답니다. 그래서 그분에게 답례로 그 노래를 불러드리고 싶었다는 것입니다. 가수 김종찬 씨가 부른 그 노래는 바로 〈당신도 울고 있네요〉였습니다.

당신이 울고 있네요
잊은 줄 알았었는데
찻잔에 어리는 추억을 보며
당신도 울고 있네요
이렇게 만나게 될 줄을
그 누가 알았던가요
옛날에 옛날에 내가 울듯이
당신도 울고 있네요
한때는 당신을 미워했지요
남겨진 상처가 너무 아파서
당신의 얼굴이 떠오를 때면

나 혼자 방황했었죠, 음~

당신도 울고 있네요

잊은 줄 알았었는데

옛날에 옛날에 내가 울듯이

당신도 울고 있네요

대한민국의 정의는 어디쯤 와 있나요?

이제 다 끝난 줄 알았습니다. 그토록 염원하던 무죄를 받았으니 말입니다. 그런데 정 목사님에게 들은 일화가 또 있었습니다. 자기에게 한 가지 염원이 있다는 것입니다. 오래전 그분에게 들은 일화는 이렇습니다.

시간은 다시 1972년 10월 9일 밤으로 돌아갑니다. 김현옥 장관의 '시한부 범인 검거 지시'로 초조와 긴장감이 넘치던 그때, 허위자백을 강요하는 경찰의 고문으로 결국 정 목사가 무너졌습니다. 망신창이 몸으로 형사계 조사실 구석에 정 목사가 널브러져 있을 때, 고문에 가담했던 경찰들이 한껏 신이 나서 자기들만의 축제를 시작했습니다. 범인을 검거했으니 이제 그 공에 따라 훈장과 표창장을 나눠 가질 차례가 된 것이지요. 그런데 한 경찰이 정 목사 앞에서 몹시 화를 내며 혼자 욕을 하고 난리가 아니었다고 합니다. 자기가 받은 상이 작아서 화가 난 것이었습니다. 누구는 훈장을 받는데 정작 자백을 받아낸 자기는 표창장 하나만 받게 되었다면서 고래고래 소리를 지르며 씩씩거렸다는 겁니다.

그런 경찰을 보던 정 목사의 심정은 어떠했을까요? 정 목사는 그래서 그날을 더욱 잊을 수 없었습니다. 결국 경찰에게 정 목사가 용기 내어 한 마디를 했다고 합니다. 어쩌면 자기가 재심에서 무죄를 받아내고자 싸운 이유 중 하나가 바로 그날 밤, 그 경찰에게 했던 말을 지키고 싶어서인지도 모르겠다고 정 목사는 제게 말씀하셨습니다. 바로 이 말입니다.

"이보시오, 형사님. 지금은 형사님이 훈장을 받지 못해 불만스럽겠지만 언젠가 세월이 흐른 후에는 '내가 오늘 표창만 받아 얼마나 다행인가' 싶은 날이 반드시 올 거요. 그러니 그렇게 너무 억울해하지 마시오. 오히려 표창만 받아 참 다행이었다는 날이 반드시 올 테니……"

과연 그날은 올까요? 지금 이 나라의 정의는 어디쯤 와 있을까요? 안타깝게도 무죄만 확인되었을 뿐 정 목사님에게 국가는 배상도 하지 않았습니다. 국가를 상대로 한 손해배상 1심 소송에서 26억 원을 판결했지만 2심에서는 그 결과가 완전히 뒤집어졌습니다. 박근혜 정부가 과거사 피해사건에 대한 법을 바꾸면서 26억 원이 0원으로 바뀌고 말았지요. 박근혜 정부는 끝내 소송을 제기할 기한이 지났다며 단 한 푼의 배상도 할 필요가 없다고 판결한 것입니다. 정 목사는 "그건 돈이 아니라 내 핏값"이라며 절규했습니다. 하지만 정부가 바뀐 2020년 10월 현재에도 이 문제는 해결되지 않고 있습니다. 정 목사 측에서 헌법재판소에 위헌소송을 제기해놓고 있지만 그 결과가 언제 나올지, 과연 정 목사에게 유리한 결론으로 나올지 누구도 장담할 수 없는 상황입니다.

이런 상황에서 그때 정 목사를 고문해 허위자백을 받은 공으로 훈장과 표창을 받은 경찰들은 어디서 어떻게 살고 있을까요? 과연 그들이 받은 훈장과 표창은 환수라도 될 수 있을까요? 아직까지 그런 말을 들어본 적이 없습니다. 과연 정의는 언제쯤 바르게 세워질까요? 국가가 사실상 빼앗은 국가배상금 26억 원은 반드시 지급되어야 합니다. 아니, 26억 원보다 더 많은 국가배상이 이뤄져야 옳습니다. 정상 국가라면 그게 최소한의 양심이요 도리이고 책임이기 때문입니다. 그리고 고문에 가담한 경찰들에게 수여한 훈장과 표창 역시 회수되어야 마땅하며, 나아가 그에 합당한 법적 책임도 추궁해야 합니다. 그래야 또 다른 피해자가 나오지 않습니다. 이것이 제가 생각하는 정의입니다. 그 정의를 위해 저는 정원섭 목사의 이야기를 이 책에 기록하고자 글을 썼습니다. 2020년 10월 현재, 자신이 누구인지 조금씩 기억을 잃어가는 알츠하이머병으로 요양병원에 입원 중인 정원섭 목사를 잊지 말아주십시오. 정원섭 목사님의 안녕을 소원합니다.

군 인권에 기적을 일으킨
연극 〈이등병의 엄마〉와 그 어머니들

"고 선생님, 사실은 궁금한 것이 있어서
좀 뵙자고 했습니다."

2017년 8월 6일이었습니다. 그날 저는 경기도 고양시 벽제에 있는 미
인수 군인의 유해가 안치된 군 봉안소에 있었습니다. 며칠 전 생각지도
못한 높은 분에게 전화를 받고 온 길이었지요. 그분은 다름 아닌 국방부
의 수뇌부였던 서주석 차관이었습니다. 1998년 '천주교 인권위원회'에서
활동가로 일하던 당시, 그곳에서 처음 군사망사고 피해 유족을 만났습니
다. 그 후 저와 국방부는 단 한 번도 좋은 인연으로 만난 적이 없었습니
다. 할 수 있다면 제가 아는 모든 단어를 총동원해서 국방부의 그릇된 행
태를 비판하고자 애를 썼습니다. 그래서 〈오마이뉴스〉를 비롯한 여러 매
체와 팟캐스트 〈고상만의 수사반장〉, 그리고 각종 공중파 TV와 라디오
에 출연해 국방부의 반인권적 순직제도를 국민들에게 알리고자 고심했
습니다. 그런 저에게 국방부의 아주 높은 분이 직접 연락을 주신 겁니다.
정말 놀랐습니다. '아니 이런 분이 왜 나 같은 사람에게 전화를 했지' 싶

었으니까요.

서주석 차관은 벽제의 군 봉안소에서 만나고 싶다고 정중하게 제안을 해오셨습니다. 이제 와 고백하자면 저는 약속된 날에 그곳으로 향하면서 혼자 여러 부끄러운 상상을 했습니다. 뭔가 남들이 부러워할 만한 좋은 자리라도 주려나 싶은 얄팍한 상상도 했지요. 그러면서도 '에이, 그건 아니겠지' 하며 혼자 북도 치고 장구도 쳤습니다. '그럼 왜 나를 만나려고 하는 걸까' 하며 또 근본적인 의문으로 돌아가기를 반복하다 보니 어느덧 벽제 봉안소에 도착했지요.

그렇게 해서 마주하게 된 그날, 처음 뵌 서주석 차관의 모습은 아주 점잖고 온화한 학자풍의 선비였습니다. 국회 국방위원회 보좌진으로 두 번 일한 경험이 있어 그간 국방부차관을 몇 번 만나 악수를 나눠본 적이 있는데 대부분 하나같이 손이 두터운 전형적인 장군 스타일이었습니다. 그런데 서주석 차관은 전형적인 학자 스타일이라서 먼저 마음부터 놓였습니다. 처음 뵌 터라 조금은 낯설고 어색한 분위기에서 봉안소 내에 있는 작은 사무실에 함께 앉으니 찰나의 침묵이 지나가는데, 그때 동석해 있던 국방부 직원에게 서주석 차관이 "미안하지만 잠시 자리 좀 비워달라"고 주문하는 것이었습니다.

'아, 이제 비로소 뭔가 내게 은밀한 어떤 제안을 하려나 보다' 싶어 내심 반가운 데다 가벼운 흥분마저 일었습니다. '그래, 설마 얼굴이나 한번 보자고 이리 만나자 했겠나' 싶었던 기대에 새로운 기대가 한 가득 부어졌지요. 부러 덤덤한 척하면서도 내심 귀를 쫑긋 세우고 있을 때, 서주석 차관의 나지막한 음성이 들렸습니다. 이분이 저를 만나자고 한 이유는 정말이지 뜻밖이었습니다.

"고 선생님, 제가 꼭 좀 하고 싶은데 그 답을 잘 모르겠어서 좀 뵙자고 했습니다."

"네, 그게 뭘까요? 말씀하시죠."

"국방부가 군인의 죽음을 어디까지 책임져야 하는지⋯⋯, 그걸 좀 여쭤보고 싶었습니다. 제가 차관으로서 이 일을 직속기구로 둬서 하고 있는데 우리가 책임져야 할 기준이랄까, 영역을 어디까지로 봐야 하는지 늘 고민이거든요. 그래서 혹 이와 관련하여 오래 일을 하신 고 선생께 자문을 좀 구할까 싶어 이렇게 뵙자 했습니다."

아, 저 혼자 무한 상상했던 그 일들이 몹시 부끄러워지는 순간이었습니다. 그러면서 이런 질문을 저에게 하는 대한민국 국방부차관을 만났다는 것이 신기할 따름이었습니다. 그야말로 문재인 정부 이전까지만 해도 국방부 정문 앞에서 하루 종일 통곡해도 만날 수 없는 차관이 직접 만나자고 한 자리에서 이런 질문을 하니 더욱 그랬지요. 그런데 이런 질문을 전혀 예상치 못한 상태에서 갑자기 답을 내놓으라고 하니 저는 말문이 콱 막혔습니다. 미처 준비하지 못한 상태에서 받은 질문이라 더욱 난감했습니다.

하지만 여기서 말문이 막혀버리면 안 되지요. 제가 어떤 답을 내놓느냐에 따라 미순직 사망 군인의 명예회복과 예우와 관련해서 국방부가 더 잘할 수도, 또는 아닐 수도 있는 상황이었기 때문입니다. 그런데 저는 이런 답밖에 내놓을 수 없었습니다.

"네, 국방부가 어디까지 책임을 져야 하나……. 사실은……, 저도 잘 모르겠네요."

이런 제 대답이 너무 황당해서였는지, 긴장해 있던 서주석 차관도 부드러운 미소를 지었습니다. 일단 긴장은 풀어졌으니 저는 다음 말을 이어갔습니다.

"그런데 차관님, 저도 정말 국방부의 책임이 어디까지인지는 모르겠지만, 다만 이런 일화를 하나 전하고 싶습니다. 좀 길 수도 있는데 들어주시겠습니까?"

서주석 차관은 흔쾌히 동의해주셨습니다. 그날 그 자리에서 제가 서주석 차관에게 들려드린 이야기는 대강 이렇습니다. 2016년 10월 연극 〈이등병의 엄마〉를 제작하기 위해 제가 할 수 있는 모든 열정을 다 쏟아부었습니다. 준비된 것은 아무것도 없었습니다. 연극 한 편을 제작하려면 무려 7,000만 원 이상이 필요하다고 하는데 제가 가진 것은 낡은 노트북 하나뿐이었습니다. 그 노트북으로 72일간 모두 서른세 개의 글을 써서 〈다음〉 스토리펀딩에 기고를 했습니다. '연극 이등병의 엄마를 만들어주세요'라는 주제로 군인의 죽음을 책임지는 나라로 만들겠다며 후원을 요청했습니다. 이 글을 읽고 공감하신 2,800여 후원자 덕분에 저는 연극을 제작할 수 있었습니다. 그야말로 꿈이 현실이 되는 기적이었지요.
　하지만 제작비만 있다고 가능한 일이 또 아니었습니다. 먼저 군사망사고 유족 어머니들을 찾아가 어머니들이 직접 이 연극에 출연해서 억울한 사연을 국민과 대통령에게 알리자며 설득했습니다. 처음에 어머니들은 모두가 좋다고 맞장구를 치며 좋아하셨지요. 그런데 정작 연극에 참여할 분을 찾으니 이내 조용해졌습니다. 아니 하자고 할 때는 다들 좋다고 하시더니 막상 연극을 할 사람을 찾으니 서로 안 하겠다고 하시면 어떻게 하냐고 타박하니 그럴 만한 사정이 있었습니다. 유족 어머니들 중에서 태어나 연극을 한 번이라도 본 분 자체가 거의 없었습니다. 그런 분들이 본 적도 없는 연극을 어떻게 할 수 있었을까요. 그래서 제일 먼저 한 일이 유족 어머니들을 모시고 연극을 보러 간 것입니다. 마트 노동자의 애환을 담은 연극이었지요. 그 연극을 본 후 어머니들의 생각이 바뀌었습니다.

그렇게 해서 참여한 어머니들 아홉 분과 '연극집단 반' 소속의 전문배우들이 박장렬 감독의 연출로 연극 연습을 시작했습니다. 그런데 어느 날 전문배우 분들이 '어머니들이 무섭다'며 엄살을 부려 깜짝 놀란 적이 있었습니다. 연극 대본 중에 국방부가 사망사건의 진상을 은폐 조작했고 이에 어머니들이 항의하는 장면이 있는데, 이때 어머니들의 눈빛이 정말 무섭게 느껴져 공포감이 든다는 에피소드였지요. 전문배우들의 엄살에 어머니들이 깔깔깔 웃으며 "연극이 아니라 정말 그때 내 아들 잃었던 심정이 되살아나 나도 모르게 그런 반응이 나온다"며 맞장구를 쳤습니다. 그런 만큼 연극 〈이등병의 엄마〉가 주는 실제의 절망과 분노, 그리고 항변은 뜨거웠습니다.

한편 이 연극을 박장렬 감독이 잘 준비하는 동안 저는 제작자로서 이 연극을 후원해준 분들에게 답례하고자 또 다른 기획을 준비하고 있었습니다. 스토리펀딩을 시작할 때 후원자들에게 한 약속이 있었기 때문입니다. 펀딩에 성공하면 전국의 5대 도시에서 '재심 천사'로 잘 알려진 박준영 변호사와 함께 토크 콘서트를 진행하겠다는 약속이었지요. 이런 기획을 먼저 저에게 제안한 사람은 박준영 변호사였습니다. 저와는 2014년경 처음 만난 박준영 변호사는 의형제처럼 서로 믿고 의지하는 관계입니다. 제가 하는 일을 도와주기 위해 먼저 마음을 쓰는 고마운 사람이고 자신이 쓴 책 『지연된 정의』에서 한 페이지에 걸쳐 제 이름을 길게 써준 따뜻한 사람입니다. 그런 박준영 변호사가 저의 연극 펀딩 소식을 듣고 전화를 걸어 "형님이 하는 일에 도움이 된다면 아무리 바빠도 무엇이든 하겠다"며 토크 콘서트를 먼저 제안해준 것입니다. 그래서 서울을 시작으로 경기, 광주, 제주, 대전 등에서 후원자 분들을 만날 수 있었습니다. 먼저 1부에서는 박준영 변호사가 '우리 사회에서 억울한 사람들'을 강연했습니다. 그다음 순서로 제가 군사망사고 피해 유족의 한많은 사연과 미순직 군인의 억울함을 사례로 말씀드렸고, 마지막 3부에서는 질의응답 시간으로 진행했습니다. 그런데 질의응답 시간마다 늘 빠지지 않고 나오는 질문이 하나 있었습니다. 이런 질문입니다.

"박 변호사님에게 묻고 싶은 게 하나 있는데요. 좀 전에 강의하시면서 지금 하고 있는 사건 때문에 바빠서 다른 민원인을 만날 수 없어 안타깝다고 하셨거든요. 그래서 어떨 때는 무작정 변호사 사무실로 찾아와 문 앞에서 앉아 있는 분도 있어 일부러 사무실 불도 켜지 않고 몰래 일을 할 지경이라고 하셨는데요. 이런 상황에서 누가 억울하고 누가 혹 거짓말로 억울함을 주장하는지 판단할 수 있나요? 혹시 그런 것을 판단하는 변호사님만의 특별한 노하우가 있다면 듣고 싶습니다."

참 어려운 질문입니다. 처음 콘서트장에서 이 질문을 받은 박준영 변호사를 옆에서 보며 과연 뭐라고 답할지 저도 궁금했습니다. 직접 만나서 두어 시간을 들어도 사람의 진심을 알기 어려운데 사정상 보지도 못하는 상황에서 그걸 어찌 판단해낼 수 있을까요? 그러니 만약 그런 특별한 노하우가 박 변호사에게 있다면, 그게 뭔지 정말 궁금했습니다. 그런 난감한 질문을 받은 박 변호사는 또 뭐라고 답을 했을까요?

"그분들을 일일이 다 만날 수는 없지만 대신 그런 분들이 저에게 사무실로 보내주시는 편지나 서류 등은 꼭 읽으려고 노력하는 편입니다."

이렇게 운을 뗀 박준영 변호사의 다음 말은 더욱 인상적이었습니다.

"그런데요. 사실은 이런 사실관계보다 제가 더 중요하게 생각하는 게 하나 있습니다. 그건 바로 억울하다는 사람이 10년 이상 자신의 억울함을 일관되게 주장한다면 저는 적어도 이 억울함에 대해서는 믿어줘야 한다고 생각하고 있습니다. 누군가가 잠시잠깐 억울하다는 말은 누구나 할 수 있습니다. 그런데 그런 억울함을 10년이 넘도록 주장한다면 이건 또 다른 문제가 아닌가 저는 생각합니다. 물론 진짜 파렴치한 사람이 끝까지 거짓말을 할 수도 있습니다. 하지만 보통의 사람은 그렇게 할 수 없는 일입니다. 정말로 억울하지 않으면 10년 동안 그런 주장을 할 수 없다고 보기 때문입니다. 그래서 저는 일단 누군가가 10년이 넘도록 억울하다고 말하면 저는 그건 사실일 것이라고 생각하는 사람입니다. 제 이야기의 뜻을 이해하실 수 있을까요?"

엄마의 눈물, 10년이 넘으면

박준영 변호사와 있었던 이런 일화를 서주석 차관께 전하며 저는 다시 제 이야기로 돌아왔습니다.

"그래서 차관님, 저도 이런 말씀을 드리고 싶습니다. 국방부가 군인의 죽음을 어디까지 책임져야 하는지와 관련해서 저도 사실은 그 답을 뭐라고 해야 할지 솔직히 모르겠습니다. 다만 저 역시 박준영 변호사의 말을 인용해서 드린다면 어느 어머니가 아들을 잃고 10년이 넘도록 억울하다고, 그래서 순직 처리를 해달라고 절규한다면, 저는 그 어머니의 눈물을 이제 국가와 국방부가 따뜻하게 품어줘야 한다고 말씀드리고 싶습니다. 왜냐하면 이 어머니는 죄가 없기 때문입니다. 아들을 낳아 국가가 시키는 대로 먹이고 가르쳐 국가의 명에 따라 군에 입대시킨 것입니다. 그런데 그런 아들을 어떤 이유로 다시 돌려주지 못했다면 그때는 국가가 완벽하게 책임져야 온당한 일입니다.

국민에게만 일방적인 의무가 있고, 국가와 국방부는 왜 아무 책임도 없느냐며 피해 유족 어머니들은 늘 원망하고 있습니다. 가고 싶어 간 군대가 아니고 보내고 싶어 우리가 보낸 군대도 아닌데 이런 무책임이 어디 있느냐고 하십니다. 그런데 대한민국에서 누가 누구를 데리고 갔다가 거기서 어떤 일로 사고가 났을 때 아무 책임도 지지 않는 곳이 이 나라 군대 말고 또 어디 있느냐는 항변입니다. 그러니 차관님, 군인의 죽음은 이제 국가가 그 포괄적 책임을 다한다는 마음으로 대해주십시오. 그래야 앞으로 군대에 아들을 보낸 또 다른 국민들도 안심할 수 있기 때문입니다.

그래서 제가 드리고 싶은 답은 적어도 10년 이상 그 어머니가 자기 아들의 억울한 죽음을 외친다면 그렇게 10년이 지나도록 싸우는 어머니들의 한은 꼭 좀 풀어주시면 어떨까 싶습니다. 부디 이제 그만 그 어머니들의 눈물을 안아주십시오. 부탁드립니다."

제 말이 끝나자 서주석 차관이 제 손을 끌어당기며 잡아주셨습니다. 그 하나의 몸짓만으로도 충분히 감동했습니다. 그러면서 서주석 차관은 "이제 알겠습니다. 고맙습니다"라고 화답했습니다.

그 후 문재인 정부 아래서 송영무 장관과 서주석 차관 시절에 이뤄진 군 인권 개혁의 성과는 그 어느 시절보다 빨랐고 진정성 역시 놀라웠습니다. 이게 가능할까 싶었던 난제들이 국방부 주도로 신속하게 이행되었기 때문입니다. 예를 들어 제가 위원으로 참여했던 '군 적폐청산위원회'의 권고 역시 당시 송영무 국방부장관이 모두 수용했습니다. 예를 들어 '이등병의 죽음을 기본적으로 순직 처리하고 국립묘지에 안장'하는 순직 처리 절차 권고가 수용된 날의 기쁨을 잊을 수 없습니다. 덕분에 2020년 10월 현재, 의무복무 중 사망한 군인의 경우 약 97퍼센트 수준의 순직 결정이 내려지고 있습니다. 또한 해군과 공군에는 없는 육군만의 군 위수지역 폐지도 일부 수용되어 과거에 비해 훨씬 좋은 식당과 숙박지역을 선택할 수 있게 되었지요.

그동안 인권침해 논란이 많았던 영창제도도 폐지되었고 의무 없는 잡일로 강요당한 청소와 제설작업, 제초작업도 이젠 사병 업무에서 제외되고 있습니다. 부대 내 휴대폰 사용도 허용되어 인권침해에 대한 문제제기가 훨씬 용이해졌고 여가시간에 하고 싶은 공부를 하는 데 편리함을 더

했습니다. 이런 많은 변화가 이뤄질 수 있었던 것은 송영무 장관과 서주석 차관 덕분임을 제가 잘 알고 있습니다.

구정물을 뒤집어쓴 조진훈 대령

한편 군 인권과 관련한 난제 중 가장 큰 문제가 바로 '유족이 인수를 거부하는 군인 시신과 유해'의 해결방안이었습니다. 박근혜 정부 시절이었던 2013년 당시, 군 봉안소에는 무려 300위가 넘는 군인의 유해가 사실상 방치되어 있었습니다. 이미 사망한 지 수십 년도 더 지난 300명의 군인이 여전히 안장되지 못한 채 임시 보관되어 있는 것입니다. 그중 가장 오래된 유해는 무려 1971년에 사망한 부사관이었습니다. 안타깝게도 많은 세월이 흐르며 부사관의 부모 역시 사망한 지 오래되어 난감한 일이었습니다. 그런데 이런 유해보다 더 답답한 일은 사망하고 국군병원 냉동고에 보관 중인 군인 시신의 문제였습니다. 2013년 당시에 30구 가까이가 전국의 군 병원 냉동고에 방치되어 있었기 때문입니다. 그중 가장 오래된 경우는 무려 20년이 넘어가고 있었지요.

박근혜 정부 시절, 각 부처별로 비정상을 정상화하는 과제로 하나씩 선정하라는 정부 지시에 이들 미인수 시신과 유해 문제 해결을 꼽아 해법 찾기에 나섰습니다. 그런데 기껏 찾아낸 해법이 그야말로 반인륜적이며 패륜적이라서 충격 그 자체였지요. 당시 국회에서 국방위원회 업무를 하고 있던 저에게 실명을 밝힐 수 없는 모 인사가 전달해준 제보로 처음 알게 된 당시 육군본부의 비밀계획은 그야말로 무시무시했습니다.

'부모가 3년 이상 미인수하여 군 병원 냉동고에 장기 보관 중인 시신을 강제로 화장'하는 법안을 육군본부 주도로 입법하려는 계획이었습니다. 이를 위해 실제로 육군본부 측에서 국회 국방위 소속의 위원들을 접촉한 것도 확인되었지요. 이에 저는 즉각 군사망사고 해당 유족 어머니들에게 이 소식을 알렸습니다. 그렇게 해서 급히 조직한 국회 정론관 기자회견에서 어머니들은 "내 아들의 죽음도 억울한데 이젠 그 시신마저 강제로 불태우는 게 이 나라 국방부가 우리에게 준 선물이냐"며 울부짖었습니다. "우리가 장례를 하지 않는 것은 군이 아무것도 보여주지 않아 증거가 없는 가운데 내 자식의 시신이 유일한 타살증거이기 때문"이라는 항변도 했습니다. 이런 사실이 언론을 통해 대서특필되자 육군은 당일 계획을 철회하면서 "그런 사실이 없다"며 발뺌하기에 급급했지요. 하지만 그건 명백한 거짓말입니다. 계획은 분명했습니다. 여하간 그렇게 해서 육군본부가 야심차게 추진했던 '미인수 시신 강제 화장' 계획은 완전히 실패하게 되었습니다. 그런데 그 후 또 이상한 이야기가 국방부 쪽에서 들려왔습니다.

'경기도 벽제에 있는 봉안소에 시설을 잘 만든 후 전국 각지에 흩어져 있는 미인수 시신과 유해를 하나로 모은다'는 소문이었습니다. 하지만 저는 이 계획 역시 우리 유족의 요구와 배치되는 잘못된 의도라고 판단했습니다. 유족들은 국방부가 오래오래 우리 아들들을 봉안소에 보관해달라는 것이 아닙니다. 하루라도 빨리 순직 처리하여 국립묘지에 안장해달라는 것이 유족들의 진짜 뜻입니다. 그런데 임시 봉안소를 잘 꾸며 거기에 전부 다 모아놓겠다는 것은 순직 처리할 의지도, 그래서 국립묘지로 보내줄 의사도 없다는 말과 다르지 않다고 판단한 것입니다. 그런 상황에서 어느 날 한 유족 어머니가 제게 국방부 '중앙전공사상 심의위원회' 소속의 단장인 조진훈 대령이라는 사람이 유족과 만난다며 가가호호 방문한다는 소식을 알려주셨습니다.

그러면서 "만약 그 조 대령이 찾아오면 어찌해야 할지 모르겠다"는 걱정의 말에 저는 "조진훈 대령이라는 사람이 와도 절대 만나지 말라"며 신신당부했습니다. 우리를 돕기 위해 그가 오는 것이 아니라 지난번 육군본부가 했던 것처럼 우리를 속여 단지 유해와 시신만 자기들 편하게 관리하려는 것이라고 저는 강조했습니다. 그러니 절대 만나지도 말고 상대조차 하지 말라고 다른 어머니들에게도 강조하고 또 강조했습니다.

그런데 이런 제 일방적인 의심에 큰 변화가 온 날이 있었습니다. 뒤늦게 제가 들은 그 일은 지방의 어느 곳에 거주하는 한 유족 어머니의 사연이었습니다. 그날 조진훈 대령이 집으로 찾아왔답니다. 어머니는 제가 당부한 것처럼 면담을 거절하며 돌아가라고 호통을 쳤다고 합니다. 한동안 실랑이를 벌이며 흥분하다 보니 그 어머니가 그만 해서는 안 될 행동을 하고 말았답니다. 몇 번이나 싫다는데도 거듭해서 잠깐만 이야기하자는 조 대령의 끈질긴 설득에 화가 난 어머니가 들고 있던 구정물을 조진훈 대령의 얼굴에 뿌린 것입니다.

그런데 놀라운 일은 그다음에 일어났습니다. 순간 화가 치밀어 구정물을 뿌려놓고는 스스로도 놀란 어머니 앞에서 조진훈 대령이 아무런 미동도 없이 그냥 가만히 서 있더라는 것입니다. 머리에선 구정물이 뚝뚝 떨어지는데도 손 하나 까딱하지 않고 그냥 묵묵히 서 있었다는 것. 나중에 조진훈 대령에게 제가 여쭤봤습니다. 왜 그때 그 물을 피하거나 또는 손으로 쓸어내리는 행동도 하지 않고 가만히 있었느냐고. 그분의 답은 놀라웠습니다.

그 어머니가 얼마나 화가 나셨으면 그렇게까지 하셨을까 하는 생각부터 먼저 들었다는 것입니다. 그런데 혹여 자신이 구정물을 닦아내거나 하면 그 어머니가 미안하게 생각할까 봐 순간 가만히 서 있었다는 말이 었습니다. 이 일화를 알게 된 후 저와 마찬가지로 다른 유족 분들도 조진훈 대령의 진심에 마음을 열고 대화를 시작하게 되었고, 지금은 그 조진훈 대령과 서로 믿고 의지하며 더 나은 군사망사고 예우를 위해 함께 고민하는 사이가 되었습니다.

달걀이 부화될 때 껍질을 깨고 나오려는 병아리가 안에서 쪼면 어미닭이 같은 지점을 밖에서 쫀다고 합니다. '줄탁동시啐啄同時', 이 말처럼 국방부에서는 조진훈 대령이, 그리고 밖에서는 제가 군사망사고의 명예회복과 예우를 위한 지혜와 힘을 모았습니다. 조진훈 대령의 그 노고 덕분에 닦인 어머니들의 눈물이 참 많습니다. 하지만 조진훈 대령은 들어마땅한 그런 칭찬에 대해 어색해합니다. 자신은 국방부 소속 실무 업무자로서 응당 해야 할 일을 한 것이고 법령을 합법적 범위 내에서 적극 해석하여 행정을 한 것뿐이라는 것입니다. 그런 조진훈 대령의 겸손을 저는 존경합니다. 저도 따라하려 합니다.

'병준이 엄마'라 불리는 군사상유가족협의회 김순복 회장

이런 변화에 누구보다 크게 헌신한 분으로 2020년 현재 사단법인 '군사상유가족협의회' 회장으로 봉직하는 김순복 어머니를 빼놓을 수 없습니다. 김순복 어머니를 처음 뵌 때는 2014년이었습니다. 국회 김광진 의원실에서 군의문사 문제 해결을 전담하는 업무를 할 때 불행하게도 그 어머니의 아들이 비극을 당한 것입니다. 그렇게 해서 인연이 된 김순복 어머니와 저는 지금까지 서로 깊은 신뢰 속에서 공동의 캠페인을 이어오고 있습니다. 김순복 어머니는 단순히 군사망사고 피해 유족이 아닙니다. 이제는 피해 당사자를 넘어 군사망사고 분야의 인권운동가 역할을 하고 계시기 때문입니다. 이처럼 우리 주변에서 흔히 만날 수 있는 평범했던 한 어머니가 인권운동가로 거듭나게 된 계기는 아들의 불행한 사고 때문이었습니다.

중국에서 중·고등학교를 다니다 대학 입학을 위해 귀국했던 어머니의 아들 신병준 군이 입대한 때는 2014년 5월 27일이었습니다. 8주간의 신병교육을 마치고 자대인 22사단으로 가기 전, 어머니는 56일 만에야 수료식을 통해 사랑하는 아들을 만났다고 합니다. 혹여 그날 늦어서 아들을 못 만날까 싶어 이틀을 앞두고부터는 잠도 이루지 못했다고 합니다. 그렇게 조바심치며 찾아간 사단 훈련소에서 아들을 본 어머니는 한달음에 달려가 "아들, 고생했어" 하며 끌어안고 엉엉 울었습니다. 그런 엄마에게 아들은 "엄마, 이제 그만 우세요. 이렇게 늠름한 아들인데, 엄마, 아빠 인사 받으세요. 충성!" 하며 거수경례로 인사를 했다고 합니다. 그러더니 주머니에서 카네이션 두 개를 꺼내 엄마와 아빠 가슴에 달아주며 "키워주셔서 감사합니다"라고 미소 짓던 아들. 어머니는 지금도 그 미소를 잊을 수 없다고 했습니다.

그런 아들에게 어머니는 집에서 준비해온 집밥을 빨리 먹이고 싶었다고 합니다. 서둘러 인근에 미리 예약한 펜션으로 가서 준비해간 음식을 하나씩 꺼내놓았습니다. 먼저 아들이 제일 좋아하는 삼겹살부터 구웠습니다. 아들은 "엄마가 구워주는 삼겹살이 제일 먹고 싶었다"며 웃었다고 합니다. 고기가 다 같은 고기인데 그걸 엄마가 굽는다고 얼마나 맛이 달라질까요. 그렇지만 엄마가 구워준 고기라고 생각하니 그 삼겹살이 더 맛있게 느껴졌겠지요. 그만큼 엄마를 좋아하고 사랑하던 막내아들이었습니다. 그날 아들 병준 군은 그렇게 엄마가 구워준 삼겹살을 배불리 먹었다며 좋아했습니다. 그 밥, 그날 그 밥이 아들에게 먹인 엄마의 마지막 밥일 줄은 그때까지 누구도 몰랐습니다.

"오늘 하룻밤만 가족과 함께 자고 싶다"는 부질없는 말을 반복하던 아들을 결국 훈련소로 데려다주던 순간에 본 마지막 모습은 지금도 잊지 못하는 가슴 아픈 기억이었다고 엄마는 말씀하십니다. 훈련소 정문 앞에서 헤어질 때 아들이 몰래 눈물 훔치는 장면을 본 것입니다. 하지만 엄마는 그걸 아는 체할 수 없었습니다. 그러면 아들이 더 울 것 같아서 그랬을 겁니다. 헤어져야 하는데 몰래 눈물 훔치는 아들 앞에서 엄마가 울면 아들은 또 얼마나 가슴이 아플까 싶어 울 수도 없었던 것이지요. 그런 엄마의 심정을 무엇으로 표현할 수 있을까요? 대신 엄마는 "아들, 건강하게 군복무 잘해야 한다"는 말만 거듭 당부했다고 합니다. 그것이 이 엄마가 생전의 아들에게 직접 건넨 마지막 말이었습니다.

그로부터 정확히 23일 후, 그 끔찍한 일이 일어난 것입니다. 아들 병준 군은 생전에 쓴 「위병 일기장」에 "견디자, 신병준. 이병 신병준. 일병 신병준. 상병 신병준. 마지막이다. 병장 신병준. 이병부터 병장까지 최선을다해 군복무를 마치자"는 글을 남겼습니다. 누구보다 군생활을 잘 참고 견디고자 스스로 다짐하고 애쓴 흔적이었지요. 그런 신병준 이병이 사랑하는 엄마의 곁을 떠난 날은 2014년 7월 27일 오후 5시경이었다고 합니다. 부대에서 집으로 연락이 왔습니다. 국군강릉병원으로 급히 오라는 전갈이었답니다. 제대로 된 영문도 모른 채 도착한 국군강릉병원. 처음엔 아들이 어딜 많이 다쳤나 싶었다고 합니다. 그런데 병원에 도착하니 분위기가 심상치 않았습니다. 그제야 알게 되었다고 합니다. 아들의 사망소식을 알고 엄마가 쓰러질까 봐 아버지의 부탁으로 군이 이미 사망소식을 숨겼다는 것을 말입니다.

그렇게 시작된 거짓말 같은 3일간의 장례식. 그야말로 믿을 수 없는 일이었습니다. 바로 3주 전쯤에 엄마가 구워주는 삼겹살을 먹으며 그리 행복해하던 아들, 그리고 가족과 함께 하룻밤만 같이 보내고 싶다는 말만 거듭하던 아들, 훈련소 앞에서 가족 몰래 눈물을 닦던 아들을 애써 외면하며 돌아왔는데 그 아들이 이젠 세상에 없다니 엄마는 믿을 수 없었습니다. 그렇게 꿈인지 생시인지 모를 시간을 보낸 후 집으로 돌아온 엄마는 이후 집 밖에 나갈 수 없었다고 합니다. 눈부신 햇빛을 마주 볼 자신이 없어서였지요. 대신 찾은 곳이 아파트 베란다의 수도꼭지 앞이었습니다. 엄마는 베란다에 웅크리고 앉아 수돗물을 틀어놓은 채 매일 울었답니다. 행여 누가 들을까 싶어 수도를 세게 틀어놓고 그 떨어지는 수돗물 소리에 숨어 "병준아, 대답 좀 해봐. 왜 죽었니? 정말 죽은 거니? 왜 죽어? 왜 죽어"라며 울고 또 울었다고 합니다. 그렇게 고통스러운 시간이 하염없이 흘러갔습니다.

때로는 알 수 없는 두려움과 무서움이 미친 듯이 몰려오기도 했답니다. 그럴 때는 너무 무서워 어린애처럼 장롱 속 어두컴컴한 공간으로 숨기도 했다는 엄마의 사연. 그 장롱 안에 숨어 또 얼마나 울었는지 모른다고 합니다. 그런 엄마가 지금은 대한민국에서 가장 열성적이며 바쁜 군 인권운동가가 되었습니다. 매일 눈물바람으로 지내던 그 엄마에게 어떤 일이 벌어진 것일까요?

아들을 잃은 고통으로 몹시 힘들어하던 어느 날, 신병준 이병보다 한 살 많은 딸의 방문을 무심히 열었다가 마주한 슬픔이 이 엄마를 깨웠다고 합니다. 누구보다 남동생 병준 군을 챙기던 누나 역시 동생의 부재로 마음 아파했던 것입니다. 그래서 자기 방에서 동생을 그리워하며 이불을 뒤집어쓴 채 동생의 이름을 부르며 통곡하는 모습을 보면서 엄마는 그동안 자신이 외면해온 딸의 상처를 마주한 것입니다. 알고 보니 딸 역시 자기 슬픔을 가족들이 알까 봐 그렇게 숨어 혼자 울며 지낸 것입니다. 그 순간 엄마는 정신이 퍼뜩 돌아왔다고 합니다. '아, 내가 정신을 차리지 않으면 우리 딸이 더 아파하겠구나.' 돌아보니 사고 이후 그때까지 집에서 밥도 한 번 한 적이 없더랍니다. 아들이 죽었는데, 때가 되면 밥을 먹겠다며 쌀을 씻고 반찬을 만드는 일을 할 수 없었다는 것이지요. 그런 지경이었으니 딸은 얼마나 힘들었을까요?

그런 생각에 엄마는 딸에게 미안했다고 합니다. 그래서 더는 이래선 안 된다고 이를 악물었습니다. 딸을 살리고 우리 가족이 살려면 우선 나부터 정신을 차려야 한다는 절박한 심정으로 아들이 사고를 당하기 전에 운영하던 식당과 공인중개 사무실까지 모두 접고 이때부터 같은 처지에 있는 유족들을 찾아 나섰습니다. 그런 과정에서 제 이름을 우연히 알게 된 후 저를 찾아오면서 오늘까지 인연이 이어져온 것입니다. 그때 처음이 어머니가 저를 찾아오신 날 남기신 말씀이 있습니다. 정말이지 이전의 다른 누구에게도 들어보지 못한 말씀이었지요.

아들을 잃고 난 후에는 너무 억울해서 그 사실을 도저히 받아들일 수가 없었다고 합니다. 처음에는 '내가 뭔 죄가 있어 이런 고통을 받나' 싶어 좌절감만 가득했답니다. 그런데 다시 생각해보니 아들이 이렇게 빨리 이 엄마의 곁을 떠난 이유가 군 인권을 위해 엄마가 나서달라는 의미가 아닐까 싶더랍니다. 그래서 자신은 이미 자식을 잃었지만 다른 부모들은 이같은 피해를 당하지 않게 열심히 싸우고 싶다는 말씀이었습니다.

이것이 2017년 연극 〈이등병의 엄마〉를 김순복 어머니를 비롯해 모두 아홉 분의 어머니와 함께하게 된 이유입니다. 엄마들은 연극 속에서 한없이 울고, 또 한없이 외쳤습니다. 이것이 연극인지 실화인지 관객들은 구분이 안 된다며 공감하셨고, 매회 엄청난 눈물과 땀으로 뒤범벅된 장엄한 분위기 속에서 막을 내렸지요. 지금도 김순복 어머니는 다른 유족들의 입장을 대변하며 또 다른 인권운동가로서 열심히 일하고 있습니다. 우리 모두가 인정하는 헌신입니다. 과연 누가 이런 지극한 슬픔을 승화시켜 인권운동가로 거듭날 수 있을까요. 존경스러운 인연입니다.

윤 일병 어머니 안미자 님이 보내주신 떡

그런 분 중에 제가 빼놓을 수 없는 인연으로 소개하고 싶은 분이 윤승주 일병의 어머니, 안미자 님입니다. 2017년 연극 〈이등병의 엄마〉 공연을 준비할 당시, 연극에 참여한 어머니들에게 백설기를 한 말 보내주신 일이 있었는데 떡이 문제가 아니라 그 떡에 담긴 사연이 남달랐기 때문입니다. 사실 안미자 어머니에게 떡은 고사하고 원성을 백 마디 들어도 변명할 여지가 없는 일이 있었습니다. 이 글로 대신 용서를 청하고 싶습니다.

안미자 어머니의 아들은 2014년 많은 국민에게 큰 충격을 준 '윤 일병 구타 사망사건'의 피해자 윤승주 일병입니다. 군 입대 전 대학에서 과 학생회장을 할 정도로 명석했던 윤승주 일병. 훈련소에 입소한 첫날, 자기소개 카드를 작성하며 '지금 이 순간에 가장 가슴 아픈 일은?'이라는 항목에 '사랑하는 어머니가 못난 아들을 훈련소까지 바래다준 후 다시 비 오는 고속도로를 운전하여 혼자 귀가하는 것을 생각하니 마음이 아프다'는 글을 썼던 효자 아들 윤 일병.

그런 윤 일병이 자대 배치 후 3일만 빼고 매일 악마 같은 선임병들에게 집단구타를 당한 끝에 참담하게 목숨을 잃었습니다. 너무나 충격적인 사건이었습니다. 한편 가해 주범이었던 이 아무개 병장이 3일은 때리지 않았다고 주장한 기록을 보고 의아했습니다. 왜 3일은 아니라고 하는 것인지, 어떻게 그걸 정확하게 기억하는지 납득하기 어려웠기 때문입니다. 그래서 조사기록을 다시 살펴보니 그 비밀이 더 끔찍했습니다. 군검찰 수사관이 이 병장을 상대로 "전입한 윤 일병을 사망하는 당일까지 매일 구타했나?"라고 묻자 단호하게 아니라며 "3일은 때리지 않았다"고 답한 것입니다. 이에 수사관이 "왜 3일은 때리지 않았나"라며 되묻자 "[자기가] 3일간 휴가를 갔기 때문"이라고 답하는 것이었습니다. 그야말로 악마와도 다르지 않은 끔찍한 답변이었습니다.

연극 〈이등병의 엄마〉는 이런 군 인권의 끔찍한 실태를 낱낱이 고발하고자 만든 작품이었습니다. 2017년 4월경 우리는 윤 일병의 사례를 빗대어 기자회견을 통해 군의 야만적 실태를 비판했습니다. 새로운 정부가 들어서면 군이 은폐하고 있는 의문사를 반드시 밝혀야 한다는 내용으로 준비한 기자회견이었습니다. 그런데 과거 윤 일병 사건을 언급하는 내용에 유족인 안미자 어머니 입장에서는 매우 화가 날 만한 표현이 있었습니다. 기자회견문 중 "잔인한 말씀이지만 우리는 차라리 윤 일병의 어머니가 부럽습니다. 적어도 윤 일병은 부대에서 무슨 일을 겪었고, 왜 죽게 됐는지 밝혀지지 않았습니까? 이런 말을 하는 저희가 제정신인지 모르겠습니다"라는 대목이었지요. 언론은 이 대목에 주목해 제목을 뽑았습니다. 언론에서는 아예 '군 사망 유족 "차라리 윤 일병이 부럽다"'라는 제목으로 기사를 송고하기도 했습니다.

이제 와 고백하자면, 이 기자회견문을 쓴 사람은 저입니다. 물론 창작해서 쓴 글은 절대 아닙니다. 2014년 당시 군 인권센터 임태훈 소장을 통해 은폐되었던 윤 일병 사건의 진상이 세상에 알려진 후 유족 어머니들 사이에서는 깊은 탄식이 돌았습니다. 어떻게 이런 일이 벌어질 수 있고 또 은폐될 수 있느냐는 분노로 들끓던 어머니들 사이에서 "그래도 윤 일병은 사인이라도 분명히 밝혀져 바로 순직 결정을 받았으니 그나마 다행 아니냐. 우린 자식이 왜 죽었는지, 어떻게 죽었는지도 모르고 그냥 봉안소에 방치되어 있으니 우리 신세가 더 나을 게 뭐냐"는 한탄이 나왔습니다. 이 말을 듣고 저는 전율했습니다. 그래서 많은 분에게 이 애끓는 진심을 전하고 싶었던 것입니다.

그런데 막상 제목으로 '윤 일병이 부럽다'는 보도를 접하니 너무나 송구하고 죄송했습니다. 만약 이 기사를 본다면 누구라도 가만히 있을 것 같지 않았습니다. 당연히 내내 마음이 불편할 수밖에 없었지요. 혹여 윤 일병의 어머니가 이 기사를 보신다면 아픈 상처를 다시 자극하는 일이니 화가 많이 나실 텐데 어쩌면 좋나 싶었습니다. 본의 아니게 그런 일을 저지른 책망으로 제발 어머니가 그 기사를 못 보시기만을 마음으로 기도할 뿐이었습니다. 그런데 기자회견이 있고 바로 다음 날, 제 휴대폰으로 전화가 왔습니다. 우려하던 일이 마침내 벌어진 것입니다. 윤 일병의 어머니 안미자 님의 휴대전화 번호가 액정에 뜬 것입니다.

'덜컹' 제 마음이 내려앉는 소리가 들렸습니다. '마침내 올게 왔구나' 싶어 겁이 날 지경이었습니다. 차라리 부재 중 전화로 할까 말까 잠깐 갈등도 했지만 결국 저는 수신 버튼을 눌렀습니다. 잘못한 일이니 꾸중 듣고 용서를 구하는 게 옳다고 생각한 것입니다. 그래서 기어들어가는 목소리로 "네, 어머니. 접니다"라고 했습니다. 이제 곧 어떤 불호령이 떨어질까 단단히 각오하며 받아든 전화였지요.

그런데 너무나 뜻밖이었습니다. 안미자 어머니는 그 특유의 다정한 목소리로 준비 중인 연극 〈이등병의 엄마〉 소식을 언급하며 어머니들이 얼마나 고생이 많으시냐고, 다들 건강은 어떠시냐는 안부부터 확인하시는 것이었습니다. 이상하다 싶었습니다. 분명 언론 보도로 기자회견 내용을 아실 텐데 왜 그 말씀은 안 하시고 다른 말씀부터 하시는지 당황했습니다. 결국 제가 먼저 자백을 했지요.

"어머니, 죄송합니다. 사실은 어제 기자회견을 하면서 거기서 아드님 이야기를 저희가 언급했는데 그게 어머니 마음을 불편하게 한 것 같아서 너무 죄송했습니다. 혹시 언론 보도를 못 보셨나요?"

제 말에 안미자 어머니는 잠시 말씀이 없었습니다. 그러다가 들려온 목소리.

"네, 그 기사 저도 봤어요. 그런데……, 그거 가지고 제가 뭐라 하려고 전화 드린 건 아니고요. 사실은……, 제가 뭘 좀 한 가지 여쭤볼 것이 있어서요."

"네, 말씀하세요. 무엇이든지."

안미자 어머니는 연극을 준비하며 고생하시는 유족 어머니들에게 뭐라도 좀 해주고 싶어 고민하다가 백설기를 해드리고 싶었다고 합니다. 그런데 혹여 그것이 불필요한 오해를 살까 봐 한번 물어보려고 전화를 하셨다는 것이었습니다. 정말 예상과 너무 다른 말씀이라 당황했습니다. 어떻게 이런 상황에서 그런 고마운 생각을 하신 것인지 놀라울 뿐이었지요. 저는 먼저 안미자 어머니에게 깊은 고마움을 표한 후 다른 어머니들도 당연히 고마워하시겠지만 그래도 일단 어머니들의 의견을 여쭤보고 전화를 드리겠다고 했습니다. 그러면서 연극을 올리는 첫날 안미자 어머니도 꼭 모시고 싶다고 청했습니다. 어머니는 흔쾌히 그 초대에 응해주셨습니다.

사실 이 연극에서 주인공 이등병이 선임병에게 마구잡이로 구타당하는 장면이 나오는데 그 부분이 바로 윤 일병 사건을 모티브로 한 것이었습니다. 그래서 혹시 연극을 보러 오신 안미자 어머니에게 그 장면이 상처가 될까 싶어 초청을 주저하던 차에 연락을 받아 급작스럽게 드린 청인데 어머니는 괜찮다며 양해해주셨습니다. 실제로 안미자 어머니는 첫날 공연 관람에 이어 마지막 날 공연에도 다시 가족들과 함께 공연장을 찾아주셨고 많은 사람이 이 연극을 보면 좋겠다고 말씀하셨습니다. 정말 고마웠습니다.

한편 안미자 어머니가 백설기 한 말을 기부하고 싶어하신다는 소식을 들은 어머니들은 정말 고맙다며 다들 좋아하셨습니다. 곧장 안미자 어머니에게 전화를 드려 이 사실을 알리자 어머니는 바로 떡을 배달시키겠다며 급히 전화를 끊으려 했습니다. 그런데 그때, 전화를 끊기 직전에 안미자 어머니가 제게 해주신 마지막 말씀이 하나 더 있었습니다.

"그런데요, 어머니들께 나중에 하나만 전해주실래요?"
"네, 어머니. 어떤 말씀이요?"
"어머니들이 그러셨잖아요. 그래도 우리 아들은 어떻게 사망했는지 알게 되니 부럽다고요. 그런데……, 그걸 다 안다고 좋은 건 아니더라고요. 알면 아는 대로 또 가슴 아프고 힘들더라고요. 그런 이야기예요."

안미자 어머니의 말씀이 제 가슴을 쳤습니다. 그렇게 알면 아는 대로, 또 모르면 모르는 대로 가슴 아픈 일이 자식의 죽음입니다. 그 아픈 사연이 이들 군사망사고 피해 유족 어머니에게는 숙명 같은 고통입니다. 안미자 어머니, 다시 한번 그때 보내주신 백설기, 고마웠습니다. 그리고 죄송했습니다. 용서해주세요.

어머니의 된장찌개

하고 많은 사연 속 여러 어머니가 계시지만 제가 정말 죄송한 어머니가 또 한 분 계십니다. 때는 2013년. 그때 국회 사무실로 60대 후반 정도 되시는 단아한 차림의 어머니가 저를 찾아오셨습니다. 아들이 육군장교로 근무하던 중 2003년 10월 마지막 날 교통사고로 목숨을 잃었다는 것입니다. 처음엔 부대에서 "순직 처리를 도와줄 테니 부대와는 상관없는 사고로 진술해달라"고 했답니다. 부대회식 끝에 일어난 사고인데 외출증 끊고 나가서 사적으로 술을 마시다 난 사고처럼 말해달라는 뜻이었습니다. 어머니는 처음엔 순직 처리를 믿고 응했다고 합니다. 하지만 그게 아들의 사망 책임을 부대가 외면하려는 의도임을 깨닫고 이내 바로잡으니 이번엔 회식 시간대를 조작해서 또 진실을 왜곡했습니다. 그런 사연을 가지고 저를 찾아온 어머니의 사정이 너무 딱했습니다.

하지만 간절함을 안고 오신 그분에게 저는 "죄송하지만 그만 오시라"고 했습니다. 2013년 당시만 해도 군에서 사망한 군인의 죽음을 순직으로 인정하는 길은 너무도 좁았습니다. 의무복무 중 사망한 사병의 죽음도 국가가 제대로 인정하지 않는 상황인데 장교의 죽음은 더더욱 어려운 일이었습니다. 그런데 괜한 희망으로 저 먼 지방에 사는 분이 새벽부터 국회로, 거리로, 국방부로 피켓 시위를 하는 것이 미안하기만 했기 때문입니다.

그런데 어머니는 제 말을 듣지 않으셨습니다. 그다음 날도 오고, 또 오고, 계속 오셨습니다. 방법이 없었습니다. 결국 제가 화를 냈습니다. 사람 미안하게 왜 그러시냐고. 이젠 정말 오시지 말라고. 의무복무 사병도 순직 처리가 쉽지 않은데 장교는 더더욱 어렵다고. 의무복무 사병이 순직으로 처리되면 그다음에나 도와드릴 테니 그때나 오시라고. 더 모질게 말씀드리지 않으면 괜한 고생만 하실까 봐 부러 더 화난 목소리로 말씀드렸습니다. 그런데 저는 결국 이 어머니가 오시는 것을 막지 못했습니다. 이 어머니가 하신 이런 말씀을 듣고 나자 더는 막을 수 없었기 때문입니다.

"보좌관님, 그냥 저 여기 올 수만 있게 해주세요. 그냥 올게요. 보좌관님이 그러셨잖아요. 의무복무 사병이 되면 그다음엔 우리 아들도 도와주시겠다고……. 그러니 아무 조건 없이 의무복무 사병부터 될 수 있도록 제가 열심히 도울게요. 그래야 의무복무 사병이 될 거고 그다음 제 아들 차례도 그만큼 빨라질 테니 제가 와서 도울 수 있게만 해주세요. 부탁드려요. 네?"

그 후 어머니는 2017년 제가 제작한 연극 〈이등병의 엄마〉에 이등병 엄마 역으로도 출연했습니다. 연극에서 어머니는 "우리 아들이 죄를 짓고 군대를 간 것도 아닌데 왜 이렇게 하나요? 왜 징병할 권리는 국가에만 있고 그 책임은 없단 말인가요?"라며 누구보다 더 절절하게 외쳤습니다. 그 절절한 호소에 모두가 울었고 함께 공감했습니다. 그런데 사실 이 어머니가 연극을 했다는 것 자체가 기적이었습니다.

어머니는 그 당시 연극을 할 수 있는 건강상태가 아니었습니다. '이석증'으로 자주 어지러움을 느끼는 탓에 앉았다가 일어서는 것조차 힘들었기 때문입니다. 그래서 자청하는 어머니를 여러 번 만류하기도 했지요. 하지만 어머니는 끝내 일어섰고 모두 세 번에 걸친 연장 공연까지 합쳐 총 17회를 마쳤습니다. 2020년 현재 의무복무 군인 사망 중 97퍼센트가 순직 결정을 받을 수 있게 된 데는 바로 이 어머니 같은 분의 '이름 없는 헌신과 희생'이 녹아 있음을 제가 잘 압니다. 그래서 이제 그 어머니에게 했던 약속을 저는 지키고 싶습니다. 제복을 입고 죽어간 모든 군인의 책임은 국가에 있습니다. 이걸 인정해야 군인이 죽지 않을 것입니다. 그렇기에 어제의 책임을 오늘 제대로 인정하라는 것입니다.

2003년 이후 17년, 그 어머니가 장남을 잃고 살아온 세월입니다. 어머니는 이 기간 동안 된장찌개를 끓일 수 없었다고 합니다. 어느 날 아들이 사고 직전 어머니를 찾아왔답니다. 그날 아들은 장교직을 그만두고 싶다고 했고 어머니는 영문도 모른 채 야단만 쳤다고 합니다. 지금 군을 나와서 뭘 먹고살 거냐고, 그냥 계속하라고. 어머니의 역정에 착한 아들은 힘없이 "네"라고 답하면서 엄마가 끓여준 된장찌개가 먹고 싶다는 말을 했는데 어머니는 속상한 마음 끝에 "담에 끓여줄 테니 오늘은 그냥 가라"며 돌아섰다고 합니다. 그게 마지막이었습니다. 아들은 며칠 후 불의의 사고로 세상을 떠났습니다.

그날 이후 어머니는 된장찌개를 끓이지 못했다고 합니다. 이제 저는 이 어머니가 된장찌개를 끓여 아들 앞으로 갈 수 있는 날이 오기를 소원합니다. 그 아들이 기다리고 있을 된장찌개를 어머니가 다시 끓일 수 있도록 여러분이 도와주실 것을 소원합니다. 그날이 빨리 오도록 함께 마음을 모아주실 것을 청합니다.

먼저 떠난 세 분 그리고
남은 사람들의 인연

공적인 일을 하다 보면 꼭 필요한 것 중
하나가 '명함'입니다. 제가 누군가에게 드리는 명함도 많지만 주시는 것
을 받는 명함도 적지 않습니다. 사회생활을 하는 분이라면 누구나 그럴
것입니다. 혹시 그렇게 받으시는 많은 명함을 독자님들은 어떻게 쓰시나
요? 잘 모아뒀다가 한꺼번에 버리시나요? 아니면 어딘가에 대충 처박아
놓고 잊어버리시나요?

기억하기에 1990년대 초반이었던 것 같습니다. 제 나이 20대 초반에
신문에서 읽은 기사가 하나 있습니다. 명함에 관한 이야기였지요. 그 당
시에는 회갑잔치를 하는 사람들이 제법 있었습니다. 지금이야 평균수명
이 대폭 늘어 회갑잔치를 한다고 하면 이상하게 여길 사람이 많겠지만
그때는 달랐습니다. 여하간 만 60세가 되어 회갑을 맞이한 어떤 분의 이
야기였는데, 회갑 잔칫상 뒤로 펼쳐져 있는 병풍이 특이해서 기사에 나
온 것입니다. 병풍은 병풍인데 그냥 병풍이 아니었기 때문입니다. 여덟
폭짜리 병풍을 가득 수놓은 것은 그림도 아니고 글씨도 아니었습니다.
다름 아닌 '명함'이었습니다. 그 큰 병풍이 작은 명함으로 가득 채워져 있는 것입니다. 병풍을 장식한 수많은 명함은 이날 60회 생일을 맞이한 주인공이 그간 살며 만나온 사람들에게 받은 것이라고 합니다. 그동안 받은 명함을 한 장도 버리지 않고 모았다가 이날을 위한 기념 병풍으로 만들었다는 소식이었지요.

그 기사를 본 후 저는 이 얼마나 멋진 일인가 싶어 큰 감명을 받았습니다. 그래서 저도 결심했습니다. 나중에 저도 그런 멋진 병풍을 하나 만들어야겠다고 말입니다. 그래서 그 병풍을 자식에게 물려주면 꽤 좋은 선물이 되겠다는 생각이 든 것입니다. 그 후로 저는 이런저런 일로 만나게 된 분들의 명함을 한 장도 버리지 않고 다 모았습니다. 당연히 그냥 모으기만 한 것은 아닙니다. 명함을 받으면 다음 날 반드시 연락처를 휴대폰에 저장한 후 문자를 보냈습니다. 어제 뵌 아무개라며, 뵈어 반가웠고 앞으로 종종 안부를 여쭙겠다며 소식을 전했습니다. 그러면 십중팔구는 답 문자가 옵니다.

이렇게 하니 하루에 끝날 수도 있었던 인연이 깊은 인연으로 이어지는 것을 체감했습니다. 그렇게 한 분 한 분과 더 좋은 인연이 되고 그분들에게 그동안 많은 도움을 받기도 했지요. 그런 분들에게 1년에 두 번, 적어도 명절에는 문자로나마 안부를 전하고 있습니다. 그러다 보니 휴대폰에 저장된 한 분 한 분의 이름을 뒤지다가 돌연 깨닫는 것이 있습니다. 어느덧 세상을 등진 분들이 적지 않다는 사실 말입니다. 생각해보니 제가 그간 써온 글 중에서도 그런 분을 추모하는 기고문이 늘어나고 있습니다. 2016년 8월 15일 세상을 떠난 시사만화가 백무현 형님도 그런 인연 중하나입니다.

시사만화가 백무현, 그를 만나다

그야말로 황망한 소식이었습니다. 시사만화계에서 유명한 작가인 백무현은 1988년 『한겨레』 창간 때부터 만화초대석에서 활약했고 『평화신문』에도 시사만평을 연재했던 분입니다. 또한 『서울신문』에서 1998년부터 2012년 사이에 날카로운 시사감각으로 유명한 '백무현 만평'을 그려 많은 독자에게 큰 공감을 얻었습니다. 만평뿐만 아니라 단행본도 여러 권 집필했습니다. 8·15해방부터 전두환, 노태우 구속까지의 대한민국 현대사를 다룬 『만화로 보는 한국 현대사』(전 3권)를 비롯해 친일 쿠데타 독재자인 박정희의 실체를 적나라하게 그려낸 2005년작 『만화 박정희』(전 2권), 그리고 『만화 김대중』(전 5권), 마지막 유작이 된 『만화 노무현』까지 20권 이상을 펴낸 우리 시대의 대표적인 시사만화 작가였습니다. 그런 무현 형님과 제가 인연을 맺게 된 것은 2012년 11월의 일이었습니다. 당시 저는 서울특별시 교육청 감사관실 공무원으로 근무하고 있을 때였는데 돌연 사직서를 제출하고 책을 한 권 출간했습니다.

2012년 독재자 박정희의 딸 박근혜 씨가 당시 새누리당 대통령 후보로 선출되는 것을 보고 너무나 괴로웠습니다. 자기 아버지의 유신정권 폭압에 아무런 반성도 없는 그의 출마에 말 한마디 할 수 없어 답답했습니다. 공무원 신분이라 정치적 중립을 지켜야 해서 더욱 그랬습니다. 더구나 그해 8월, 박정희 독재에 항거하다 목숨을 잃은 장준하 선생님의 유골에서 명백한 타살증거가 드러났음에도 정작 살아 있는 우린 아무것도 하지 않는 게 부끄러웠습니다. 제가 고심 끝에 사표를 낸 이유입니다. 그렇게 사표가 수리된 다음 날, 저는 〈오마이뉴스〉에 글 한 편을 기고합니다. 그 글에서 저는 기어이 하고 싶었던 이 한마디를 내질렀습니다.

"대한민국의 일정한 조건과 자격을 갖춘 사람이라면 누구나 대통령을 할 수 있지만, 유신독재의 정신적 계승자인 박근혜만은 절대 안 됩니다."

그러면서 같은 날 펴낸 책이 장준하 선생의 의문사 과정을 추적했던 담당 조사관의 경험으로 쓴 『장준하, 묻지 못한 진실』이었습니다. 무현 형님과 조우한 장소가 바로 그 책의 출판기념회 장소였던 서울 조계사 내 문화회관이었지요. 참 많은 분이 함께해준 그 출판기념회에서 형님이 갑자기 나타나 깜짝 놀랐습니다. 유명 인사인 형님이 그렇게 불쑥 오시리라고는 기대하지 못했기 때문입니다. 그 만남이 우리 인연의 첫 시작이었습니다.

평소 존경하던 무현 형님을 뵈니 얼마나 황송했는지 경황이 없었습니다. 그런 저에게 형님은 대뜸 한 꾸러미의 책을 내미셨지요. 형님이 펴낸 만화책을 선물로 준비했다며 친필 사인까지 정성껏 해서 가져오신 겁니다. 제가 〈오마이뉴스〉에 기고했던 그 글, 그러니까 '대한민국에서 유일하게 박근혜만은 안 된다는 글 하나를 쓰기 위해 공무원직까지 그만뒀다'는 기사를 읽고 너무 감동해서 꼭 만나고 싶었다는 형님의 말씀에 저는 송구할 정도로 기뻤습니다. 그 일을 계기로 시작된 형님과 저와의 인연은 이후 가끔 갖는 술자리와 이러저러한 모임으로 계속 이어졌습니다. 유명인답지 않은 소탈한 성격, 그리고 주변 사람을 늘 배려하는 은근하면서도 약간의 겸연쩍음을 가진 미소를 보여주는 형님을 만날 때마다 저역시 빙그레 웃음이 났습니다. 그래서 저도 형님처럼 살고 싶었습니다.

하지만 부족함이 많아 마음뿐인지라 미안하고 고마운 기억만 남았습니다, 형님.

정치개혁을 꿈꿨던 백무현

그런 형님이 생애 막바지에 뜻밖의 행보를 선택했습니다. 2016년 20대 국회의원 총선거를 맞아 '구태 정치 청산을 위한 출마 선언'이 그것이었습니다. 당시 '문재인 대통령 불가론'을 외치며 민주당 소속의 호남 지역 국회의원 일부가 탈당해서 신당을 창당했지요. 그러자 무현 형님은 탈당한 그들 지역구 중 전남 여수에서 국회의원 출마를 선언했습니다. 시사만화가에서 직접 정치를 바꾸는 출마를 결심한 것입니다. 그리고 이때 그 출마 의지를 알리는 북콘서트를 준비하면서 저에게 사회를 봐달라며 이른 아침에 전화를 해오셨습니다. 1996년 1월, 아주 추운 겨울이었지요.

저로서는 영광스러운 청이었습니다. 형님이 선택한 새로운 길에 작은 보탬이라도 되어 기뻤습니다. 성대하게 치러진 그날 북콘서트에서 저는 형님의 그 귀한 진심이 결실로 맺어지기를 기대했습니다. 훗날 개봉된 다큐멘터리 영화 〈무현, 두 도시 이야기〉에서 무현 형님이 간절히 소원했던 그 진심이 많은 이에게 큰 감동을 줬지요. 그런데 바로 그때였습니다. 생각지도 못한 비극이 무현 형님의 몸을 노크하고 있었음을 너무도 늦게 알게 되었습니다. 선거운동이 너무 힘들어 살이 많이 빠졌구나 했는데 다름 아닌 말기 암 증세의 전조였음을 누가 상상이나 했을까요.

선거전이 뜨겁게 달아오르던 2016년 3월 말, 처음 도전한 총선이 너무 힘들어 그렇겠지 싶어 일상적인 건강검진 차원에서 들른 병원에서 알게 된 충격적인 사실, 위암 말기 진단. 그야말로 마른 하늘에 날벼락이었지요. 하지만 형님은 이 사실을 몰랐습니다. 다만 혼자 이 비밀을 알고 괴로워한 분은 다름 아닌 형님의 처남이었지요. 선거기간 중 형님을 수행한 그분에게만 담당 의사가 알려줬기 때문입니다. 처남은 깊은 고민에 빠졌다고 합니다. 당장 이 사실을 알려야 하는지, 아니면 다른 방법이 있는지. 결국 처남은 고민 끝에 형님에게 이 사실을 비밀로 했다고 합니다. 이미 병이 깊어질 대로 깊어져 치료시기조차 놓친 상황이라 뾰족한 치료방법도 없는 상태에서 처남은 형님이 마지막 순간에 하고 싶었던 그 일을 원 없이 하도록 모진 마음을 먹었다고 훗날 술회했다지요.

정말이지 영화 속에서나 볼 법한 이런 말도 안 되는 일이 실제로 벌어진 것이 믿기지 않습니다. 여하간 그렇게 시작된 국회의원 선거운동 내내 무현 형님은 후회 없이 최선을 다했습니다. 위암 말기의 몸으로 여수 곳곳을 누비며 유권자들을 만나 그들에게 '왜 지금 정치혁신이 필요한지' 사자후를 토했습니다. 하지만 몸은 거짓말을 할 수가 없었지요. 날로 체력은 떨어지고 선거운동을 하는 게 점점 힘들어진 것입니다. 몸은 더욱 눈에 띄게 야위어갔고 그만큼 병원을 찾는 간격 역시 빨라진 데다 치료시간도 길어져갔습니다. 전국적으로는 유명한 인사였지만 출마한 여수 지역에서는 기존 국회의원보다 인지도가 떨어지는 낯선 인물이었습니다. 그래서 더 많이 알리고 뛰어야 하는 정치 신인이라 넘어야 할 벽은 한없이 높은데 유세조차 쉽지 않았으니 어찌할까요. 하지만 무현 형님은 낙관주의자였습니다. 자신의 몸이 날로 무너지고 있다는 것을 마지막에는 어렴풋하게 알았다지요. 그러나 유권자와의 약속을 지키기 위해 최선을 다했습니다.

특히 2016년 4월 11일, 막바지 선거 유세로 치닫던 그날 문재인 전 민주당 대표가 여수 지역을 방문했습니다. 문재인 전 대표와 합동 유세를 하던 그날을 무현 형님은 잊지 못할 것입니다. 문재인 전 대표와 함께 유세차에 올라 여수 시민을 향해 두 손을 치켜들며 '반드시 당당한 승리를 가져오겠다'고 약속한 날이었기 때문입니다. 하지만 세상일은 참으로 얄궂었습니다. 그로부터 이틀이 지난 4월 13일, 무현 형님은 한꺼번에 두 가지 슬픈 사실과 마주하게 됩니다. 하나는 구태 정치의 벽을 이겨내는 데 실패했다는 것과 또 하나는 자신이 말기 암 환자라는 사실. 바로 그 사연을 담은 다큐멘터리 영화 〈무현, 두 도시 이야기〉가 훗날 형님이 세상을 떠난 후 공개되어 많은 사람의 심금을 울렸습니다.

백무현 화백의 마지막 카툰, '나는 산다'

무현 형님의 낙선 사실을 저도 들었습니다. 상심에 빠진 형님에게 무슨 말로 위로를 전할까 고민에 빠졌습니다. 그래서 저와 함께 무현 형님을 잘 알고 있는 최용철 형님에게 먼저 전화를 걸어 이런저런 말끝에 듣게 된 형님의 위중한 병세 소식. 낙선이 문제가 아니라 생사가 문제라는 그 한마디에 제가 받은 충격은 무엇으로도 표현할 길이 없었지요. 그렇게 넉 달여가 흐른 그해 8월 15일 광복절 당일 아침에 한 통의 부고가 제 휴대폰 문자 메시지로 떴습니다.

"고 반장, 백 화백이 소천하셨답니다."

아, 최용철 형님의 문자 메시지를 보자마자 차오르던 그 슬픔을 무엇으로 설명해야 할까요. 한달음에 달려간 빈소에서 저는 무현 형님의 영정을 보며 울었습니다. 예의 그 환한 미소를 보니 못 다 한 형님의 열정과 꿈이 더욱 안타까워서 울었습니다. 더불어 원대하게 시작한 『만화 노무현』을 마무리하지 못한 채 떠난 형님을 생각하며 또 울었습니다. 평소 형님과 가까웠던 지인 분들과 함께 형님의 빈소에 앉아 그저 소주잔만 기울이며 애석해하던 그때, 깜짝 놀랄 만한 새로운 사실을 듣게 되었습니다. '경기무형문화재' 제20호로 유명한 임웅수 형님이 저에게 들려주신 사연입니다.

"고 반장, 내가 할 말이 있어. 사실은 얼마 전에 백 화백에게 전화가 왔었어. 내게 꼭 할 말이 있다며 병원으로 와달라는 거야. 그래서 찾아갔더니 여러 말 끝에 화장실을 간다며 잠시 자리를 비웠는데 그때 우연히 책상에 백 화백 연습장이 놓여 있더라고. 그래서 뭔가 싶어 몇 페이지를 뒤적여봤는데 그때 보게 된 그 그림을 내가 잊을 수가 없네."

그림? 생전 그림 그리는 것을 업으로 삼았던 그 형님이 마지막에 그린 그림이 있었다니 그게 무엇일까 궁금했습니다. 보고 싶었습니다. 그래서 저는 임웅수 형님에게 채근했습니다. 혹시 그때 보신 그림을 가지고 있느냐고. 그러자 임웅수 형님이 "마침 그때 내가 휴대폰으로 그 연습장 노트 속 그림을 촬영해둔 것이 있다"며 휴대폰을 꺼내 찾기 시작했지요. 그렇

나사렛 예수그리스도의
권세로 명하노니
암덩어리를 변으로 쏟아져 버려라
몸은 회복될지어다
생명의 기운이 충만하에 역사할지어다

게 해서 보게 된 무현 화백의 마지막 유작. 그 만화 컷을 본 순간 온몸에 전율이 일었지요. '살아야겠다'는 형님의 무섭고도 강한 의지가 고스란히 전해졌기 때문입니다.

그리고 그 그림에는 이런 기도가 담겨 있었지요.

"나는 산다. 나는 잘 산다. 나는 오래 산다. 나는 폼나게 산다. 나는 건강하게 산다. 나는 빛나게 산다."

그랬습니다. 저는 백무현 형님을 떠올리면 이 그림부터 생각날 것 같습니다. 끝까지 포기하지 않겠다는, 말기 위암이라는 병 앞에 굴복하지 않겠다는 형님의 강하고 굳은 의지를 저는 잊지 않겠습니다. 제 가슴에, 우리 가슴에 여전히 살아 있는 '영원한 화백 백무현'. 사람 사는 세상을 추구했고, 누구보다 겸손했으며, 누구보다 정직하게 세상을 바꾸려 했던 고 백무현. 그 형님에게 다시 한번 약속하고 싶습니다. 무현 형님이 생애에 걸쳐 '굴리다 다 못 굴리고 가신' 그 덩이를 이제 우리가 마저 굴리겠습니다. 그리하여 형님이 생각한 그 덩이보다 더 큰 덩이로 모두가 다 앉을 수 있는 큰 쉼터를 만들어나가겠습니다. 나라를 나라답게, 더 건강하고 더 정의로운 세상으로 이어가겠습니다. 그날까지 무현 형님, 결코 잠들지 마시고 우리와 함께 가주세요.

형님, 무현 형님, 사랑합니다. 그립습니다. 행복하소서.

유가협의 영원한 '총무 아버지' 최봉규 님의 특별한 29년

또 다른 분은 이분입니다. 2016년 설날 연휴 마지막 날 이른 아침이었습니다. 문자 메시지 한 통이 단잠을 깨웠습니다. 순간 '도대체 누가 연휴 아침부터 문자를 보낼까' 싶어 약간은 짜증스러운 마음으로 반쯤 눈을 뜨고 열어본 문자함. 그리고 눈에 들어온 내용.

> "오늘 새벽, 최우혁 열사의 아버님, 최봉규 님이 영면하셨습니다. 빈소는 보라매 병원 장례식장 8호실입니다. 고인의 명복을 빕니다."

아마 이 부고를 받기 한 달 전쯤의 일이었던 것 같습니다. 그날 전화로 최봉규 아버지에게 안부를 여쭌 적이 있었는데 갑작스러운 부고라니. 모든 죽음이 뜻밖이지만 최봉규 아버지의 소식은 정말 방심 끝에 뺨 한 대 얻어맞은 것처럼 얼얼했습니다. 그러면서 오래전 기억 하나가 떠올랐지요. 제가 처음 최봉규 아버지를 만났던 인연입니다.

1993년 4월, 당시 저는 '전국민주화운동 유가족협의회'(약칭 '유가협') 간사로 일하고 있었습니다. 유가협은 우리나라의 민주주의와 통일을 위해 싸우다가 스스로 목숨을 끊었거나 의문사한 분들의 유족이 만든 시민단체입니다. 그리고 제가 상근간사로 일하던 그 당시 최봉규 아버지는 이 단체의 총무 역할을 맡고 계셨습니다.

민주화운동을 하던 아들이 죽자 대신 머리띠 묶은 아버지

처음 최봉규 아버지를 뵈었을 때 사실 아버지의 아들인 '최우혁 열사'의 이름이 낯설었습니다. 어떤 경위로 사망한 것인지 궁금해서 최우혁 열사에 대해 살펴봤습니다. 1987년 9월 군복무 중 사망한 최우혁 열사(이하 '최우혁')는 1966년 아버지 최봉규 님과 어머니 강연임 님 사이에서 3남 1녀 중 막내로 태어나 1984년 3월 서울대학교 인문대학 서양사학과에 입학한 수재였습니다. 이후 서울대 경제법학회에 가입한 최우혁은 1987년 군 입대 전까지 조국의 민주화와 통일에 헌신하는 모범적인 학생운동가였습니다.

'항상 활달하고 정의감이 높았던 최우혁', 이것이 친구 최우혁을 기억하는 동료 운동권 학생들의 증언이었습니다. 특히 1986년 최우혁이 3학년이 되던 그해 5월은 전국이 민주화 열기로 몹시 뜨거웠습니다. 독재자 전두환이 서울 장충체육관에서 간접선거 방식인 통일주체국민회의를 통해 자신의 친구인 노태우를 대통령에 앉히려 하자 최우혁은 이에 반대하는 5·3인천민주화시위에 적극 참여했습니다. 또한 같은 달 20일에는 서울대 이동수 열사가 분신 항거하자 이를 진압하려는 경찰과 맞서 싸우던 중 전치 10주의 큰 부상을 입어 병원에 입원하기도 했지요.

투쟁 속에 단련된다고 하던가요. 최우혁의 뜻은 확고했습니다. 학생운동을 넘어 본격적인 노동운동가의 길을 선택한 것입니다. 그러나 그 계획은 실행되지 못했다고 합니다. 1987년 4월 28일, 이날 최우혁은 또다시 시위 도중 경찰에 체포되어 유치장에 갇히게 됩니다. 그리고 불행은 그 지점에서부터 시작되었습니다. 이번엔 최우혁의 부모님이 가만히 있지 않은 것입니다. 서슬 퍼런 전두환 군사독재정권하에서 데모하는 아들을 더는 두고 볼 수 없다고 생각하신 겁니다. 운동권 자식과 이를 말리려는 부모 사이에서 늘 발생하는 갈등입니다. 공부 잘해 서울대까지 들어가 누구 앞에서도 자랑스러웠던 아들이 사지로 가는 걸 가만히 지켜볼 부모가 어디 있을까요. 매일 데모로 잡혀가고 다쳐서 병원 신세를 지는데 어느 부모가 그걸 좋다고 하겠습니까. 고심 끝에 부모님이 찾은 방안은 아들을 빨리 군대에 보내는 것이었습니다. 이것이 어떤 비극으로 이어질지 그때는 정말 상상도 못 한 일이었지요.

한편 어머니는 아들을 입대시키기 위해 병무청까지 찾아갔다고 합니다. 입영 영장을 하루라도 빨리 발부해달라며 아는 친척까지 동원한 것입니다. 또한 이 시간 아버지는 아들이 도망가지 못하도록 마을 사람과 주변 친척까지 동원해서 감시했다고 합니다. 사실상 감금하며 입대하는 날까지 붙잡아두려고 한 것입니다. 그러자 아들 최우혁은 완강한 아버지 앞에서는 차마 말하지 못했으나 어머니를 붙잡고는 입대를 거부하며 이렇게 말했다고 합니다.

"엄마, 저는 군대 끌려가면 죽어요. 지금 못 보면 다신 저를 못 보실 거예요."

하지만 당시 상황에서 아들의 이런 호소가 엄마 귀에 들어올 리 만무했습니다. 아들을 살릴 방법은 오직 하나, 못된 운동권 학생들과 아들을 격리시키는 게 최선이라고 확신한 것입니다. 어차피 대한민국에서 한번은 다녀와야 하는 곳이니 차라리 이번에 빨리 군대에 보내는 것이 아들의 장래를 위해서도 가장 좋다고 생각한 것입니다. 부모님 입장에서는 그럴 수 있는 일이었지요. 다만 지금 끌려가면 죽는다든가 또는 다시는 못 보게 될 거라는 아들의 말은 그저 반항하는 아들의 투정 정도로 여긴 것입니다. 그렇게 다가온 최우혁의 군 입대일. 이제 모든 것이 다 제자리를 찾아가리라 기대하며 최우혁의 부모님은 훈련소 연병장으로 아들의 등을 떠밀었다고 합니다. 하지만 훗날 그날이 지독한 고통의 출발점이 될 줄은 누구도 알지 못했습니다.

입대 133일 만에 죽은 아들, 그 어머니의 아픈 사연

1987년 9월 8일 아침 7시. 최봉규 아버지에게 이 시각은 생전 잊을 수 없는 고통이 되었습니다. 아들이 군에 입대하고 133일째 되는 날이었습니다. 그날 군부대에서 집으로 전화가 걸려왔습니다. 그리고 듣게 된 말은 아들 최우혁이 죽었다는 소식이었습니다. 사인은 '분신자살'. 아버지가 곧장 병원으로 달려갔지만 아들은 이미 까맣게 타 있었다고 합니다. 헌병대는 수사 결과, 부대 내 쓰레기 소각장에서 최우혁 이병이 서서 분신자살을 했다고 발표했습니다. 시각은 1987년 9월 8일 밤 12시 50분경. 사유는 늘 그랬던 것처럼 '지극히 사적인 고민' 끝에 행한 분신자살로 결론 내렸습니다. 하지만 이후 아버지의 싸움 끝에 밝혀진 진실에 따르면 이는 사실이 아니었습니다.

최우혁 이병은 입대 전부터 이미 보안사령부의 관찰과 감시 대상이었던 것으로 밝혀졌습니다. 최우혁 이병이 사망하고 3년이 지난 1990년,

보안사 소속 윤석양 이병의 양심선언으로 이는 사실로 밝혀집니다. 이에 따르면 최우혁 이병은 보안사령부가 감시했던 '서울대학교 운동권 동향파악 대상자' 중 한 명으로 분류되어 있었습니다. 입대 전부터 보안사가 주시하던 최우혁 이병이 입대했으니 어떤 일이 벌어졌을까요. 최우혁이병이 어머니에게 마지막에 했던 그 말, "엄마, 저는 군대 끌려가면 죽어요. 지금 못 보면 다신 저를 못 보실 거예요"라던 그 말이 사실이었던 것입니다.

그 때문이었을까요. 비극은 거기서 끝나지 않았습니다. 이번엔 최우혁이병의 어머니, 강연임 님의 비보였습니다. 막내아들이 데모하다가 감옥으로 끌려갈까 봐, 그래서 그 파국을 막을 유일한 방법으로 선택한 입대가 아들의 죽음으로 끝나자 어머니의 자책은 깊을 수밖에 없었습니다. 결국 아들이 사망하고 두 달여 만에 어머니가 뇌출혈로 쓰러져 한쪽 눈을 실명하는 비극으로 이어졌지요. 하지만 어머니는 강했습니다. 그렇게 무너질 것 같았던 어머니가 다시 일어나 '그냥 자살했다'는 군 헌병대의 발표에 싸움을 선언한 것입니다. 한쪽 눈을 실명한 상태에서도 "내 아들의 진짜 사인을 밝히라"며 아들 대신 머리띠를 묶고 거리로 나섰습니다. 집회장에서, 광장에서, 군부대 정문에서 아들의 사인을 규명하라고 어머니는 목이 터져라 외치고 또 외쳤다고 합니다. 그러면서 주변 사람들에게 "차라리 아들이 학생운동을 하다가 감옥을 갔다면 얼마나 좋겠는가. 그러면 살아는 있었을 텐데, 결국 내가 우리 막둥이를 죽인 것"이라며 깊은 죄책감을 드러냈다는 어머니. 1991년 2월 19일, 그날은 이 어머니의 비극이 다다른 종착역이었습니다.

최봉규 아버지는 보름 전에 집을 나가버린 아내의 행방을 알 수 없어

속만 태우고 있었습니다. 막둥이를 잃고 난 후 한쪽 눈을 실명하고 또 실어증까지 얻어 고통받던 아내가 낮잠을 자고 일어나 보니 어디론가 사라진 것입니다. 보름이 지나도록 사라진 아내의 행방을 찾을 길이 없었습니다. 혹시나 하는 불길함을 애써 떨치며 정신없이 그 행방을 좇던 그때, 한강에서 시신 한 구가 떠올랐다는 경찰의 연락이 왔습니다. '아닐 거야' 하면서도 찾아간 그 자리에서 마주한 아내, 최우혁 이병의 어머니 강연임 님이었습니다. "내가 아들을 군에 입대시켜 죽였다"며 한강에 몸을 던진 것입니다. 비극적인 시대에 찾아온 비극적인 종말. 이런 비극을 만든 당시의 독재자 전두환은 여전히 잘 살고 있는데, 아들의 죽음으로 그 어머니까지 죄책감에 목숨을 끊은 참상이었습니다.

아버지의 투쟁, '아들의 명예회복은 반드시 내 손으로'

하지만 아버지 최봉규 님은 아내가 남긴 한을 잊지 않았습니다. 막내아들의 사인 규명과 명예회복을 이루는 것이 비극 속에 떠난 아내를 다시 살리고 결국 아들도 살리는 길이라고 여긴 것입니다. 그래서 그 깊고 진한 슬픔의 한가운데에서도 더더욱 유가협 활동에 집중하셨습니다. 그런 최봉규 아버지를 유가협 사람들은 '총무 아버지'라 불렀지요. 지금도 많은 이가 최봉규 아버지를 '총무 아버지'라 합니다. 그만큼 유가협 총무로서 유능하셨고 일도 잘하셨기 때문입니다.

유가협은 사실 경제적 후원이 넉넉지 못했고 지금도 마찬가지입니다. 후원회원이 많지 않으니 공개되는 후원수입도 적고, 따라서 지출되는 단

위도 형편없습니다. 한마디로 장부 속이 빤한 지경입니다. 이렇게 들어오
는 돈이 별로 없으니 돈 쓰는 일도 꼼꼼할 리 없었습니다. 있으면 쓰고 없
으면 마는 것이 그때까지의 유가협 회계구조였지요. 그런데 이를 혁신적
으로 바꾼 것은 명실공히 최봉규 '총무 아버지의 힘'이었던 것입니다. 최
봉규 아버님은 그야말로 10원짜리 하나까지도 철저히 계산하고 따졌습
니다. 87년 남영동 치안분실에서 물고문으로 사망한 박종철 열사의 아
버지, 박정기 전 유가협 회장님이 어느 날 제게 들려준 이야기입니다. "여
하간 총무 아버지 장보기는 그야말로 일사천리"라는 칭찬이었습니다. 같
은 돈을 가지고도 더 좋은 물건을 샀고 또 허투루 나가는 돈을 전부 다
잡아내니 유가협의 빈약한 재정도 차츰 자리를 잡아갈 수 있었다고 합
니다.

이렇게 단체의 재정과 살림이 안정화되니 유가협의 민주화운동도 더
욱 활성화되어갔습니다. 회원들의 참여가 점점 늘어나고 학생과 노동자
단체에서 유가협을 방문하는 빈도도 활발해졌습니다. 이를 통해 유가협
은 더욱 단단한 힘을 가지게 되었지요. 자연스럽게 최봉규 아버님 말고
누가 또 유가협 총무를 할 수 있겠느냐는 말이 나왔고 자연스레 최봉규
아버지는 평생 '총무 아버지'란 별칭으로 불리게 되었습니다. 그렇게 아
들과 부인을 잃고도 유가협 총무로서 30년 넘게 민주화운동에 헌신한
아버지의 노력 덕분에 세상은 점점 바뀌었습니다. 1998년 정권 교체를
통해 김대중 정부가 들어섰고 학수고대하던 '대통령소속 의문사 진상규
명위원회'가 출범했습니다. 마침내 2004년 6월 14일, 제2기 의문사 진상
규명위원회에서는 매우 의미 있는 조사 결과를 발표했습니다. 최봉규 아
버지의 아들, 최우혁 이병이 사망한 진짜 이유를 발표하는 날이었지요.

의문사 진상규명위원회는 이날 조사 결과 "군 보안대의 관찰, 공작 및 군 내 가혹행위 등으로 인해 최우혁 이병이 최후의 항거 수단인 분신으로 자신의 몸을 산화한 것"이라고 발표했습니다.

이에 따라 '국무총리 산하 민주화운동 관련자 명예회복 및 보상심의위원회'에서는 2006년 7월 31일, 학생운동에 적극 참여한 최우혁 이병을 '민주화운동 관련자'로 공식 발표합니다. 1987년 9월, 아들이 죽고 19년 만에 이뤄진 명예회복이었습니다. 결국 최봉규 아버지는 오랜 헌신 끝에 아들의 명예회복을 이뤄냈으며 이는 먼저 간 아내가 바라던 막둥이 아들의 죽음에 대한 진상규명이기도 했습니다.

할 일 다 마치고 29년 만에 아들 곁으로 떠난 아버지

그런 아버지가 2016년 2월 10일 새벽, 영면하셨습니다. 지금쯤 아버지는 막내아들 최우혁과 만났을까요? 1991년 먼저 세상을 떠난 아내와도 다시 만나 "왜 나만 두고 갔어?"라며 가벼이 원망하면서 웃고 계실까요? 그런 남편에게 아내는 어떤 말을 했을까요? 당신이 떠난 후 밝혀낸 아들의 사인 규명과 명예회복. 그리고 아들 대신 2008년 서울대 명예 졸업장을 받은 아버지가 이를 전해주며 "내가 당신 몫까지 열심히 했네"라고 하진 않으셨을까요?

지난 2009년 11월, 아버지가 한 일이 또 하나 있었습니다. 서울대학교 총학생회와 협의를 통해 아들 최우혁의 추모 조형물을 교내에 세운 것입니다. 그랬습니다. 아버지는 정말 열심히 싸우셨습니다. 1995년 군사독재자인 전두환과 노태우의 처벌을 위한 '5·18특별법 제정 투쟁'을 비롯해 최전선에서 독재정권과 맞서 싸우셨습니다. 무쇠도 세월이 지나면 녹이 스는데, 아들을 보내고 지나온 29년간 아버지는 무슨 힘으로 그리 지독한 싸움을 이겨낼 수 있었을까요. 생전에 아버지가 남긴 말씀이 있었습니다. 아들 최우혁을 추모하는 사람들이 만든 최우혁 열사 추모집 『아직도 못다 부른 노래』에 실린 아버지 최봉규 님의 글입니다.

나는 이제 네가 죽은 것에 대하여 그리 슬퍼하지 않을란다. 네가 남긴 유제遺題를 위하여 나의 여생을 보낼 생각이다. 부디 나에게 힘을 주어 너의 비참한 죽음을 알리게 하고, 그리고 너와 같이 뜨거운 피를 가진 청년들이 죽어 자빠지게 만드는 부조리에 대항하여 싸울 수 있는 용기를 가져다주기를 바란다. 이제부터는 너와 나 사이에 가로놓인 차가운 강은 없어도 좋을 법하구나.

어쩌면 아버지는 '아들을 잃고 대신 아들의 생을 얻었는지도' 모르겠습니다. 운동권 아들을 반대하다가 아들 대신 '운동권'이 된 최봉규 아버지. 그런 아버지가 암 투병 끝에 눈을 감으셨습니다. 1993년 처음 유가협 간사로 한울삶에서 뵈었을 때, 정갈한 손짓으로 수박 한쪽을 저에게 건네시며 주름진 얼굴에 하나 가득 푸근한 웃음을 지어 보이셨던 '영원한 유가협 총무 아버지', 고 최봉규 님. 아버지와의 그 아름다웠던 인연을 여기에 남깁니다.

인권을 위해서라면 대통령과도 '맞장', 변호사 김창국의 원칙

마지막으로 기록하고 싶은 인연은 '국가인권위원회' 초대 위원장이며 저와는 '대통령소속 친일반민족행위자 재산조사위원회'에서 위원장과 조사관으로 만난 김창국 변호사입니다. 김창국 위원장은 1940년 전남 강진에서 태어났습니다. 만으로 스물한 살이 되던 1961년, 제13회 고등고시 사법과에 합격한 후 전주지검과 광주지검 등에서 부장검사를 역임합니다. 그러다가 전두환 정권 시절인 1981년, 법복을 벗고 변호사로 전업하면서 우리 사회의 민주주의를 위해 매우 크고 의미 있는 족적을 남긴 분입니다.

돌아보면 김창국 위원장이 걸어온 일생은 남달랐습니다. 검사로 임용된 1961년 당시에는 흔히 검사를 '영감님'이라 불렀지요. 나이와 상관없이 그랬다고 합니다. 보통 사람이라면 그야말로 오만하기 그지없는 착각에 빠질 만한 권위적 자리입니다. 하지만 김창국 위원장은 달랐습니다. 1981년 부장검사를 끝으로 법복을 벗은 이후 그분은 우리 사회의 민주주의를 위해 헌신하는 길을 걸었습니다. 인권변호사로서 본격적인 길을 걷게 된 것입니다. 김창국 위원장께서 변론에 참여했던 몇 가지 사건만 살펴봐도 이분이 어떤 인물인지 잘 알 수 있습니다.

1980년대를 상징하는 대표적인 인권사건 중 하나가 '고문기술자 이근안의 1987년 김근태 민청련 의장 고문사건'입니다. 이근안 경감이 연행된 김근태 의장에게 자백을 강요하며 잔혹하게 고문한 사건이었습니다. 김창국 위원장은 이 사건의 특별검사로 임명되어 고문기술자 이근안의 공소 유지 담당 변호사로 활동합니다. 또한 1991년 노태우 정권을 뿌리까지 흔들었던 '강기훈 유서대필 조작사건'에 공동 변호인으로 참여하기도 했습니다. 진보적인 변호사단체인 '민주사회를 위한 변호사모임'의 창립 멤버이기도 한 김창국 위원장은 1990년에는 민변 총무간사로서 적극적인 역할을 담당했기도 했지요.

이런 김창국 위원장이 열성을 다한 시민단체 중 한 곳이 '참여연대'였습니다. 그곳에서 공동대표로 헌신했습니다. 그러면서도 1999년에 보수적인 대한변호사협회에서 회장으로 당선되는 이변을 연출하기도 했습니다. 한쪽 영역에서만 인정받은 것이 아니라 보수 진영까지 아울러 인정받았다는 근거입니다. 대한변협 회장을 역임하면서 이룬 업적도 상당합니다. 요즘은 당연한 것처럼 여겨지는 변호사들의 공익 활동 의무를 제도화한 분이 김창국 위원장입니다. 또한 대한변협 회장 이전에 재임했던 서울변협 회장 시절에도 '당직 변호사 제도'를 처음 도입해서 형편이 어려운 분들이 법률 서비스를 받을 수 있도록 시스템을 갖추기도 했지요.

그리고 2001년 8월 1일, 김창국 변호사는 김대중 대통령으로부터 새롭게 출범한 국가인권위원회의 초대 위원장을 맡아달라는 제안을 받게 됩니다. 이후 인권위원장으로 취임한 김창국 변호사는 권력에 굴하지 않는 독립적인 국가인권위원회를 만들어나갑니다. 강직한 성품답게 원칙이 있는 국가인권위원회의 기틀을 갖추고자 그는 청와대와의 긴장관계도 마다하지 않았습니다. 그런 일화 중 몇 가지가 지금도 많은 분에게 회자되고 있습니다.

인권의 독립성을 지키기 위해 애쓴 인권변호사

김창국 변호사가 인권위원장으로 재임한 것은 2001년 11월부터 2004년 12월까지로 만 3년 1개월 정도였습니다. 이 재임기간 동안 김창국 위원장은 무엇보다 인권의 원칙을 지키고자 노력합니다. 바로 '권력으로부터 독립된 국가인권위원회 만들기'였습니다.

이러한 과정에서 권력과의 마찰은 불가피한 일이었습니다. 국가인권위원장으로 취임하고 만 1년이 되어가던 2002년 11월의 일이었지요. 그때 김창국 위원장은 청와대 허가 없이 해외출장을 다녀옵니다. 그러자 평소 고분고분하지 않아 맘에 안 들어 하던 일부에서 김창국 위원장을 향한 공세가 시작되었습니다. 차제에 국가인권위원장을 손봐야 한다는 분위기가 팽배했다고 합니다. 김창국 위원장은 왜 이처럼 미움을 받았을까요? 바로 '인사 문제' 때문이었답니다. 국가인권위원회를 출범시키면서 다양한 인재를 채용하기 위해 공고를 내자 채용 공고를 보고 다양한 경로로 여러 민원이 들어왔다고 합니다. 대부분 "우리가 추천하는 사람을 좀 써달라"라는 인사 청탁이었습니다. 그런 청탁에 따른 이력서가 책상 위에 쌓일 정도였다고 합니다. 그 시절이니 가능한 이야기입니다. 하지만 김창국 위원장은 이런 인사 청탁을 전부 거절합니다. 오히려 책상 위에 놓인 이력서의 주인공은 '단 한 명'도 쓰지 않았다고 합니다. 이런 김창국 위원장이 그들 입장에서는 얼마나 미웠을까요?

그런 지경에 흠결이 생겼으니 이 호재를 그냥 넘길 사람들이 아니었습니다. 결국 '공무 국외여행 규정 위반'을 이유로 김창국 위원장에게 '경고' 처분이 내려졌다고 합니다. 어쩌면 가벼운 처분이었으니, 기분 나쁘지만 받아들이고 끝낼 수도 있는 일이었습니다. 하지만 김창국 위원장의 반응은 달랐습니다. 자기 혼자만의 문제가 아니라 이런 식이면 앞으로 누가 국가인권위원장이 되든 독립성이 인정될 수 없다는 결론을 내린 것입니다. 그래서 경고 처분의 취소를 위해 그 부당성과 맞서겠다고 결심했습니다. 규정에 따르면 장관급 공무원이 국외여행을 갈 경우에는 반드시 대통령의 사전허락을 받아야 합니다. 하지만 이는 대통령의 통제와 지시를 받는 행정부 소속 공무원에게만 적용되는 규정입니다. '헌법상 독립기구인 국가인권위원회는 대통령의 지시와 통제를 받는 기구가 아니니 인권위원장이 공무로 해외여행을 할 시에는 대통령에게 사전허가를 받을 이유가 없다'는 것이 김창국 위원장의 입장이었던 것입니다. 그러나 이런 반발은 수용되지 못했습니다. 하지만 이 일은 국가인권위원회의 올바른 독립성을 확보하기 위한 의미 있는 지적이었으며 이후 인권위의 독립성에 대해 한걸음 진전한 것이라는 평가를 받았지요.

한편 이처럼 아슬아슬한 분위기에서 결정적 파열음이 발생한 것은 2003년 3월이었습니다. 김대중 정부에서 노무현 정부로 정권 재창출이 이뤄진 후 첫 번째 사회적 이슈로 제기된 사안이 이라크전쟁 파병 문제였습니다. 노무현 정부와 시민사회 사이에서는 이 문제를 두고 치열한 공방이 이어졌습니다. '미국의 요구로 파병은 불가피하다'는 정부와 '명분 없는 전쟁에 우리 군을 파병해서는 안 된다'는 시민사회의 반대로 불꽃 같은 긴장감이 팽팽하게 맞서고 있을 때였습니다.

그런 긴장된 상황에서 누구도 예상치 못한 초유의 성명서가 국가인권위원회 명의로 발표되었습니다. 국군의 이라크 파병안을 반대하는 국가인권위원회 명의의 공식 성명서였습니다. 이 일로 대통령이 주재하는 국무회의에서 난리가 났다고 합니다. "국가인권위원장이 넘어서는 안 될 선을 넘었다"며 반드시 징계해야 한다는 강경 목소리가 힘을 얻었다고 합니다. 하지만 이 문제를 무마한 사람은 다름 아닌 노무현 대통령이었습니다. 노무현 대통령은 징계해야 한다고 주장하던 일부 국무위원들에게 국가인권위원회의 역할을 다시 상기시키는 발언을 합니다. "국가인권위원회는 원래 그런 일을 하라고 만든 곳이니 더는 문제를 삼지 말라"는 메시지였습니다. 비록 이라크 파병은 인권위원회의 반대가 무색하게 국회 본회의를 통과해 결정되었지만 이후 국가인권위원회의 독립성은 더욱 단단해졌습니다. 대통령의 그 말씀, '국가인권위원회는 원래 그런 일을 하는 기구'라는 메시지 덕분이었습니다.

이런 노무현 대통령에 대해 김창국 위원장은 어떤 생각을 가지고 있었을까요? 국정 운영의 총책임자인 대통령과 인권을 지키려는 국가인권위원장 사이에서 때때로 대립하고 갈등했지만, 사실 이 두 분의 관계는 남달랐다고 합니다. 대통령으로 당선되기 전, 여러 선거에서 내내 떨어지는 바보 노무현의 '후원의 밤' 행사에 참석한 김창국 변호사가 축사를 하며 "돌쇠처럼 미련한 분, 그러나 누구도 따라갈 수 없다"는 말로 격려한 일화가 유명하기 때문입니다. 그러던 지난 2009년 5월, 노무현 전 대통령이 서거하자 김창국 위원장은 누구보다 그 죽음을 애석해했습니다. 추후 봉하마을에 유언처럼 노 대통령의 묘역이 조성되고 이를 추모하는 박석을 새길 때, 김창국 위원장 역시 자신의 이름으로 추모 박석을 남겼습니다.

당신은 역대 어느 대통령보다 역사 인식과 철학을 가진 훌륭한 사람이었습니다.—김창국

김창국 위원장님, 생전 인연 고마웠습니다

이런 위원장님을 제가 가까이에서 모시고 일한 때는 지난 2006년부터 2010년까지입니다. 2004년 12월 국가인권위원회 위원장에서 물러난 김창국 위원장을 노무현 정부가 다시 '대통령소속 친일반민족행위자 재산조사위원회' 위원장(장관급)으로 임명한 것입니다. 이곳에서 근 4년간 김창국 위원장과 함께 일하는 동안 가장 기억에 남는 일은 조사관 임명장을 받던 2006년 9월 12일입니다. 그날 김창국 위원장은 일일이 조사관들에게 임명장을 수여한 후 아주 짧고 간결한 치사 말씀을 남겼습니다. 그리고 이때 제가 들은 위원장의 말씀은 이후 청년 조사관들의 심장을 뛰게 하는 생생한 감동으로 남아 있지요.

"오늘 대통령소속 친일반민족행위자 재산조사위원회 조사관으로 임명되신 여러분께 다시 한번 축하를 드립니다. 그리고 1949년 반민특위가 강제 해체되고 그 뒤를 잇는 이 역사적인 일을 여러분들과 제가 함께할 수 있다는 점에서 저 역시 영광스럽게 생각합니다. 생각해보십시오. 민족정기를 바로 세우는 이 좋은 일을, 그것도 월급까지 받아가면서 할 수 있으니 우리는 얼마나 축복받은 사람들입니까? 하고 싶어도 아무나 할 수 없는 일입니다. 그러니 힘들어도 우리 모두 최선을 다해 역사에 죄짓지 않도록 열심히 일하겠다는 약속을 합시다."

김창국 위원장은 이후 스스로 다짐하신 것처럼 정말 최선을 다해 올바른 민족정기의 수립을 위해 모범적으로 일하셨습니다. 그러나 4년간의 위원장 임기 도중 대통령 선거에 의한 여야 정권 교체로 취임한 이명박 정부의 은밀한 핍박은 이루 말할 수 없는 지경이었습니다. 친일재산의 환수를 달갑지 않게 여기던 그 당시 이명박 정부는 법으로 보장된 2년의 연장기간 중 단 하루도 연장에 동의해주지 않았습니다. 결국 해방 후에도 일본인 명의로 대한민국 땅이 남아 있는데, 이를 완벽하게 정리하지 못한 채 위원회가 문을 닫을 수밖에 없었지요. 이렇게 위원회 안팎으로 어렵고 힘들 때 우리 조사관들의 중심을 잡아준 분 역시 김창국 위원장이었습니다. 이처럼 어렵고 힘든 여건 속에서도 서울 여의도 면적의 1.3배에 달하는 상당한 친일재산을 국가에 귀속시켜 독립운동가의 후손을 위한 재원으로 쓸 수 있었던 것 역시 김창국 위원장의 열정과 지도력 덕분이었습니다. 이는 영원히 사라지지 않을 분명한 역사적 성과입니다. 그런 분이 돌아가신 때가 2016년 4월 6일 아침이었습니다.

"(부고) 대통령소속 친일반민족행위자 재산조사위원회 김창국 위원장님께서 금일 새벽 별세하셨습니다."

사실 김창국 위원장의 건강이 그리 좋지 못하다는 소식은 간간히 들려와 알고 있었습니다. 어떤 날은 우리 곁에 오래 계실 수 없다는 말도 들려왔지만 설마 했습니다. 우리는 늘 그렇게 귀한 인연을 보냅니다. 그날 이른 아침에 들려온 갑작스러운 부고로 제 가슴에 서늘한 바람이 스쳤습니다. 향년 75세였습니다. 이제 김창국 위원장이 남기신 그 아름다운 원칙을 다시 새깁니다. 인권을 위해 대통령과도 맞장을 떴던 그 용기 말입니다. 특히 연말과 추석 명절에 안부문자를 보내드리면 늘 전화를 주시면서 "고상만 씨는 참 대단해. 무슨 일이든 잘할 거야"라며 격려해주신 그 마음, 잊지 않겠습니다. 그런 기대에 꼭 부응하고 싶습니다. 김창국 위원장께서 못 다 한 열정을 이제 남은 우리가 받아 안고 살아가겠습니다. 사람이 사람다운 나라, 인권이 인권답게 보장되는 사회, 그리하여 친일 반민족 행위자들이 제대로 역사적 단죄를 받는 나라, 진짜 애국자가 애국자로 예우받는 자랑스러운 대한민국을 만들어나가겠습니다. 김창국 위원장님, 영면하소서. 남은 인연을 다하겠습니다.